Sebastian Barry
Ein verborgenes Leben

AF178190

Steidl
Pocket

SEBASTIAN BARRY

EIN VERBORGENES LEBEN

Aus dem Englischen
von Hans-Christian Oeser

Roman
Steidl Pocket

Für Magaret Synge

Die größte Unvollkommenheit ist in unserem inneren Sehvermögen, will sagen: dass wir für die eigenen Augen Geister sind.

Thomas Browne, *Christian Morals*

Wie wenige aus der Zahl derer, die Geschichte studieren oder sich zumindest damit beschäftigen, ziehen irgendwelchen Nutzen aus ihren Mühen! ... Überdies gibt es selbst in den besten verbürgten alten oder modernen Darstellungen viel Ungewissheit; und diese Wahrheitsliebe, die einigen Gemütern angeboren und unwandelbar ist, führt notwendigerweise zu einer Vorliebe für geheime Lebenserinnerungen und persönliche kleine Erzählungen.

Maria Edgeworth, Vorwort zu *Castle Rackrent*

Erster Teil

ERSTES KAPITEL

Roseannes Selbstzeugnis
(Patientin, Roscommon Regional Mental Hospital, 1957–)

Die Welt beginnt mit jeder Geburt von Neuem, sagte mein Vater immer. Er vergaß hinzuzufügen, dass sie mit jedem Tod endet. Oder hielt es nicht für nötig. Denn ein Gutteil seines Lebens hatte er auf einem Friedhof gearbeitet.

Der Ort, an dem ich geboren wurde, war eine kalte Stadt. Selbst die Berge hielten sich abseits. Sie wussten nicht, was sie von jenem düsteren Flecken halten sollten, diese Berge, so wenig wie ich.

Es gab da einen schwarzen Fluss, der sich durch die Stadt wälzte, und besaß er auch keinen Liebreiz für Menschen wie Sie und mich, so doch für die Schwäne; viele Schwäne suchten dort Zuflucht, und bei Hochwasser ritten sie den Fluss wie dahinjagende Bestien.

Der Fluss beförderte auch den Unrat zum Meer und Dinge, die früher einmal Leuten gehört hatten und von den Ufern weggerissen worden waren, und, selten zwar, Leichen und, ach, mitunter arme Babys, für die man sich schämte. Schnelligkeit und Tiefe des Flusses leisteten gewiss so mancher Heimlichkeit Vorschub.

Ich meine die Stadt Sligo.

Sligo hat mich erschaffen, und Sligo hat mich zugrunde gerichtet, ich hätte eben auch viel früher darauf verzichten sollen, mich von Menschenstädten erschaffen oder zugrunde richten zu lassen, und mich lieber an mir selbst orientieren sollen. Meine Geschichte ist nur deshalb voller Schrecken und Schmerz, weil ich, als ich jung war, andere für die Urheber meines Glücks oder Unglücks hielt; ich wusste nicht, dass ein Mensch gegen die Gräuel, gegen die bösen, grausamen Tücken der Zeit, die auf uns einstürmen, eine Mauer aus imaginärem Mörtel und imaginären Ziegeln errichten und so Schöpfer seiner selbst sein kann.

Jetzt bin ich aber nicht dort, jetzt bin ich in Roscommon. Es ist ein altes Gebäude, früher einmal eine Villa, heute dagegen nichts als cremefarbene Tünche, metallene Betten und Schlösser an den Türen. Das alles ist Dr. Grenes Reich. Dr. Grene ist ein Mann, den ich zwar nicht verstehe, vor dem ich aber auch keine Angst habe. Ich weiß nicht, welcher Konfession er angehört, doch mit seinem Bart und seinem kahl werdenden Schädel ähnelt er sehr dem heiligen Thomas.

Ich bin vollkommen allein, in der weiten Welt außerhalb dieser Mauern gibt es niemanden, der mich noch kennt; meine ganze Familie, diese wenigen verlorenen Gestalten, vor allem mein kleiner Zaunkönig von einer Mutter, sie alle sind nicht mehr. Und auch meine Peiniger, denke ich, sind größtenteils dahin, und der Grund dafür ist, dass ich längst eine alte, alte Frau bin, vielleicht schon an die Hundert, genau weiß das weder ich noch sonst jemand. Ich bin nur ein Überbleibsel, das Relikt einer Frau, und sehe auch gar nicht mehr aus wie ein menschliches Wesen, sondern wie ein dürres Gestell aus Haut und Knochen in unscheinbarem Rock und unscheinbarer Bluse und einer Segeltuchjacke. Ich sitze hier in meiner Ecke wie ein sangloses Rotkehlchen – nein, wie eine Maus, die unter der Kaminplatte verendet ist, wo's warm war, und die jetzt daliegt wie eine Mumie in einer Pyramide.

Niemand ahnt auch nur, dass ich eine Geschichte habe. Nächstes Jahr, nächste Woche, morgen schon werde ich zweifellos verschwunden sein, und man wird nur einen schmalen Sarg und eine kleine Grube für mich benötigen. Einen Grabstein zu meinen Häupten wird es nicht geben, wozu auch?

Aber vielleicht sind ja alle Menschendinge schmal und klein.

Ringsum herrscht Stille. Meine Hand ist kräftig, und ich habe einen wunderschönen Kugelschreiber voll blauer Tinte, den mir mein Freund, der Doktor – der in Wahrheit kein schlechter Kerl ist, vielleicht sogar ein Philosoph –, den mir also der Doktor geschenkt hat, weil ich gesagt hatte, mir gefiele die Farbe; ich habe einen Stoß Papier, den ich in einer Vorratskammer zwischen anderen unerwünschten Dingen entdeckt habe, und ich habe ein loses Dielenbrett, unter dem ich diese Schätze verstecke. Ich schreibe mein Leben nieder auf unerwünschtem, auf überschüssigem Papier. Ich beginne mit einem leeren Blatt – mit vielen leeren Blättern. Denn ich würde liebend gern einen Rechenschaftsbericht hinterlassen, eine Art brüchiger, aber aufrichtiger Geschichte meiner selbst, und wenn Gott mir die Kraft dazu schenkt, werde ich diese Geschichte erzählen und sie unter dem Dielenbrett verbergen, und dann werde ich mich unter dem Rasen von Roscommon freudig zur letzten Ruhe betten.

Mein Vater war der reinlichste Mann der ganzen Christenheit, zumindest der von Sligo. Mir kam er in seiner Uniform wie festgezurrt vor – sie passte nicht einfach nur irgendwie, sondern saß akkurat wie ein Rechnungsbuch. Er war Aufseher des Friedhofs, und für diese Arbeit hatte man ihn mit einer ziemlich prächtigen Uniform ausgestattet, jedenfalls kam sie mir als Kind so vor.

Im Hof hatte er ein Fass stehen, in dem sich das Regenwasser sammelte, und damit wusch er sich an jedem Tag des Jahres. Mein Gesicht und das meiner Mutter drehte er zur Mauer der Küche hin, und dann stand er ohne Angst, gesehen zu werden, splitternackt zwischen den Moosen und Flechten des Hofes und schrubbte sich bei Wind und Wetter schonungslos ab, und wenn es mitten im Winter geschah, schnaubte er dabei wie ein Stier.

Karbolseife, mit der man einen schmierigen Fußboden hätte säubern können, schlug er zu einem gut sitzenden Anzug aus Schaum, und dann schabte er mit einem grauen Bimsstein an sich herum, den er, wenn er fertig war, in eine bestimmte Mauernische steckte – aus der ragte er wie eine Nase hervor. All das sah ich mit raschen Kopfbewegungen und Blicken aus den Augenwinkeln, denn in dieser Hinsicht war ich eine durchtriebene Tochter und konnte nicht gehorchen.

Keine Zirkusnummer hätte mir größeres Vergnügen bereiten können.

Mein Vater war ein Sänger, der sich nicht zum Schweigen bringen ließ, er sang sämtliche Arien aus den Operetten jener Zeit. Und er liebte es, in den Predigten längst verstorbener Prediger zu lesen, denn dann konnte er sich, wie er sagte, ausmalen, dass die Predigten eines längst entschwundenen Sonntags eben erst gehalten würden und die Worte im Mund der Prediger sich eben erst formten. Sein eigener Vater war Prediger gewesen. Mein Vater war ein leidenschaftlicher, fast möchte ich sagen: ein himmlisch gestimmter Presbyterianer, was in Sligo nicht gerade Mode war. Die *Predigten* John Donnes schätzte er vor allen anderen, doch sein wahres Evangelium war *Religio Medici* von Sir Thomas Browne, ein Buch, das sich noch immer in meinem Besitz befindet, ein kleiner zerlesener Band inmitten all dem Klimbim und Krimskrams meines Lebens. Ich habe ihn hier auf meinem Bett vor mir liegen, auf dem Vorsatzblatt steht in schwarzer Tinte sein Name,

Joe Clear, das Jahr 1888 und die Stadt Southampton, denn in frühester Jugend war er Matrose gewesen und, noch bevor er siebzehn wurde, in jeden Hafen der Christenheit gesegelt.

In Southampton trug sich eines der wahrhaft majestätischen oder doch eines der wichtigsten Ereignisse seines Lebens zu, insofern er nämlich meine Mutter Cissy kennenlernte, die Zimmermädchen in dem Seemannsheim war, in dem er bevorzugt übernachtete.

Er pflegte eine seltsame Geschichte über Southampton zu erzählen, und als Kind nahm ich sie jedes Mal für bare Münze. Und sie mochte auch durchaus wahr sein.

Als er einmal in den Hafen einlief, fand er in seinem Lieblingsheim kein freies Bett vor und musste die windige Ödnis der Häuserzeilen und Schilder durchstreifen, bis er auf ein einsames Haus stieß, das mit dem Schild »Zimmer frei« Gäste anlockte.

Er ging hinein und wurde von einer graugesichtigen Frau mittleren Alters empfangen, die ihm ein Bett im Keller ihres Hauses anwies.

Mitten in der Nacht wachte er auf, denn er meinte, im Zimmer jemanden atmen gehört zu haben. Erschrocken und in jenem hellwachen Zustand, der eine solche Panik begleitet, vernahm er ein Stöhnen, und neben ihm im Dunkeln lag jemand auf dem Bett.

Mit Hilfe der Zunderbüchse entzündete er seine Kerze. Es war niemand zu sehen. Dann aber sah er, dass die Bettwäsche und die Matratze eingedellt waren, als hätte eine schwere Person darauf gelegen. Er sprang aus dem Bett und rief, bekam aber keine Antwort. Da erst verspürte er in den Tiefen seiner Eingeweide ein grässliches Hungergefühl, wie es seit der Großen Hungersnot noch keinen Iren befallen hatte. Er stürzte zur Tür, die zu seiner Verblüffung jedoch abgeschlossen war. Jetzt war er vollends empört. »Lassen Sie mich raus, lassen Sie mich raus!«, rief er ebenso entsetzt wie entrüstet. Wie konnte die alte Vettel es wagen, ihn einzusperren! Immer wieder hämmerte er gegen die Tür, und schließlich kam die Wirtin und schloss sie in aller Ruhe auf. Sie entschuldigte sich und gab an, sie müsse sie wohl versehentlich gegen Diebe verriegelt haben. Er berichtete ihr von der Störung seiner Nacht- ruhe, doch sie lächelte ihn nur an, erwiderte nichts und ging wieder zurück in ihre Wohnung. Er hatte den Ein- druck, einen eigenartigen Geruch nach Laub, Gestrüpp und Unterholz von ihr aufgefangen zu haben, als wäre sie durch einen Wald gekrochen. Dann trat wieder Stille ein, und er löschte seine Kerze und versuchte zu schlafen.

Kurze Zeit später wiederholte sich der Vorfall. Wieder sprang er auf, entzündete seine Kerze und ging zur Tür. Wieder war sie abgeschlossen! Und wieder dieser tiefe, nagende Hunger in seinem Bauch. Aus irgendeinem Grund, vielleicht wegen ihrer auffallenden Absonderlich- keit, konnte er sich nicht dazu durchringen, die Wirtin herbeizurufen, und schwitzend verbrachte er eine be- schwerliche Nacht im Sessel.

Als der Morgen graute, wachte er auf, kleidete sich an und ging zur Tür. Sie war unverschlossen. Er nahm seinen Seesack und ging nach oben. Da erst fiel ihm der he- runtergekommene Zustand des Hauses auf, der ihm im freundlicheren Dunkel der Nacht nicht so deutlich gewe- sen war. Er konnte die Wirtin nicht aus dem Bett holen, und da sein Schiff segelfertig war, musste er das Haus ver- lassen, ohne sie noch einmal gesehen zu haben. Beim Hi- nausgehen warf er ein paar Shilling-Münzen auf den Gar- derobentisch.

Als er draußen auf der Straße noch einmal zum Haus zurückblickte, war er sehr beunruhigt, weil so viele Fensterscheiben zerbrochen waren und auf dem eingesackten Dach Schieferplatten fehlten.

Um im Gespräch mit einem anderen Menschen die Fassung wiederzugewinnen, ging er in den Laden an der Ecke und erkundigte sich bei dem Besitzer nach dem Haus. In dem Haus, sagte dieser, würden bereits seit etlichen Jahren keine Zimmer mehr vermietet, es stünde leer. Eigentlich gehöre es abgerissen, aber es sei eben Bestandteil der Häuserzeile. Er könne die Nacht gar nicht dort zugebracht haben, sagte der Ladenbesitzer. Niemand wohne darin, und niemand würde auch nur im Traum daran denken, es zu kaufen, aus dem einfachen Grund, dass eine Frau dort ihren Ehemann umgebracht hatte, indem sie ihn in einen Kellerraum sperrte und verhungern ließ. Die Frau selbst sei vor Gericht gestellt und wegen Mordes gehenkt worden.

Mein Vater erzählte mir und meiner Mutter diese Geschichte mit der heftigen Gemütsbewegung eines Menschen, der sie beim Erzählen erneut durchlebt. Vor seinem inneren Auge zogen das düstere Haus, die graue Frau, der stöhnende Geist vorüber.

»Nur gut, Joe, dass wir Platz hatten, als du das nächste Mal im Hafen warst«, sagte meine Mutter in ihrem nüchternsten Tonfall.

»Bei Gott, bei Gott, ja«, erwiderte mein Vater.

Eine kleine Geschichte aus dem Leben, eine Matrosengeschichte, die die damit kontrastierende Schönheit meiner Mutter einbezog und die ungeheure Verlockung, die sie damals und auf Dauer für ihn darstellte.

Denn ihre Schönheit war die Schönheit der dunkelhaarigen, dunkelhäutigen Spanierin, mit grünen Augen wie amerikanische Smaragde, gegen die kein Mann gefeit ist.

Und er heiratete sie und nahm sie mit nach Sligo, und fortan verbrachte sie ihr Leben dort. Sie war in diesem

Dunkel nicht aufgewachsen, sondern wirkte wie ein verlorener Shilling auf einem Lehmboden, ein Shilling, der verzweifelt glänzt. Ein schöneres Mädchen hatte Sligo nie gesehen, sie hatte federweiche Haut und warme, üppige Brüste wie köstliches, frisch gebackenes Brot.

Die größte Freude meines jungen Lebens bestand darin, bei Einbruch der Dunkelheit mit meiner Mutter auf die Straßen Sligos hinauszulaufen, denn sie ging meinem Vater auf seinem Heimweg von der Arbeit im Friedhof gern entgegen. Erst viele Jahre später, als ich schon größer war, wurde mir im Rückblick klar, dass diesen Gängen eine gewisse Ängstlichkeit innewohnte, als vertraue sie nicht darauf, dass die Zeit und der gewöhnliche Verlauf der Dinge ihn wieder nach Hause führten. Denn ich glaube, eigenartigerweise litt meine Mutter unter dem Nimbus ihrer Schönheit.

Wie ich bereits sagte, war er dort Aufseher, er trug eine blaue Uniform und eine Dienstmütze mit einem Schirm, schwarz wie das Gefieder einer Amsel.

Das war zu der Zeit, als der Erste Weltkrieg tobte und die Stadt so voller Soldaten war, als wäre Sligo selbst ein Schlachtfeld, was natürlich nicht der Fall war. Es waren lediglich Männer auf Heimaturlaub, die wir dort sahen. Aber in ihren Uniformen ähnelten sie durchaus meinem Vater – sodass er, wenn meine Mutter und ich des Wegs kamen und ich ebenso begierig nach ihm Ausschau hielt wie sie, überall in den Straßen aufzutauchen schien. Meine Freude war erst vollkommen, wenn am Ende tatsächlich er es war, der da, etwa an dunklen Winterabenden, vom Friedhof nach Hause geschlittert kam. Und wenn er mich erblickte, spielte er immer mit mir und kasperte herum wie ein Kind. Da erntete er so manchen schiefen Blick, und vielleicht ließ sich sein Verhalten ja auch wirklich nicht mit seiner Würde als Aufseher der

Toten von Sligo vereinbaren. Aber er besaß jene seltene Fähigkeit, in Gesellschaft eines Kindes alle Sorgen abzustreifen und in dem fahlen Licht fröhlich und albern zu sein.

Er war Grabwächter, aber er war auch dort er selbst. Mit seiner Schirmmütze und seiner blauen Uniform konnte er jemanden mit hinreichend feierlicher Würde zu der Grabstelle geleiten, in der ein Verwandter oder Freund lag. War er jedoch allein in seinem Friedhofswärterhaus, einem kleinen Tempel aus Beton, so konnte man ihn mit schöner Stimme die Romanze »Im Traume sah ich mich im Marmorsaal« aus Michael Balfes *Die Zigeunerin,* einer seiner Lieblingsoperetten, singen hören.

Und an freien Tagen schwang er sich auf sein Matchless-Motorrad, um die tückischen Straßen Irlands entlangzurasen. Wenn die Eroberung meiner Mutter als majestätisches Ereignis gelten kann, so war die Tatsache, dass er in einem wirklichen Glücksjahr, etwa um die Zeit meiner Geburt, auf seinem schönen Motorrad die kurze Rennstrecke auf der Isle of Man zurückgelegt hatte, dabei am Leben geblieben, ja sogar auf einem beachtlichen Platz im Mittelfeld gelandet war, eine Quelle unaufhörlicher Erinnerung und Freude und tröstete ihn, da bin ich mir sicher, in seinem von all den schlummernden Seelen umgebenen Betontempel über die trüben Zeiten des irischen Winters hinweg.

Die andere »berühmte« Geschichte meines Vaters – berühmt meint: in unserem winzigen Haushalt – ereignete sich während seiner Junggesellentage, als er noch häufiger an den wenigen Motorradrennen jener Zeit teilnehmen konnte. Sie trug sich in Tullamore zu und ist eine höchst sonderbare Geschichte.

Er fuhr mit Karacho, und vor ihm lag ein lang gestreckter, breiter Hügel, der zu einer scharfen Kurve führte, wo die Straße auf eine Gutsmauer stieß, eine jener hohen, dicken Steinmauern, die während der Großen Hungersnot erbaut worden waren, eine überflüssige Arbeit, um Tagelöhner am Leben zu erhalten. Wie auch immer, der Rennfahrer vor ihm brauste den Hügel hinab und gewann ungeheuer an Fahrt, doch statt vor der gegenüberliegenden Mauer abzubremsen, schien er sogar noch Gas zu geben und zerschellte schließlich gnadenlos in einem schrecklichen Wirrwarr aus Rauch, Metall und einem Donner wie von Kanonen. Mein Vater, der durch seine schmutzige Schutzbrille spähte, hätte beinahe die Kontrolle über seine eigene Maschine verloren, so sehr war ihm der Schreck in die Glieder gefahren; doch dann sah er etwas, das er sich damals nicht und auch später nie zu erklären vermochte, nämlich den Motorradfahrer, der sich wie auf Schwingen emporhob und mit einer raschen, sachten Bewegung, schwerelos gleitend wie eine Möwe im Aufwind, über die riesige Mauer hinwegsegelte. Einen Augenblick lang, nur einen Augenblick lang glaubte er die Schwingen aufblitzen zu sehen, und nie wieder konnte er in seinem Gebetbuch von Engeln lesen, ohne an jenen außergewöhnlichen Vorfall zu denken.

Bitte glauben Sie nicht, dass mein Vater sich etwas zurechtlog, denn dazu war er gar nicht imstande. Zwar trifft es zu, dass die Leute in ländlichen Bezirken – ja selbst in den Städten – einem gern weismachen, sie hätten Wunder geschaut, wie etwa mein Mann Tom, der auf der Straße nach Enniscrone einen Hund mit zwei Köpfen gesehen haben wollte. Ebenso trifft es zu, dass derartige Geschichten nur dann wirkungsvoll sind, wenn der Erzähler unbedingten Glauben vortäuscht – oder wenn er tatsächlich Zeuge solcher Wunder wurde. Doch mein Vater war kein Lügenzauberer und Fabulierer.

Es gelang meinem Vater, sein Motorrad abzubremsen und zum Stehen zu bringen, und als er die Gutsmauer entlangrannte, stieß er auf eine jener sonderbaren kleinen Pforten im Gemäuer. Er stemmte sich gegen das rostige Eisen und eilte durch Brennnesseln und Sauerampfer, um seinen wundersamen Freund zu suchen. Dort lag er denn auch, auf der anderen Seite der Mauer, bewusstlos, aber sonst, und mein Vater schwor Stein und Bein darauf, unverletzt. Schließlich kam der Mann, zufälligerweise ein Herr aus Indien, der an der gesamten Westküste mit seinem Koffer von Tür zu Tür zog und Halstücher und andere Artikel feilbot, wieder zu sich und lächelte meinen Vater an. Beide staunten über seine unerklärliche Rettung, die, wen wundert's, in Tullamore noch Jahre später Stadtgespräch war. Sollte Ihnen die Geschichte je zu Ohren kommen, so könnte der Erzähler ihr sehr wohl den Titel »Der indische Engel« geben.

Wieder einmal war das seltsame Glücksgefühl meines Vaters vor allem in der Wiedergabe dieser Geschichte greifbar. Es war, als sei ein solcher Vorfall eine Belohnung für ihn, für seine bloße Existenz, ein kleines Erzählgeschenk, welches ihn so freute, dass es ihm im Träumen und im Wachen ein Gefühl des Privilegiertseins verlieh, so als setzten sich kleine Fetzen von Geschichten und Ereignissen für ihn zu einem unfertigen Evangelium zusammen. Sollte jemals ein Evangelium über das Leben meines Vaters verfasst werden – und warum nicht? schließlich heißt es, in den Augen Gottes sei das Leben eines jeden Menschen kostbar –, möchte ich annehmen, dass die Schwingen auf dem Rücken seines indischen Freundes, die er nur flüchtig zu sehen bekommen hatte, sich zu etwas Stofflicherem auswachsen und Dinge, die er nur angedeutet hatte, in der Nacherzählung durch einen Dritten feste Gestalt annehmen würden, unbeweisbar zwar, doch dafür um so mehr ins Reich der Wunder verwiesen. Auf dass alle Welt darin Trost finden möge.

Das Glücksgefühl meines Vaters. Es war an sich schon ein kostbares Geschenk, so wie vielleicht die Ängstlichkeit meiner Mutter der Knüppel war, der ihr andauernd zwischen die Beine geworfen wurde. Denn meine Mutter erfand niemals kleine Legenden über ihr Leben und kam ganz und gar ohne Geschichten aus, obwohl ich mir sicher bin, dass sie ebenso viele interessante Dinge zu erzählen gehabt hätte wie mein Vater.

Es ist schon seltsam, aber mir fällt auf, dass Menschen ohne Anekdoten, die sie zu ihren Lebzeiten nähren und die sie nach ihrem Tod überdauern, nicht nur der Geschichte, sondern auch den nachfolgenden Generationen eher abhanden kommen. Natürlich ist dies das Los der meisten Menschenseelen: Ganze Leben, ganz gleich, wie intensiv und wunderbar, schrumpfen auf jene traurigen schwarzen Namen in welken Familienstammbäumen zusammen, hinter denen nur ein halbes Datum und ein Fragezeichen baumeln.

Das Glücksgefühl meines Vaters rettete ihn nicht nur, sondern trieb ihn zu Geschichten an und erhält ihn selbst jetzt noch in mir am Leben, wie eine zweite, geduldigere und anziehendere Seele in meiner armen Seele.

Vielleicht war sein Glücksgefühl ja durchaus unbegründet. Aber darf sich ein Mensch in den langen, sonderbaren Läuften seines Lebens nicht, so gut es geht, selbst glücklich machen? Ich halte das für legitim. Schließlich ist die Welt ja wirklich wunderschön, und wenn wir keine Menschen wären, sondern andere Geschöpfe, so könnten wir sehr wohl dauerhaft glücklich in ihr sein.

Das wichtigste, ohnehin schon enge Zimmer in unserem kleinen Haus teilten wir mit zwei großen Gegenständen.

Einer davon war das bereits erwähnte Motorrad, das bei Regen untergestellt werden musste. Es führte in unserem Wohnzimmer ein ruhiges Leben, könnte man sagen. Von seinem Sessel aus konnte mein Vater, wann immer er wollte, müßig ein weiches Ledertuch über das Chrom gleiten lassen. Der andere Gegenstand, den ich erwähnen möchte, ist das Pianino, das ihm ein dankbarer Witwer vermacht hatte, da mein Vater für die Frau dieses Mannes eine Grube ausgehoben hatte, ohne Gebühren zu verlangen, denn die Hinterbliebenen waren in Not geraten. So war das Pianino in einer Sommernacht bald nach der Beerdigung auf einem Eselskarren eingetroffen, von dem Witwer und seinen beiden Söhnen unter verlegen frohem Lächeln hereingetragen und in unserem winzigen Zimmer aufgestellt worden. Vermutlich war es nie viel wert gewesen, trotzdem hatte es einen wunderschönen Klang und war, bevor es zu uns kam, noch nie gespielt worden, sofern sich seine Vorgeschichte am Zustand der Tasten ablesen ließ, die völlig unberührt aussahen. An den Seitenwänden waren Landschaftsszenen aufgemalt, nicht aus Sligo, vermutlich eher Szenen aus einem imaginären Italien oder dergleichen, aber im Grunde lief es auf das Gleiche hinaus: Berge und Flüsse mit Schäfern und Schäferinnen, die mit ihren geduldigen Schafen umherstanden. Mein Vater nun, der im Pfarramt seines Vaters aufgewachsen war, konnte dieses prächtige Instrument spielen und fand, wie bereits gesagt, Vergnügen an den alten Operetten des vorigen Jahrhunderts. Balfe hielt er für ein Genie. Da es neben ihm auf dem Hocker Platz für mich gab, begann ich aus Liebe zu ihm und aus großer Freude an seiner Spielfertigkeit alsbald die Anfangsgründe des Klavierspiels zu erlernen und erlangte allmählich eine gewisse Fertigkeit, ohne je das Gefühl von Mühe oder Last empfunden zu haben.

Dann konnte ich ihn begleiten, und er pflanzte sich mitten im Raum auf, sofern man noch davon sprechen konnte, die eine Hand müßig und wie zufällig auf dem Sitz seines Motorrads, die andere in seinem Jackett wie ein irischer Napoleon, und sang, für mich hörte es sich jedenfalls so an, mit größter Vollkommenheit »Im Traume sah ich mich im Marmorsaal« oder andere Glanzstücke seines Repertoires, und übrigens auch jene kleinen neapolitanischen Lieder, die natürlich nicht, wie ich mir einbildete, zum Gedenken an Napoleon, sondern in den Straßen von Neapel entstanden waren – Lieder, die sich jetzt in Sligo im Exil befanden! Seine Stimme drang wie eine Art Honig in meinen Kopf, der mächtig summend nachwirkte und alle Ängste der Kindheit bannte. Hob sich seine Stimme, so hob sich zugleich sein ganzer Körper: Arme, Schnurrbartenden, ein Fuß, der ein kleines bisschen über dem alten Teppich mit seinem vielfachen Hundemuster pendelte, und seine Augen waren erfüllt von einer seltsamen Fröhlichkeit. Selbst Napoleon mit seinen hohen Ansprüchen hätte ihn nicht verachtet. In solchen Augenblicken entfaltete er in den ruhigeren Passagen der Lieder ein herrliches Timbre, das ich bis heute nicht überboten gehört habe. Als ich eine junge Frau war, machten sich viele herausragende Sänger auf den Weg nach Sligo und sangen in den Sälen unter dem Regen, und bei einigen der volkstümlicheren Lieder begleitete ich sie sogar auf dem Klavier und klimperte Töne und Akkorde für sie, vielleicht eher Hindernis als Hilfe. Doch in meinen Ohren reichte keiner von ihnen an die Stimme meines Vaters und deren eigentümliche Intimität heran.

Und ein Mann, der angesichts drohender Katastrophen, wie sie so oft ohne jede Gnade oder Gunst über uns hereinbrechen, fröhlich gestimmt sein kann, ist ein wahrer Held.

ZWEITES KAPITEL

Dr. Grenes Aufzeichnungen
(Leitender Psychiater, Roscommon Regional Mental Hospital)

Dieses Gebäude ist in einem schrecklichen Zustand, wie schrecklich, konnten wir so richtig erst dem Bericht der Bauaufsicht entnehmen. Die drei mutigen Männer, die unter das uralte Dach kletterten, berichten, dass viele Dachbalken kurz vor dem Einsturz stehen, als spiegelten Haupt und Glieder der Institution die Verfassung vieler der armen Insassen darunter wider. Statt Insassen sollte ich schreiben: Patienten. Da das Gebäude jedoch Ende des achtzehnten Jahrhunderts als mildtätige Einrichtung, als »Heilstätte für die überlegene Behandlung kranker Sitze der Gedanken« errichtet wurde, kommt einem stets das Wort »Insassen« in den Sinn. Wie heilsam und wie überlegen, darüber lässt sich heute nur spekulieren. Mitte des neunzehnten Jahrhunderts herrschte dank der revolutionären Ideen verschiedener Ärzte in den Irrenanstalten tatsächlich eine Periode wirklicher Aufklärung: Zwangsjacken kamen nur selten zum Einsatz, gute Ernährung wurde für ratsam erachtet, ebenso viel Bewegung und geistige Anregung. Was ein großer Fortschritt gegenüber den Praktiken von Bedlam war, wo brüllende Bestien am Boden festgekettet waren. Danach wendeten sich die Dinge wieder zum Schlechteren, und kein feinfühliger Mensch würde freiwillig Historiker der irischen Irrenanstalten zu Anfang des vergangenen Jahrhunderts sein wollen, mit ihren Klitoridektomien, Tauchbädern und

Einläufen. Das vergangene Jahrhundert ist »mein« Jahrhundert, da ich zur Jahrhundertwende siebenundfünfzig war und es schwerfällt, in diesem Alter einem neuen Jahrhundert noch sein Herz und seine Aufmerksamkeit zu schenken. Fand ich jedenfalls. Und finde es noch immer. Leider bin ich nun schon fast fünfundsechzig.

Da das Gebäude sein Alter so zwingend unter Beweis stellt, werden wir es räumen müssen. Im Ministerium heißt es, mit dem Neubau werde so gut wie unverzüglich begonnen. Das mag zutreffen oder eine leere Phrase sein. Aber wie sollen wir in unserer Arbeit fortfahren, bis uns der Neubau wirklich zur Verfügung steht, philosophisch gefragt: Wie können wir eine Vielzahl von Patienten, deren DNA sich höchstwahrscheinlich längst mit dem Mörtel des Gebäudes vermischt hat, hier herauslösen? Im Haupttrakt sind fünfzig steinalte Frauen untergebracht, so alt, dass ihr Alter etwas Ewiges, etwas Fortdauerndes hat, und so bettlägerig und wund gelegen, dass es etwas Gewalttätiges hätte, sie an einen anderen Ort zu schaffen.

Vermutlich sträube ich mich innerlich gegen die Vorstellung auszuziehen, so wie jeder vernünftige Mensch es tut, wenn ein Umzug erwogen wird. Zweifellos werden wir ihn mit dem üblichen Chaos und Trauma bewerkstelligen.

Auch die Wärter und Pfleger sind längst Bestandteil des Gebäudes, wie die Fledermäuse unter dem Dach und die Ratten in den Kellern. Und von beiden gibt es, wie ich höre, eine Unzahl, auch wenn ich die Ratten Gott sei Dank nur ein einziges Mal gesehen habe, nämlich als der Ostflügel in Brand geriet und ich die schwarzen Schatten zu den unteren Türen hinaus und durch die Hecken in die Getreidefelder des Bauern flitzen sah. Als sie flohen, warf der Feuerschein eine seltsame Orangenmarmeladenfarbe auf ihren Rücken. Ich bin überzeugt, dass sie gleich, als die Feuerwehrleute Entwarnung gaben, wieder in das neue Dunkel huschten.

Also, irgendwann müssen wir hier raus. Daher muss ich der neuen Gesetzgebung entsprechend beurteilen, wer von den Patienten wieder in die Gemeinschaft (was immer das ist, o Herr!) entlassen werden kann und welcher Kategorie jeder der anderen Patienten zuzurechnen ist. Viele von ihnen werden über die neue Einrichtung, den modernen Verputz, die gute Isolierung und Heizung entsetzt sein. Noch das Stöhnen des Windes in den Gängen, selbst an stillen Tagen – wie geht das eigentlich? vielleicht ein Vakuum, hervorgerufen von Kälte und Wärme in verschiedenen Teilen des Krankenhauses? –, werden sie vermissen, die leise Hintergrundmusik ihrer Träume und ihrer »Verrücktheiten«. Da bin ich mir sicher. Die armen alten Kerle in den vor langer Zeit von den Krankenhausschneidern angefertigten schwarzen Anzügen, die nicht so sehr verrückt als vielmehr obdachlos und steinalt sind und wie Soldaten irgendeines vergessenen Unabhängigkeits- oder Indianerkrieges in den Räumen des älteren Westflügels hausen, werden sich außerhalb dieses verlorenen Grund und Bodens von Roscommon nicht wiedererkennen.

Diese Notwendigkeit wird mich vor eine Aufgabe stellen, der ich lange aus dem Weg gegangen bin, nämlich herauszufinden, welche Umstände einige der Patienten hierhergeführt haben und ob sie tatsächlich, wie es in einigen tragischen Fällen zutraf, eher aus sozialen als aus medizinischen Gründen eingewiesen wurden. Denn ein so großer Narr bin ich nicht, zu glauben, dass alle »Irren« hier drin wirklich verrückt sind oder es waren, bevor sie hierherkamen und von einer Art viraler Verrücktheit erfasst wurden. In der allwissenden breiten Öffentlichkeit, oder sagen wir: in der öffentlichen Meinung, wie sie sich in den Zeitungen niederschlägt, gelten diese Menschen als »freiheitswürdig« oder »entlassungswürdig«. Was durchaus zutreffen mag, doch Kreaturen, die so lange im Zwinger gehalten und eingesperrt wurden, empfinden Freiheit und Entlassung als äußerst fragwürdige Errungenschaften, so wie die osteuropäischen Länder nach dem Kommunismus. Und auf gleiche Weise spüre ich in mir einen sonderbaren Widerwillen dagegen, irgendjemanden gehen zu sehen. Woher kommt das? Ist es die Besorgnis des Zoowärters? Werden sich meine Polarbären auch am Pol zurechtfinden? Vermutlich greift dieser Gedanke zu kurz. Nun ja, wir werden sehen.

Insbesondere meine alte Freundin Mrs McNulty werde ich ansprechen müssen, die nicht nur die älteste Person an diesem Ort, sondern in Roscommon, vielleicht sogar in Irland ist. Betagt war sie schon vor dreißig Jahren, als sie hierherkam, obwohl sie damals die elementare Kraft einer – ich weiß nicht, einer Naturgewalt besaß. Sie ist ein bemerkenswerter Mensch, und obwohl lange Zeiträume verstrichen sind, in denen ich sie nicht oder nur flüchtig zu Gesicht bekommen habe, bin ich mir ihrer stets bewusst und vergesse nicht, mich nach ihr zu erkundigen. Ich fürchte, sie ist eine Art Prüfstein für mich. Sie gehört zum lebenden Inventar und repräsentiert nicht nur die Anstalt, sondern auf eigentümliche Art auch meine eigene Geschichte, mein eigenes Leben, »ist Leitstern, der verirrte Schiffe lenkt«, wie Shakespeare es nennt. Meine Eheprobleme mit der armen Bet, meine gedrückte Stimmung, mein mitunter sinkender Mut, mein Gefühl, nicht voranzukommen, mein dies, mein das – meine Dummheit im Umgang mit Menschen vermutlich. Während die Verhältnisse sich unausweichlich verändert haben, ist sie sich gleich geblieben, auch wenn sie natürlich im Lauf der Jahre schwächer und schmächtiger geworden ist. Ist sie inzwischen hundert? Unten im Aufenthaltsraum hat sie immer Klavier gespielt, ziemlich gekonnt, Lieder und Jazzmelodien der Zwanziger- und Dreißigerjahre. Ich weiß nicht, wo sie die aufgeschnappt hat. Sie hat immer in einem dieser schrecklichen Krankenhauskittel dagesessen, aber ausgesehen hat sie wie eine Königin, mit ihrem langen silbernen Haar, das ihr offen auf den Rücken fiel, und ihrem eindrucksvollen Gesicht, obwohl sie damals bereits siebzig war. Eigentlich war sie noch immer sehr schön, und weiß Gott, wie sie ausgesehen haben muss, als sie noch jung war. Aus dem Rahmen fallend, die Verkörperung von etwas Außergewöhnlichem, vielleicht sogar Fremdartigem in dieser provinziellen Welt. Als in späteren Jahren ein milder Rheumatismus einsetzte – sie duldete das Wort nicht, nannte es ein »Zaudern« ihrer Finger –, hörte sie mit dem Klavierspielen auf. Vielleicht hätte sie fast ebenso gut weiterspielen können, aber »fast ebenso gut« stellte sie nicht zufrieden. So ging uns der Klang von Mrs McNultys Jazzspiel verloren.

Nachzutragen ist, dass das Klavier, von Holzwürmern befallen, später mit lautem, unmusikalischem Geklirr in einem Container landete.

Jetzt muss ich also zu ihr und sie nach diesem und jenem befragen. Ich bin unerklärlich nervös deswegen. Warum sollte ich nervös sein? Ich glaube, weil sie so viel älter ist als ich und, obwohl sie zu tiefem Schweigen neigt, eine äußerst angenehme Gesellschaft, so wie eine ältere Kollegin, die man verehrt. Ich glaube, das ist es. Vielleicht auch, weil ich den Verdacht habe, dass sie mich ebenso gern mag wie ich sie. Dabei wüsste ich nicht einmal, weshalb sie mich mag. Ich habe mir eine Neugier auf sie bewahrt, bin aber nie in ihr Leben eingetaucht, was man mir als professionellem Psychiater wohl anlasten könnte. Dennoch, so ist es nun einmal, sie mag mich. Doch um nichts in der

Welt würde ich diese Zuneigung, deren Grundlage, meine ich, erschüttern wollen. Ich muss also vorsichtig zu Werke gehen.

Roseannes Selbstzeugnis

Wie gern würde ich sagen, ich hätte meinen Vater so sehr geliebt, dass ich ohne ihn nicht hätte leben können, aber ein solches Eingeständnis würde sich mit der Zeit als falsch erweisen. Diejenigen, die wir lieben, diese unentbehrlichen Wesen, werden uns entrissen nach dem Willen des Allmächtigen oder der Teufel, die sich seines Thrones bemächtigt haben. Es ist, als würde uns bei ihrem Tod ein riesiger Bleiklumpen auf die Seele gelegt, und wenn diese Seele vorher schwerelos war, so ist sie jetzt eine verborgene und verderbliche Last in unserem Innersten.

Als ich etwa zehn war, nahm mich mein Vater in einem Anfall von Erziehungswut mit in die Spitze des hohen, schlanken Turmes auf dem Friedhof. Es war einer jener schönen, stolzen, grazilen Bauten, die die Mönche in Zeiten der Gefahr und der Verheerung errichtet hatten. Er stand in einer mit Brennnesseln bewachsenen Ecke des Friedhofs und wurde nicht weiter beachtet. Wer in Sligo aufgewachsen war, für den war er einfach da. Aber zweifellos war er eine unvergleichliche Kostbarkeit, erbaut mit nur einem Hauch von Mörtel zwischen den Steinen, deren jeder der Krümmung des Turmes folgte und von den Maurern des Mittelalters mit größter Präzision eingefügt worden war. Natürlich war es ein katholischer Friedhof. Mein Vater hatte seine Anstellung nicht aufgrund seiner Konfession erhalten, sondern weil er bei jedermann in der Stadt beliebt war und die Katholiken nichts dagegen einzuwenden hatten, dass ihre Gräber von einem Presbyterianer ausgehoben wurden, solange dieser nur sympathisch war. Denn zu der Zeit herrschte zwischen den Kirchen oft besseres Einvernehmen, als wir meinen, und oft wird vergessen, dass, wie mein Vater oft betonte, die anderen von der anglikanischen Staatskirche abweichenden Bekenntnisse unter den Strafgesetzen längst verflossener Tage ebenso zu leiden hatten wie das katholische. Dort, wo Freundschaft besteht, gibt es jedenfalls nur selten Schwierigkeiten mit der Konfession. Erst später wurde der Unterschied zum Abgrenzungsmerkmal. Zumindest weiß ich, dass der katholische Gemeindepfarrer, ein kleiner, forscher, flinker Mann namens Father Gaunt, der später, in meiner eigenen Geschichte, eine so große Rolle spielen sollte, falls ein kleiner Mann eine große Rolle spielen kann, ihn sehr gut leiden mochte.

Es war die Zeit kurz nach dem Ersten Weltkrieg, und in den Schützengräben der Geschichte befasst sich der Verstand vielleicht mit Merkwürdigkeiten, mit erzieherischen Verschrobenheiten wie jener, auf die er es an jenem Tag mit mir abgesehen hatte. Andernfalls könnte ich mir nicht erklären, weshalb ein erwachsener Mann sein Kind zusammen mit einem Sack voll Hämmer und Federn in die Spitze eines alten Turmes mitnehmen sollte.

Ganz Sligo – Fluss, Kirchen, Häuser – breitete sich strahlenförmig vom Fuß des Turmes aus, zumindest hatte es von der kleinen Fensteröffnung in der Spitze den Anschein. Ein vorüberfliegender Vogel hätte zwei aufgeregte Gesichter sehen können, die gleichzeitig hinauszuspähen versuchten. Ich verlagerte mein Gewicht auf meine Zehen und stieß dabei gegen die Unterseite seines Kinns.

»Roseanne, liebstes Kind, ich hab mich heute Morgen schon rasiert, und dir mit deinem Goldschopf wird das ohnehin nicht gelingen.«

Denn es stimmte, dass ich weiches Haar hatte, das schimmerte wie Gold – wie das Gold jener Mönche. Golden wie der Glanz alter Buchkunst.

»Papa«, sagte ich, »lass endlich die Hämmer und die Federn fallen und lass uns sehen, was dabei herauskommt.«

»Ach«, sagte er, »ich bin müde vom Aufstieg, wir wollen erst unsere Blicke über Sligo wandern lassen, bevor wir unser Experiment in Angriff nehmen.«

Er hatte abgewartet und einen windstillen Tag für sein Vorhaben ausgewählt. Er wollte mir die uralte Prämisse beweisen, dass im Reich der Theorie alle Körper dieselbe Fallgeschwindigkeit haben.

»Alle Körper fallen gleich schnell«, hatte er gesagt, »im Reich der Theorie. Und ich werde es dir beweisen. Ich werde es mir selbst beweisen.«

Wir hatten vor dem knisternden Kohlenfeuer gesessen.

»Alle Körper mögen gleich schnell fallen, wie du sagst«, meldete sich meine Mutter aus ihrer Ecke des Zimmers zu Wort. »Aber nur selten steigt einer auf.«

Ich glaube nicht, dass dies eine Stichelei war, eher eine Feststellung. Jedenfalls blickte er mit jener vollkommenen Gemütsruhe zu ihr hinüber, die sie selbst so meisterlich beherrschte und die sie ihn gelehrt hatte.

Es kommt mir seltsam vor, dies alles hier in diesem dunkel gewordenen Zimmer aufzuschreiben, es mit blauer Kugelschreibertinte hinzukritzeln, die beiden vor meinem geistigen Auge oder irgendwo hinter den Augen, in der verdüsterten Schale meines Schädels, zu sehen, noch immer präsent, wahrhaft lebendig und gesprächig, als sei ihre Zeit die wahre Zeit und meine nur eine Illusion. Und zum tausendsten Mal rührt es mein Herz, zu sehen, wie schön sie ist, wie geschmackvoll, wie liebenswürdig und leuchtend, mit ihrem Southamptoner Akzent, der den

Kieseln am Strand gleicht, wenn die Wellen sie hin und her rollen, ein weiches Rascheln und Rauschen, das in meinen Träumen nachklingt. Allerdings stimmt es auch, dass sie mich, wenn ich ungezogen war, wenn sie Sorge hatte, mein Pfad könnte von dem Pfad abweichen, den sie für mich ausersehen hatte, zu verprügeln pflegte, selbst bei nichtigen Anlässen. Aber damals war es eine Selbstverständlichkeit, Kinder zu schlagen.

Jetzt also rangelten unsere beiden Gesichter um den besten Platz, eingerahmt von dem alten Rahmen des kleinen Guckfensters der Mönche. Welche längst verschwundenen Gesichter hatten dort hinausgespäht, welche unter ihren Kapuzen schwitzenden Mönche hatten zu erkennen versucht, wo die Wikingerhorden waren, die kommen würden, sie zu morden und ihnen ihre Bücher, ihre Gefäße und ihre Münzen zu rauben? Kein Maurer überlässt den Wikingern gern ein großes Fenster, und jenes Fenster zeugte noch immer von alter Angst und Gefahr.

Nach einiger Zeit war klar, dass sich sein Experiment unmöglich durchführen ließ, solange wir alle beide dort standen. Einer von uns würde das Ergebnis verpassen. So schickte er mich allein über die feuchte steinerne Treppe nach unten, und noch heute kann ich das nasse Gemäuer unter meiner Hand spüren und das seltsame Entsetzen, von ihm getrennt zu sein, das mich erfasste. In meiner kleinen Brust schlug es so heftig, als sei eine furchtsame Taube darin gefangen.

Ich trat aus dem Turm und stellte mich, wie er mir aus Angst, die herabfallenden Hämmer könnten mich erschlagen, befohlen hatte, ein Stück vom Sockel entfernt auf. Von unten wirkte der Turm riesig, an jenem Tag schien er bis zu den schmutzig grauen Wolken aufzuragen. Bis in den Himmel. Kein Lüftchen regte sich. Die verwilderten Gräber dieses Friedhofsabschnitts, die Gräber von Männern und Frauen eines Jahrhunderts, als die Menschen sich nur unbehauene Steine leisten konnten, auf denen kein Name geschrieben stand, wirkten nun anders, da ich allein war, ganz anders, so als könnten sich die armen Gerippe gegen mich erheben und mich in ihrem ewigen Hunger verschlingen. Als ich so auf dem Rasen stand, fühlte ich mich wie ein Kind auf einer Felsenklippe, wie in jener Szene aus dem alten Stück *König Lear,* in der der Freund des Königs sich einbildet, von einem Felsvorsprung hinabzustürzen, obwohl dort gar kein Felsvorsprung ist. Wenn man es liest, glaubt man selbst daran, dass es einen solchen Felsvorsprung gibt, und stürzt zusammen mit dem Freund des Königs hinab. Aber pflichtgetreu, pflichtgetreu, liebevoll, liebevoll schaute ich hinauf. Es ist kein Verbrechen, den eigenen Vater zu lieben, es ist kein Verbrechen, keine Kritik an ihm üben zu wollen – und immerhin kannte ich ihn bis in die Anfangsjahre meines Frauseins, oder doch fast, in jenen Jahren also, wenn ein Mädchen dazu neigt, von seinen Eltern enttäuscht zu sein. Es ist kein Verbrechen, zu spüren, wie das eigene Herz ihm entgegenschlägt, oder doch dem bisschen, das ich von ihm sehen konnte, denn jetzt ragte sein Arm aus der kleinen Fensteröffnung, und der Sack hing in der irischen Luft. Jetzt rief er mir etwas zu, und ich konnte seine Worte kaum verstehen. Doch nach ein paar Anläufen glaubte ich ihn sagen zu hören:

»Hältst du auch genügend Abstand, liebstes Kind?«

»Ich halte genügend Abstand, Papa«, rief ich, ich schrie es fast, so weit mussten meine Worte nach oben steigen, und so klein war das Fenster, durch das sie hindurchmussten, um an seine Ohren zu dringen.

»Dann lass ich den Sack jetzt los. Pass auf, pass auf!«, rief er.

»Ja, Papa, ich passe auf!«

So gut er konnte, lockerte er mit den Fingern einer Hand die Öffnung des Sacks und schüttete den Inhalt aus. Ich hatte gesehen, was er hineingetan hatte. Eine Handvoll Federn aus dem Federkissen ihres Bettes, die er gegen den kreischenden Einspruch seiner Frau herausgerupft hatte, und zwei Maurerhämmer, die er verwahrte, um die Mäuerchen und Grabsteine der Gräber instand zu setzen.

Unverwandt starrte ich hinauf. Vielleicht hörte ich ja eine wundersame Musik. Das Kja-kja der Dohlen und das Rrrah-rrrah der Saatkrähen in den großen Buchen dort vereinte sich in meinem Kopf zu einer Melodie. Ich verrenkte mir den Hals, so gespannt war ich, das Ergebnis dieses eleganten Experiments zu beobachten, ein Ergebnis, das mir meinem Vater zufolge im Leben noch gute Dienste erweisen würde: als Grundlage einer eigenständigen Philosophie.

Obwohl nicht der leiseste Windhauch ging, schwebten die Federn sogleich davon, verstreuten sich wie bei einer kleinen Explosion, stoben sogar grau zu den grauen Wolken auf und waren fast nicht mehr zu sehen. Die Federn schwebten, schwebten davon.

Vom Turm rief mein Vater, rief in hellster Aufregung: »Was siehst du, was siehst du?«

Was sah ich, was wusste ich? Manchmal glaube ich, es ist der Hang zur Lächerlichkeit bei einem Menschen, zu einer womöglich aus Verzweiflung geborenen Lächerlichkeit, wie sie auch Eneas McNulty – noch wissen Sie nicht, wer das ist – so viele Jahre später an den Tag legen sollte, der einen mit Liebe zu diesem Menschen geradezu durchbohrt. Das alles: nicht wissen, nicht sehen, ist Liebe. Für immer stehe ich dort, verrenke mir den Hals, um zu sehen, spähe und recke meinen steifen Nacken, und sei es aus keinem anderen Grund als aus Liebe zu ihm. Die Federn schweben davon, schweben und wirbeln davon. Mein Vater ruft und ruft. Mein Herz schlägt ihm entgegen. Die Hämmer fallen noch immer.

DRITTES KAPITEL

Liebe Leserin, lieber Leser! Wenn Sie sanft- und gutmütig sind, wünschte ich, ich könnte Ihnen die Hand drücken. Ich wünsche mir – allerlei Unmögliches. Doch auch wenn ich Sie nicht um mich habe, so habe ich doch andere Dinge. Es gibt Augenblicke, da ich von einer unerklärlichen Freude durchdrungen bin, als besäße ich, indem ich gar nichts besitze, die ganze Welt. Als hätte ich, indem ich bis in diesen Raum vorgedrungen bin, das Vorzimmer zum Paradies gefunden, und bald wird es sich mir öffnen, und ich werde ins Paradies eingehen wie eine Frau, die für ihre Schmerzen entschädigt wird, eingehen in diese grünen Wiesen und hingeschmiegten Gehöfte. So grün, dass das Gras geradezu leuchtet!

Heute Morgen kam Dr. Grene herein, und hastig musste ich meine Blätter zusammenraffen und verstecken. Denn ich wollte nicht, dass er sie sieht oder mich ausfragt, denn dies hier enthält bereits Geheimnisse, und meine Geheimnisse sind mein Glück und mein Heil. Gottlob hörte ich ihn schon von weitem den Gang entlangkommen, denn er hat Eisenbeschläge unter den Absätzen. Gottlob leide ich auch kein bisschen an Rheumatismus oder sonst irgendeinem Gebrechen, das mit meinem Alter zu tun hat, zumindest nicht in den Beinen. Meine Hände, meine Hände sind leider nicht mehr, was sie mal waren, aber die Beine halten sich wacker. Die Mäuse, die hinter der Scheuerleiste entlanghuschen, sind zwar schneller, aber das waren sie schließlich schon immer. Eine Maus ist eine fantastische Athletin, wenn's drauf ankommt, da gibt's kein Vertun. Aber bei Dr. Grene war ich schnell genug.

Er klopfte an, was schon mal ein Fortschritt ist gegenüber dem armen Teufel, der mein Zimmer putzt, John Kane, falls sein Name so geschrieben wird – ich schreibe ihn zum ersten Mal auf –, und als er die Tür endlich öffnete, saß ich an einem leeren Tisch.

Da ich Dr. Grene nicht für einen schlechten Menschen halte, lächelte ich.

Es war ein Morgen von beträchtlicher Kälte, und auf alles im Zimmer hatte sich ein Frostschleier gelegt. Alles schimmerte. Ich selbst hatte mich in meine vier Kleider gemummt, und mir war mollig warm.

»Hmm, hmm«, sagte er. »Roseanne. Hmm. Wie geht es Ihnen denn so, Mrs McNulty?«

»Mir geht es sehr gut, Dr. Grene«, sagte ich. »Das ist aber freundlich von Ihnen, mich zu besuchen.«

»Es ist meine Pflicht, Sie zu besuchen«, entgegnete er. »Ist das Zimmer heute schon geputzt worden?«

»Nein«, antwortete ich. »Aber John wird bestimmt bald hier sein.«

»Das nehme ich auch an«, sagte Dr. Grene.

Dann durchquerte er das Zimmer und sah aus dem Fenster.

»Heute ist der bislang kälteste Tag des Jahres«, sagte er.

»Bislang«, sagte ich.

»Und haben Sie alles, was Sie brauchen?«

»Im Großen und Ganzen ja«, antwortete ich.

Dann setzte er sich auf mein Bett, als sei es das reinlichste Bett der Christenheit, was ich zu bezweifeln wage, streckte die Beine aus und betrachtete seine Schuhe. Sein langer, ergrauender Bart war scharf wie eine Eisenaxt. Gestutzt wie eine Hecke. Der Bart eines Heiligen. Neben ihm auf dem Bett stand ein Teller, auf dem sich noch die verschmierten Überreste der Bohnen vom Vorabend befanden.

»Pythagoras«, sagte er, »glaubte an die Seelenwanderung und hat uns den Genuss von Bohnen untersagt, damit wir nicht die Seele unserer Großmutter verspeisen.«

»Oh«, machte ich.

»Das kann man bei Horaz nachlesen«, sagte er.

»Gebackene Bohnen von Batchelor?«

»Vermutlich nicht.«

Dr. Grene beantwortete meine Frage mit gewohnt ernster Miene. Das Schöne an Dr. Grene ist, dass er überhaupt keinen Sinn für Humor hat, was ihn fast schon wieder humorvoll wirken lässt. Glauben Sie mir, an einem Ort wie diesem ist das eine schätzenswerte Eigenschaft.

»Also«, sagte er, »Ihnen geht es so weit ganz gut?«

»Ja.«

»Wie alt sind Sie inzwischen, Roseanne?«

»Hundert, glaube ich.«

»Finden Sie es nicht bemerkenswert, dass es Ihnen mit hundert noch so gut geht?«, fragte er, als hätte er zu diesem Umstand irgendwie beigetragen, was er ja vielleicht auch hat. Immerhin bin ich schon seit rund dreißig Jahren, vielleicht noch länger, in seiner Obhut. Dabei ist er selbst alt geworden, wenn auch nicht so alt wie ich.

»Ich finde es äußerst bemerkenswert. Aber, Herr Doktor, ich finde so viele Dinge bemerkenswert. Ich finde Mäuse bemerkenswert, ich finde die seltsamen grünen Sonnenstrahlen bemerkenswert, die durchs Fenster hereinklettern. Auch Ihren heutigen Besuch finde ich bemerkenswert.«

»Es tut mir leid zu hören, dass Sie noch immer Mäuse haben.«

»Hier wird es immer Mäuse geben.«

»Aber stellt John denn keine Fallen auf?«

»Das schon, aber er spannt die Sprungfedern nicht richtig, und die Mäuse können den Käse problemlos fressen und entwischen wie Jesse James und sein Bruder Frank.«

Jetzt nahm Dr. Grene seine Augenbrauen zwischen zwei Finger seiner rechten Hand und massierte sie eine Weile. Danach rieb er sich die Nase und stöhnte. Das Stöhnen enthielt all die Jahre, die er in dieser Anstalt verbracht hatte, all die Vormittage seines Lebens hier, all das sinnlose Geschwätz über Mäuse, Behandlungsmethoden und Alter.

»Wissen Sie, Roseanne«, sagte er, »da ich mich unlängst mit der rechtlichen Position aller unserer Insassen befassen musste, von der in der Öffentlichkeit so viel die Rede ist, habe ich mir noch einmal Ihre Aufnahmepapiere angeschaut, und ich muss gestehen – «

All dies sagte er in denkbar gelassenem Tonfall.

»Gestehen?«, fragte ich, um ihn zu ermuntern. Ich wusste, dass er dazu neigte, zu verstummen und privaten Gedanken nachzuhängen.

»O ja – entschuldigen Sie. Hmm, ja, ich wollte Sie fragen, Roseanne, ob Sie sich vielleicht noch an die näheren Umstände Ihrer Aufnahme hier erinnern können. Das wäre sehr hilfreich – wenn Sie es könnten. Den Grund nenne ich Ihnen gleich – wenn es denn sein muss.«

Dr. Grene lächelte, und ich hatte den Verdacht, dass die letzte Bemerkung scherzhaft gemeint war, auch wenn ich nicht verstand, was daran komisch sein sollte, zumal er sich normalerweise, wie gesagt, nie an Humor versuchte. Insofern vermutete ich, dass etwas Ungewöhnliches in ihm vorging.

Aber dann, fast so schlimm wie er, vergaß ich, ihm zu antworten.

»Können Sie sich an irgendetwas davon erinnern?«

»Sie meinen meine Ankunft, Dr. Grene?«

»Ja, ich glaube, die meine ich.«

»Nein«, sagte ich, denn eine entschiedene, eine unverfrorene Lüge war die beste Antwort.

»Nun«, sagte er, »leider ist ein Großteil unseres Archivs im Keller von Generationen von Mäusen als Bettstatt benutzt worden, ist ja auch kein Wunder, und nun ist alles ziemlich ruiniert und unlesbar. Über Ihre ohnehin schon schmale Akte sind sie auf höchst bemerkenswerte Weise hergefallen. Sie würde einem ägyptischen Grabmal alle Ehre machen. Bei der leisesten Berührung droht sie zu zerfallen.«

Danach herrschte langes Schweigen. Ich lächelte und lächelte. Ich versuchte mir vorzustellen, wie ich in seinen Augen wohl aussah. Ein Gesicht, so zerknittert und alt, so altersversunken.

»Natürlich kenne ich Sie sehr gut. Im Lauf der Jahre haben wir uns ja oft genug unterhalten. Ich wünschte, ich hätte mir mehr Notizen gemacht. Es sind nur wenige Seiten, was Sie nicht überraschen dürfte. Etwas in mir sträubt sich dagegen, mir viele Notizen zu machen, was in meinem Metier vielleicht nicht eben nachahmenswert ist. Manchmal heißt es, wir bewirken nichts, für niemanden. Aber ich hoffe doch, dass wir unser Bestes für Sie getan haben, trotz meines sträflichen Mangels an Notizen. Ich hoffe es wirklich. Ich freue mich, dass Sie sagen, es gehe Ihnen gut. Mir würde der Gedanke gefallen, dass Sie hier glücklich sind.«

Ich beschenkte ihn mit meinem ältesten Altfrauenlächeln, als verstünde ich nicht recht.

»Weiß Gott«, sagte er dann mit einer gewissen geistigen Eleganz, »niemand könnte hier glücklich sein.«

»Ich bin glücklich«, erwiderte ich.

»Wissen Sie«, sagte er, »ich glaube Ihnen. Ich glaube, Sie sind der glücklichste Mensch, den ich kenne. Aber ich

fürchte, ich werde Ihren Fall neu bewerten müssen, Roseanne, da es in den Zeitungen einen Aufschrei der Entrüs-
tung gegeben hat über – darüber, dass Leute, die eher aus
sozialen als aus medizinischen Gründen eingesperrt wurden, weiterhin, weiterhin –«

»Festgehalten werden?«

»Ja, ja, festgehalten werden. Und zwar bis auf den heutigen Tag festgehalten werden. Natürlich sind Sie seit vielen,
vielen Jahren hier, ich vermute fast, es sind vielleicht
schon fünfzig?«

»Ich weiß es nicht mehr, Dr. Grene. Mag wohl sein.«

»Möglicherweise betrachten Sie diese Anstalt ja auch als
Ihr Zuhause.«

»Nein.«

»Nun, wie jeder andere haben Sie das Recht, frei zu sein,
wenn Sie für ... für die Freiheit taugen. Ich vermute, selbst
mit einhundert Jahren möchten Sie vielleicht ... möchten
Sie vielleicht umherspazieren und im Sommer im Meer
baden und die Rosen riechen –«

»Nein!«

Eigentlich wollte ich gar nicht schreien, aber wie Sie
merken werden, ist der bloße Gedanke an derlei kleine
Aktivitäten, die die meisten Menschen mit Behagen und
Lebensglück verbinden, noch immer ein Messer in meinem Herzen.

»Verzeihung?«

»Nein, nein, bitte fahren Sie fort.«

»Wie auch immer, falls ich feststellen sollte, dass Sie
ohne wirklichen Grund, sozusagen ohne medizinische
Grundlage hier sind, müsste ich mich um eine andere
Regelung bemühen. Ich möchte Sie nicht beunruhigen.
Und ich habe nicht die Absicht, meine liebe Roseanne, Sie
in die Kälte hinauszuschicken. Nein, nein, dies wäre eine
sorgfältig abgestimmte Maßnahme und bedarf, wie ge-

sagt, meiner vorherigen Neubewertung. Fragen, ich würde Sie befragen müssen – bis zu einem gewissen Grad.«

Ich war mir ihres Ursprungs nicht ganz sicher, aber in mir breitete sich ein Gefühl der Angst aus, so wie ich mir vorstelle, dass sich das Gift gespaltener Atome in den Menschen der Außenbezirke von Hiroshima ausgebreitet und sie ebenso sicher getötet hat wie die Explosion selbst. Angst wie eine Krankheit, die Erinnerung an eine Krankheit, zum ersten Mal seit vielen Jahren verspürte ich sie.

»Fehlt Ihnen etwas, Roseanne? Bitte regen Sie sich nicht auf.«

»Natürlich will ich meine Freiheit, Dr. Grene. Aber sie ängstigt mich auch.«

»Der Gewinn der Freiheit«, sagte Dr. Grene freundlich, »vollzieht sich stets in einer Atmosphäre der Ungewissheit. Wenigstens in diesem Land. Vielleicht in allen Ländern.«

»Mord«, sagte ich.

»Ja, manchmal«, sagte er sanft.

Dann schwiegen wir, und ich betrachtete das solide Rechteck aus Sonnenlicht im Zimmer. Dort hatte sich uralter Staub abgesetzt.

»Freiheit, Freiheit«, sagte er.

Irgendwo in seiner staubigen Stimme tönte undeutlich die Glocke der Sehnsucht. Ich weiß nichts von seinem Leben draußen, von seiner Familie. Hat er Frau und Kinder? Irgendeine Mrs Grene? Ich weiß es nicht. Oder doch? Er ist ein kluger Mann. Sieht aus wie ein Frettchen, aber das macht nichts. Jemand, der von den alten Griechen und Römern zu erzählen weiß, ist ein Mann ganz nach dem Herzen meines Vaters. Ich mag Dr. Grene, trotz seiner staubigen Verzweiflung, denn jedes Mal liefert er mir ein Echo der Redeweise meines Vaters, die sich aus Sir Thomas Browne und John Donne zusammensetzte.

»Nun, heute fangen wir nicht damit an. Nein, nein«, sagte er und erhob sich. »Ganz bestimmt nicht. Aber es ist meine Pflicht, Ihnen die Fakten vorzutragen.«

Und wieder durchquerte er mit einer Art unendlicher ärztlicher Geduld den Raum und ging zur Tür.

»Sie verdienen nichts anderes, Mrs McNulty.«

Ich nickte.

Mrs McNulty.

Immer wenn ich diesen Namen höre, muss ich an Toms Mutter denken. Auch ich war einmal eine Mrs McNulty, allerdings nie auf so überlegene Weise wie sie. Nie. Wie sie mir hundertfach deutlich machte. Außerdem, wieso habe ich meinen Namen seither immer als McNulty angegeben, wenn sich doch jedermann größte Mühe gab, mir den Namen wegzunehmen? Ich weiß es nicht.

»Vorige Woche war ich im Zoo«, sagte er plötzlich, »zusammen mit einem Freund und dessen Sohn. Ich war in Dublin, um ein paar Bücher für meine Frau abzuholen. Über Rosen. Der Sohn meines Freundes heißt William, was ja, wie Sie wissen, auch mein Name ist.«

Das wusste ich nicht!

»Wir kamen zum Giraffenhaus. William hatte große Freude an ihnen, zwei riesige, langhalsige Giraffendamen waren es, mit weichen, langen Beinen, sehr, sehr schöne Tiere. Ich glaube, ich habe noch nie so schöne Tiere gesehen.«

Dann bildete ich mir ein, in dem schimmernden Zimmer etwas Merkwürdiges zu sehen, eine Träne, die ihm in den Augenwinkel trat, über die Wange lief und rasch herabfiel, eine Art verborgenen, ganz intimen Weinens.

»So schöne Tiere, so schöne Tiere« sagte er.

Sein Gerede hatte mich in Schweigen gehüllt, ich weiß nicht, warum. Es war eben doch nicht das offene, unbeschwerte, frohe Gerede meines Vaters. Ich wollte ihm zuhören, ihm aber jetzt nicht antworten. Diese eigenartige Verantwortung, die wir anderen gegenüber verspüren, wenn sie reden: ihnen den Trost einer Antwort zu bieten. Wir armen Menschen! Außerdem hatte er mir gar keine Frage gestellt. Er schwebte lediglich dort im Zimmer, substanzlos, ein Mann mitten im Leben, der, noch auf den Beinen, unmerklich dahinstarb, wie wir alle.

VIERTES KAPITEL

Später kam John Kane in mein Zimmer geschlurft. Murrend schob er seinen Besen vor sich her, ein Mensch, den ich zu akzeptieren gelernt habe wie alle Dinge hier, die man, wenn man sie nicht ändern kann, ertragen muss.

Mit leisem Grauen bemerkte ich, dass sein Hosenstall offen stand. Seine Hose ist mit einer Reihe klobig aussehender Knöpfe verziert. Er ist ein kleiner Mann, zugleich aber ganz Muskeln und Manneskraft. Irgendetwas stimmt mit seiner Zunge nicht, weil er alle Augenblicke mit sonderbarer Mühsal schlucken muss. Sein Gesicht ist von einem Schleier dunkelblauer Äderchen überzogen, wie das Gesicht eines Soldaten, der beim Abfeuern einer Kanone zu dicht an die Mündung gekommen ist. In der Gerüchteküche der Anstalt genießt er einen schlechten Ruf.

»Ich verstehe nicht, wozu Sie all die Bücher brauchen, Missus, Sie haben doch gar keine Brille, um sie zu lesen.«

Dann schluckte er wieder, schluckte.

Ich kann auch ohne Brille sehr gut sehen, aber das verriet ich ihm nicht. Er bezog sich auf die drei Bände in meinem Besitz, die Ausgabe der *Religio Medici* meines Vaters, *Der Jagdhund des Himmels* und Mr Whitmans *Grashalme*.

Alle drei vergilbt und abgegriffen.

Doch ein Gespräch mit John Kane kann überallhin führen, wie die Gespräche mit Jungs, als ich noch ein Mädchen von zwölf oder dreizehn Jahren war, eine Schar von Jungs an unserer Straßenecke, die gleichmütig im Regen standen und mir mit leiser Stimme Dinge zuflüsterten – jedenfalls zu Anfang noch mit leiser Stimme. Hier, inmitten der Schatten und fernen Rufe, ist Schweigen die größte Tugend.

Die, die sie nähren, lieben sie nicht; die, die sie kleiden, fürchten nicht um sie.

Das ist irgendein Zitat, aber was oder woher, weiß ich nicht.

Selbst Geschwafel ist gefährlich, Schweigen ist besser.

Ich bin schon lange Zeit hier, und in dieser Zeit habe ich die Tugend des Schweigens ganz zweifellos erlernt.

Der alte Tom hat mich hier eingewiesen. Ich glaube, dass er's war. Sich selbst zuliebe, denn er arbeitete als Schneider in der Irrenanstalt von Sligo. Ich glaube, er hat auch Geld dazugegeben, wegen dieses Zimmers. Oder zahlt Tom, mein Mann, für mich? Aber der kann doch gar nicht mehr am Leben sein. Es ist nicht die erste Anstalt, in die ich eingewiesen wurde, die erste war –

Aber mir geht's nicht um Schuldzuweisungen. Dies ist ein anständiger Ort, wenn auch kein Zuhause. Wenn es mein Zuhause wäre, würde ich verrückt!

Oh, ich muss mich ermahnen, mich klar auszudrücken und sicher zu sein, dass ich weiß, was ich Ihnen da erzähle. Jetzt kommt es auf Richtigkeit und Genauigkeit an.

Dies ist ein guter Ort. Dies ist ein guter Ort.

Wie ich höre, gibt es hier in der Nähe eine Stadt. Die Stadt Roscommon. Ich weiß nicht, wie weit es bis dorthin ist, nur, dass ein Feuerwehrauto für die Strecke eine halbe Stunde braucht.

Das weiß ich deswegen, weil John Kane mich eines Nachts vor vielen Jahren aus dem Schlaf gerissen hat. Er führte mich hinaus auf den Flur und trieb mich zwei, drei Treppen hinunter. In einem der Gebäudeflügel war ein Feuer ausgebrochen, und er wollte mich in Sicherheit bringen.

Statt mich direkt ins Erdgeschoss zu geleiten, durchquerte er einen langen, dunklen Saal, in dem sich auch Ärzte und andere Mitarbeiter versammelt hatten. Von unten stieg Rauch auf, aber der Saal galt als sicher. Allmählich lichtete sich das Dunkel, oder meine Augen gewöhnten sich daran.

Es standen an die fünfzig Betten darin, ein langer, schmaler Saal, dessen Vorhänge alle zugezogen waren. Dünne, zerschlissene Vorhänge. Alte, alte Gesichter, so alt wie meines jetzt. Ich war erstaunt. Sie hatten nicht allzu weit von mir entfernt gelegen, und ich hatte nichts davon gewusst. Alte, stumme Gesichter, die erstarrt dalagen, wie fünfzig russische Ikonen. Wer waren sie? Nun, es waren Ihre Angehörigen. Sprachlos, stumm schliefen sie dem Tod entgegen, krochen auf blutenden Knien unserem Herrn entgegen.

Ein Völkerstamm von Frauen, die einmal Mädchen gewesen waren. Ich flüsterte ein Gebet, um ihre Seelen rascher in den Himmel zu befördern. Denn ich glaube, sie krochen nur sehr langsam dorthin.

Vermutlich sind sie alle längst tot, zumindest ein Großteil von ihnen. Ich bin nie wieder dort gewesen. Nach einer halben Stunde traf das Löschfahrzeug ein. Daran kann ich mich noch erinnern, weil einer der Ärzte eine diesbezügliche Bemerkung machte.

Diese Orte, so ganz anders als die Welt da draußen, Orte ohne all die Dinge, derentwegen wir die Welt preisen. Wo Schwestern, Mütter, Großmütter, Jungfern liegen, allesamt vergessen.

Die Menschenstadt in der Nähe schläft und wacht, wacht und schläft und vergisst ihre verlorenen Frauen dort, in langen Reihen.

Eine halbe Stunde. Ein Brand brachte mich dazu, sie zu sehen. Nie wieder.

Die, die sie nähren, lieben sie nicht.

»Brauchen Sie das noch?«, fragt John Kane dicht an meinem Ohr.

»Was ist es?«

Es lag auf seinem Handteller. Die halbe Schale eines Vogeleis, blau wie die Äderchen in seinem Gesicht.

»O ja, danke«, sagte ich. Es war etwas, das ich vor vielen Jahren im Park aufgelesen hatte. Das Ei hatte in einer Fensternische gelegen, und bis dahin hatte er es nie erwähnt. Aber es hatte dort gelegen, blau, ohne jeden Makel und alterslos. Und doch ein altes Ding. Vor vielen, vielen Vogelgenerationen.

»Vielleicht ist es ein Rotkehlchenei«, meinte er.

»Vielleicht«, antwortete ich.

»Oder ein Lerchenei.«

»Ja.«

»Jedenfalls lege ich es zurück«, sagte er und schluckte erneut, als wäre seine Zunge an der Wurzel verhärtet. Einen Augenblick lang trat sein Adamsapfel hervor.

»Ich weiß nicht, wo all der Staub herkommt«, sagte er. »Jeden Tag fege ich das Zimmer aus, aber dauernd liegt da Staub, weiß Gott, uralter Staub. Nicht etwa neuer Staub, niemals neuer Staub.«

»Nein«, sagte ich. »Nein. Verzeihen Sie.«

Er richtete sich einen Moment auf und sah mich an.

»Wie heißen Sie?«, fragte er.

»Ich weiß nicht«, sagte ich in einem Anfall von Panik. Ich kenne ihn schon seit Jahrzehnten. Warum stellte er mir diese Frage?

»Sie wissen Ihren eigenen Namen nicht?«

»Ich weiß ihn. Ich vergesse ihn.«

»Warum klingen Sie so erschrocken?«

»Ich weiß nicht.«

»Dazu besteht keine Veranlassung«, sagte er, fegte den Staub sorgsam auf sein Kehrblech und schickte sich an, das Zimmer zu verlassen. »Wie auch immer, ich weiß Ihren Namen.«

Ich fing an zu weinen, nicht wie ein Kind, sondern wie die alte, alte Frau, die ich bin, langsame, leichte Tränen, die niemand sieht, die niemand trocknet.

Ehe mein Vater wusste, wie ihm geschah, brach der Bürgerkrieg über uns herein.

Ich schreibe dies nieder, um meine Tränen zu stillen. Ich stoße die Worte mit meinem Kugelschreiber in das Papier, als wollte ich mich selbst festheften.

Vor dem Bürgerkrieg gab es einen anderen Krieg, einen Krieg dagegen, dass das Land von England aus regiert wurde, aber in Sligo fanden keine größeren Kämpfe statt.

Ich zitiere Jack, den Bruder meines Mannes, wenn ich dies schreibe, oder zumindest höre ich aus meinen Sätzen Jacks Stimme heraus. Jacks verschwundene Stimme. Neutral. Wie meine Mutter war Jack ein Meister des neutralen Tonfalls, wenn auch nicht der Neutralität. Denn am Ende zog Jack sich eine englische Uniform an und kämpfte in jenem späteren Krieg – fast hätte ich gesagt, in jenem echten Krieg – gegen Hitler. Auch er war ein Bruder von Eneas McNulty.

Die drei Brüder Jack, Tom und Eneas. O ja.

Im Westen Irlands besteht der Name Eneas übrigens aus drei Silben: En-i-as. In Cork, fürchte ich, sind's nur zwei, und es hört sich eher nach Anus an.

Aber der Bürgerkrieg wurde durchaus in Sligo und an der gesamten Westküste ausgefochten, mit grimmigem Eifer.

Die Freistaatler hatten den Vertrag mit England akzeptiert. Die sogenannten Irregulären hatten davor zurückgescheut wie Pferde vor einer zerstörten Brücke im Dunkeln. Denn der Norden des Landes war aus der ganzen Angelegenheit ausgespart worden, und ihnen kam es so vor, als sei ein Irland ohne Haupt akzeptiert worden, ein Torso, dem der Kopf abgeschlagen worden ist. Es war Carsons Bande im Norden, die sie weiterhin an England fesselte.

Es war mir stets ein Rätsel, weshalb Jack sich so stolz damit brüstete, ein Cousin von Carson zu sein. Aber das nur am Rande.

Damals herrschte in Irland viel Hass. Ich war vierzehn, ein Mädchen, das versuchte, in die Welt hinauszublühen. Überall Wut und Hass.

Lieber Father Gaunt. So darf ich Sie doch anreden? Nie zuvor hat ein so rechtschaffener und ehrlicher Mann einem jungen Mädchen so viel Schmerz zugefügt. Denn ich glaube nicht einen Moment lang, dass er aus böser Absicht gehandelt hat. Und doch hat er mich kujoniert, wie die Landbevölkerung es nennt. Und in der Zeit davor hatte er meinen Vater kujoniert.

Ich habe schon gesagt, dass er ein kleiner Mann war. Damit meine ich, dass sein Scheitel den meinen nicht überragte. Geschäftig, hager und gepflegt mit seinen schwarzen Kleidern und seinem kurz geschorenen Haar wie ein zum Tode Verurteilter.

In meine Gedanken drängt sich die Frage: Was meint Dr. Grene damit, dass er meinen Fall neu bewerten muss? Damit ich hinausgehen kann in die Welt? Wo ist diese Welt?

Er muss mich befragen, hat er gesagt. Hat er. Da bin ich mir sicher, und doch höre ich ihn so richtig erst jetzt, da er schon lange aus dem Zimmer ist.

Die Panik in mir ist schwärzer als abgestandener Tee.

Ich bin wie mein Vater auf seinem alten Motorrad, der, na klar, in rasendem Tempo dahinjagt, sich aber so am Lenker festklammert, dass er eine Art Sicherheit genießt.

Lösen Sie bloß nicht meine Finger vom Lenker, Dr. Grene, ich flehe Sie an.

Fort aus meinen Gedanken, guter Doktor.

Father Gaunt, eilen Sie herbei aus den Schlupfwinkeln des Todes, eilen Sie herbei und nehmen Sie seinen Platz ein.

Stellen Sie sich vor mich hin, während ich krickele und krakele.

Der folgende Bericht mag sich anhören wie eine der Geschichten meines Vaters aus seinem kleinen Evangelium, aber diese hat er nie so richtig zum Vortrag gebracht oder so ausgeschmückt, dass sie sich wie zu einem Lied rundet. Ich liefere Ihnen sozusagen die bloßen Knochen, mehr habe ich nicht zu bieten.

Im Lauf dieses Krieges gab es zweifellos viele Todesfälle, und viele Todesfälle, die eigentlich nichts anderes waren als Mord. Natürlich oblag es meinem Vater, einige von diesen Toten auf seinem schmucken Friedhof beizusetzen.

Mit vierzehn war ich noch halb Kind und schon halb Frau. Ich besuchte eine kleine Klosterschule und war durchaus nicht gleichgültig gegenüber den Jungs, die nach dem Unterricht am Schultor vorüberschlurften, ja, ich scheine mich sogar daran zu erinnern, dass ich glaubte, von ihnen steige eine Art Musik auf, eine Art menschlichen Gesumms, das ich nicht begriff. Wie ich darauf kam, von so rohen Gestalten Musik aufsteigen zu hören, weiß ich aus dem Abstand dieser Jahre nicht mehr. Aber das ist nun mal die Zauberkunst der Mädchen: Sie verwandeln bloßen Lehm in große, klassische Ideen.

So schenkte ich also meinem Vater und seiner Welt nur halbe Aufmerksamkeit. Ich war mehr mit meinen eigenen

Mysterien befasst, etwa mit der Frage, wie ich meinen grässlichen Haaren Locken einbrennen konnte. Viele, viele Stunden mühte ich mich mit dem Krageneisen meiner Mutter ab, mit dem sie immer das Sonntagshemd meines Vaters bügelte. Es war ein schlankes, schmales Gerät, das sich auf der Kaminplatte rasch erhitzte, und wenn ich meine glatten gelben Strähnen auf dem Tisch ausbreitete, hoffte ich, durch Alchimie Locken in sie hineinzaubern zu können. So war ich von den Ängsten und Ambitionen meines Alters völlig in Anspruch genommen.

Dennoch hielt ich mich oft im Tempel meines Vaters auf, erledigte meine Hausaufgaben und genoss das kleine Kohlenfeuer, das er dank seiner Brennstoffbeihilfe dort unterhalten konnte. Ich lernte meinen Unterrichtsstoff und hörte ihm zu, wie er »Im Traume sah ich mich im Marmorsaal« oder dergleichen sang. Und sorgte mich um mein Haar.

Was würde ich heute für ein paar Strähnen dieses glatten gelben Haares geben!

Mein Vater beerdigte jeden, der ihm zur Beerdigung übergeben wurde. In Friedenszeiten beerdigte er meist die Alten und die Siechen, doch in Zeiten des Krieges wurde ihm häufig der Leichnam eines jungen Burschen oder eines nur unwesentlich Älteren gebracht.

Dies bereitete ihm einen Kummer, den er sich bei den Alten und Schwachen nie anmerken ließ. Deren Tod, so dachte er, war unkompliziert und hatte seine Richtigkeit, und ob die Familienangehörigen und die Trauergäste am Grab nun weinten oder stumm blieben, er wusste, dass alle das Gefühl angemessener Lebensdauer und Gerechtigkeit hatten. Oft hatte er die alte Seele, die beigesetzt werden sollte, persönlich gekannt und teilte Erinnerungen und Anekdoten, wenn es ihm tröstlich und angemessen erschien. In diesen Fällen war er eine Art Diplomat des Leides.

Doch die Leichen der im Krieg Gefallenen betrübten ihn sehr, und zwar auf andere Weise. Man könnte meinen, als Presbyterianer sei ihm in der irischen Geschichte kein Platz vergönnt gewesen. Doch Rebellion, das verstand er. In einer Schublade in seinem Schlafzimmer verwahrte er ein Gedenkbuch an den Osteraufstand 1916 mit Fotos der wichtigsten Teilnehmer und einem Kalender der Kämpfe und Kümmernisse. Das einzig Schlimme, das der Aufstand für ihn beinhaltete, war dessen eigentümlich katholisches Ethos, von dem er sich natürlich ausgeschlossen fühlte.

Es war der Tod der jungen Männer, der ihn betrübte. Immerhin waren seit dem Gemetzel des Ersten Weltkriegs nur wenige Jahre vergangen. Von Sligo aus waren in den Jahren vor und nach dem Aufstand Hunderte von Männern losgezogen, um in Flandern zu kämpfen, und da die in diesem Krieg Gefallenen nicht zu Hause begraben werden konnten, waren diese Dutzende Männer gewissermaßen in meinem Vater begraben, im geheimen Friedhof seiner Gedanken. Jetzt, im Bürgerkrieg, noch mehr Tote, und immer die Jungen. Jedenfalls gab es in Sligo keinen Fünfzigjährigen, der im Bürgerkrieg gekämpft hatte.

Nicht, dass er dagegen gewettert hätte, er wusste ja, dass es in jeder Generation Kriege gab; er widmete sich diesen Dingen vielmehr auf eine eigentümlich professionelle Art, denn schließlich war er zum Hüter der Toten berufen, ein König des Nicht-mehr.

Father Gaunt selbst war noch jung, und man hätte erwartet, dass er sich den Gefallenen auf besondere Weise verbunden fühlte. Doch Father Gaunt war so glatt und gepflegt, dass menschliches Leid zu ihm gar nicht durchdrang. Er war wie ein Sänger, der zwar die Worte kennt und die Töne halten kann, aber unfähig ist, das Lied so zu singen, wie es im Herzen des Komponisten erdacht wurde. Meistens blieb er unberührt. Über Junge und Alte sprach er mit derselben trockenen Musik hinweg.

Aber ich will nichts gegen ihn sagen. In Ausübung seines Amtes ging er in Sligo überallhin, in der Stadt trat er in düstere Zimmer, in denen verarmte Junggesellen sich an Bohnen aus Dosen mästeten, und am Fluss in verlauste Hütten, die selbst wie alte, verhungernde Männer aussahen, mit verrottendem Stroh als Haar und kleinen, stieren, trüben, schwarzen Fenstern als Augen. Dort ging er hinein, bekanntlich ohne je einen Floh oder eine Laus wieder mit hinauszunehmen. Denn er war reiner als der Tagmond.

Und wenn man ihm in die Quere kam, war ein so kleiner, reiner Mann wie ein Sensenblatt; Gras, Dorngestrüpp und die Halme menschlicher Natur mähte er einfach nieder, wie mein Vater herausfinden sollte.

Es geschah folgendermaßen.

Eines Abends, als mein Vater und ich uns im Tempel die Zeit vertrieben, bis wir zum Abendessen nach Hause zurückkehren sollten, hörten wir draußen vor der alten Eisentür ein Schlurfen und Murmeln. Mein Vater sah mich an, wachsam wie ein Hund, bevor er anschlägt.

»Was ist denn das?«, fragte er, mehr sich selbst als mich.

Drei Männer kamen herein, die einen vierten trugen, und als würden sie von einer unsichtbaren Kraft vorangetrieben, fegten sie mich vom Tisch weg, und bevor ich wusste, wie mir geschah, streifte der Rücken meiner Schuluniform den feuchten Kalk der Wand. Die Männer waren wie ein kleiner Wirbelsturm an Betriebsamkeit. Sie waren alle jung, und der Mann, den sie trugen, war bestimmt nicht älter als siebzehn. Ein recht hübscher Kerl, hochgewachsen und in grober Kleidung, mit viel Schlamm und Grasflecken vom Torfmoor, und viel Blut. Sehr viel dünn aussehendes Blut auf seinem Hemd. Und offensichtlich war er mausetot.

Die anderen drei Burschen kläfften und winselten fast hysterisch, was wiederum Hysterie in mir aufkeimen ließ. Mein Vater jedoch stand düster vor seinem Kamin, wie ein Mann, der sich anstrengt, geheimnisvoll zu wirken, das Gesicht so ausdruckslos wie möglich, aber wie ich fand, doch bereit, einem Gedanken nachzugehen und, falls erforderlich, dementsprechend zu handeln. Denn die drei Jungen waren mit alten Gewehren behängt, und ihre Taschen beulten sich von anderen Waffen, die sie vielleicht nach einem Scharmützel wahllos aufgelesen hatten. Ich wusste, Waffen waren die knappste Kriegswährung.

»Was habt ihr vor, Jungs?«, fragte mein Vater. »Es gibt bestimmte Regeln dafür, wie Leichen hier hereingebracht werden, wisst ihr, und ihr könnt nicht einfach aus heiterem Himmel einen Jungen hier abladen. Habt Erbarmen.«

»Mr Clear, Mr Clear«, sagte einer der Männer, ein Bursche mit ernstem Gesicht und mit der Läuse wegen kurz geschorenen Haaren, »wir konnten ihn nirgendwo anders hinbringen.«

»Sie kennen mich?«, fragte mein Vater.

»Ich kenne Sie gut genug. Jedenfalls weiß ich, wes Gottes Kind Sie sind, und die, die es wissen müssen, haben mir gesagt, dass Sie nicht gegen uns sind, anders als so mancher Narr hier in Sligo.«

»Das mag schon sein«, sagte mein Vater, »aber wer seid ihr? Seid ihr Freistaatler, oder gehört ihr zu den andern?«

»Sehen wir etwa aus wie Freistaatler, mit dem halben Bergmoor in den Haaren?«

»Nein, das nicht. Also, Jungs, was wollt ihr von mir? Wer ist der Kerl da?«

»Der arme Mann da«, antwortete derselbe Redner, »ist Willie Lavelle, und er war siebzehn Jahre alt und ist oben auf dem Berg umgebracht worden, von einem Haufen gemeiner, gedankenloser, schändlicher Schweinehunde, die sich Soldaten schimpfen, aber keine sind, und uns schlimmer behandeln als wie irgendein Black and Tan aus dem letzten Krieg. Jedenfalls genauso bös und übel. Denn wir waren so hoch oben auf dem Berg, dass uns bitterkalt war und wir Hunger hatten, und der Junge da hat sich ihnen ergeben, und wir haben uns im Heidekraut versteckt, aber die mussten ihn natürlich schlagen und treten und ihm Fragen stellen. Und gelacht haben sie, und einer hat dem Jungen die Pistole ins Gesicht gehalten, und er war der Tapferste von uns allen, aber bei allem gebotenen Respekt, Mädchen«, sagte er zu mir, »er hatte solchen Schiss, dass er sich in die Hosen gepinkelt hat, denn er wusste es genau, man weiß das immer, sagen die Leute, wenn jemand einen erschießen wird, Sir, und weil die meinten, niemand ist in der Nähe, niemand schaut zu, und niemand sieht ihre Schandtat, haben sie ihm drei Kugeln in den Bauch gejagt. Und sind fröhlich davongezogen, den Berg hinab. Bei Gott, wenn Willie beerdigt ist, nehmen wir ihre Spur auf, stimmt's, Jungs? – und wenn wir sie finden, machen wir sie fertig.«

Dann tat der Mann etwas Unerwartetes, er brach in heftige Tränen aus, warf sich über den Leichnam seines gefallenen Kameraden und stieß einen leisen Schmerzensschrei aus, wie man ihn weder davor noch danach je gehört hat, obwohl es doch ein kleiner Tempel des Schmerzes war.

»Sachte, John«, sagte einer der anderen. »Wir sind in der Stadt, auch wenn der Leichenacker hier dunkel und still ist.«

Aber der Erste fuhr fort zu jammern und lag auf der Brust des Toten wie – ich wollte schon sagen, wie ein Mädchen, aber so nun auch wieder nicht.

Auf jeden Fall war ich bis zum Kragen meiner Schulbluse von Entsetzen erfüllt, natürlich war ich das. Mein Vater hatte seine Gelassenheit verloren und ging zwischen dem Kamin und seinem Sessel mit den wenigen flachgedrückten alten Kissen aus ehemals rotem Stoff rasch auf und ab.

»Mister, Mister«, sagte der Dritte, ein aufgeschossener, magerer Bursche, der mir noch nie begegnet war und der mit seiner Hose, die ihm nicht einmal bis zu den Knöcheln reichte, aussah, als sei er geradewegs einem Berghof entsprungen. »Sie müssen ihn sofort beerdigen.«

»Ich kann einen Mann nicht ohne Priester beerdigen, ganz zu schweigen davon, dass ihr bestimmt keine Grabstelle gekauft habt.«

»Wie sollen wir Grabstellen kaufen, wenn wir für die Irische Republik kämpfen?«, fragte der erste Mann, der seine Tränen hinunterschluckte. »Ganz Irland ist unsere Grabstelle. Uns kann man überall verbuddeln. Denn wir sind Iren. Vielleicht verstehen Sie davon nichts.«

»Ich hoffe doch, dass auch ich Ire bin«, sagte mein Vater, und ich wusste, dass die Bemerkung ihn gekränkt hatte. In Wahrheit waren Presbyterianer in Sligo nicht sonderlich gelitten, ich weiß nicht recht den Grund dafür. Es sei denn, es war darauf zurückzuführen, dass in der Vergangenheit eine Menge Bekehrungsarbeit geleistet wurde, im Westen gab es eine presbyterianische Mission und dergleichen, die, selbst wenn ihr kein durchschlagender Erfolg beschieden war, der Gemeinde in Zeiten schrecklicher Hungersnot doch eine Anzahl Katholiken beschert und so unter den Leuten Angst gesät und Misstrauen geschürt hatte.

»Sie müssen ihn beerdigen«, sagte der dritte Mann. »Das da drüben auf dem Tisch ist Johns kleiner Bruder.«

»Das ist Ihr Bruder?«, fragte mein Vater.

Plötzlich war der Mann vollkommen reglos und still.

»Ja«, antwortete er.

»Das ist sehr traurig«, sagte mein Vater. »Das ist wirklich sehr traurig.«

»Und er hat keinen Priester gehabt, der ihn losspricht. Wäre es möglich, einen Priester für ihn zu rufen?«

»Der Priester hier ist Father Gaunt«, sagte mein Vater. »Ein guter Mann. Wenn ihr möchtet, kann ich Roseanne zu ihm schicken.«

»Aber sie darf ihm nichts verraten, nur dass er herkommen soll, und auf dem Weg darf sie mit niemandem reden, schon gar nicht mit irgendeinem Soldaten des Freistaats, denn wenn sie es tut, werden wir hier alle umgebracht. Sie werden uns ohne viel Federlesens umbringen, genauso wie Willie auf dem Berg, das steht fest. Ich würde Ihnen ja sagen, dass wir Sie umbringen, wenn sie redet, aber ich bin mir nicht sicher, ob wir das wirklich fertigbrächten.«

Mein Vater sah ihn erstaunt an. Und es schien eine so ehrliche und höfliche Bemerkung, dass ich mir vornahm, mich an die Anweisung zu halten und mit niemandem zu reden.

»Außerdem haben wir gar keine Kugeln, weswegen wir uns wie die Hasen im Heidekraut versteckt und uns nicht gerührt haben. Ich wünschte, wir hätten uns gerührt, Jungs,« sagte der Bruder des Toten, »und hätten uns aufgerappelt und uns auf sie gestürzt, denn das ist keine Art, in der Welt zu sein: Willie tot und wir am Leben.«

Und er brach wieder zusammen und weinte erbarmungswürdig.

»Lasst man gut sein«, sagte mein Vater. »Ich werde Roseanne zu Father Gaunt schicken. Geh nur, Roseanne, tu, was ich dir sage, lauf zum Pfarrhaus und hol Father Gaunt, sei ein braves Mädchen.«

Also rannte ich hinaus auf den windigen, winterlichen Friedhof und durch die Alleen der Toten und hinaus auf die Kuppe der hügeligen Straße, die nach Sligo hin abfällt, eilte hinab und erreichte schließlich das Haus des Priesters, lief durch sein kleines Eisentor und den Kiesweg entlang und warf mich gegen seine massive Tür, die dunkelgrün gestrichen war wie das Blatt einer Schusterpalme. Nun, da ich mich von meinem Vater entfernt hatte, dachte ich nicht mehr an Brennscheren und Haare, sondern an sein Leben, denn ich wusste, dass die drei Überlebenden Gräuel erfahren hatten, und wer Gräuel erfahren hat, der mag sie mit ebensolchen vergelten, das ist das Gesetz des Lebens und des Krieges.

Gott sei Dank zeigte Father Gaunt schon bald sein hageres Gesicht an der Tür, und ich schnatterte drauflos und flehte ihn an, mitzukommen zu meinem Vater, er werde dort dringend gebraucht, und würde er kommen, würde er kommen?

»Ich werde kommen«, sagte Father Gaunt, denn er war keiner von denen, die vor einem zurückscheuen, wenn man sie braucht, wie so viele seiner Amtsbrüder, die zu stolz sind, um den Regen in ihrem Mund zu schmecken. Und tatsächlich, als wir den Hügel hinaufgingen, schlug uns der Regen ins Gesicht, und bald glänzte die Vorderseite seines langen schwarzen Mantels vor Nässe, und ich auch, denn was mich betrifft, so hatte ich keinen Mantel angezogen, sondern zeigte der Welt nur meine nassen Beine.

»Welcher Mensch braucht mich denn?«, fragte der Priester misstrauisch, als ich ihn durch das Friedhofstor führte.

»Der Mensch, der Sie braucht, ist tot«, antwortete ich.

»Wenn er tot ist, wozu dann die große Eile, Roseanne?«

»Der andere Mensch, der Sie braucht, lebt noch. Es ist sein Bruder, Hochwürden.«

»Verstehe.«

Auch die Grabsteine auf dem Friedhof glänzten vor Nässe, und auf den Wegen tanzte der Wind, sodass man nicht wusste, wo der Regen einen erwischen würde.

Als wir zu dem kleinen Tempel gelangten und eintraten, hatte sich die Szene kaum verändert: als wären die vier Lebenden und ganz gewiss der Tote, als ich hinausging, eingefroren und hätten sich nicht von der Stelle gerührt. Als Father Gaunt eintrat, wandten ihm die irregulären Soldaten ihre jungen Gesichter zu.

»Father Gaunt«, sagte mein Vater. »Es tut mir leid, dass Sie herkommen mussten. Die Burschen hier haben mich gebeten, Sie rufen zu lassen.«

»Halten sie Sie etwa gefangen?«, erkundigte sich der Priester, erzürnt über den Anblick von Gewehren.

»Nein, nein.«

»Ich hoffe, Sie werden mich nicht erschießen«, sagte Father Gaunt.

»In diesem Krieg ist noch kein Priester nich' erschossen worden«, antwortete der Mann, den ich bei mir den dritten Mann nannte. »So schlimm es auch ist. Nur der arme Kerl hier ist erschossen worden, Johns Bruder Willie. Er ist mausetot.«

»Ist er schon lange tot?«, fragte Father Gaunt. »Hat jemand ihm den letzten Atemzug genommen?«

»Ich«, antwortete der Bruder.

»Dann schenken Sie ihm seinen Atemzug jetzt wieder«, sagte Father Gaunt, »und ich werde ihn segnen. Und seine arme Seele zum Himmel auffahren lassen.«

Also küsste der Bruder seinen Bruder auf den leblosen Mund und schenkte ihm den letzten Atemzug wieder, den er im Augenblick seines Todes eingeatmet hatte. Und Father Gaunt segnete ihn, beugte sich zu ihm und schlug das Zeichen des Kreuzes über ihm.

»Können Sie ihn lossprechen, Hochwürden, damit er geläutert in den Himmel kommt?«

»Hat er einen Mord begangen, hat er in diesem Krieg einen anderen Mann getötet?«

»Im Krieg einen Mann zu töten ist kein Mord. Es ist nur der Krieg selbst.«

»Mein Freund, Sie wissen sehr wohl, dass die Bischöfe uns verboten haben, euch loszusprechen, denn sie haben entschieden, dass euer Krieg unrecht ist. Aber ich will ihn lossprechen, wenn ihr mir versichert, dass er, soweit ihr wisst, keinen Mord begangen hat. Das will ich tun.«

Da blickten die drei einander an. Auf ihren Gesichtern stand eine seltsam dunkle Furcht. Es waren junge Katholiken, und sie fürchteten sich vor diesem Priester, sie fürchteten sich davor, ihm eine Lüge aufzutischen, und sie fürchteten sich davor, in ihrer Pflicht zu versagen, ihrem Kameraden zum Himmel zu verhelfen, und ich bin sicher, dass sich jeder von ihnen auf der Suche nach einer wahrheitsgetreuen Antwort das Hirn zermartete, denn nur die Wahrheit würde den Toten ins Paradies befördern.

»Nur die Wahrheit wird euch dienlich sein«, sagte der Priester, und ich zuckte zusammen, da seine Worte ein Echo meiner eigenen Gedanken waren. Es waren die schlichten Gedanken eines schlichten Mädchens, aber vielleicht ist der katholische Glaube in seinen Grundannahmen ja selbst schlicht.

»Keiner von uns hat ihn irgendetwas Derartiges tun sehen«, sagte der Bruder schließlich. »Sonst würden wir's sagen.«

»Dann ist es ja gut«, sagte der Priester. »Und Sie haben mein aufrichtiges Beileid. Und es tut mir leid, dass ich fragen musste. Sehr leid.«

Er trat dicht an den Toten heran und berührte ihn mit äußerster Behutsamkeit.

»Ich spreche dich los von deinen Sünden im Namen des Vaters, des Sohnes und des Heiligen Geistes.«

Und alle Anwesenden, mein Vater und ich eingeschlossen, sagten Amen dazu.

FÜNFTES KAPITEL

Dr. Grenes Aufzeichnungen

Es wäre eine sehr gute Sache, wenn ich wenigstens manchmal davon überzeugt wäre, dass ich weiß, was ich tue.

Ich habe das Gesundheitsministerium vollkommen unterschätzt, was ich, um aufrichtig zu sein, nie für möglich gehalten hätte. Man hat mir mitgeteilt, die Bauarbeiten vor Ort würden in Kürze beginnen, am anderen Ende von Roscommon, ein sehr guter Standort, wird mir versichert. Damit aber nicht alles nach guten Nachrichten klingt: Es wird dort nur eine sehr geringe Anzahl von Betten geben, dabei haben wir hier so viele. Tatsächlich gibt es hier Räume mit leeren Betten, nicht weil wir sie nicht füllen könnten, sondern weil die Räume jenseits von Gut und Böse sind, mit einsturzgefährdeten Zimmerdecken und grässlich feuchten Wänden. Alles, was Eisen ist, etwa die Bettgestelle, rostet dahin. All die neuen Betten in dem neuen Gebäude werden hochmodern sein, rostfrei, brandneu und schön, aber es werden weniger sein, sehr viel weniger. Also werden wir wie verrückt aussieben müssen.

Ich kann mich des Gefühls nicht erwehren, dass ich versuche, mir anvertraute Geschöpfe zu verstoßen, die fern von mir nicht gedeihen werden. Das mag verständlich sein, zugleich aber bin ich mir selbst suspekt. Ich habe die wirklich idiotische Angewohnheit, meinen Patienten gegenüber väterliche, ja sogar mütterliche Gefühle zu hegen. Nach all den Jahren, die, wie ich genau weiß, die Impulse und Instinkte anderer in diesem Bereich tätigen Menschen abtöten, bin ich noch immer geradezu eifersüchtig auf die Sicherheit, auf das Wohl meiner Patienten bedacht, selbst wenn ich an ihren Fortschritten allmählich zweifle. Aber ich bin misstrauisch. Ich frage mich, ob ich, nachdem ich bei meiner eigenen Frau versagt habe, dazu neige, diesen Ort als eine Art Eheschauplatz zu betrachten, an dem ich sündenfrei und unbescholten sein kann, ja, an dem ich (erbärmliches Verlangen) tagtäglich erlöst werde.

Früher bezeichnete man gebrauchte Kleiderstoffe, die nichts mehr taugten, als »unrettbar«. Damals wurden die Anzüge für die Männer und die Kleider für die Frauen an Orten wie diesem aus Stoffspenden angefertigt, Erstere von einem Schneider, Letztere von einer Näherin. Bestimmt dachte man, für die armen Schlucker, die hier wohnten, sei selbst das, was eigentlich »unrettbar« war, immer noch gut genug. Jetzt, da ich wie jeder andere langsam mürbe werde, da ich in dem Stoff, aus dem ich gemacht bin, hier ein Loch finde und dort einen Riss, bin ich auf diesen Ort immer stärker angewiesen. Die Verantwortung für Menschen in tiefer Bedrängnis ist eine versöhnliche Arbeit. Vielleicht sollte ich frustrierter sein über die offensichtlichen Sackgassen der Psychiatrie, die grauenhafte Verschlechterung der Lage jener, die hier vor sich hindämmern, die Unmöglichkeit des Ganzen. Aber Gott steh mir bei, ich bin es nicht. In ein paar Jahren werde ich das Rentenalter erreicht haben, und was dann? Ich werde sein wie ein Spatz ohne Garten.

Wie auch immer, ich weiß, diese Gedanken entspringen aktueller Notwendigkeit. Zum ersten Mal nehme ich die Unverfrorenheit, ich glaube, das ist das richtige Wort, die Unverfrorenheit meines Berufsstandes wahr. Dieses Durch-die-Hintertür, o ja, diese Verschlagenheit. Und nun bin ich, in einem weiteren Anfall von Idiotie, entschlossen, nicht länger verschlagen zu sein. Die ganze Woche über habe ich mich mit bestimmten Patienten unterhalten, darunter einigen ganz außergewöhnlichen Menschen. Mir ist, als würde ich sie für einen bestimmten Zweck befragen, für ihre Ausweisung, ihren Ruin. Als müssten sie, falls sie Wohlbefinden bekunden, ins Exil der segensreichen »Allgemeinheit« verbannt werden. Mir ist durchaus bewusst, dass diese Art zu denken grundverkehrt ist, deswegen versuche ich ja auch, mir hier Luft zu machen. Ich müsste mich genau anders herum verhalten: mich unbeteiligt geben, distanziert, mir bei jeder Gelegenheit Mitgefühl versagen, denn Mitgefühl ist mein schwacher Punkt. Gestern war da ein Mann, ein Bauer aus Leitrim, der früher über vierhundert Morgen besessen hat. Er ist auf eine maßlose, vollendete Weise verrückt. Er erzählte mir, seine Familie sei so alt, dass sie sich über zweitausend Jahre zurückverfolgen lasse. Er selbst, sagte er mir, sei der Letzte seines Namens. Er habe keine Kinder, ganz gewiss keine Söhne, und sein Name werde mit ihm untergehen. Der Name, fürs Protokoll, war Meel, in der Tat ein sehr merkwürdiger Name, vielleicht leitet er sich von dem gälischen Wort für Honig ab, meinte er jedenfalls. Und er ist etwa siebzig, sehr würdevoll, kränklich und verrückt. Ja, er ist verrückt. Psychotisch, um genau zu sein. Und ich entnehme seiner Akte, dass er das Pech hatte, vor Jahren auf einem Schulhof aufgegriffen zu werden, wo er unter einer Bank Schutz gesucht hatte – mit drei toten Hunden, die er sich ans Bein gebunden hatte und die er überallhin mitschleppte. Aber als ich mit ihm sprach, empfand ich nichts als Liebe. Das war lächerlich. Und es ist mir zutiefst verdächtig.

Oft kommen mir meine Patienten wie eine Herde Schafe vor, die einen Hügel hinabstürmen, direkt auf die Klippe zu. Ich müsste ein Schäfer sein, der alle Pfiffe kennt. Ich kenne keinen einzigen. Aber wir werden sehen.

»Wir werden sehen, sagte die Ratte, als sie ihr Holzbein schüttelte.«

Eins von Bets Sprichworten. Was bedeutet es? Ich habe keine Ahnung. Vielleicht ist es eine Redewendung aus einer berühmten Kindheitsgeschichte, noch so eine berühmte irische Kindheitsgeschichte, die mir, der seine Kindheit in England verbracht hat, nichts sagt. Es ist verblüffend, Ire zu sein und über keine einzige dieser Eigenarten oder Erinnerungen zu verfügen, nicht einmal über einen verdammten Akzent. Niemand auf dieser Welt hat mich je mit einem Iren verwechselt, und doch bin ich, soviel ich weiß, genau das.

Bet in ihrem Zimmer über mir war die ganze Woche mucksmäuschenstill, nicht einmal den BBC World Service hat sie gehört, wie sie es sonst immer tut. Meine Frau. Es war gespenstisch.

Gestern Abend habe ich den Versuch eines Rapprochement unternommen – falls man das Wort so schreibt. Ich zweifle nicht daran, dass ich sie liebe. Warum nützt ihr dann meine sogenannte Liebe nichts, warum gefährdet sie sie sogar? Oh, als ich meinen letzten Eintrag hier überflog, in dem ich mir mehr oder weniger subtil Mitgefühl und Liebe bescheinige – als ich es las, drehte sich mir fast der Magen um –, da habe ich mich so über mich geärgert, dass ich in die Küche ging, wo ich sie gerade dieses schreckliche Zeug zubereiten hörte, das sie abends vor dem Schlafengehen trinkt. Das Stärkungsmittel Complan. Ein in jeder Hinsicht gespenstisches Getränk, das nach Tod schmeckt. Ich meine, Leben-im-Tod und Tod-im-Leben, Coleridge, wenn ich mich recht erinnere. *Ballade vom alten Seemann.* Wen kann ich am Ärmel packen, um ihm meine Geschichte zu erzählen? Früher war es Bet. Jetzt bin ich ärmellos. Und bin sicher, dass ich sie allzu oft am Ärmel gepackt, oder in meinen Worten: von ihrer

Kraft gezehrt und ihr nichts zurückgegeben habe. Nun ja, vielleicht. Wir hatten großartige Tage miteinander. King und Queen des Kaffees am Morgen, im Dunkel des Winters, in der Frühsonne des Sommers, die zum Fenster hereinschien, um uns zu wecken. Ach ja, Kleinigkeiten. Kleinigkeiten, die wir geistige Gesundheit nennen oder den Stoff, aus dem Gesundheit ist. Damals machte mich das Gespräch mit ihr – nein, Gott bewahre mich vor Sentimentalität. Die Zeiten sind vorüber. Jetzt sind wir zwei fremde Länder, deren Botschaften sich lediglich im selben Haus befinden. Die Beziehungen verlaufen freundschaftlich, aber streng diplomatisch. Unterschwellig ahnt man Gerüchte, Vorurteile, Erinnerungen, wie zwei Völker, die in einer früheren Generation schwere Verbrechen gegeneinander verübt haben. Wir sind ein baltischer Splitterstaat. Nur dass sie mir, der Teufel soll sie holen, nie etwas angetan hat. Die Scheußlichkeiten kommen samt und sonders aus einer Richtung.

Es war nicht meine Absicht, hier von alledem zu schreiben. Dies sollte eine zumindest halbwegs professionelle Schilderung der Dinge sein, der vielleicht letzten Tage eines unbedeutenden, vergessenen und doch unentbehrlichen Ortes. Des Ortes, an dem ich mein gesamtes Berufsleben verbracht habe. Des wunderlichen Tempels meiner Ambitionen. Ich fürchte mich davor, für die Insassen hier nichts bewirkt zu haben, sie mit zu viel Gefühl betrachtet und dadurch im Stich gelassen zu haben, ich fürchte dies ebenso sehr, wie ich sicher bin, dass ich Bets Leben ruiniert habe. Jenes »Leben«, jene ungeschriebene Geschichte ihrer selbst, die – ich weiß nicht. Ich hatte es nicht darauf angelegt. Ganz ehrlich, ich war stolz, stolz auf meine Treue zu ihr, auf meine Hochachtung vor ihr, meine regelrechte Verehrung für sie. Vielleicht war ich auch ihr gegenüber zu rührselig. Schädliche, chronische Gefühlsduselei. Verdammt, mein Stolz auf sie war mein Stolz auf mich selbst, und das war etwas Gutes. Solange sie eine gute Meinung von mir hatte, hatte ich die allerbeste Meinung von mir selbst. Davon zehrte ich, davon befeuert ging ich jeden Tag zur Arbeit. Wie wunderbar, wie kraftvoll – wie lächerlich. Aber ich würde alles in der Welt darum geben, diesen Zustand wiederzuerlangen. Ich weiß, es ist nicht möglich. Und dennoch. Wenn dieser Kosmos hier erst einmal niedergerissen ist, werden so viele kleine Geschichten mit ihm verschwinden. Im Grunde ist es beängstigend, vielleicht sogar grauenerregend.

Ich ging also in die Küche. Inwiefern ich willkommen war, kann ich nicht sagen. Vermutlich nicht sehr, meine plötzliche Gegenwart musste wohl eher ertragen werden.

Dabei rührte sie gar kein Complan an, vielmehr löste sie in einem Glas einige Tabletten auf, Aspirin oder dergleichen.

»Fehlt dir was?«, fragte ich. »Hast du Kopfschmerzen?«

»Mir geht's ganz gut«, sagte sie.

Ich weiß, dass sie im Januar vor einem Jahr einen kleinen Schreck bekommen hatte. Sie war beim Einkaufen auf der Straße ohnmächtig geworden, und man hatte sie nach Roscommon ins Krankenhaus gebracht. Sie musste den ganzen Tag dableiben und wurde untersucht, und am Abend rief mich ganz arglos einer der Ärzte an, ich solle sie abholen. Vermutlich glaubte er, ich wüsste, dass sie dort war. Ich war äußerst beunruhigt. Als ich den Wagen aus der Einfahrt setzte, hätte ich fast einen Unfall gebaut, fast den Pfeiler gerammt, ich fuhr wie ein Mann, der seine schwangere Frau nachts ins Krankenhaus bringt, wenn die legendären Wehen einsetzen, nicht, dass sie die je durchgemacht hätte, und vielleicht liegt da ja der Hund begraben.

Jetzt starrte sie in ihr Glas.

»Wie geht's den Beinen?«, fragte ich.

»Geschwollen«, antwortete sie. »Es ist nur Wasser. Heißt es. Ich wünschte, es würde weggehen.«

»Ja, natürlich«, meinte ich, ein wenig ermutigt durch das Wort »weg«, weit weg im Sinne von Urlaub. »Hör mal, ich hab gedacht, vielleicht wär's ganz schön, für ein paar Tage wegzufahren, wenn auf der Arbeit alles geregelt ist. Urlaub zu machen.«

Sie sah mich an, schwenkte die schäumenden Tabletten im Glas, machte sich auf den bitteren Geschmack gefasst. Zu meinem Leidwesen muss ich berichten, dass sie lachte, es war nur ein kleiner Lacher, von dem ich vermute, dass sie ihn lieber nicht herausgelassen hätte, aber nun stand er zwischen uns, dieser eine Lacher.

»Ich glaube nicht«, sagte sie.

»Warum nicht?«, fragte ich. »Um der alten Zeiten willen. Würde uns beiden guttun.«

»Tatsächlich, Herr Doktor?«

»Ja, es würde uns guttun. Ganz bestimmt.«

Plötzlich fiel mir das Sprechen schwer, als wäre jedes Wort in meinem Mund ein kleiner Schlammklumpen.

»Es tut mir leid, William«, sagte sie, und das war ein schlechtes Zeichen, der volle Vorname, nicht mehr Will, sondern William, wie um sich zu distanzieren, »ich möchte nicht. Ich hasse es, all die Kinder zu sehen.«

»Die was?«

»Die Leute mit ihren Kindern.«

»Warum?«

Ach ja, unermesslich dumme Frage. Kinder. Die wir nicht haben. Unendlich viel Mühe haben wir darauf verwendet. Unendlich viel. Ohne belohnt worden zu sein.

»William, du bist kein Dummkopf.«

»Wir fahren irgendwohin, wo keine Kinder sind.«

»Wohin? Auf den Mars?«, fragte sie.

»Irgendwohin, wo keine sind«, sagte ich und hob das Gesicht zur Zimmerdecke, als wäre die ein möglicher Ort. »Ich weiß nicht, wo das ist.«

Roseannes Selbstzeugnis

Und dann geschah das Grauen aller Grauen.

Bis heute, ich schwör's bei meinem Gott, weiß ich nicht, wie es geschah. Andere wissen es bestimmt oder wussten es, als sie noch lebten. Und vielleicht ist das genaue Wie ja gar nicht so wichtig, war es nie, sondern nur, was bestimmte Leute glaubten.

Nicht, dass es jetzt noch darauf ankommt, denn über all die Leute ist die Zeit hinweggegangen. Aber vielleicht gibt es ja einen anderen Ort, wo alles auf ewig Bedeutung hat, vielleicht so etwas wie das himmlische Gericht. Es wäre ein nützliches Gericht für die Lebenden, aber die werden es nie zu sehen bekommen.

Es waren Unbekannte, die damals gegen die Tür hämmerten und mit barschen Militärstimmen etwas brüllten. Wir drinnen stoben in alle Richtungen wie aufgeschreckte Kellerasseln, ich selbst wich zurück wie die Tragödin in einem der zweitklassigen Theaterstücke, die man in miefigen Gemeindesälen zu sehen bekommt, die drei Irregulären duckten sich hinter den Tisch, mein Vater zog Father Gaunt in meine Nähe, als könne er mich hinter dem Priester und seiner eigenen Liebe verstecken. Denn jedem war klar, dass gleich Schüsse fallen würden, und gerade, als ich diesen Gedanken dachte, wurde die eiserne Tür in ihren großen, knarrenden Scharnieren aufgestoßen.

Ja, es waren Jungs von der neuen Armee in ihren schlecht sitzenden Uniformen. Als sie hereinkamen, sah es ganz so aus, als hätten sie reichlich Patronen, jedenfalls richteten sie in einem Moment wilder Konzentration ihre Gewehre auf uns, und für meine jungen Augen, die zwischen den Beinen meines Vaters hindurchlugten, wirkten die Gesichter der sechs oder sieben Burschen, die den Tempel betreten hatten, im Licht des Kaminfeuers nur völlig verängstigt.

Der aufgeschossene, magere Bursche vom Berg, dem die Hosenbeine nicht einmal bis zu den Knöcheln reichten, sprang hinter dem Tisch hervor und stürzte sich, aus welchem verrückten Grund auch immer, den Neuankömmlingen entgegen, als kämpfe er auf einem regulären Schlachtfeld. Der Bruder des Toten folgte dicht hinter ihm, vielleicht nahm sein Leid ihm jede Vorsicht. Es ist schwierig, den Lärm zu beschreiben, den Gewehre in einem kleinen, abgeschlossenen Raum erzeugen, aber Ihnen würden davon die Knochen aus dem Fleisch fallen. Mein Vater, Father Gaunt und ich drückten uns gleichzeitig mit dem Rücken an die Wand, und die Kugeln, die in die beiden Burschen eindrangen, müssen eigenartige Spuren durch sie hindurchgezogen haben, denn im Putz der alten Mauer neben mir sah ich jäh explodierende Pocken. Erst die Kugeln, dann eine dünn rieselnde Kaskade von leichtestem Blut auf meiner Schuluniform, meinen Händen, meinem Vater, meinem Leben.

Die beiden Irregulären waren nicht tot, sondern krümmten sich ineinander verschlungen auf dem Boden.

»Um Gottes willen«, rief Father Gaunt, »lasst ab – es ist ein junges Mädchen hier, und gewöhnliche Leute.« Was immer er mit Letzterem meinte.

»Legt die Waffen nieder, legt die Waffen nieder«, rief einer der neuen Soldaten, fast war es ein Aufschrei. Gewiss warf nun auch der letzte Mann auf unserer Seite des Tisches sein Gewehr hin, zog seine Pistole aus dem Hosenbund, stand unverzüglich auf und hob die Hände.

Eine Sekunde lang blickte er sich zu mir um, und ich glaubte schon, dass ihm die Augen tränten, irgendetwas taten seine Augen, jedenfalls durchbohrten sie mich, scharf, sehr scharf, als könnten Blicke töten, als wären sie wirksamer als die Patronen, die sie nicht besaßen.

»Hört zu«, sagte Father Gaunt. »Ich glaube – ich glaube, die Männer hier haben keine Kugeln. Bitte jeder mal einen Moment lang nichts tun!«

»Keine Kugeln?«, fragte der Kommandeur der Männer. »Weil sie die alle unseren Männern oben auf dem Berg in den Leib gejagt haben. Seid ihr die Schweine, die oben auf dem Berg waren?«

Oje, oje, wir wussten, dass sie es waren, doch aus irgendeinem Grund sagte keiner von uns ein Wort.

»Ihr habt meinen Bruder umgebracht«, sagte der Mann namens John am Boden. Er hielt sich den Oberschenkel, und direkt unter ihm schwamm eine große, seltsam dunkle Lache aus Blut, Blut so schwarz wie Amseln. »Ihr habt ihn kaltblütig erschossen. Ihr hattet ihn gefangen, er war wehrlos, und ihr habt ihm in den Bauch geschossen, verfluchte drei Mal!«

»Damit ihr uns nicht nachgeschlichen kommt und uns an Ort und Stelle umlegt!«, sagte der Kommandeur. »Haltet die Männer am Boden, und du«, brüllte er demjenigen zu, der sich ergeben hatte, »betrachte dich als festgenommen. Bringt sie alle raus zum Lastwagen, Jungs, und wir klären das hier. Wir erwischen euch im Dunkel der Nacht in diesem dreckigen Bau, zusammengedrängt wie Ratten. Sie, Mann, wie heißen Sie?«

»Joe Clear«, sagte mein Vater. »ich bin der Friedhofswärter hier. Das ist Father Gaunt, einer der Kuratgeistlichen in der Gemeinde. Ich hab ihn gerufen, damit er sich um den toten Jungen kümmert.«

»In Sligo beerdigt ihr also solche wie den«, sagte der Kommandeur mit außerordentlichem Nachdruck in der Stimme. Und er stürzte um den Tisch herum und drückte Father Gaunt die Pistole an die Schläfe. »Was für 'ne Art Priester sind Sie überhaupt, dass Sie Ihren eigenen Bischöfen nicht gehorchen? Sind Sie einer von diesen dreckigen Renegaten?«

»Wollen Sie etwa einen Priester erschießen?«, fragte mein Vater erstaunt.

Father Gaunt hatte die Augen fest geschlossen und kniete jetzt genauso, wie er es in der Kirche tun würde. Er kniete, und ich weiß nicht, ob er lautlos betete, aber er sagte nichts.

»Jem«, sagte einer der anderen Soldaten des Freistaats, »bisher ist in Irland von uns noch kein Priester erschossen worden. Erschieß ihn nicht.«

Der Kommandeur trat zurück und löste seine Waffe von Father Gaunts Schläfe.

»Kommt, Jungs, ladet sie auf, wir verziehen uns.«

Und die Soldaten hoben die beiden Verwundeten einigermaßen sachte auf und geleiteten sie zur Tür hinaus. Als der dritte Mann abgeführt wurde, wandte er mir sein Gesicht zu.

»Möge Gott dir vergeben, was du getan hast, ich werde es nie.«

»Aber ich hab doch gar nichts getan!«, rief ich.

»Du hast ihnen verraten, dass wir hier sind.«

»Hab ich nicht, ich schwör's bei Gott.«

»Gott ist nicht hier«, sagte er. »Schau dich nur an, schuldig wie die Sünde.«

»Nein!«, rief ich.

Da stieß der Mann ein schreckliches Lachen aus, wie Regen, der einem ins Gesicht peitscht, und die anderen Soldaten führten ihn ab. Wir konnten hören, wie sie den

Gefangenen unterwegs gut zuredeten. Ich zitterte am ganzen Leib. Als sich der Raum geleert hatte, streckte der Kommandeur Father Gaunt seine große Pranke entgegen und half ihm auf die Füße.

»Tut mir leid, Hochwürden«, sagte er. »Das war eine schreckliche Nacht, Mord und Totschlag. Verzeihen Sie.«

Er sprach so aufrichtig, dass mein Vater, da bin ich mir sicher, von den Worten ebenso berührt war wie ich.

»Es war niederträchtig, wie Sie sich verhalten haben«, sagte Father Gaunt mit leiser Stimme, in der jedoch ein seltsam gewalttätiger Unterton mitschwang. »Niederträchtig. Ich unterstütze den neuen Staat voll und ganz. Das tun wir alle, bis auf diese verrückten fehlgeleiteten Burschen.«

»Dann sollten Sie auf Ihre Bischöfe hören. Und den Verdammten keinen Beistand leisten.«

»Überlassen Sie es ruhig mir, wie ich darüber denke«, sagte Father Gaunt mit einer Art schulmeisterlicher Arroganz. »Was haben Sie mit der Leiche vor? Wollen Sie die nicht auch mitnehmen?«

»Was wollen Sie mit ihr anstellen?«, fragte der Soldat mit jenem plötzlichem Überdruss, jenem Energieverlust, der sich nach einer großen Anstrengung einstellt. Sie hatten einen unbekannten Ort voller Gott weiß was für Gefahren gestürmt, und nun schien die Vorstellung, Johns Bruder Willie mitschleppen zu müssen, eine Federbreit zu weit zu führen. Oder einen Hammerbreit.

»Ich lasse den Arzt holen, ihn für tot erklären und herausfinden, zu wem er gehört, dann könnten wir ihn, falls Sie keine Einwände haben, vielleicht irgendwo auf dem Friedhof beerdigen.«

»Sie beerdigen einen Teufel, wenn Sie das tun. Schmeißen Sie ihn lieber in eine Grube vor den Mauern, wie einen Verbrecher oder einen Bastard.«

Father Gaunt sagte nichts dazu. Der Soldat ging hinaus. Mich hatte er kein einziges Mal angesehen. Als seine Stiefelschritte draußen auf dem Kiesweg verhallten, kroch das sonderbarste, kälteste Schweigen in den Tempel. Mein Vater stand stumm da, der Priester und ich saßen stumm auf dem kalten, feuchten Fußboden, und der Stummste von allen war Johns Bruder Willie.

»Ich bin in höchstem Maße verärgert«, sagte Father Gaunt schließlich in seiner besten Sonntagsmessenstimme, »dass ich in diese Geschichte mit hineingezogen worden bin. In höchstem Maße verärgert, Mr Clear.«

Mein Vater schaute verdutzt drein. Was hätte er anderes tun können? Das entgeisterte Gesicht meines Vater ängstigte mich ebenso wie Willies steif werdende Leiche.

»Es tut mir leid«, sagte mein Vater. »Es tut mir leid, falls ich mich falsch verhalten haben sollte, indem ich Roseanne gebeten habe, Sie zu holen.«

»Ja, Sie haben sich falsch verhalten, ja, falsch verhalten. Ich bin zutiefst gekränkt. Vielleicht erinnern Sie sich, dass ich es war, der Ihnen zu diesem Posten verholfen hat. Ich war es, und es bedurfte großer Überredungskünste, das kann ich Ihnen sagen. Sie haben es mir sehr schlecht gedankt, sehr schlecht.«

Damit ging der Priester ins Dunkel und in den Regen hinaus und ließ meinen Vater und mich bis zum Eintreffen des Doktors allein mit dem toten Jungen zurück.

»Vermutlich habe ich sein Leben in Gefahr gebracht. Vermutlich hatte er Angst. Aber das war nicht meine Absicht. Himmel, ich dachte, Priester wollen bei allem dabei sein. Das dachte ich wirklich.«

Auch mein armer Vater klang verängstigt, diesmal aber aus einem anderen, einem neuen Grund.

Wie sachte, wie langsam das Schicksal ihn zugrunde gerichtet haben musste.

Es gibt Dinge, die sich vor unseren Augen, in menschlicher Geschwindigkeit, zutragen, andere Dinge jedoch tragen sich in so hohen Bögen zu, dass sie nahezu unsichtbar sind. Der Säugling sieht im dunklen Nachtfenster einen Stern blinken und streckt die Hand aus, um nach ihm zu greifen. So mühte sich auch mein Vater ab, Dinge zu erfassen, die in Wahrheit ganz außerhalb seiner Reichweite lagen und die, wenn sie ihr Licht ausstrahlten, längst alt und erloschen waren.

Ich glaube, mein Vater brachte den Gang der Geschichte in Verlegenheit.

Er war weder geneigt noch abgeneigt, den jungen Willie zu beerdigen, und zog einen Priester zurate, der ihm bei seiner Entscheidung helfen sollte. Es war, als hätte er als Presbyterianer sich in Fememorde eingemischt oder jedenfalls in Mordtaten so jenseits aller Sanftmut und Liebe, dass nur in ihrer Nähe zu sein schon verheerend, ja mörderisch war.

Möglich, dass ich in späteren Jahren Darstellungen von jener Nacht hörte, die mit meiner eigenen Erinnerung nicht zusammenpassten, doch stets gab es eine feste Konstante: Auf dem Weg zu Father Gaunt hätte ich haltgemacht und meine Geschichte den Soldaten des Freistaats erzählt, sei es auf Geheiß meines Vaters oder aus eigenem Antrieb. Die Tatsache, dass ich die Soldaten nie gesehen, nie mit ihnen geredet, an dergleichen nicht einmal gedacht hatte – denn hätte das meinen Vater nicht womöglich in noch größere Gefahr gebracht? –, ist in der inoffiziellen Geschichte Sligos ohne Belang. Denn Geschichte, soweit ich das beurteilen kann, ist nicht etwa eine Darstellung dessen, was geschehen ist, der Reihe nach und wahrheitsgetreu, sondern ein fabelhaftes Gewebe von Annahmen und Mutmaßungen, das dem Ansturm der vernichtenden Wahrheit als Banner entgegengehalten wird.

Bei menschlichem Leben muss die Geschichte höchst erfinderisch sein, denn das bloße Leben ist eine Anklage gegen die Herrschaft der Menschen über die Erde.

Meine Geschichte, die Geschichte eines jeden, fällt stets zum eigenen Nachteil aus, sogar was ich hier niederschreibe, denn eine Heldengeschichte habe ich nicht zu bieten. Keine Schwierigkeit, die ich mir nicht selbst eingebrockt hätte. Herz und Seele, beide Gott so teuer, sind durch den Aufenthalt hier verunreinigt, wie ließe sich das auch vermeiden? Dies hier scheinen gar nicht meine Gedanken zu sein, möglicherweise sind sie dem Büchlein von Sir Thomas Browne entnommen. Doch hören sie sich an, als wären es meine eigenen. In meinem Kopf klingen sie wie meine eigenen tönenden Gedanken. Es ist schon merkwürdig. Daher vermute ich, dass Gott ein Kenner unreiner Herzen und Seelen ist, dass er in ihnen das alte, ursprüngliche Muster erblickt und sie dafür lieben kann.

Das sollte er in meinem Fall auch besser tun, sonst ende ich bald beim Teufel.

Unser Haus war sauber, doch an dem Tag, als Father Gaunt zu Besuch kam, sah es nicht ganz so sauber aus. Es war Sonntagmorgen gegen zehn, sodass ich annehme, dass Father Gaunt zwischen zwei Messen von seiner Kirche aus den Fluss entlanggeeilt war, um an unsere Tür zu klopfen. Da meine Mutter auf einem gelben Ziegel in der Nische des Wohnzimmerfensters einen alten Spiegel aufgestellt hatte, konnten wir immer sehen, wer an der Tür war, ohne uns selbst zeigen zu müssen, und der Anblick des Priesters versetzte uns in hektischen Aufruhr. Ein vierzehnjähriges Mädchen ist sich seines Äußeren stets lebhaft bewusst oder glaubt es sein zu müssen, oder was auch immer, aber da wir gerade von Spiegeln reden, zu der Zeit war ich eine Sklavin des Spiegels im Schlafzimmer meiner Mutter, nicht etwa weil ich mir einbildete, gut auszusehen, sondern weil ich nicht wusste, wie ich aussah, und mich so manche Minute damit abmühte, mich einem Bild anzugleichen, dem ich trauen konnte oder mit dem ich zufrieden war, was mir aber niemals gelang. Das Gold meiner Haare kam mir vor wie nasses, verwildertes Gras, und nicht um alles in der Welt erkannte ich die Seele des Menschen, der mir da aus dem moosigen kleinen Spiegel meiner Mutter entgegenstarrte. Da die Ränder des Spiegels seltsam vermodert waren, hatte sie doch tatsächlich irgendeine ungewöhnliche Emaillefarbe gekauft, vielleicht in der Apotheke, und die Ränder des Spiegels mit winzigen schwarzen Stielen und Blättern verziert, was allem, das sich in diesem durchaus nicht poetischen Spiegel zeigte, einen Trauerflor verlieh. Mag sein, dass dies zum Berufsstand meines Vaters passte, jedenfalls bis dahin. Als erstes sauste ich also unsere paar kleinen Stufen hinauf zum Spiegel und bestürmte die Schrecken meiner vierzehn Jahre.

Als ich wieder ins Wohnzimmer hinunterkam, stand mein Vater in der Mitte des Raumes und blickte um sich wie ein scheuendes Pony, die Augen zuerst auf das Motorrad gerichtet, danach auf das Klavier, schließlich auf den Abstand dazwischen. Dann zuckten seine Hände zu einem Kissen auf dem »besten« Sessel. Als ich in die winzige Diele hinauslugte, stand meine Mutter einfach dort, sie war stecken geblieben, ohne einen Muskel bewegen zu können. Dann nahm sie wie eine Schauspielerin, die darauf wartet, die Bühne zu betreten, all ihren Mut zusammen und hob den Riegel an.

Das Erste, was mir auffiel, als Father Gaunt sich in den Raum schob, war, wie sehr er zu glänzen schien, sein Gesicht war so glatt rasiert, dass man mit einem Füllfederhalter hätte darauf schreiben können. Er wirkte so sicher, die sicherste Sache in Irland in einer unsicheren Zeit. Jeder Monat jenes Jahres sei der schlimmste Monat, hatte mein Vater gesagt, da jeder Getötete in ihm widerhalle. Der Priester dagegen sah unantastbar aus, makellos, abgetrennt, als hätte er mit der Geschichte Irlands nichts zu schaffen. Nicht, dass ich das damals dachte, weiß Gott, was ich dachte, ich weiß es nicht, nur, dass diese Reinlichkeit mir Furcht einflößte.

Ich hatte meinen Vater noch nie so aufgeregt erlebt. Er konnte nur stoßweise und lückenhaft sprechen.

»Ah, aber ja, setzen Sie sich dorthin, Hochwürden, ich bitte darum«, sagte er und näherte sich dem ernst dreinblickenden Priester so ungestüm, als wolle er ihn in den Sessel schubsen. Doch Father Gaunt ließ sich mit der Beherrschtheit eines Tänzers nieder.

Ich wusste, meine Mutter war in der Diele, in jenem kleinen Spalt von Privatsphäre und Stille. Ich stand zur Rechten meines Vaters wie ein Türhüter, wie ein Wachtposten gegen den Sturm eines Angriffs. Mein Kopf war angefüllt mit einem unbekannten Dunkel, ich konnte nicht denken, ich konnte das lange Gespräch, das wir in unseren Köpfen führen, als würde ohne unser Wissen ein Engel dort schreiben, nicht fortsetzen.

»Hmm«, sagte mein Vater. »Wir machen einen Tee, wie wäre das?«, sagte er. »Ja, das machen wir. Cissy, Cissy, würdest du bitte Wasser aufsetzen, Liebes?«

»Ich trinke so viel Tee«, sagte der Priester, »es ist ein Wunder, dass meine Haut sich nicht braun färbt.«

Mein Vater lachte.

»Das glaub ich gern, aus Pflichtgefühl, nicht wahr? Aber in meinem Haus ist das nicht nötig. Überhaupt nicht nötig. Ich, der ich Ihnen alles in der Welt verdanke, alles in der Welt. Nicht dass, nicht dass –«

Und hier verhaspelte sich mein Vater und errötete, und ich muss sagen, auch ich errötete, aus Gründen, die ich nicht verstand.

Der Priester räusperte sich und lächelte.

»Ich nehme eine Tasse Tee, aber natürlich.«

»Ah, das ist gut, das ist sehr gut«, und schon konnten wir meine Mutter in der Spülküche am Ende des Flurs hantieren hören.

»Es ist so kalt heute«, sagte der Priester und rieb sich plötzlich die Hände, »dass ich sehr erleichtert bin, vor einem Kamin zu sitzen, wirklich. Am Fluss ist es eisig. Glauben Sie«, sagte er und zog ein silbernes Etui heraus, »ich könnte eine rauchen?«

»Nur zu«, sagte mein Vater.

Der Priester entnahm seiner Soutane jetzt eine Schachtel Streichhölzer und seinem Etui eine merkwürdig längliche Zigarette, riss mit wunderbarer Präzision und Gewandtheit das Streichholz an und sog zusammen mit der Luft die Flamme durch das glatte Röhrchen. Dann atmete er aus und hüstelte leicht.

»Die … die«, sagte der Priester, »die Stellung auf dem Friedhof ist, wie Sie sich wohl denken können, nicht … haltbar. Ähem?«

Er tat einen weiteren eleganten Zug an seiner Zigarette und fügte hinzu: »Ich fürchte wirklich, Joe. Mir ist die Tatsache ebenso unangenehm, wie sie Ihnen unangenehm sein dürfte. Aber Sie werden gewiss einsehen, was für eine … was für eine große Staubwolke auf meinem Kopf niedergegangen ist – angefangen vom Bischof, der der Meinung ist, alle Renegaten müssten, wie auf der letzten Synode beschlossen, exkommuniziert werden, bis hin zum Bürgermeister, der, wie Sie vielleicht wissen, sehr gegen den jetzigen Vertrag eingestellt ist und der, als einflussreichster Mann in Sligo, großen ... großen Einfluss besitzt. Wie Sie sich vorstellen können, Joe.«

»Oh«, machte mein Vater.

»Ja.«

Nun zog der Priester zum dritten Mal an seiner Zigarette und stellte fest, dass er es bereits mit einer beträchtlichen Menge Asche zu tun hatte. Mit jener Pantomimik, die Raucher so an sich haben, sah er sich nach einem Aschenbecher um, einem Gegenstand, den es in unserem Haus nicht gab, nicht einmal für Gäste. Mein Vater verblüffte mich damit, dass er dem Priester seine Hand hinhielt, zugegebenermaßen eine schwielige, vom Graben gehärtete Hand, und Father Gaunt verblüffte mich damit, dass er die Asche unverzüglich in die dargebotene Hand schnippte, die, als die Hitze sie traf, vielleicht ein klein wenig zurückzuckte. Mein Vater, die Asche in der Hand, blickte beinahe dümmlich um sich, als wäre vielleicht doch irgendwo im Zimmer ohne sein Wissen ein Aschenbecher deponiert worden, und steckte sie dann mit fürchterlichem Ernst in die Hosentasche.

»Hmm«, sagte mein Vater. »Ja, ich kann mir vorstellen, dass es schwierig ist, diese beiden Pole miteinander zu versöhnen.«

Er sprach die Worte so bedächtig.

»Natürlich habe ich mich, besonders im Rathaus, nach einer alternativen Beschäftigung umgeschaut, und nachdem diese Möglichkeit zunächst ... ähem ... nicht möglich schien und ich drauf und dran war aufzugeben, teilte mir Mr Dolan, der Sekretär des Bürgermeisters, mit, es gebe da einen Posten, den man bereits seit Längerem zu besetzen versucht habe – angesichts der wahren Rattenplage, von der die Lagerhäuser am Flussufer heimgesucht werden, mit einiger Dringlichkeit. Finisglen ist, wie Sie wissen, ein durch und durch gesunder Bezirk, der Doktor selbst wohnt dort, bedauerlicherweise grenzen die Hafenanlagen gleich daran, wie Sie natürlich wissen, wie jedermann weiß.«

Nun, ich könnte ein kleines Buch über die Beschaffenheit menschlichen Schweigens schreiben, über Zweck und Anlass, doch das Schweigen, das mein Vater dieser Ansprache entgegenbrachte, war überaus bestürzend. Es war ein Schweigen wie ein Loch mit einem Sog darin. Er errötete noch tiefer, bis sich sein Gesicht purpurrot verfärbt hatte, als sei er das Opfer eines Überfalls.

In diesem Moment trat meine Mutter mit dem Tee herein. Sie sah aus wie eine, die Könige bedient. Vielleicht hatte sie Angst, meinen Vater anzublicken, und hielt die Augen deswegen auf das kleine Tablett mit der gemalten französischen Mohnwiese gerichtet. Ich hatte dieses Tablett schon oft an seinem Stammplatz auf der Anrichte in der Spülküche betrachtet, mir dabei vorgestellt, einen Wind über die Blumen streichen zu sehen, und mich gefragt, wie es wohl sei in jener von Hitze und einer unverständlichen Sprache erfüllten Welt.

»Also«, sagte der Priester, »ich freue mich, Ihnen im Namen des Bürgermeisters Mr Salmon den … ähem … Posten, die … ähem … Stelle anbieten zu können.«

»Die Stelle eines – ?«, fragte mein Vater.

»Die Stelle eines – «, sagte der Priester.

»Eines was?«, fragte meine Mutter vermutlich gegen ihren Willen, das Wort sprang einfach in den Raum hinein.

»Eines Rattenfängers«, sagte der Priester.

Es blieb mir überlassen, ich weiß nicht, warum, den Priester zur Tür zu bringen. Auf dem schmalen Fußweg, wo die

Kälte ihn umfing und zweifellos an seinen nackten Beinen die Soutane hinaufkroch, sagte der kleine Priester:

»Roseanne, richte deinem Vater bitte aus, dass sich sämtliches Zubehör für sein Gewerbe im Rathaus befindet. Fallen und so weiter, nehme ich an. Dort wird er sie finden.«

»Danke«, sagte ich.

Dann machte er sich auf den Weg die Straße hinunter. Einen Moment später hielt er an. Ich weiß nicht, warum ich stehen blieb und ihn beobachtete. Er zog einen seiner schwarzen Schuhe aus, lehnte eine Hand gegen die Backsteinwand unseres Nachbarhauses, balancierte sodann auf einem Fuß und tastete an der Unterseite seiner Socke nach etwas, das ihn beim Gehen behinderte, ein Kieselsteinchen oder ein Stückchen Splitt. Dann löste er die Socke von ihrem Halter und zog sie mit raschem Schwung aus. Dabei enthüllte er einen länglichen weißen Fuß, dessen Zehennägel ziemlich gelb waren, so wie alte Zähne, und in die Haut einwuchsen, als wären sie noch nie geschnitten worden. Als er mich erblickte, die ich die Augen noch immer auf ihn geheftet hatte, lachte er, zog, nachdem er den störenden Stein aufgespürt hatte, Socke und Schuh wieder an und stand breitbeinig auf dem Bürgersteig.

»Was für eine Erleichterung«, sagte er freundlich. »Mach's gut. Und«, setzte er hinzu, »gerade fällt mir ein, es gibt da auch einen Hund. Einen Hund, der zur Arbeit gehört. Zum Rattenfang.«

Als ich wieder ins Wohnzimmer kam, hatte mein Vater sich nicht gerührt. Das Motorrad hatte sich nicht gerührt. Das Klavier hatte sich nicht gerührt. Mein Vater sah aus, als würde er sich nie wieder rühren. Meine Mutter hörte ich in der Spülküche herumkratzen, genau wie eine Ratte. Oder wie ein kleiner Hund auf der Suche nach einer Ratte.

»Verstehst du etwas von dieser Arbeit, Papa?«, fragte ich.

»Ob ich – ach, ich denke schon.«

»Du wirst sie schon nicht so schwierig finden.«

»Nein, nein, auf dem Friedhof hatte ich mit so was oft zu tun. Die Ratten lieben die weiche Erde auf den Gräbern, und die Grabsteine bieten sich als Dächer geradezu an. Ja, ich hatte mit ihnen schon zu tun. Ich werde mich in die Sache einarbeiten müssen. Vielleicht gibt es in der Bücherei ein Handbuch.«

»Ein Handbuch für Rattenfänger?«, fragte ich.

»Ja, meinst du nicht, Roseanne?«

»Bestimmt, Papa.«

»O ja.«

SECHSTES KAPITEL

Ja, wie genau ich mich an den Tag erinnern kann, an dem mein Vater aus dem Friedhofsdienst entlassen wurde, ein lebendiger Mann, aus dem Reich der Toten verbannt.

Auch das war ein kleiner Mord.

Mein Vater liebte die Welt und seine Mitmenschen ohne größere Vorbehalte, ging als guter Presbyterianer davon aus, dass alle Seelen gleichermaßen angefochten sind, und hörte aus dem rauen Gelächter eines Straßenjungen eine Art Wesenserklärung des Lebens und der ihm innewohnenden Erlösung heraus. In der Tat glaubte er, dass, da Gott alles erschaffen hat, seine gesamte Schöpfung gutgeheißen werden muss, und ebenso, dass die Tragödie des Teufels darin besteht, dass *er* der Urheber von gar nichts und der Architekt leerer Räume ist. Aus alledem ergab sich, dass mein Vater seine gute Meinung von sich auf seine Arbeit gründete, darauf, dass er als Angehöriger eines ungewöhnlichen Religionsbekenntnisses dennoch mit der Aufgabe betraut worden war, die Katholiken Sligos zu beerdigen, wenn die Zeit einen nach dem anderen von ihnen abberief.

»Welcher Stolz, welcher Stolz!«, pflegte er zu sagen, wenn wir abends in Vorbereitung auf den Heimweg gemeinsam die Eisentore abschlossen und sein Blick durch die Gitterstäbe hindurch auf die sich verdunkelnden Grabreihen fiel, auf die undeutlicher werdenden Grabsteine in seiner Obhut. Ich nehme an, er sprach mit sich selbst oder mit den Gräbern, vermutlich nicht mit mir, und nicht einen Augenblick lang wird er geglaubt haben, dass ich ihn verstand. Mag sein, dass ich ihn damals tatsächlich nicht verstanden habe, jetzt aber wohl schon.

Die Wahrheit war, mein Vater liebte sein Land, er liebte seine Vorstellung von Irland. Wäre er als Jamaikaner auf die Welt gekommen, hätte er Jamaika vielleicht ebenso sehr geliebt. Aber er war es nicht. Seine Vorfahren hatten die kleinen Pfründen innegehabt, die ihresgleichen in irischen Ortschaften offenstanden, sie waren Bauinspektoren und dergleichen gewesen, und sein Vater hatte es sogar zu Predigerwürden gebracht. Er war in einem kleinen Pfarrhaus in Collooney zur Welt gekommen, sein kindliches Herz liebte Collooney, und sein erwachsen gewordenes Herz weitete jene Liebe auf die gesamte Insel aus. Da sein Vater einer jener radikalen Denker war, die Pamphlete über die Geschichte des Protestantismus in Irland geschrieben oder zumindest Predigten darüber gehalten hatten – denn Pamphlete haben sich keine erhalten, allerdings glaube ich mich zu erinnern, dass mein Vater ein oder zwei davon erwähnt hatte –, vertrat mein Vater Ansichten, die ihm nicht immer zum Vorteil gereichten. Will sagen, er sah im protestantischen Bekenntnis ein federweiches Instrument, das durch das alte Glaubenssystem in einen Hammer verwandelt und dazu benutzt worden war, die Köpfe jener zu zerschmettern, die sich abgeschunden hatten, um in Irland zu überleben, die meisten von ihnen von Haus aus Katholiken. Der Vater meines Vaters liebte den Presbyterianismus, er selbst auch, aber er war zu Tode betrübt, nein, er war zu Tode erzürnt über den Gebrauch, der in Irland vom Presbyterianismus ebenso wie von den Konfessionen der Anglikaner, der Baptisten und so weiter gemacht worden war.

Woher ich das weiß? Weil er an jedem Abend, an wirklich jedem Abend meiner Kindheit als Letztes immer in mein schmales Bett gekrochen kam, mich mit seinen breiten Hüften beiseite schubste, sodass ich, den Kopf dicht an seinem schnurrbärtigen Gesicht, halb auf ihm lag, und redete, redete, redete, während meine Mutter sich im anderen Zimmer schlafen legte. Wenn er ihre leisen Schnarchgeräusche hörte, verließ er mich und gesellte sich zu ihr, doch in jener halben Stunde im Dunkeln, wenn er ihr erlaubte, allein in den Schlaf zu finden, wenn der Mond zunächst auf der hinteren Mauer hockte, um dann, wie es sich für einen Mond gehört, dunkel und hell zugleich in den Himmel der (wie ich wohl weiß) unerreichbaren Sterne aufzuschweben, da trug er mir all die Ahnungen, Befürchtungen und Geschichten seines Herzens vor, sorgte sich vielleicht nicht einmal darum, dass ich womöglich nichts davon verstand, sondern bot sie mir dar wie eine Musik, die ihn und darum auch mich ebenso betörte wie die Werke von Balfe und Sullivan, seiner Meinung nach zwei der bedeutendsten Iren, die je gelebt hatten.

Und auf dem Friedhof zu arbeiten, sozusagen unter der Schirmherrschaft von Father Gaunt, war für ihn ein gewissermaßen erfülltes, ein gelungenes Leben. Eine Art Gebet, das er an den eigenen Vater richtete. Es war die Art, wie er gelernt hatte, in Irland zu leben, jenem zufälligen Geburtsland, das er so liebte.

Und mit dem Arbeitsplatz verlor er auf außergewöhnliche Weise sich selbst.

Nun wurde es heikler, mit ihm zusammenzusein. Es war schwierig für ihn, mich auf Rattenfang mitzunehmen, weil es eine so schmutzige, kniffelige und gefahrvolle Tätigkeit war.

Da er ein gründlicher Mann war, machte er bald das kleine Buch ausfindig, das ihm helfen würde: *Eine vollstän-*

dige Darstellung der Rattenfängerei, verfasst von einem Autor mit dem Pseudonym Rattus Rattus. Dieses Bändchen berichtete von den Abenteuern eines Rattenfängers in den Fabriken von Manchester, einer Stadt, in der sich die Fabriken, die den Ratten unendlich viele Verstecke zum Leben boten, nur so häuften. Mein Vater lernte daraus, wie er bei seiner Arbeit vorzugehen hatte, alles wurde thematisiert, sogar die Aufmerksamkeit, die man den Pfoten von Frettchen widmen musste; in ihren feuchten Käfigen waren sie offenbar sehr anfällig für Fußfäule. Doch die Würde, Frettchen zu halten, blieb meinem Vater verwehrt. Die Stadtverwaltung von Sligo war weniger ehrgeizig. Man gab ihm einen Jack Russell namens Bob.

So begann die seltsamste Periode meiner Kindheit. Ich nehme an, dass ich allmählich weniger Kind als Mädchen war, weniger Mädchen als Frau. Während der Rattenfängerjahre meines Vaters senkte sich eine ernste Stimmung ganz eigener Art auf mich herab. Dinge, die mich als Kind entzückt und erfreut hatten, entzückten und erfreuten mich nicht länger. Es war, als sei mir von den Bildern und Klängen der Welt etwas genommen worden, als sei der größte Besitz eines Kindes unbefangene Freude. Sodass ich mich wie in einem Wartezustand fühlte, dem Warten auf etwas Unbekanntes, das die Anmut des Jungseins ersetzen würde. Natürlich war ich jung, sehr jung sogar, aber meiner Erinnerung nach ist niemand so alt wie ein fünfzehnjähriges Mädchen.

Die Menschen fahren mit dem, was wir normales Leben nennen, unbeirrt fort, da es keine andere Art von Leben gibt. Bei der Morgenrasur sang mein Vater weiterhin *Roses of Picardy,* wobei Worte und Zeilen unvollständig blieben, weil er, während er die Klinge über sein markantes Gesicht führte, hier und da gern mal eine Stelle übersprang.

Wenn ich unten die Augen schloss und lauschte, sah ich ihn im Kopf in einer Art mysteriösem Kino vor mir. Heldenhaft hielt er durch, ging mit seinem Hund und seinen Fallen aus dem Haus und lernte, dies zu seiner »ganz alltäglichen Aufgabe« zu machen. Wenn er von der Arbeit zurückkam, dann nicht immer zu den alten, geregelten Zeiten, jedoch bemühte er sich nach wie vor, mit dem *Sligo Champion* unter dem Arm hereinzukommen und sein neues Leben ins Reich der Normalität zu zwingen.

Aber zu jener Zeit konnte es durchaus vorkommen, dass er Artikel in der Zeitung las, die auf merkwürdige Weise mit ihm zu tun hatten, zumindest weiß ich von einem Fall, denn einmal hörte ich einen leisen Schreckenslaut und sah zu ihm, der ganz in die Zeitung vertieft war, auf. Mr Roddy war der Besitzer des *Champion* und ein Mann der sogenannten neuen Regierung. Daher wurde über alles, was den Bürgerkrieg betraf, mit nackten, schlichten Worten berichtet, mit Worten, die darum bemüht waren, Normalität und Stabilität zu suggerieren.

»Lieber Himmel«, sagte mein Vater, »sie haben die Burschen erschossen, die damals auf dem Friedhof waren.«

»Welche Burschen?«, fragte ich.

»Diese wilden jungen Kerle, die ihren ermordeten Freund angeschleppt hatten.«

»Einer von ihnen war sein Bruder«, sagte ich.

»Ja, Roseanne, sein Bruder. Hier stehen die Namen. Er hieß Lavelle, ist das nicht seltsam? William. Und der Bruder hieß John. Aber der ist entkommen, steht hier. Geflohen.«

»Ja«, sagte ich leicht beklommen, zugleich aber unerwartet froh. Es war, als höre man von Jesse James oder dergleichen. Man würde einem Vogelfreien nicht begegnen wollen, aber wenn er entkommt, gefällt es einem doch. John Lavelle waren wir natürlich begegnet.

»Er kommt von Inishkea. Einer der Inseln. The Mullet. Eine ganz abgelegene Gegend. Tiefstes Mayo. Kann sein, dass er da sicher ist, bei seinen Leuten.«

»Ich hoffe es.«

»Es ist ihnen bestimmt schwergefallen, solche Männer zu erschießen.«

Mein Vater sprach ohne Ironie. Voller Aufrichtigkeit. Es muss ihnen in der Tat sehr schwergefallen sein. Diese Burschen alle auf einmal abzuknallen oder sich vielleicht auch einen nach dem anderen vorzunehmen, wer wusste schon, wie diese Dinge vor sich gingen, und sie, wie man so sagt, ins Jenseits zu befördern. Wer weiß, was auf dem Berg geschehen war? In der Dunkelheit? Und nun waren sie selbst tot, zusammen mit Willie Lavelle von den Inishkeas.

Mein Vater sprach kein weiteres Wort. Wir blickten einander auch nicht an, sondern starrten auf dieselbe Stelle im Kamin, wo sich ein kleiner Kohlenhügel abmühte.

Aber das Schweigen, das auf meiner Mutter lag, war das abgründigste von allen. Sie hätte ebenso gut ein Unterwasserwesen sein können, oder genauer gesagt, wir beide hätten, wenn ich bei ihr war, Unterwasserwesen sein können, denn sie sprach nie, sondern bewegte sich nur langsam und grüblerisch wie eine schwimmende Kreatur.

Mein Vater versuchte unablässig, sie aufzumuntern, und erwies ihr so viel Aufmerksamkeit, wie er konnte. Sein Lohn für die neue Arbeit war gering, aber so gering er auch war, mein Vater hoffte, dass er ausreichte, besonders in diesen schweren, düsteren Jahren, als der Bürgerkrieg zu Ende war und das Land sich abstrampelte, um wieder auf die Beine zu kommen. Aber ich glaube, dass damals die ganze Welt von Katastrophen gepeinigt wurde, das große Rad der Geschichte drehte sich, doch nicht von

Menschenhand, sondern von der Hand irgendeiner unerklärlichen Macht. Mein Vater gab seiner Frau, was er verdiente, in der Hoffnung, sie könne mit den paar Pfund wirtschaften und sie so einteilen, dass wir damit auskamen. Doch irgendetwas ebenso Unerklärliches wie die gewaltigen Mächte der Geschichte, aber von winzigen Ausmaßen, da es nur uns betraf, schien überhand zu nehmen, und oft hatten wir fast nichts Essbares im Haus. Zur Abendbrotzeit polterte meine Mutter in der Spülküche herum, als sei sie dabei, eine Mahlzeit vorzubereiten, kam dann aber wieder in unser kleines Wohnzimmer und setzte sich einfach hin. Mein Vater, nach der Arbeit geschrubbt und wieder einsatzbereit, eine ganze Nacht vor sich – denn Ratten werden am besten nachts aufgestöbert –, mein Vater und ich, wir schauten sie an, und langsam dämmerte uns die Erkenntnis, dass nichts auf den Tisch kommen würde. Dann schüttelte mein Vater langsam den Kopf und schnallte im Geist vielleicht seinen Gürtel enger, wagte aber kaum zu fragen, woran es denn fehle. Im Angesicht ihrer Nöte begannen wir zu verhungern!

Doch nichts konnte ihr Schweigen brechen. Weihnachten nahte, und mein Vater und ich schmiedeten ein Komplott, um etwas aufzutreiben, das ihr Freude machen würde. Ihm war ein Tuch aufgefallen, das in einem kleinen Laden nahe dem Café Cairo im Schaufenster lag, und jede Woche hielt er einen Halfpenny oder so zurück, um die erforderliche Summe zusammenzusparen, wie eine Maus, die Getreidekörner hortet. Sie dürfen nicht vergessen, dass meine Mutter sehr schön war, wenn vielleicht auch nicht mehr ganz so schön, nun da ihr Schweigen in dem düsteren dünnen Stoff, den sie sich über die Gesichtshaut gezogen zu haben schien, ein Echo gefunden hatte. Sie war wie ein Gemälde, dessen Firnis sich verdunkelt und die Schönheit des Werkes verbirgt. Als das Licht ihrer herrlichen grünen Augen erlosch, verschwand auch ein wesentlicher Teil ihrer selbst. Und doch glaube ich, dass ein Künstler mit ihrer Silhouette zufrieden gewesen wäre, falls sich in Sligo ein Künstler gefunden hätte, was ich bezweifle, wenn man mal von denen absieht, die die Porträts der Jacksons, der Middletons und der Pollexfens malten, der besseren Leute in der Stadt.

Am Heiligabend brauchte mein Vater nicht zu arbeiten, und voller Freude gingen wir zum Gottesdienst, den der Pfarrer, Mr Ellis, in seiner gepflegten alten Kirche abhielt. Meine Mutter begleitete uns stumm, in ihrem schäbigen Mantel schmal wie ein Mönch. Ich habe die Szene noch gut in Erinnerung, die kleine, von Kerzen beleuchtete Kirche und die dort versammelten protestantischen Gemeindemitglieder, arm, nicht ganz so arm und einigermaßen reich, die Männer in ihren dunklen Gabardinemänteln, die Frauen, wenn das Geld reichte, mit einem Hauch von Pelz um den Hals, größtenteils aber die düsteren grünen Farbtöne der damaligen Zeit. Das Licht der Kerzen drang überallhin, in die Gesichtsfalten meines Vaters, der neben mir saß, in die Steine der Kirche, in die Stimme des Pfarrers, der seine Worte im geheimnisvollen und aufwühlenden Englisch der Bibel sprach, durch mein Brustbein hindurch in mein junges Herz, wo es mich so heftig durchbohrte, dass ich aufschreien, etwas herausschreien wollte, das ich nicht sagen konnte. Ein Aufschrei gegen das Schicksal meines Vaters, gegen das Schweigen meiner Mutter, aber auch ein Aufschrei zum Lobpreis von etwas, nämlich der Schönheit meiner Mutter, die sich verflüchtigte, jedoch immer noch vorhanden war. Mir war, als wären meine Mutter und mein Vater meiner Obhut anvertraut und könnten einzig durch mein Handeln gerettet werden. Aus irgendeinem Grund erfüllte mich dieser Gedanke mit jäher Freude, was damals sehr selten vor-

kam, sodass mich, als die Gemeindemitglieder irgend-
einen vergessenen Choral anstimmten, ein geradezu un-
heimliches Glücksgefühl durchflutete und ich in dem
schimmernden Dunkel heftig zu weinen begann, dicke,
heiße Tränen trügerischer Erleichterung.

Also weinte ich, und genutzt hat es vermutlich keinem.
Um mich her der Geruch feuchter Kleidung, das Gehuste
der Kirchgänger. Was gäbe ich darum, wenn ich sie wieder
in jene Kirche, in jene Weihnachtszeit zurückversetzen
könnte, alles wieder zurückholen könnte, was die Zeit,
wie's nun mal ihre Art ist, bald darauf mit sich riss: die
Shilling-Münzen wieder zurück in die Taschen der Leute,
die Körper wieder zurück in lange Unterhosen und Fäust-
linge, alles, alles wieder zurück an seinen Platz, sodass wir
in schönster Eintracht dort auf dem Mahagoniholz knien
oder sitzen könnten, wenn schon nicht auf ewig, so doch
wenigstens für diese kurzen Augenblicke, diesen einen
Stoffzipfel der Zeit, in dem die Falten meines Vaters das
schimmernde Licht aufnahmen, sein Gesicht sich langsam, ganz langsam meiner Mutter und mir zuwandte und
voll gelassener, ganz gewöhnlicher Güte lächelte, lächelte.

Am folgenden Morgen überreichte mir mein Vater ein
wunderschönes Schmuckstück, das, wie ich später erfuhr,
Modeschmuck genannt wurde. Alle Mädchen, die in Sligo
ausgingen, trugen gern ein bisschen »Elsternglanz« zur
Schau. Wie andere Mädchen träumte auch ich von dem
sagenhaften Elsternnest, in dem Broschen, Armspangen
und Ohrringe zu finden waren, ein Nest voll herrlicher
Beute. Ich nahm das Geschenk meines Vater an mich, öffnete die silberfarbene Nadel und befestigte es an meiner
Strickjacke, führte es stolz dem Klavier und dem Motorrad vor.

Danach überreichte mein Vater meiner Mutter das
große Etwas, eingehüllt in gutes Ladenpapier, das sie frü-

her aufgehoben, gefaltet und in eine Schublade gelegt hätte. Ruhig öffnete sie das Päckchen, betrachtete das darin eingewickelte getüpfelte Tuch, hob das Gesicht und fragte:

»Warum, Joe?«

Mein Vater hatte nicht die geringste Ahnung, worauf sie hinauswollte. War es das verkehrte Muster? Hatte er bei der Aufgabe, ein Tuch zu erstehen, auf ihm unbewusste Weise versagt – denn wer würde ihm, dem Rattenfänger, Frauenmoden erklären?

»Warum? Ich weiß nicht, Cissy. Ich weiß es nicht«, sagte er tapfer. Dann fügte er plötzlich, einer Eingebung folgend, hinzu: »Es ist ein Tuch.«

»Was hast du gesagt, Joe?«, fragte sie, als sei sie einer rätselhaften Taubheit verfallen.

»Für deinen Kopf, für deinen Hals, ganz wie du möchtest«, sagte er. Schon wühlte in ihm, das wurde mir deutlich, jenes verzweifelte Gefühl, das im Bauch desjenigen rumort, der nicht das richtige Geschenk gemacht hat. Er musste das Naheliegende erklären, stets eine unangenehme Aufgabe.

»Oh«, machte sie und starrte auf das Geschenk in ihrem Schoß. »Oh.«

»Ich hoffe, es gefällt dir«, sagte er, womit er seinen Nacken vermutlich dem Henkerbeil darbot.

»Oh«, machte sie. »Oh.« Aber was für ein Oh es war oder was es bedeutete, wusste keiner von uns.

SIEBENTES KAPITEL

Dr. Grenes Aufzeichnungen

Zu meinem großen Kummer ganz zufällig entdeckt, dass Bet beschlossen hat, den Spezialisten, zu dem sie letztes Jahr überwiesen wurde, nicht aufzusuchen (war es wirklich vor einem Jahr, oder träume ich? War es dieses Jahr?). Gestern abend fand ich neben der Dose Complan zufällig ihr Tagebuch, das sie aus Vergesslichkeit liegen gelassen hatte. Natürlich war es falsch, unmoralisch, falsch, grundfalsch, aber ich habe es geöffnet, nur aus der kleinlichen Leidenschaft des verschmähten Ehemanns heraus. Um zu sehen, was sie hineingeschrieben hatte. Nein, nein, eigentlich nur, um ihre Handschrift zu sehen, etwas so Intimes, Privates. Vielleicht nicht einmal, um die Worte zu lesen. Nur, um für einen kurzen Moment die schwarze Tinte ihres Kugelschreibers zu betrachten. Und da war er, erst ein paar Wochen her, ein Eintrag, frech wie Oskar, aber natürlich nur für sie selbst bestimmt: »Klinik angerufen, Termine abgesagt.«

Warum?

Es handelte sich, wie ich mich undeutlich erinnerte, um eine Zusatzuntersuchung wegen ihres Ohnmachtsanfalls. Tatsächlich hatte ich, als sie mir von der Überweisung erzählte, die gesamte Angelegenheit verdrängt, so beruhigt war ich. Jetzt war ich hin- und hergerissen. Einerseits war ich alarmiert, dass sie so gehandelt hatte, andererseits war mir vollkommen klar, dass ich es nur deshalb wusste, weil ich ihre Privatsphäre verletzt hatte – ein weiterer Anschlag auf ihre Person, wie sie es bestimmt auffassen würde. Und sie hätte recht.

Was tun?

Also fand ich die ganze Nacht vor lauter Sorge nicht zur Ruhe. Meine übliche Lösung für das Problem, Sorge. Möglicherweise. Aber ich glaube, aus gutem Grund.

Irgendwann in den frühen Morgenstunden wurde ich seltsam ärgerlich auf sie, richtig wütend sogar, und wollte die Treppe hinaufstürmen und mich ordentlich mit ihr streiten. Was hatte sie sich nur dabei gedacht? Verfluchte Dummheit!

Gott sei Dank ließ ich es bleiben. Das hätte auch nichts geklärt. Aber ich werde von echten Befürchtungen geplagt. Die Schwellung in ihren Beinen könnte durchaus von einem Blutgerinnsel herrühren, und sollte der Thrombus in die Lunge oder ins Herz wandern, würde sie tot umfallen. Will sie das? Wieder einmal merke ich, dass ich nicht über die Sprache, über den Jargon verfüge, um mit ihr darüber oder über irgendetwas zu reden. Die kleinen Sätze des Lebens haben wir vernachlässigt, und nun sind die großen längst außer Reichweite.

An dem Abend hatte ich vorgehabt, eine Methode zu entwickeln, mit der sich Roseanne McNulty ohne List und Tücke befragen lässt, eine Methode, die zu Ergebnissen führt. Mir kommt in den Sinn, dass ich, wenn ich nicht einmal mit meiner eigenen Frau hilfreiche Gespräche über ihre Gesundheit führen kann, bei Roseanne wahrscheinlich noch viel weniger Aussichten habe. Aber vielleicht geht's bei einer Fremden ja leichter, man kann der »Experte« sein und nicht der große menschliche Tölpel, der versucht, ein eigenes Leben zu führen. Das Gute ist, dass ich mir in meiner Beurteilung der meisten andern Patienten ziemlich sicher bin. Die meisten sind leicht durchschaubar, und ihre Not ist offenkundig. Obwohl ich das Gefühl nicht abschütteln kann, der ewige Störenfried zu sein. Roseanne jedoch verblüfft mich.

Egentlich hätte ich gern meine Ausgabe von Barthus' *Psychologie der Geheimhaltung* zurate gezogen, was natürlich ein fabelhaftes Buch ist – wenn ich doch nur die Zeit fände, es noch einmal zu lesen. Ich nehme an, ich hätte in mein Arbeitszimmer gehen und einen Blick hineinwerfen können, aber ich zitterte. Ich war nahezu apoplektisch vor Wut, falls das in der modernen Welt noch ein medizinisches Leiden ist. So habe ich zu guter Letzt weder in meinem Barthus gelesen noch das Rätsel von Bets Leichtsinn gelöst. Ich bin erschöpft.

Roseannes Selbstzeugnis

Es muss einige Wochen später gewesen sein, als ich meinen Vater bei einem besonderen Auftrag begleitete.

Im Vorfrühling beginnen sich die Ratten mit aller Macht zu vermehren, darum ist der späte Winter eine gute Zeit, sie zu erwischen, wenn ihre Zahl eine Weile lang nicht zugenommen hat und das Wetter für den Rattenfänger nicht allzu mörderisch ist. Im Rückblick mutet es schon kurios an, ein junges Mädchen auf die Pirsch nach Nagetieren mitzunehmen, aber ich war sehr interessiert, besonders nachdem mein Vater mir aus dem Handbuch vorgelesen hatte, in dem die Rattenjagd als hochqualifizierte Tätigkeit dargestellt wurde, die sogar an Berufung und Magie grenzt.

Er hatte bereits einige Nächte im protestantischen Waisenhaus gearbeitet, einem an sich schon befremdlichen Ort, Ratten hin, Ratten her. Es war bereits an die zweihundert Jahre alt, mein Vater kannte alte Geschichten, die dem Haus nachgesagt wurden, und seinen Erzählungen nach zu urteilen, glaube ich nicht, dass es eine gute Idee war, in vergangenen Jahrhunderten Waisenkind zu sein. Vielleicht ging es zu seiner Zeit ja einigermaßen anständig zu. Er hatte vor, sich vom Dach nach unten vorzuarbeiten, was die angemessene Vorgehensweise war: das Gebäude Stockwerk für Stockwerk von Ratten zu befreien. Die oberen Dachböden und das oberste Stockwerk waren bereits gesäubert, und jetzt mussten nur noch die drei Stockwerke bearbeitet werden, in denen die Waisenmädchen untergebracht waren, ungefähr zweihundert an der Zahl, in den adretten leinernen Schürzenkleidern, mit denen sie zu Bett gingen.

»Ja, Roseanne, heutzutage hat jede ihr eigenes Bett«, sagte mein Vater. »Aber zu Zeiten deines Großvaters, oder vielleicht war es dessen Großvater, damals jedenfalls sah die Sache ganz anders aus. Dein Großvater, oder vielleicht der Großvater deines Großvaters, pflegte eine schreckliche Geschichte über dieses Heim zu erzählen. Er kam hier herein, als Bauinspektor war er von der damaligen Regierung in Dublin dazu beauftragt worden, weil es eine Welle des Protests gegen die Praktiken an diesen Orten gegeben hatte, eine Welle des Protests. Er kam hier herein«, und wir standen jetzt draußen im uralten Innenhof, in ziemlich trübem Licht, zwei Käfige vollgestopft mit Ratten, und Bob, der Hund, wirkte sehr zufrieden mit sich, nachdem er die Ratten buchstäblich durch die Wände gejagt hatte, die mancherorts zwei, drei Meter dick waren, mit großen Hohlräumen dazwischen, »sagen wir, in eins der großen Zimmer da oben«, und er wies die düsteren Steine des Gebäudes hinauf zum zweiten Stockwerk, »und dort befand sich, wie ihm schien, ein ganzer Hektar Betten, und auf jedem Bett lagen Säuglinge, vielleicht zwanzig Neugeborene oder doch fast Neugeborene Seite an Seite, und er kam mit der alten Schwester dort herein, alles verdreckt wie nur sonstwas, kannst du dir ja vorstellen, und er betrachtete dieses Meer von Säuglingen, und ihm fiel auf, dass einige der Fenster anders als heute gar keine Scheiben hatten und in dem riesigen Kamin nur ein kleines Feuer brannte, das nicht ausreichte, um irgendwas zu wärmen, und richtige Löcher in der Zimmerdecke, durch die der garstig kalte Winterwind heulte, und er rief aus: ›Mein Gott, Frau‹, oder wie immer sie damals gesprochen haben mögen, ›mein Gott, Frau, die Kinder werden ja gar nicht richtig versorgt, bei Gott‹, sagte er, ›die sind ja nicht mal bekleidet‹, und wahrhaftig, Roseanne, alle hatten sie kaum einen Fetzen am Leib. Und die alte Frau sagte, als sei es die vernünftigste und gewöhnlichste Sache der Welt: ›Aber gewiss doch, Mister, liegen sie denn nicht hier, um zu sterben?‹ Und er begriff, dass die Vorkehrungen absichtlich getroffen worden waren, um kränkliche oder überschüssige Babys loszuwerden. Und das war ein großer Skandal zu der Zeit, wenigstens für eine Weile, nehme ich an.«

Eine Zeit lang machte er sich weiter an den Fallen zu schaffen, ich stand in seiner Nähe, und der Nachtwind stöhnte ein wenig, als er an den alten Gebäuden entlangstrich. Ein kalter, billiger, eitrig aussehender Mond war aufgestiegen und hockte auf dem Dach des Waisenhauses. Mein Vater übergoss die Ratten mit Paraffin, bevor er sie eine nach der anderen ins Feuer warf, ein Feuer, das er in der Mitte des Hofes mit Hilfe stinkender alter Bretter und ähnlichem Zeug aus einem der Lagerräume hatte entfachen können. Dies war seine Methode der Rattenbeseitigung, eine Methode, die er, gestützt auf das Handbuch, selbst entwickelt hatte und auf die er sehr stolz war. Wenn ich zurückdenke, war es vielleicht ein bisschen bedauerlich, dass die Ratten noch lebten, wenn sie in die Flammen geworfen wurden, aber ich glaube nicht, dass mein Vater es grausam fand, und vielleicht hoffte er ja auch, es möge den anderen Ratten, die aus dem Dunkel zuschauten, als Warnung dienen. Was bis zu einem gewissen Grad der Denkweise meines Vaters entsprach.

Auf jeden Fall öffnete er die Fallen, griff sich, wie schon gesagt, eine Ratte nach der anderen, versetzte, jetzt fällt's mir wieder ein, jeder Ratte vor den Flammen einen Hieb auf den Kopf, das Bild ist Gott sei Dank eben wieder vor meinem geistigen Auge aufgestiegen, und plauderte mit mir, und vielleicht konnte er sich nicht so recht konzentrieren, weil ich bei ihm war, jedenfalls entwischte ihm doch tatsächlich zwischen Käfig und Hieb eine der Ratten, entwand sich plötzlich seinen Fingern, huschte am verdatterten Bob vorbei, der keine Chance hatte zu reagieren, und war im Nu in Richtung Waisenhaus verschwunden, ein dunkler Blitz aus Schwärze, aber in jenem charakteristischen Galopp... Mein Vater fluchte leise vor sich hin und dachte nicht länger darüber nach, vielleicht glaubte er, die Ratte am folgenden Tag wieder einfangen zu können.

Also machte er mit dem Rest weiter. Zweifellos entgingen ihm die quiekenden Jauler nicht, die jede Ratte ausstieß, als er sie abfertigte, sie in Paraffin getränkt auf den Scheiterhaufen warf, ein Geräusch, von dem ich mir vorstelle, dass er es noch in seinen Träumen hörte. Und nach etwa einer Stunde packte er seine Siebensachen ein, schlang die Fallen um seinen Körper, legte Bob an die gewohnte Leine, und wir gingen durch das dunkle Waisenhaus wieder zur Straßenseite, wo es der Stadt eine recht aufwändig gemeißelte Fassade präsentierte, zweifellos Resultat zahlreicher mildtätiger Spenden im entschwundenen Jahrhundert seiner Erbauung. Erst als wir eben die Straße überquerten, hörten wir ein Prasseln. Wir drehten uns um und schauten hinauf.

Von dem Gebäude kam ein seltsames, sattes, mysteriöses Geräusch, hoch oben aus dem Stockwerk, wo die Mädchen schliefen. Obgleich sie jetzt ganz und gar nicht schliefen, denn durch die Ziegel auf dem Dach drang dichter schwarzer Qualm und grauer Qualm und weißer Qualm, alles gespenstisch beschienen von nichts als dem Mond und der spärlichen Straßenbeleuchtung Sligos. Jetzt hörten wir irgendwo Fensterglas splittern, und plötzlich zuckte ein langer, dünner Arm strahlend gelber Flammen hervor, schien reglos in der Nachtluft zu hängen, in der er das nach oben gewandte Gesicht meines Vaters und zweifellos auch meines erhellte, und zog sich dann ebenso befremdlich zurück, mit einem grausigen Gebrüll, ärger als jeder Sturmwind. In meinem ungeheuren Schrecken kam es mir vor, als hätte das Feuer ein Wort gesprochen: »Tod, Tod«, hörte ich das Feuer sagen.

»Jesus, Maria und Josef«, sagte mein Vater wie jemand, dem ein schrecklicher Schock Herz und Hirn lähmt, und während er noch redete, öffneten sich die Türen des Waisenhauses, sodass ein wilder, wüster Windstoß durchs Haus fuhr, und ein paar entsetzte Mädchen, die Schürzenkleider mit Asche und Schmutz bedeckt, kamen herausgestolpert. Ihre Gesichter waren wild wie die kleiner Dämonen. Noch nie war ich Zeuge solchen Grauens geworden. Zwei oder drei der Aufseher des Heims, eine Frau und zwei Männer in schwarzen Kleidern, stürzten ebenfalls heraus und hasteten hinaus aufs Kopfsteinpflaster, um zu sehen, was zu sehen war.

Was zu sehen war – und nun konnte man in der Ferne die Feuerwehrwagen hören, deren Alarmglocken schrillten –, waren das taghelle Stockwerk voller Mädchen, züngelnde Flammen hinter den großen Fenstern und, obwohl wir nur einen begrenzten Blickwinkel hatten, die Gesichter und Arme der Mädchen, die gegen die Fensterscheiben trommelten wie Motten am Tag oder schlafende Schmetterlinge im Winter, wenn ein Zimmer plötzlich geheizt wird und sie sich in dem verhängnisvollen Glauben wiegen, der Frühling sei gekommen. Dann schienen einige der Fenster zu bersten und schleuderten tödliche Glasscherben und -splitter auf uns nieder, sodass wir zur anderen Straßenseite hinüberhasteten. Menschen kamen aus ihren Häusern gerannt, Frauen schlugen die Hände vors Gesicht und wehklagten absonderlich, und Männer, die aus ihren Betten gesprungen waren, standen in langen Unterhosen da, schrien und brüllten, und falls sie noch nie Mitleid für diese elternlosen Mächen verspürt hatten, so verspürten sie es jetzt, da sie wie Väter und Mütter nach ihnen riefen.

Hinter ihnen konnten wir das Feuer, eine gewaltige Blüte aus Gelb und Rot, noch wütender brennen sehen, mit einem Getöse, wie es vor der Hölle noch kein Sterblicher vernommen hat und wie man sich diese in seinen schlimmsten Albträumen vorstellt. Und die Mädchen, in diesem Schlafsaal die meisten von ihnen in meinem Alter, begannen durch die Fenster auf die breiten Simse zu klettern, sie kreischten und kreischten, und ihre Schürzenkleider brannten bereits lichterloh. Und als ihnen nichts anderes übrigblieb und sie keine andere Hoffnung auf Rettung mehr hatten, sprangen sie in kleinen Grüppchen und einzeln vom Sims, ihre Kleider brannten und brannten, die Flammen wurden von den Schürzenkleidern hochgeweht, bis sie wie echte Flügel über ihnen flatterten, und die brennenden Mädchen stürzten aus voller Höhe von dem alten Prachtbau herab und schlugen auf dem Pflaster auf. Eine unaufhörliche Welle, eine Welle junger Mädchen, die sich aus den Fenstern ergoss, Mädchen, die brannten und kreischten und vor unseren Augen starben.

Bei der gerichtlichen Untersuchung, an der mein Vater teilnahm, bot eines der Mädchen, die überlebt hatten, eine außergewöhnliche Erklärung für das Feuer an. Sie sagte aus, sie habe in ihrem Bett gelegen und versucht zu schlafen, mit dem Gesicht zu dem alten Kamin, in dem ein kleines Häufchen Kohlen glomm, als sie ein Rascheln, ein Quieken und einen klitzekleinen Tumult gehört habe. Um besser sehen zu können, habe sie sich auf die Ellenbogen gestützt, und es sei ein Tier gewesen, vielleicht eine Ratte, etwas Dünnes, Galoppierendes, das in Flammen stand, mit ungewöhnlich heftig brennendem Fell im Saal herumrannte und dabei die armseligen, hauchdünnen Laken in Brand setzte, die in langen, bis zum kahlen Boden herabfallenden Falten die Betten der Mädchen zierten. Und ehe jemand wusste, wie ihm geschah, hätten an hundert Stellen kleine Feuer gebrannt, die Mädchen seien aufgesprungen, hätten ihre Mitwaisen alarmiert und seien vor dem wachsenden Inferno geflohen.

Als mein Vater nach Hause kam, erzählte er mir diese Geschichte nicht, wie es seine Gewohnheit war, in meinem Bett, vielmehr saß er zusammengekauert auf dem alten Schemel daneben. Bei der Untersuchung konnte niemand eine Erklärung für die brennende Ratte vorbringen, und mein Vater hatte geschwiegen. Sein Schicksal war bereits so trostlos, dass er nichts zu sagen wagte. Einhundertdreiundzwanzig Mädchen waren umgekommen, die einen verbrannt, die anderen zerschmettert. Er wusste aus Erfahrung, genau wie ich es von der Lektüre seines Handbuchs wusste, dass Ratten gern die praktischen vertikalen Schnellstraßen alter Rauchabzüge benutzten. Ein kleines, spärliches Feuer wäre für sie kein Hindernis. Sollte eine solche Ratte zu dicht am Feuer vorbeihuschen, noch dazu in Paraffin getränkt – die Folgen waren meinem Vater wohlbekannt.

ACHTES KAPITEL

Vielleicht hätte er reden sollen. Ich nehme an, ich hätte es tun und ihn verraten können, wie die Kinder der Deutschen, die Hitler in jenem späteren Krieg aufforderte, ihre Eltern auszuschnüffeln. Aber ich hätte nie geredet.

Nun, Reden ist immer schwierig, ob mit Risiko behaftet oder nicht. Manchmal ein Risiko für den Körper, manchmal ein winziges, intimeres, unsichtbares Risiko für die Seele. Wenn überhaupt den Mund aufzumachen schon ein Verrat an etwas ist, vielleicht an etwas, das nicht einmal benannt werden kann, das sich in den inneren Kammern des Körpers verbirgt wie ein verängstigter Flüchtling an einem Kriegsschauplatz.

Womit ich sagen will, dass Dr. Grene heute wiederkam, seine Fragen im Anschlag.

Mein Ehemann Tom hat als Junge zehn Jahre lang im Lough Gill nach Lachs gefischt. Meistens stand er nur am See und beobachtete das dunkle Gewässer. Wenn er einen Lachs springen sah, ging er nach Hause. Wer einen Lachs sieht, wird an dem Tag keinen fangen. Doch einen Lachs nicht zu sehen ist auch eine Kunst, man muss lange auf die bekannten Stellen starren, wo man Lachse mitunter erwischt, und sie sich in der Tiefe vorstellen, sie dort erahnen, sie mit dem siebten Sinn erspüren. Mein Ehemann Tom hat zehn Jahre lang auf diese Weise gefischt. Es ist eine verbürgte Tatsache, dass er nie auch nur einen Lachs gefangen hat. Also: Sieht man einen Lachs, so wird man offenbar keinen fangen, und sieht man keinen, so fängt man ihn auch nicht. Wie also soll man einen fangen? Durch das dritte Mysterium, Glück und Instinkt, die Tom beide nicht besaß.

So jedenfalls kam Dr. Grene mir heute vor, als er schweigend in meinem kleinem Quartier saß, seine gepflegte Erscheinung auf dem Sessel ausgestreckt, nichts sagte, mich nicht eigentlich mit den Augen beobachtete, sondern mit Glück und Instinkt, wie ein Angler am dunklen Wasser.

O ja, ganz recht, ich fühlte mich wie ein Lachs und verhielt mich ganz still in der Tiefe, denn seiner Anwesenheit, seiner Rute, seiner Fliege, seines Hakens war ich mir wohl bewusst.

»Nun, Roseanne«, sagte er schließlich, »hmm, ich denke, es stimmt, dass Sie … vor ungefähr … vor wie vielen Jahren sind Sie hierhergekommen?«

»Es ist lange, lange her.«

»Ja. Und ich glaube, Sie kamen aus der Nervenklinik in Sligo.«

»Aus der Irrenanstalt.«

»Ja, ja. *Lunatic Asylum*. Das Asyl für Mondsüchtige. Ein interessanter alter Begriff. Das zweite Wort immerhin recht … beruhigend. Das erste ist ein sehr altes Wort, aber seine Bedeutung ein wenig dubios und kein hübsches Wort mehr. Obwohl ich mich, wenn Vollmond herrscht, oft frage, ob ich mich nicht ein bisschen … eigenartig fühle.«

Ich sah Dr. Grene an und versuchte, ihn mir durch den Mond verändert vorzustellen, bärtiger, ein Werwolf womöglich.

»Solch ungeheure Kräfte«, sagte er. »Die Flut, von Ufer zu Ufer gezogen. Ja, ja, der Mond. Ein sehr bedenkenswertes Phänomen.«

Dann stand er auf und trat an mein Fenster. Es war so früh an diesem Wintertag, dass der Mond tatsächlich

Herrscher über die gesamte Außenwelt war. Sein Licht lag in feierlichem Glanz auf den Fensterscheiben. Ebenso feierlich nickte Dr. Grene sich zu, als er auf den Hof hinunterblickte, wo John Kane und andere ab und zu mit den Mülltonnen knallten, und auf all die übrigen präzisen Verrichtungen des Krankenhauses – des Asyls. Des Asyls für Mondsüchtige. Der Ort, der den Kräften des Mondes unterworfen war.

Dr. Grene ist einer von den Männern, die sich hin und wieder über ein eingebildetes Halstuch oder ein anderes Kleidungsstück aus einer anderen Zeit zu streichen scheinen. Natürlich hätte er sich über den Bart streichen können, aber das tat er nicht. Hatte er vor Jahren in seiner Jugend vielleicht einen ausgefallenen Schal oder dergleichen besessen? Ich denke schon. Jedenfalls strich er sich jetzt über diesen eingebildeten Gegenstand, führte die Finger seiner rechten Hand ein, zwei Zentimeter oberhalb seiner violetten Krawatte entlang, deren Knoten so dick war wie eine junge Rose.

»Oh«, machte er, ein merkwürdiger Ausruf. Es war ein Geräusch, das von äußerster Erschöpfung zeugte, aber ich glaube nicht, dass er erschöpft war. Es war ein frühmorgendlicher Laut, hervorgestoßen in meinem Zimmer, als wäre er allein für sich. Und auf die Belange der realen Welt bezogen, war er das ja vielleicht auch.

»Würden Sie in Betracht ziehen, von hier fortzugehen? Möchten Sie, dass ich die Sache prüfe?«

Doch darauf konnte ich keine Antwort geben. Will ich diese Art Freiheit denn? Weiß ich überhaupt noch, was das ist? Ist dieses seltsame Zimmer mein Zuhause? Was auch immer der Fall war, ich verspürte wieder diese schleichende Furcht, wie einen Frost, der sich auf das schon sommerliche Grün legt und die Blätter bedrückend schwarz färbt.

»Ich würde gern wissen, wie lange Sie in Sligo waren? Können Sie sich noch an das Jahr erinnern, als Sie dort eingewiesen wurden?«

»Nein. Irgendwann während des Krieges«, antwortete ich. So viel wusste ich.

»Während des Zweiten Weltkrieges, meinen Sie?«

»Ja.«

»Da war ich gerade mal ein Baby«, sagte er.

Dem folgte steifes, kaltes Schweigen.

»Wir fuhren immer zu einer der kleinen Buchten in Cornwall, mein Vater, meine Mutter und ich – das ist meine früheste Erinnerung, weiter hat es keine Bedeutung. Ich kann mich noch an die eisige Kälte des Wassers erinnern und, stellen Sie sich vor, an meine Windel, die von all dem Wasser ganz schwer war, eine sehr lebhafte Erinnerung. Die Regierung teilte kaum jemandem Benzin zu, also hat mein Vater eins von diesen Tandems gebaut, indem er einfach zwei Fahrräder zusammenschweißte. Er setzte sich hinten drauf, weil dort die Kraft benötigt wurde für die Hügel von Cornwall. Kleine Hügel, aber tödlich für die Beine. Schöne Tage, Sommertage. Mein Vater entspannt. Tee, den wir in einem Feldkessel am Strand kochten, wie Angler.« Dr. Grene lachte, teilte sein Lachen mit dem neuen Licht, das draußen allmählich den Morgen erhellte. »Vielleicht war das kurz nach dem Krieg.«

Ich wollte ihn nach dem Beruf seines Vaters fragen, ich weiß nicht, warum, aber die Frage erschien mir zu nüchtern. Vielleicht wollte er ja, dass ich sie stelle, jetzt, wo ich darüber nachdenke. Damit wir von Vätern zu sprechen beginnen? Vielleicht war dies ja sein Köder, den er über den dunklen Gewässern auswarf.

»Ich habe über das alte Sligoer Krankenhaus zu jener Zeit nichts Gutes gehört. Ich bin sicher, es war ein grauenhafter Ort. Da bin ich mir ziemlich sicher.«

Aber auch das ließ ich auf sich beruhen.

»Es ist eines der Rätsel der Psychiatrie, dass unsere Krankenhäuser Anfang des Jahrhunderts so schlecht waren, so schwer zu rechtfertigen, wohingegen es Anfang des neunzehnten Jahrhunderts oft eine recht aufgeklärte Haltung der ... nun, der Mondsüchtigkeit gegenüber gab, wie man es nannte. Mit einem Mal begriff man, dass das Anketten von Menschen und so weiter nicht gut war, und so unternahm man ungeheure Anstrengungen, die Dinge ... abzumildern. Aber ich fürchte, es gab einen Rückfall – am Ende lief irgendetwas schief. Wissen Sie noch, weshalb Sie von Sligo hierhergebracht wurden?«

Er stellte die Frage so unvermutet, dass ich sie umgehend beantwortete.

»Das hat mein Schwiegervater eingefädelt«, sagte ich.

»Ihr Schwiegervater? Wer war das?«

»Der alte Tom, der Tanzkapellenmann. Er war auch der Schneider in Sligo.«

»In der Stadt, meinen Sie?«

»Nein, im Asyl selbst.«

»Dann waren Sie also in dem Asyl, in dem Ihr Schwiegervater gearbeitet hat?«

»Ja.«

»Ich verstehe.«

»Ich glaube, auch meine Mutter war da, aber ich kann mich nicht mehr erinnern.«

»Sie war dort tätig?«

»Nein.«

»Eine Patientin?«

»Ich kann mich nicht mehr erinnern. Ehrlich nicht.«

Oh, ich wusste, dass er sich danach sehnte, noch mehr zu erfragen, aber er unterdrückte seinen Wunsch, das muss man ihm lassen. Vielleicht ein zu guter Angler. Wer einen Lachs springen sieht, wird an dem Tag keinen fangen. Der kann gleich nach Hause gehen.

»Ich möchte nicht, dass Sie sich ängstigen«, sagte er wie aus heiterem Himmel. »Nein, nein. Das ist nicht meine Absicht. Ich muss sagen, Roseanne, wir hier wissen Sie durchaus zu schätzen, wirklich.«

»Ich glaube nicht, dass ich das verdient habe«, sagte ich errötend und plötzlich beschämt. Zutiefst beschämt. Es war, als würden von einer Quelle plötzlich einige Hölzer und Blätter entfernt, und als ergieße sich jetzt erst der Wasserstrahl. Schmerzhafte, schmerzhafte Scham.

»O ja«, sagte er. Er war sich meiner Pein offenbar nicht bewusst. Möglicherweise wollte er sich mir *anvettern*, mir den Bauch pinseln, wie mein Vater sich ausgedrückt hätte. Um mich in ein Gepräch zu verwickeln, eine Stelle zu finden, wo er den Hebel ansetzen konnte. Eine Tür zu dem, was er begreifen lernen wollte, was immer es war. Ein Teil von mir sehnte sich danach, ihm zu helfen. Ihn willkommen zu heißen. Aber. Die Ratten der Scham, die durch die Mauer bersten, die ich all die Jahre über mit unendlicher Sorgfalt errichtet habe, und die auf meinem Schoß umherlaufen – so fühlte es sich an. Meine Aufgabe bestand darin, es zu verbergen, diese elenden Ratten zu verbergen.

Warum empfand ich nach all den Jahren diese dunkle Scham? Warum steckt sie noch immer in mir, diese dunkle, dunkle Scham?

Nun ja.

Jetzt lagen ein paar Geheimnisse in unserem Schoß. Das Bedrängendste aber war bald darauf wieder unsere Armut, die mein Vater einfach nicht begreifen konnte.

Eines Abends im Winter, auf dem Rückweg von der Schule, traf ich mich mit meinem Vater auf der Uferstraße. Es war keine der freudigen Begegnungen meiner Kindheit, doch selbst heute noch würde ich voller Stolz sagen, dass ich glaube, mein Anblick heiterte meinen Vater auf. Er hellte ihn auf, so düster, so tief düster jener Abend in Sligo auch war. Ich hoffe, das klingt nicht prahlerisch.

»Nun, mein Schatz«, sagte er. »Wir gehen Arm in Arm nach Hause, es sei denn, du hast Angst, mit deinem Vater gesehen zu werden.«

»Nein«, sagte ich überrascht. »Ich habe keine Angst.«

»Nun«, sagte er. »Ich weiß, wie es ist, fünfzehn zu sein. Wie ein Kerl draußen auf der Landzunge mitten im tosenden Wind.«

Aber ich verstand nicht so recht, was er meinte. Es war so kalt, dass ich mir einbildete, es liege Frost auf dem Zeugs, das er sich in die Haare schmierte, um sie zu glätten.

Dann schlenderten wir müßig, sorglos unsere Straße entlang. Weiter oben, in der Häuserzeile vor uns, öffnete sich eine Tür, und ein Mann trat auf den Gehsteig und lüftete seinen braunen Filzhut vor der Maske des Gesichts, das kurz in der Tür zu sehen war. Es war das Gesicht meiner Mutter, und es war unsere Haustür.

»Bei Gott«, sagte mein Vater, »da kommt ja Mr Fine höchstpersönlich aus unserem Haus. Ich frage mich, was er da zu suchen hatte. Ob er wohl Ratten im Haus hat?«

Mr Fine kam uns entgegen. Er war ein bedeutender Ehrenmann der Stadt, eine hochgewachsene, schlaksige Gestalt mit einem freundlichen, weichen Gesicht. Sah aus wie jemand, der sich bei Sonne und Wind im Freien aufhält – vielleicht wie der Mann auf der Landzunge.

»Guten Tag, Mr Fine«, sagte mein Vater. »Wie geht's, wie steht's?«

»Ganz ausgezeichnet, ja, in der Tat«, sagte Mr Fine. »Wie geht's Ihnen beiden? Wir waren furchtbar erschüttert und besorgt, als wir von den armen verbrannten Mädchen hörten. Ein ganz schrecklicher Vorfall, Mr Clear.«

»Jesus, so ist es«, sagte mein Vater, und Mr Fine eilte an uns vorbei.

»Ich nehme an, ich sollte nicht Jesus zu ihm sagen«, meinte mein Vater.

»Warum?«, fragte ich.

»Ach, er ist doch Jude und so«, antwortete er.

»Haben die denn keinen Jesus?«, fragte ich in meiner tiefen Unwissenheit.

»Ich weiß nicht«, antwortete er. »Father Gaunt würde mit Sicherheit sagen, die Juden hätten Jesus umgebracht. Aber weißt du, Roseanne, das waren unruhige Zeiten.«

Danach blieben wir stumm, bis wir zu unserer Haustür gelangten, mein Vater seinen alten Schlüssel herauszog und im Schloß drehte und wir die winzige Diele betraten. Ich wusste, dass ihn nach der Äußerung über Jesus etwas beunruhigte. Ich war alt genug, um zu wissen, dass Menschen manchmal kleine Reden halten, die gar nicht den Inhalt ihrer Gedanken wiedergeben und dennoch eine Art Vermittlung dieser Gedanken sind.

Es war spätabends, kurz vor dem Schlafengehen, als mein Vater schließlich Mr Fine erwähnte.

»So«, sagte er, als meine Mutter Asche auf die letzten Torfreste schaufelte, damit sie über Nacht langsam weiterglühten und am Morgen, wenn sie die Asche wieder entfernte, zu wunderschönen Eiern aus roten Funken würden. »Als wir heute Abend nach Hause kamen, sind wir Mr Fine begegnet. Einen Augenblick lang dachten wir, er könnte hier gewesen sein.«

Meine Mutter richtete sich auf und stand mit der Kaminschaufel da. Sie blieb so still und so stumm, als posiere sie für einen Künstler.

»Er war nicht hier«, sagte sie.

»Wir haben geglaubt, dein Gesicht in der Tür zu sehen, und er hat den Hut gelüftet – vor deinem Gesicht.«

Meine Mutter starrte ins Feuer. Sie hatte ihre Arbeit nur halb ausgeführt, schien aber nicht geneigt, sie zu beenden. Sie brach in seltsame, qualvolle Tränen aus, Tränen, die so klangen, als wären sie aus ihrem Körper aufgestiegen, in ihn eingesickert wie eine furchtbare Nässe. Ich war so erschrocken, dass mein eigener Körper unbehaglich zu kribbeln begann.

»Ich weiß nicht«, sagte mein Vater unglücklich. »Vielleicht haben wir ja auf die falsche Tür geblickt.«

»Du weißt genau, dass ihr das nicht habt«, sagte sie, diesmal in einem ganz anderen Tonfall. »Du weißt es genau. Ach, ach«, sagte sie, »hätte ich dir doch nie erlaubt, mich von zu Hause wegzuholen, in diesen kalten, grausamen Landstrich, in diesen scheußlichen Regen, zu diesen scheußlichen Leuten.«

Mein Vater erbleichte wie eine kochende Kartoffel. Dies war mehr, als meine Mutter seit einem Jahr gesprochen hatte. Dies war ein Brief, dies war eine Zeitung ihrer Gedanken. Für meinen Vater muss es sich angefühlt haben, als hätte er von einer weiteren Gräueltat gelesen. Schlimmer als halbwüchsige Rebellen, schlimmer als verbrennende Mädchen.

»Cissy«, sagte er so leise, dass es fast ungehört blieb. Ich aber hörte es. »Cissy.«

»Ein billiges Tuch, das zu verkaufen ein Inder sich schämen würde«, sagte sie.

»Was?«

»Du kannst nicht mir die Schuld geben«, sagte sie beinahe schreiend. »Du kannst nicht mir die Schuld geben! Ich habe doch nichts!«

Mein Vater sprang auf, denn meine Mutter hatte sich versehentlich mit der Schaufel ans Bein geschlagen.

»Cissy!«, rief er.

Sie hatte sich ein Stück weit geöffnet, und dort glitzerten ein paar Juwelen dunklen Blutes.

»O Gott, o Gott«, sagte sie.

Am nächsten Abend suchte mein Vater Mr Fine in seinem Lebensmittelgeschäft auf. Als er zurückkam, war sein Gesicht aschfahl, er sah erschöpft aus. Ich war schon in heller Aufregung, weil meine Mutter, die womöglich etwas ahnte, selbst in die Dunkelheit hinausgegangen war, wohin, wusste ich nicht. Eben hatte sie noch in der Spülküche herumgeklappert, dann war sie verschwunden.

»Ausgegangen?«, fragte mein Vater. »Du liebe Güte, du liebe Güte. Hat sie in dieser schrecklichen Kälte wenigstens ihren Mantel angezogen?«

»Hat sie«, sagte ich. »Wollen wir sie suchen gehen?«

»Ja, das müssen wir, das müssen wir«, antwortete mein Vater, aber er blieb dort sitzen, wo er war. Gleich neben ihm war der Sattel seines Motorrads, aber er rührte ihn nicht an.

»Was hat Mr Fine gesagt?«, fragte ich. »Warum wolltest du ihn sprechen?«

»Also, Mr Fine ist ein ehrenwerter Mann, das ist er wirklich. Er war sehr besorgt, hat sich sehr entschuldigt. Sie hat ihm weisgemacht, alles sei rechtens. Alles abgesprochen. Ich frage mich, wie sie das sagen konnte. Wie sie die Worte in den Mund kriegen und aussprechen konnte.«

»Ich verstehe nicht, Papa.«

»Deshalb haben wir so wenig zu beißen gehabt«, sagte er. »Sie hat sich mit einem Darlehen von Mr Fine etwas gekauft, und natürlich kommt er jede Woche wegen seines Geldes, und sie wird ihm wohl jede Woche das meiste von dem geben, was ich ihr gebe. All die Ratten, die finsteren Winkel, all die Stunden, in denen sich der arme Bob durchs Elend wühlt, die schrecklichen Hungertage, die wir ertragen mussten, all das für – eine Uhr.«

»Eine Uhr?«

»Eine Uhr.«

»Aber es gibt doch gar keine neue Uhr im Haus«, sagte ich, »oder, Papa?«

»Ich weiß es nicht. Mr Fine hat's gesagt. Nicht, dass er ihr die Uhr verkauft hat. Er verkauft nur Karotten und Kohlköpfe. Aber einmal, als du und ich nicht da waren, hat sie ihm die Uhr gezeigt. Eine sehr schöne Uhr, hat er gesagt. In New York angefertigt. Mit einem Glockenspiel aus Toronto.«

»Was ist das?«, fragte ich.

Und als ich das sagte, erschien meine Mutter in der Tür hinter meinem Vater. Sie hielt einen quadratischen Gegenstand aus Porzellan in den Händen, mit einem eleganten Zifferblatt, das jemand, zweifellos in New York, rundherum mit kleinen Blumen bemalt hatte.

»Ich lasse sie nicht ticken«, sagte sie mit leiser Stimme wie ein furchtsames Kind, »aus Angst.«

Mein Vater stand auf.

»Wo hast du sie gekauft, Cissy? Wo hast du so ein Ding gekauft?«

»Bei Grace's of the Weir.«

»Bei Grace's of the Weir?«, fragte er ungläubig. »In dem Laden bin ich noch nie gewesen. Da würde ich mich gar nicht hineintrauen, aus Angst, sie könnten Eintritt nehmen.«

Sie stand da und schrumpfte in ihrem Unglück immer mehr zusammen.

»Sie ist von Ansonia«, sagte sie, »in New York.«

»Können wir sie nicht zurückgeben, Cissy?«, fragte er. »Komm, wir bringen sie zurück zu Grace's, und dann sehen wir, wie's weitergeht. Wir können mit den Zahlungen an Fine nicht weitermachen. Man wird dir zwar nicht das dafür geben, was du gezahlt hast, aber vielleicht wenigstens etwas, und dann können wir unsere Schulden bei Mr Fine begleichen. Ich bin sicher, er wird mir, so weit er kann, entgegenkommen.«

»Ich habe sie nicht mal ticken oder läuten hören«, sagte sie.

»Dann dreh den Schlüssel um und lass sie ticken. Und zur vollen Stunde wird sie läuten.«

»Ich kann nicht«, sagte sie, »denn dann werden sie sie finden. Sie werden dem Klang folgen und sie finden.«

»Wer, Cissy? Meinst du uns? Ich denke, mit dem Finden sind wir jetzt fertig.«

»Nein, nein«, sagte meine Mutter, »die Ratten. Die Ratten werden sie finden.«

Meine Mutter blickte mit einem schaurigen Glanz im Gesicht zu ihm auf, wie eine Verschwörerin.

»Wir sollten sie lieber zerschlagen«, sagte sie.

»Nein«, entgegnete mein Vater verzweifelt.

»Nein, es wäre besser. Sie zu zerschlagen. Alles zu zerschlagen. Southampton. Und Sligo. Und dich. Ich heb sie jetzt hoch, Joe, und schmeiße sie auf den Boden«, und tatsächlich hob sie sie hoch, und tatsächlich schmiss sie sie auf die dünne, feuchte Zementkruste des Bodens. »Da, alle Versprechen eingelöst, alle Verwundungen geheilt, alle Verluste wettgemacht!«

Die Uhr lag in ihren Porzellanscherben da, ein kleines Rädchen hatte sich gelockert, und zum ersten und letzten Mal läutete in unserem Haus die Uhr von Ansonia mit ihrem Glockenspiel aus Toronto.

Ich muss berichten, dass mein Vater bald darauf, schon bald darauf, tot aufgefunden wurde.

Bis zum heutigen Tag weiß ich nicht, woran genau er gestorben ist, aber die letzten achtzig Jahre oder länger habe ich darüber gerätselt. Ich habe Ihnen den roten Faden geliefert, und wohin hat der mich geführt? Ich habe alle Tatsachen vor Ihnen ausgebreitet.

Die Sache mit der Uhr war doch nun wirklich zu geringfügig, um einen Mann umzubringen.

Die toten Burschen waren fürwahr eine düstere Angelegenheit, aber düster genug, um auch meinen Vater für immer zu verdüstern?

Auch die Mädchen, auch die waren eine düstere Angelegenheit, so hell sie bei ihrem Sturz auch leuchteten.

Es war das Schicksal meines Vaters, dass ihm all dies widerfahren musste.

Er war wie jeder andere, und wie alles, ob Uhr oder Herz, hatte er eine Belastungsgrenze.

In der Nachbarstraße, in einem baufälligen, leer stehenden Cottage, das er auf Wunsch der Nachbarn von Ratten gesäubert hatte, erhängte er sich.

Ach, ach, ach, ach, ach, ach, ach, ach, ach.

Haben Sie schon einmal solches Leid erfahren? Ich hoffe nicht. Ein Leid, das nicht altert, das nicht mit der Zeit vergeht, wie sonstiges Leid und sonstige menschlichen Angelegenheiten? Das ist das Leid, das stets vorhanden ist, das in einem baufälligen Haus sachte hin und her schwingt, mein Vater, mein Vater.

Ich schreie nach ihm.

NEUNTES KAPITEL

Ich muss wohl ein paar unerfreuliche Dinge hinzufügen, die meinem Vater nach seinem Tod widerfahren sind, als er nichts weiter war als ein großer Pudding aus Blut und vergangenen Ereignissen. Es ist möglich, einen Menschen mehr zu lieben als sich selbst, einen solchen Gedanken jedoch als Kind oder fast als Frau zu haben, wenn der eigene Vater zur unvermeidlichen Totenwache ins Haus getragen wird… Nicht, dass wir zur Totenwache viele Gäste erwarteten.

Sein Motorrad wurde von Mr Pine, unserem Nachbarn, auf den kleinen Hof hinausgeschoben, einem kaltäugigen Zimmermann, der uns jedoch umgehend seine Hilfe anbot. Ich brauche Ihnen wohl nicht zu erzählen, dass es nie wieder hereingeholt wurde, sondern sich im Freien um sich selbst kümmern musste, so gut es eben ging.

An seinem Platz wurde der lange Armensarg abgestellt, aus dem die große Nase meines Vater ragte. Da er sich erhängt hatte, war sein Gesicht mit weißer Farbe bedeckt, dick wie ein Zifferblatt, eine Arbeit, die das Bestattungsunternehmen Silvester besorgt hatte. Dann drängte die ganze Straße herein, und wenn wir auch nur ein paar Pfeifen Tabak und ein paar Kannen Tee und keinen Tropfen Whiskey anzubieten hatten, so staunte ich doch über die Gelöstheit und Fröhlichkeit der Menschen, die sich dort versammelten, und das offensichtliche Bedauern, das sie über den Tod meines Vater bekundeten. Mr Ellis kam, der presbyterianische Pfarrer, und auch Father Gaunt, und nach Art vermeintlicher Gegner oder Widersacher in Irland tauschten sie in der Ecke einen Augenblick lang geistreiche Bemerkungen aus. Dann, am frühen Morgen, ließ man uns endlich allein, und meine Mutter und ich schliefen – ich zumindest schlief. Ich weinte und weinte und schlief doch ausgiebig. Aber ein solcher Kummer ist ein guter Kummer.

Als ich am Morgen vom Dachboden kam, auf dem sich mein schmales Bett befand, herrschte eine andere Art von Trauer. Ich ging hinüber zu meinem Vater, und einen Moment lang konnte ich nicht nachvollziehen, was ich sah. Irgendetwas stimmte jedenfalls mit seinen Augen nicht. Als ich genauer hinschaute, sah ich, was es war. Jemand hatte seine Augäpfel mit winzigen schwarzen Pfeilen durchstochen. Die Pfeile wiesen nach oben. Ich erkannte sie sofort. Es waren die schwarzen Metallzeiger der Ansonia-Uhr meiner Mutter.

Ich zog sie heraus wie Dornen, wie Bienenstacheln. *Ein Dorn, um eine Hexe zu finden, ein Stachel, um Liebe zu finden* ist ein alter Bauernspruch. Es waren keine Liebeszeichen. Ich weiß nicht, was für Zeichen es waren. Dies war der letzte Kummer meines Vaters. Er wurde auf dem kleinen presbyterianischen Kirchhof beigesetzt, in Gegenwart einer respektablen Anzahl von »Freunden« – Freunde, von denen ich kaum wusste, dass er sie gehabt hatte. Leute, die er von Ratten erlöst oder deren Angehörige er in den guten alten Zeiten beerdigt hatte. Oder Leute, die ihn wegen der Menschenfreundlichkeit in Ehren hielten, die er der Welt bewiesen hatte. Denen seine Art gefiel. Es gab viele, die ich nicht mit Namen kannte. Obwohl die Zeremonie natürlich der presbyterianische Pfarrer abhielt, stand Father Gaunt neben mir, fast wie ein Freund, und nannte mir einige der Namen, als wäre mir das wichtig gewesen. Diesen Namen und jenen, die ich vergaß, kaum dass er sie ausgesprochen hatte. Aber da war auch ein

Mann namens Joe Brady, der auf Betreiben von Father Gaunt die Stelle meines Vaters auf dem Friedhof übernommen hatte, ein kauziger, dicklicher Mann mit bohrendem Blick. Ich weiß nicht, weshalb er zugegen war, und war mir in meiner Trauer nicht einmal sicher, ob ich ihn dabeihaben wollte, aber man kann niemanden von einem Begräbnis fernhalten. Trauernde sind wie das Meer, dem Knut der Große vergebens zu gebieten suchte. Ich begnügte mich mit dem Gedanken, dass er wohl gekommen war, um seinen Respekt zu zollen.

Mein Kopf glühte von dem tiefen, dunklen Puls der Trauer, der wie ein körperlicher Schmerz schlägt, wie eine Ratte, die ins Gehirn eingedrungen ist, eine Ratte in Flammen.

Dr. Grenes Aufzeichnungen

Ungeheuer viel damit zu tun, all die Vorkehrungen im Krankenhaus zu beaufsichtigen, und nicht viel Zeit, hier zu schreiben. Ich habe das seltsam Intime daran vermisst. Da ich charakteristischerweise eine recht kümmerliche Selbstwahrnehmung habe, will sagen: mich als Person, als Mensch beklagenswert geringschätze, hat es mir in gewisser Weise geholfen, dieses Journal zu führen, aber wie, kann ich nicht sagen. Es ist sicher keine Therapie. Aber immerhin Anzeichen eines fortdauernden Innenlebens. Dem jedenfalls gilt all mein Hoffen und Bangen.

Vielleicht mit einiger Berechtigung. Als ich gestern Abend so erschöpft wie noch nie nach Hause kam und alles verfluchte: die schrecklichen Schlaglöcher in den Straßen von Roscommon, die lausigen Stoßdämpfer meines Wagens, die defekte Lampe auf der Veranda, derentwegen ich mit dem Arm gegen den Zementpfeiler stieß, trat ich wirklich ziemlich übel gelaunt in die Diele, bereit, auch dort alles zu verfluchen, falls sich nur halbwegs Gelegenheit dazu bot.

Aber oben auf dem Treppenabsatz stand Bet. Ich weiß nicht, ob sie dort schon gestanden hatte, bevor ich hereinkam, mag sein, denn sie stand an dem kleinen Fenster und sah hinaus auf das Gewirr von Stadtgärten und planlos verstreuten Leichtindustriebauten. Das Mondlicht lag auf ihr, und sie lächelte. Glaubte ich zumindest. Eine ungeheure Leichtigkeit ergriff mich. Es war wie damals, als mir zum ersten Mal bewusst wurde, dass ich sie liebte, als sie jung und zart war wie ein Aquarell, wie eine hingeworfene Skizze, in meinen Augen wunderschön und vollkommen, als ich mich ihr versprach, als ich versprach, sie glücklich zu machen, sie zu verehren, sie auf den Händen zu tragen – der eigentümliche, vielleicht törichte Pakt aller Liebenden. Sie wandte sich vom Mondlicht ab und blickte mich an, und zu meinem Erstaunen begann sie die Treppe hinabzusteigen. Sie trug ein einfaches gemustertes Kleid, ein Sommerkleid, und als sie die Treppe herunterkam, brachte sie das Mondlicht mit sich, das Mondlicht und anderes Licht. Und als sie zur Dielentür kam, lehnte sie sich an mich, streckte sich und küsste mich, ja, ja, Narr, der ich bin, ich weinte, aber so leise und mit so viel Würde, wie ich aufbringen konnte, da ich es ihr an Anmut gleichtun wollte, selbst wenn es mir nicht gegeben war. Und dann führte sie mich ins Wohnzimmer, und zwischen all den Nippsachen unseres Lebens umarmte und küsste sie mich wieder, zog mich mit einer Leidenschaft, dass mir Hören und Sehen verging, auf ganz sanfte, ungestüme und doch konzentrierte Weise an sich, küsste mich und küsste mich erneut, und dann folgten unsere kleinen Liebesspiele, die wir in früheren Jahren so viele tausend Male vollführt hatten, und anschließend lagen wir dort auf dem Axminster-Teppich wie erlegte Tiere.

Roseannes Selbstzeugnis

Jetzt war mein Kopf so voll von meinem Vater, und für die Nonnen in der Schule habe ich kaum ein Wort erübrigt.

Und nun muss ich berichten, dass ich sie dem Dunkel der Geschichte überantworten muss, ohne sie im Einzelnen zu erwähnen, obwohl es durchaus interessante Frauen waren. Uns ärmeren Mädchen gegenüber waren sie brutal, aber das wunderte uns nicht. Wir schrien und weinten, wenn wir geschlagen wurden, und beobachteten die beflissene Liebenswürdigkeit, die den reicheren Mädchen der Stadt zuteil wurde, mit untadeligem Neid. In der Geschichte jedes geschlagenen Kindes gibt es einen Augenblick, da sich sein Geist von der Hoffnung auf Würde verabschiedet – das leere Boot der Hoffnung vom Ufer abstößt, es führerlos auf dem Strom treiben lässt und sich mit dem Kerbholz des Schmerzes versöhnt.

Dies ist eine grausame Wahrheit, denn ein Kind weiß es nicht besser.

Ein Kind ist niemals Urheber seiner eigenen Geschichte. Das ist wohlbekannt, nehme ich an.

So brutal sie auch waren, sosehr sie mit jeder Unze Kraft, die ihren Körpern innewohnte, die Stöcke gegen uns schwangen, um die Teufel der Lust und die Fischschwärme der Unwissenheit auszutreiben, von denen es in uns wimmelte, so waren es doch durchaus interessante Frauen. Aber ich muss sie loslassen. Meine Geschichte treibt mich voran.

Ich denke, alles, was wir dem Himmel bieten können, ist menschliche Ehrlichkeit. An Petrus' Himmelstor, meine ich. Hoffentlich ist sie wie Salz für Königreiche, die kein Salz besitzen, wie Gewürze für die dunklen Länder des Nordens. Ein paar Gramm im Beutel der Seele, dargeboten, wenn wir Zutritt erbitten. Was himmlische Ehrlichkeit ist, kann ich nicht sagen. Aber all das sage ich, um mich für meine Aufgabe zu wappnen.

Früher glaubte ich, mein höchstes Gut sei meine Schönheit. Im Himmel wäre dies vielleicht der Fall gewesen. Doch nicht in diesen irdischen Gefilden.

Allein zu sein und doch hin und wieder von königlicher Freude durchdrungen zu werden, wie es mir mitunter geschieht, ist in der Tat ein hohes Gut. Wie ich hier an diesem Tisch sitze, der von einem Dutzend Generationen von Insassen, Patienten, Engeln, was immer wir sind, befleckt und verkratzt ist, muss ich Ihnen von dieser Empfindung berichten: Es ist, als würde eine Goldessenz in mich eindringen, bis aufs Blut. Keine Zufriedenheit, sondern ein Gebet, so wild und gefährlich wie Löwengebrüll.

Das erzähle ich Ihnen, *Ihnen*.

Liebe Leserin, lieber Leser. Gott schütze Sie, Gott schütze Sie.

Soll ich wirklich einen Bogen um die Nonnen machen? Vielleicht kann ich einen Moment bei jener Mischung aus Brutalität und Bescheidenheit verweilen. Nein, nein, ich werde einen Bogen um sie machen. Obwohl ich in späteren Jahren häufig einen Traum hatte, in dem sie mir zu Hilfe kamen, die Hauptstraße von Sligo hinunterströmten wie eine Wolke Lotosblüten mit ihren weißen Kopfbedeckungen. Natürlich hat sich nichts dergleichen zugetragen. Und ich weiß nicht, warum ich glaubte, es gebe eine Grundlage für einen solchen Traum, da ich mich, solange ich bei ihnen war, an keinerlei Gunstbezeigung erinnern kann. Und wie meine Geschichte es wollte, hatte ich sie natürlich mit sechzehn längst hinter mir gelassen.

Die Erinnerungen, die ich an Father Gaunt habe, sind seltsamerweise immer genau und vollständig, hell erleuchtet, sein Gesicht klar und konzentriert. Wie ich hier sitze und vor mich hinschreibe, sehe ich ihn genau vor mir, diesmal an dem Tag, an dem er mit seiner Auffassung von Beistand zu mir kam.

Ich wusste, dass ich die Schule nach dem Tod meines Vaters umgehend verlassen musste, denn inzwischen hauste der Verstand meiner Mutter in einem Dachstübchen ihres Schädels, das weder Tür noch Treppe hatte, jedenfalls keine, die ich finden konnte. Wenn wir etwas zu essen haben wollten, musste ich mir irgendeine Arbeit suchen.

Eines Tages erschien Father Gaunt in seiner gewohnt eleganten Soutane – das meine ich nicht kritisch –, und da jener besondere Sligoer Regen fiel, der schon tausend uralte Bauernhöfe in Sümpfe verwandelt hat, war er außerdem in einen eleganten dunkelgrauen Mantel aus ähnlich glänzendem Stoff gehüllt. Womöglich war auch seine Gesichtshaut daraus gefertigt worden, zu Vorzeiten, im Bauch seiner Mutter. Er hatte einen höchst geistlichen Regenschirm aufgespannt, der wie etwas Lebendiges und Karges wirkte, das seine Nachtgebete im Schirmständer verrichtete.

Ich ließ ihn ein und bot ihm im Wohnzimmer einen Sessel an. Das Klavier meines Vaters war geblieben. Ebenso beseelt wie der Regenschirm, stand es dort an der Wand, als würde es sich irgendwo in den Hirnwindungen seiner Saiten und Tasten an meinen Vater erinnern.

»Danke, Roseanne«, sagte Father Gaunt, als ich ihm eine Tasse Tee reichte, den ich heldenhaft aus einem Rest an Blättern aufgegossen hatte, die traurigerweise bereits dreimal verwendet worden waren. Aber ich hoffte doch, dass sich noch ein letztes bisschen Aroma aus ihnen herausquetschen ließ, schließlich waren sie mit Jacksons' Teeschiff die ganze weite Strecke von China gekommen.

Wir kauften unseren Tee immer an der Ecke, nicht im großartigen Warenhaus von Blackwood's, wo die feinen Pinkel hingingen, insofern war der Tee vermutlich ohnehin schon nicht der beste gewesen. Aber Father Gaunt nippte höflich daran.

»Hast du einen Tropfen Milch?«, fragte er freundlich, sehr freundlich.

»Nein, Hochwürden.«

»Macht nichts, macht nichts«, sagte er mit einigem Bedauern. »Nun, Roseanne, du und ich, wir haben Dinge zu besprechen, Dinge zu besprechen.«

»Ja, Hochwürden?«

»Was wirst du jetzt tun, Roseanne, jetzt, wo dein armer Vater nicht mehr ist?«

»Ich werde von der Schule abgehen, Hochwürden, und mir in der Stadt eine Arbeit suchen.«

»Wirst du meinen Rat annehmen?«

»Oh?«, machte ich.

Einen Augenblick lang trank er seinen Tee und lächelte eines seiner priesterlichen Lächeln, von denen er ein kleines Repertoire hatte. Selbst aus diesem zeitlichen Abstand weiß ich, dass er sich bemühte, seiner Pflicht zu genügen, gütig zu sein, hilfreich zu sein. Das weiß ich.

»Du verfügst, Roseanne, wenn ich so sagen darf, über verschiedene Dinge, gewisse offensichtliche Gaben, die ... «

Erst einmal verriet er nicht, über welche. Ich spürte, dass das etwas eher Heikles war. In seinem Arsenal von Sätzen kramte er nach den passenden. Er war gewiss nicht unfreundlich und wollte es auch nicht sein. Tatsächlich glaube ich, dass er lieber gestorben wäre, als irgendetwas Unfreundliches von sich zu geben.

»Schönheit«, sagte er.

Ich blickte ihn an.

»Die Gabe der Schönheit. Roseanne, ich denke, ich könnte ohne größere Mühe – natürlich nicht ohne die Meinung deiner Mutter zu berücksichtigen und auch deine eigene, obgleich ich, wenn ich das darf, dich fast noch als Kind ansehen muss, und damit bist du dringend, sehr dringend auf Rat angewiesen, wenn ich das so sagen darf – aber was wollte ich eigentlich sagen? Ach ja, dass ich denke, ich könnte dir hier in der Stadt sehr schnell, sehr geschickt, sehr leicht und auf die netteste Art zu einem Ehemann verhelfen. Natürlich müssten vorab gewisse Dinge erledigt werden.«

Father Gaunt erwärmte sich, wie man so sagt, für sein Thema. Je länger er sprach, desto leichter kamen ihm die Worte über die Lippen, alle nett und milchig und honigsüß. Wie so viele Männer in Amt und Würden war er ausnehmend glücklich, solange er seine Ideen präsentieren durfte und solange seine Ideen auf Zustimmung stießen.

»Ich glaube nicht ...«, sagte ich in dem Versuch, den großen Fels praktischer Vernunft zurückzuwälzen, den er da auf meinen Kopf hievte – so fühlte es sich jedenfalls an.

»Bevor du dich dazu äußerst, ich weiß, du bist erst sechzehn, und es mag unüblich sein, so jung schon zu heiraten, aber auf der anderen Seite habe ich einen äußerst passenden Mann im Sinn, der, wie ich meine, größte Hochachtung vor dir haben würde, sie vielleicht schon hat, und der in fester Anstellung ist und daher in der Lage wäre, dich zu ernähren – und deine Mutter natürlich auch.«

»Ich kann uns selbst ernähren«, sagte ich, »ich bin sicher, dass ich das kann«, sagte ich und war mir doch in meinem Leben noch nie so unsicher gewesen.

»Vielleicht kennst du den Mann bereits, es ist Joe Brady, der die frühere Stelle deines Vaters auf dem Friedhof innehat, ein sehr beständiger, angenehmer, liebenswürdiger

Mann, der seine Frau vor zwei Jahren verloren hat und recht froh wäre, wieder heiraten zu können. Wir müssen im Leben nach einer gewissen Symmetrie der Dinge Ausschau halten, und da dein Vater einst... Hmm. Außerdem hat er keine Kinder, und ich bin sicher –«

Tatsächlich, Joe Brady kannte ich, den Mann, der die Stelle meines Vaters übernommen hatte und zu seiner Beerdigung gekommen war. Soweit ich wusste oder mir zusammenreimen konnte, war Joe Brady um die fünfzig Jahre alt.

»Sie wollen, dass ich einen alten Mann heirate?«, fragte ich in aller Unschuld. Denn wenn er schon mir gegenüber als großherziger Wohltäter auftrat, durfte ich wohl kaum damit rechnen, dass er mir einen Mann unter dreißig anbot. Falls ich überhaupt einen Mann wollte.

»Roseanne, du bist ein liebreizendes junges Mädchen, und ich fürchte, als solches würdest du, wenn du durch die Stadt läufst, eine bedauerliche Versuchung darstellen, nicht nur für die Burschen, sondern auch für die Männer von Sligo, und insofern und in jeder denkbaren Hinsicht wäre es ein Segen, dich zu verheiraten, und hätte seine volle und ganze Richtigkeit in seiner ... Richtigkeit.«

Seine Beredsamkeit hatte vorübergehend versagt, vielleicht weil er mir ins Gesicht geschaut hatte. Ich weiß nicht, was in meinem Gesicht geschrieben stand, aber Zustimmung war es nicht.

»Und natürlich wäre ich so erfreut, so erleichtert und entzückt, der Mittler, der Urheber, wie man sagen mag, zu sein, der dich in den Schoß der Gemeinde aufnimmt. Was, wie du hoffentlich erkennen wirst, ein kluger Schritt wäre und eine wunderbare und zauberhafte Aussicht.«

»In den Schoß der Gemeinde?«, fragte ich.

»Du wirst, Roseanne, von den jüngsten Umwälzungen in Irland wissen, und keine dieser Umwälzungen ist zugunsten irgendeiner der protestantischen Sekten ausgefallen. Natürlich bin ich der Auffassung, dass du in tiefstem Irrtum befangen bist und deine sterbliche Seele verloren ist, solltest du auf deinem Irrweg beharren. Trotzdem ist es nun mal so, dass ich dich bedauere und dir beistehen möchte. Ich kann dir, wie gesagt, einen guten katholischen Ehemann beschaffen, und am Ende wird er gegen deine Herkunft nichts einzuwenden haben, da du, wie auch schon gesagt, und wenn ich es noch einmal sagen darf, mit so viel Schönheit gesegnet bist. Roseanne, du bist tatsächlich das schönste junge Mädchen, das wir in Sligo je gesehen haben.«

Dies sagte er mit solcher Einfachheit und mit so durchscheinender – fast hätte ich gesagt, Unschuld, aber doch so etwas wie Unschuld –, er sprach so freundlich, dass ich ungewollt lächelte. Es war, als bekäme man ein Kompliment von einer der alten distinguierten Damen in der Sligo Street, einer Pollexfen oder Middleton oder dergleichen, in ihrem Hermelinpelz und ihrem hübschen Tweed.

»Es ist dumm von mir, dir zu schmeicheln«, sagte er. »Ich meine ja nur, wenn ich dich unter meine Fittiche nehmen darf, kann ich dir helfen, und ich will dir helfen. Ich muss noch hinzufügen, dass ich höchste Achtung vor deinem Vater hatte, obwohl er mich in arge Verlegenheit gebracht hat, ja, dass ich aufrichtige Liebe für ihn empfunden habe, denn er war eine aufrechte Seele.«

»Aber eine presbyterianische Seele«, sagte ich.

»Das schon«, sagte er.

»Meine Mutter gehört den Plymouthbrüdern an.«

»Nun ja«, sagte er, zum ersten Mal mit einer Spur von Feindseligkeit, »mach dir darüber keine Gedanken.«

»Aber ich muss mir Gedanken über meine Mutter machen. Und das werde ich auch. Es ist meine Pflicht als ihre Tochter.«

»Deine Mutter, Roseanne, ist eine sehr kranke Frau.«

Nun gut, so ausdrücklich hatte ich es noch nicht gehört, und es erschütterte mich, es zu hören. Aber ich wusste wohl, dass es zutraf.

»Mit größter Wahrscheinlichkeit«, sagte er, »wirst du sie ins Asyl einweisen lassen müssen. Hoffentlich habe ich dich damit jetzt nicht erschreckt?«

Und ob er mich erschreckt hatte. Als er diese furchterregenden Worte aussprach, drehte sich mir der Magen um, meine Muskeln zerrten an den Sehnen meiner Gelenke. Ohne es vorauszuahnen, musste ich mich plötzlich und unerklärlicherweise auf den Teppich vor mir erbrechen. Mit außerordentlicher Flinkheit und Gewandtheit zog Father Gaunt seine Beine zurück. Dort auf dem Boden lagen die Überreste des schönen Toasts, den ich meiner Mutter und mir zum Frühstück gemacht hatte.

Father Gaunt stand auf.

»Oh. Das wirst du aber sauber machen müssen, nehme ich an?«

»Das werde ich«, sagte ich und biss mir gegen den Drang, mich zu entschuldigen, auf die Zunge. Irgendwie ahnte ich, dass ich mich bei Father Gaunt niemals entschuldigen durfte und dass er fortan eine unberechenbare Gewalt sein würde, wie eine Naturkatastrophe, die unerkannt und unvorhergesagt darauf wartet, eine ganze Landschaft zu verwüsten.

»Hochwürden, ich kann nicht tun, was Sie von mir verlangen. Ich kann es nicht.«

»Aber du wirst es dir überlegen? In deiner Trauer könntest du die falsche Entscheidung treffen. Das kann ich gut verstehen. Mein Vater starb vor fünf Jahren an Krebs, es war ein schrecklicher Tod, und ich trauere noch heute um ihn. Denk daran, Roseanne, Trauer währt zwei Jahre. Du wirst lange keinen klaren Gedanken fassen können. Lass dir von mir raten, lass dich beraten, *in loco parentis,* verstehst du, anstelle deines Vaters lass mich hierin dein Vater sein, wie es einem Priester ansteht. Wir haben so viel miteinander zu tun gehabt, er und ich und du, dass du beinahe schon im Schoß der Gemeinde bist. Es wird deine unsterbliche Seele retten und wird dich retten in diesem Tal der Schmerzen und Tränen. Es wird dich beschützen vor allen Sturmfluten und Verhängnissen der Welt.«

Ich sehe mich noch vor mir, wie ich verneinend den Kopf schüttelte.

Auch Father Gaunt schüttelte den Kopf, aber auf andere Art. »Wirst du's dir überlegen? Denk darüber nach, Roseanne, und dann sprechen wir uns wieder. Auf Wiedersehen, Roseanne. Danke für den Tee. Er war vortrefflich. Und danke deiner Mutter.«

Er ging hinaus in die winzige Diele und auf die Straße. Als er fort war, längst außer Hörweite, und nur noch der sonderbare Geruch seiner Kleidung im Zimmer hing, sagte ich:

»Auf Wiedersehen, Hochwürden.«

ZEHNTES KAPITEL

Dr. Grene heute. Er hat sich den Bart abrasiert!

Ich weiß nicht, ob ich seinen Bart schon erwähnt habe. Ein Bart an einem Mann ist nur eine Methode, etwas zu verbergen, ein Gesicht natürlich, aber auch das, was in seinem Innern vor sich geht, wie eine Hecke um einen geheimen Garten oder ein Tuch über einem Vogelkäfig.

Ich würde gern sagen, dass ich ihn nicht erkannt habe, als er eintrat, denn das erwarten Sie wahrscheinlich, aber ich habe ihn erkannt.

Ich saß gerade und schrieb, als ich seine Schritte auf dem Gang hörte und es eben noch schaffte, alles unter dem Dielenbrett zu verstecken, bevor er anklopfte und hereinkam – wie immer keine leichte Aufgabe für eine hochbetagte *cailleach* wie mich. Eine *cailleach* ist die alte Vettel der Geschichten, die weise Frau und manchmal eine Art Hexe. Mein Mann Tom McNulty war ein meisterlicher Erzähler solcher Geschichten, die er mit vollkommener Überzeugungskraft vortrug, vor allem weil er selbst jedes Wort davon glaubte. Wenn Sie mögen, werde ich Ihnen irgendwann einmal von dem Hund mit zwei Köpfen berichten, den er auf der Straße nach Enniscrone gesehen hatte. Woher soll ich wissen, was Sie mögen? Allmählich gewöhne ich mich daran, an Sie zu denken, wo immer Sie sind. Diese *cailleach* ist nicht ganz richtig im Kopf! Die alte Hebamme. Ich bin nur die Hebamme meiner eigenen alten Geschichte. Das ist genug Hebammenkunst.

Dr. Grene war sehr zurückhaltend, sehr ruhig, sein Gesicht glänzte geradezu. Vielleicht hatte er sich nach der

Rasur irgendeine Salbe auf die Haut geschmiert, als er sich den Bart abrasierte, um den Schock frischer Luft etwas abzumildern. Er ging hinüber zum Tisch – mittlerweile saß ich auf dem Bett, zwischen den winzigen Landschaften der Tagesdecke, ich glaube, es sind französische Szenen, es gibt da einen Mann, der einen Esel auf dem Rücken trägt, und andere Dinge –, und Dr. Grene nahm die alte Ausgabe der *Religio Medici,* die meinem Vater gehört hatte, vom Tisch und blätterte sie müßig durch. Als mein Vater starb, war ich überrascht zu sehen, dass das Buch bereits 1869 gedruckt worden war, dabei wusste ich doch, dass er es viele Jahre in seinem Besitz gehabt hatte. Natürlich war auf dem Vorsatzblatt mit Bleistift sein Name eingetragen, der Ort Southampton und das Jahr 1888, aber ich hoffte noch immer, dass es die Hände seines Vaters gewesen waren, die das Buch in seine jugendlichen Hände gelegt hatten, die meines Großvaters, eines Menschen, den ich natürlich nie kennengelernt habe. Sodass dem kleinen Band, als ich ihn in den Händen hielt, sozusagen eine ganze Geschichte von Händen eingeschrieben war, die Hände meiner Familie. Denn in den stillen Stunden der Nacht findet ein einsamer Mensch großen Trost in seiner Familie, sogar in den Erinnerungen an sie.

Da ich das kleine Büchlein so gut kannte, konnte ich mir denken, was Dr. Grene da betrachtete. Es war ein Bild von Sir Thomas Browne mit Bart. Vielleicht bereute er bei der Betrachtung dieses Bartes, der in dem ovalen Kupferstich scharf hervorstach, plötzlich den Verlust seines eigenen. Die Drucker waren Sampson Low Sohn und Marston. Der *Sohn* war schön. Der Sohn des Sampson Low. Wer war er, wer war er? Schuftete er unter der Knute seines Vaters, oder wurde er freundlich und mit Respekt behandelt? J.W. Willis Bund besorgte die Anmerkungen. Namen, Namen, alle vergangen, alle vergessen, nur mehr Vogelgesang im

Dickicht der Dinge. Wenn schon J.W. Willis Bund in völliger Vergessenheit sterben kann, um wie viel leichter sollte es mir fallen? Wenigstens das haben wir gemein.

Sohn. Über meinen eigenen Sohn weiß ich ebenso wenig. Über den Sohn von Roseanne Clear.

»Ein altes Buch«, sagte er.

»Ja.«

»Wessen Name ist das, Mrs McNulty, Joe Clear?«

Jetzt machte Dr. Grene ein bestürztes Gesicht, ein zutiefst nachdenkliches Gesicht, wie ein kleiner Junge, der eine Rechenaufgabe lösen muss. Hätte er einen Bleistift in der Hand gehalten, womöglich hätte er die Spitze angeleckt.

Er hatte sich den Bart abrasiert und verbarg sein Gesicht nicht länger, sodass ich plötzlich das Gefühl hatte, ihm etwas schuldig zu sein.

»Mein Vater«, antwortete ich.

»Dann war er wohl ein gebildeter Mann?«

»Das war er. Pfarrerssohn. Aus Collooney.«

»Collooney«, sagte er. »Collooney hat unter den Unruhen in den Zwanzigerjahren sehr gelitten«, sagte er. »Irgendwie freut es mich, dass es dort einmal einen Menschen gegeben hat, der die *Religio Medici* las.«

Daran, wie langsam er die beiden Wörter aussprach, merkte ich, dass ihm das Buch noch nie untergekommen war.

Dr. Grene schlug das Buch weiter hinten auf, er übersprang die Einleitung und suchte, wie man es eben so macht, schüchtern nach dem eigentlichen Beginn des Buches.

»An den Leser. Gewiss wäre ein Mann, den es zu leben verlangte, wenn auch die ganze Welt zu Ende wär, gierig auf Leben ...«

Dr. Grene stieß ein merkwürdig kleines Lachen aus, eigentlich kein wirkliches Lachen, eher eine Art winzigen

Schrei. Dann legte er das Buch wieder an seinen Platz zurück.

»Ich verstehe«, sagte er, obwohl ich gar nichts gesagt hatte. Vielleicht sprach er mit dem alten bärtigen Gesicht in dem Buch oder mit dem Buch selbst. Als Thomas Browne starb, war er sechsundsiebzig, ein Jungspund, verglichen mit mir. Er starb an seinem Geburtstag, wie es manchmal, wenn auch selten vorkommt. Ich nehme an, dass Dr. Grene um die Sechzig ist. So ernst wie heute hatte ich ihn noch nie erlebt. Er ist kaum einmal zu Scherzen oder Späßen aufgelegt, aber mitunter trägt er eine sonderbare Leichtigkeit in sich. Im Vergleich zum armen John Kane, mit all seinen Sünden, den angeblichen Vergewaltigungen und Vergehen in der Anstalt, ist Dr. Grene wie ein Engel. Vielleicht im Vergleich zu vielen, das kann ich nicht mehr sagen. Falls Dr. Grene das Gefühl hat, an diesem schrecklichen Ufer der Anstalt gestrandet zu sein, falls er sich auf gewisse Weise wie von gestern vorkommt – für mich ist er ein Mann von morgen und von übermorgen. Dies waren meine Gedanken, als ich ihn ansah und versuchte, den Knoten seiner neuen Stimmung zu lösen.

Dr. Grene ging zu dem kleinen Stuhl am Fenster, in dem ich immer gern sitze, wenn das Wetter etwas wärmer ist. Ansonsten herrscht dort eine Kälte, die das Glas ganz zu durchdringen scheint. Unterhalb des Fensters der Hof, die hohe Mauer und die endlosen Felder. Die Stadt Roscommon liegt, wie ich höre, jenseits des Horizonts, und das mag sein. Zwischen den Feldern fließt ein Fluss, der im Sommer das Licht auffängt und mein Fenster als Signal benutzt, wem oder was oder wohin er signalisiert, weiß ich nicht. Das Flusslicht spielt im Glas. Deshalb sitze ich natürlich gern dort. Wie auch immer, Dr. Grene lässt sich mit seinem ganzen Gewicht auf dem Stuhl nieder, was mir immer ein wenig Sorge bereitet, denn es ist bloß ein Ankleidestuhl, einer von diesen hübschen kleinen Stühlen, die die Landfrauen gern als Ablage für ihre Kleider in ihren Schlafzimmern stehen hatten, auch wenn es der einzige hübsche Gegenstand im Haus war. Wie er hierhergelangt ist, weiß Gott allein, und selbst Er kaum.

»Können Sie sich noch daran erinnern, Mrs McNulty, was es war – ich meine, die Vorkommnisse, die zu Ihrer Einweisung in die Anstalt von Sligo führten? Sie erinnern sich, dass ich gesagt habe, ich könne keine richtigen Akten über den Vorgang finden? Seitdem habe ich noch einmal danach gesucht, aber nichts Näheres auftreiben können. Ich fürchte, eine Anamnese gibt es nicht mehr, weder hier noch in Sligo. Aber ich werde weiterfahnden und habe nach Sligo geschrieben, für den Fall, dass dort doch etwas vorhanden ist. Können Sie sich an irgendetwas erinnern?«

»Ich fürchte, nein. Es wurde Leitrim Hotel genannt. Daran erinnere ich mich noch.«

»Was?«

»Die Irrenanstalt von Sligo wurde Leitrim Hotel genannt.«

»Wirklich? Das wusste ich gar nicht. Warum? Ach ja«, sagte er und musste fast lachen, aber nur fast, »weil … «

»Halb Leitrim soll dort eingesessen haben.«

»Armes Leitrim.«

»Ja.«

»Ein merkwürdiges Wort. Leitrim. Was es wohl bedeutet? Vermutlich ist es gälisch. Natürlich ist es das.«

Ich lächelte ihm zu. Er war wie ein Junge, der sich am Knie gestoßen hat, und jetzt lässt der Schmerz nach. Die Fröhlichkeit eines Jungen nach Schmerz und Tränen.

Dann ließ er sich wieder zurücksinken, vergrub sich in sich selbst, wie ein Maulwurf ins Erdreich. Ich antwortete ihm vor allem deshalb, um ihn wieder hervorzuholen.

»Ich erinnere mich an schreckliche, düstere Dinge, an Verlust und Lärm, aber es ist wie eines jener schrecklichen, düsteren Bilder, die weiß Gott warum in Kirchen hängen, denn man kann nichts darauf erkennen.«

»Mrs McNulty, das ist eine wunderbare Beschreibung einer traumatischen Erinnerung.«

»Ach ja?«

»Ja, wirklich.«

Dann saß er lange Zeit in seiner ganz eigenen Form des Schweigens da. Er saß so lange da, dass er fast zu einem Insassen des Zimmers wurde! Als wohnte er selber dort, als hätte er nichts, wohin er sich wenden, nichts, was er tun, niemanden, dem er sich widmen könnte.

Er saß da im kalten Licht. Der Fluss, der in seinem eigenen Wasser und ein zweites Mal in den Regengüssen des Februar ertrank, war nicht imstande, sein Licht herüberzuwerfen. Das Fensterglas war ganz und gar es selbst. Nur das stille Gras des Winters weit unten verlieh ihm ein leicht sudeliges Grün. Dr. Grene, dessen Augen ohne den Bart irgendwie viel klarer und deutlicher wirkten, starrte geradeaus wie auf einen Gegenstand in einem Meter Entfernung, jener starre Blick, den Gesichter in Porträts an sich haben. Ich saß auf dem Bett und beobachtete ihn ohne jede Spur von Verlegenheit, denn er beachtete mich gar nicht. Er starrte auf jenen sonderbaren Punkt: die mittlere Entfernung, die geheimnisvollste, menschlichste und ergiebigste aller Entfernungen. Und langsam fielen ihm Tränen aus den Augen, reine Menschentränen, bevor die Welt sie berührt. Fluss, Fenster und Augen.

»Was ist, Dr. Grene?«, fragte ich.

»Ach«, sagte er.

Ich stand auf und ging zu ihm. Sie hätten das Gleiche getan. Es ist eine alte Geschichte. Etwas treibt Sie hin zu jähem Leid, manchmal fühlen Sie sich vielleicht auch abgestoßen. Sie wenden sich ab. Ich aber wandte mich dem Leid zu, ich konnte nicht anders.

»Hoffentlich stört es Sie nicht, dass ich neben Ihnen stehe«, sagte ich. »Ich habe gestern gebadet. Ich stinke nicht.«

»Was?«, fragte er völlig entgeistert, aber ganz leise. »Was?«

Ich stand bei ihm, streckte die rechte Hand aus und legte sie ihm auf die Schulter, genau genommen auf den Rücken etwas unterhalb der Schulter. Dabei kam mir eine unerbetene Erinnerung an meinen Vater, wie er auf seinem Bett saß, meine Mutter im Arm hielt und ihr beinahe kindlich den Rücken tätschelte. Ich wagte es nicht, Dr. Grene zu tätscheln, sondern ließ meine alte Hand nur dort ruhen.

»Was fehlt Ihnen?«, fragte ich.

»Ach«, sagte er. »Ach. Meine Frau ist gestorben.«

»Ihre Frau?«

»Ja«, sagte er. »Ja. Sie konnte nicht mehr atmen, hat keine Luft mehr bekommen, keine Luft – ist erstickt.«

»Ach, Sie armer Mann«, sagte ich.

»Ja«, sagte er. »Ja.«

Dann wusste ich also doch etwas über Dr. Grene. Weil er sich den Bart abgenommen hatte, hatte ich den Mund aufgemacht, um ihm von mir zu erzählen, und da war seinem eigenen Mund diese Nachricht, diese ungeheuerliche Mitteilung entschlüpft.

Mit unendlicher Trauer und ganz leise fügte er hinzu: »Und heute ist mein Geburtstag.«

Hier nun ist eine Geschichte über die Dummheit, mit der ich geschlagen bin. Sie werden mir nicht glauben, in welchem Ausmaß.

Ich wollte dringend mit meinem Vater sprechen, und mein Vater war tot. Ich war ein paarmal an seinem Grab auf dem presbyterianischem Friedhof gewesen, aber ich hatte nicht das Gefühl, ihn dort finden zu können. Vielleicht enthielten ihn seine Knochen ja gar nicht, vielleicht befanden sich sein Selbst und das Signal, das es aussandte, ganz woanders.

Es war die nützliche Düsterkeit eines Dezembernachmittags, um vier schon dunkel. Ich wusste genau, dass das alte Tor zum anderen Friedhof offen stand, nicht aber, dass es so leicht sein würde, im Dunkeln durch dieses Tor zu schlüpfen und unter den Gräbern zu weilen, ohne dass irgendjemand mich bemerkte. Bestimmt hoffte ich, dass mein Vater hier zu finden wäre, vielleicht war etwas von ihm geblieben, altes Gestrüpp und Wege und vergrabene Dinge, die sich zu einer Art altmodischem Radio zusammenfügten, das ein Signal von ihm sendete.

So kroch ich denn in meinem alten blauen Kleid und meinem Mantel auf den Friedhof, damals war ich dünn und schmächtig wie ein Reiher, und in dem Aufzug wirkte ich ganz gewiss wie ein Reiher, mit meinem unfertigen Gesicht und dem langen Hals, der aus den Kleidern ragte, eine einmalige Gelegenheit für die beißende Kälte.

Welche Ruhe mir diese verzweigten Wege gaben, die stillen Steine, die eisernen Schildchen, die neben jedem Grab im Erdboden steckten und deren Nummern mit dem Gräberbuch übereinstimmten, das im Betontempel sicher verwahrt wurde. In dem schmalen Wäldchen aus kleinen Bäumen, das die Hauptwege bedeckte, einem Wäldchen, das der Fluch des Todes ausgedünnt hatte, war ein gelbes Licht hängen geblieben. Jetzt wickelte ich mich bis zum Hals in meinen Mantel, und ohne lange darüber nachzudenken, was ich vorhatte, ohne überhaupt in der

Gegenwart zu sein, drang ich bis zu der kreisförmigen Anlage der Gräber vor dem Tempel vor.

Da waren die Säulen, der alte Spitzbogen mit seinen verblichenen Figuren, griechischen Heroen und dergleichen, aus unbekannten Kriegen und Zeiten, die Eisentür in ihren schweren Angeln stand ein wenig offen, und da war das ersehnte Licht im Ofen und die Lampe, die von meinem Vater zeugte. Ohne einen Gedanken auf den gegenwärtigen Zeitpunkt zu verwenden, mit anderen Worten: im Zustand höchster Einfalt, schlich ich mich an das Licht heran, und mein Herz flehte mich an, weiterzugehen und wieder unter die geliebte Haube aus Licht und Wärme und Gespräch zu schlüpfen. Die Tür war so weit geöffnet, dass ich geradewegs eintreten konnte.

Und nichts hatte sich verändert. Auch im Innern des Tempels zeugte alles von meinem Vater: sein Kessel auf dem klapprigen Kaminvorsprung neben dem Rost mit zischenden Kohlen, seine Emailletasse, und sogar meine eigene auf dem Tisch, die paar Bücher und Hauptbücher säuberlich aufgestapelt, die gleichen Fußabdrücke auf dem abgenutzten Schieferboden. Meine Augen öffneten sich weit, mein ganzes Gesicht öffnete sich weit, und ich war mir vollkommen sicher, dass ich bald in seiner Nähe wäre, bald getröstet, beraten, gesund werden würde.

Da verspürte ich von hinten plötzlich einen furchtbaren Stoß. Am Zufluchtsort meines Vater rechnete ich mit so etwas nicht. Ich verlor das Gleichgewicht und taumelte ein paar Schritte nach vorn, mit jenem eklig flauen Gefühl im Magen, das man hat, wenn man sich zu schnell aufrichtet. Ich drehte mich um, und in der Tür stand ein fremder Mann. Unter einem Fischerpullover, der ihm zu klein war, wölbte sich ein Bauch, der Form und Aussehen eines runden Brotlaibs besaß. Er hatte ein strenges Gesicht mit seltsam eingefallenen Wangen und den buschigen Brauen der Alten, dabei war er vermutlich nicht älter als fünfzig. Nein, nein, diesen Mann kannte ich doch, natürlich kannte ich ihn. Es war Joe Brady, der meinen Vater abgelöst hatte.

Hatte Father Gaunt mir nicht davon erzählt? Warum war er dann aus meinem Gedächtnis verschwunden? Was in Gottes Namen tat ich da? Sie werden sagen, es sei Tollheit, Geistesverwirrung. Wie ein Verehrer oder dergleichen sah er jedenfalls nicht aus. Er wirkte ungehalten und sah sich mit jenem sengenden Blick um, der mir schon bei der Beerdigung aufgefallen war. In meiner Sehnsucht nach meinem Vater hatte ich, seit Father Gaunt seinen Antrag überbracht hatte, schlechterdings nicht mehr an ihn gedacht.

Die Hölle kennt keinen Zorn wie den einer verschmähten Frau, das mag schon sein, aber meiner Erfahrung nach sind Männer auch nicht besser. Von den kalten Schieferplatten auf dem Boden kroch eine schreckliche Angst in mir hoch – und sehen Sie einer alten Frau, die sich an Gräuel erinnert, solche Ehrlichkeit nach –, eine Angst, die, wie ich bekennen muss, so schlimm war, dass ich mir in die Hose machte. Selbst in der armseligen Beleuchtung des Tempels dürfte es ihm nicht entgangen sein, und ob nun aus diesem Grund oder einem anderen, jedenfalls stieß er ein Lachen aus. Es war ein Lachen wie das Knurren eines Hundes, wenn er Angst hat, dass man auf ihn tritt, ein warnendes Lachen, falls es dergleichen gibt. Und heißt es nicht in Büchern, das Lachen des Menschen habe sich in grauer Vorzeit aus Grimassen und Knurrlauten entwickelt? So kam es mir an dem Tag vor, ein eindeutiger Beweis.

»Du wolltest mich nicht«, sagte er, zu meinem Erstaunen war es das erste Mal, dass er mich ansprach, »und ziehst es vor, das gottlose Mädchen zu bleiben, das du bist.«

Er trat auf mich zu, und ich weiß nicht, was er beabsichtigte. Doch während er sich noch bewegte, dachte ich, dass in ihm tatsächlich etwas Vorzeitliches und Unaufhaltsames geboren wurde. Der stille Tempel auf dem stillen Friedhof, die Dunkelheit im Dezember und was immer in mir er begehrte. Als er sich auf mich zubewegte, hatte es den Anschein, als ändere er sein Vorhaben, als sei alle Menschlichkeit aus seinem Gesicht gewichen, als rege sich in seinen Augen etwas Geheimes und etwas Dunkleres als Menschlichkeit, etwas aus der Zeit, bevor uns unsere lästigen Seelen geschenkt wurden. Aus diesem unglaublichen Abstand denke ich, dass er mich umbringen wollte, warum, weiß ich nicht. Es gab da eine Geschichte dieses Joe Brady, in die ich hineingeraten war; was für ein ungeheuerliches Komplott er mit Father Gaunt geschmiedet hatte, weiß ich nicht. Offenbar war ich, indem ich meinen Vater zu finden suchte, meinem Mörder begegnet. Mit plötzlich wiedergefundener Kraft in der Stimme stieß ich einen Schrei aus. Ich brüllte!

Da trat hinter ihm ein weiterer Mann ein. Was für ein Glück ich hatte, dass noch ein Mann an diesem stillen Ort war. Inzwischen hatte Joe Brady den letzten Schritt zu meiner Gestalt hin getan, und als wünsche er dies von allen Dingen der Welt am meisten, schlang er die Hände um meinen dürren Hals und zog mich an sich. Dann wusste ich irgendwie, ohne es zu wissen, dass er an seinem Hosenschlitz nestelte, um herauszuholen, was immer darin eingesperrt war, Gott steh mir bei, ich war erst sechzehn, und obwohl ich mich bei Bienchen und Blümchen auskannte, so wusste ich doch sonst kaum etwas, außer dass bestimmte Jungs dich in Unruhe versetzten, wenn du an ihnen vorüberkamst, und du nicht wusstest, warum. Zu diesem Zeitpunkt meines Lebens mochte ich das unschuldigste Mädchen in Sligo gewesen sein, und ich kann mich noch erinnern, kann mich jetzt schreibend daran erinnern, dass mein erster Gedanke war, er werde einen Revolver oder ein Messer aus der Hose ziehen, denn natürlich war das genau der Ort, an dem ich gezogene Revolver gesehen und Schüsse gehört hatte.

Wie in völliger Übereinstimmung mit diesem Gedanken hatte der andere Mann, der hinter Joe Brady stand, tatsächlich einen Revolver gezückt, ein großes, schwer aussehendes Ding, das er Joe Brady mit der Bewegung eines Mannes, der mit einer Hippe hohes Dornengestrüpp weghackt, auf den Hinterkopf schlug. Obwohl von Grauen erfüllt, bekam ich das alles deutlich mit. Joe Brady ging nicht gleich beim ersten Schlag zu Boden, aber er sank doch in die Knie, und mit äußerstem Ekel und Elend sah ich den steifen Penis zwischen seinen Beinen und bedeckte meine Augen mit den Händen. Der andere Mann versetzte ihm einen weiteren Hieb mit seinem Revolver. Ich dachte: Hat eigentlich jeder an diesem Ort eine Knarre, bin ich dazu verurteilt, dauernd Knarren vor mir zu sehen?

Inzwischen lag Joe Brady lautlos auf dem Boden. Ich nahm die Hände vom Gesicht und sah erst ihn an, dann den Mann hinter ihm. Es war ein magerer Bursche mit schwarzem Haar.

»Alles in Ordnung?«, fragte er. »Ist das dein Vater?«

»Nein, das ist nicht mein Vater«, antwortete ich, der Hysterie nahe. »Mein Vater ist tot.«

»Verstehe«, sagte der Mann, »und erinnerst du dich nicht an mich? Ich erinnere mich an dich.«

»Nein«, antwortete ich, »ich kann mich nicht erinnern.«

»Doch«, sagte er, »du bist mir schon mal begegnet. Ich gehe nach Amerika und wollte mich von meinem Bruder Willie verabschieden.«

»Wer ist das?«, fragte ich ziemlich dümmlich. »Warum sollte der hier sein?«

»Weil er hier beerdigt ist. Weißt du das nicht mehr? Bist du nicht das Mädel, das den gottverdammten Priester für ihn geholt und vermutlich die Soldaten herbeigelockt hat? Die Soldaten, die uns hopsgenommen und einige von uns umgelegt haben? Nur durch ein Wunder bin ich heil nach Hause gekommen.«

»Jetzt weiß ich es wieder«, sagte ich. »Ich kenne dich.« Und sein Name schwamm mir ins Gedächtnis, vielleicht nur weil mein Vater ihn ausgesprochen hatte, als er im kleinen Zimmer saß und Zeitung las, oder hatte er hier im Tempel gesessen? »Du bist John Lavelle. Von den Inseln.«

»John Lavelle von den Inishkeas. Und jetzt gehe ich woandershin, weit weg von diesem hundsmiserablen, beschissenen Land mit seinem verdammten Treueid und seinen verratenen Gefallenen.«

Ich starrte ihn an. Das hier war nun wirklich ein erstaunlicher Wiedergänger.

»Da ich dir den Gefallen getan haben, dich zu retten«, sagte er mit feindseligem Mut, »einen Gefallen, den du mir nie getan hast, kannst du mir wenigstens verraten, wo das Grab meines Bruders ist, denn ich bin sämtliche Wege auf und ab gerirrt, auf und ab, und kann ihn nicht finden.«

»Ich weiß es nicht, ich weiß es nicht«, sagte ich. »Aber … aber es wird in dem Buch da stehen, auf dem Tisch. Ist der Mann tot?«

»Ich weiß nicht, ob er tot ist. Komisch, dass er nicht dein Vater ist und dass ich ihn trotzdem niedergeschlagen habe. Du wirst wissen, dass auf deinen Vater eine Kopfprämie ausgesetzt war für das, was er getan hat. Oder nicht für das, was er getan, sondern für das, was du getan hast, weil du die Soldaten geholt hast. Aber wir konnten schließlich keine Mädchen erschießen.«

»Ich glaube, du würdest es durchaus über dich bringen, Mädchen zu erschießen, wenn du nur wolltest. Was soll das heißen, eine Kopfprämie auf meinen Vater?«

»Als der Krieg tobte, mussten wir ihm einen Brief schicken, in dem sein Todesurteil stand, und er kann von Glück sagen, dass wir ihn laufen ließen, als der Krieg zu Ende war.«

»Er kann von Glück sagen?«, fragte ich, und die Worte ergossen sich in einem wilden Schwall aus meiner Kehle. »Der unglücklichste Mann, der je in Irland geboren wurde. Der arme Mann liegt drüben auf dem anderen Friedhof – tot! Ihr habt ihm einen Brief geschickt? Weißt du nicht, was für ein schweres Leben er deswegen hatte? Sein düsteres Schicksal? Ach, ich hab doch geahnt, dass es da noch etwas gab, wovon ich nichts wusste. Du, du, du hast ihn umgebracht. Du hast ihn umgebracht, John Lavelle!«

Jetzt war dieser John Lavelle stumm. Der blasse, erregte Ausdruck in seinem Gesicht verlor sich. Plötzlich redete er ganz normal, ja freundlich. Aus irgendeinem Grund, den ich noch immer nicht begreifen kann, wusste ich, dass ich die Unwahrheit sprach. Ich bin stolz, dass ich wenigstens so viel verstand. Was immer dieser junge Mann in seinem Leben verbrochen hatte, meinen Vater hatte er nicht umgebracht.

»Nun«, sagte er. »Es tut mir leid, dass dein Vater tot ist. Natürlich tut es mir leid. Weißt du nicht, dass sie meine Kameraden erschossen haben? Sie haben sie aufgegriffen und erschossen, Iren, die Iren umbringen.«

Es war, als sei die jähe Veränderung, die in ihm vorgegangen war, eine Art Erkältung, und die fing ich mir jetzt ein.

»Das tut mir leid«, sagte ich. Warum kam ich mir plötzlich albern und unbeholfen vor? »Mir tut alles leid. Ich habe die Soldaten nicht geholt. Nie und nimmer. Aber wenn du mir nicht glaubst, ist es mir auch egal. Mir ist es sogar egal, ob du mich erschießt. Ich habe meinen Vater geliebt. Und jetzt sind deine Kameraden tot, und mein Vater ist tot. Außer mit dem Priester habe ich mit niemandem gesprochen, und der hatte keine Gelegenheit, auf dem Weg mit irgendjemandem zu sprechen. Begreifst du nicht, dass die Soldaten euch längst auf den Fersen waren? Bildest du dir etwa ein, es hätte euch sonst niemand gesehen? Diese Stadt hat Augen. Geheimnissen kommt diese Stadt mühelos auf die Spur.«

Da starrte er mich an aus Augen, die die seltsam fleckige Farbe von Seetang hatten. Der Seetang seiner Inseln schwamm in seinen Augen. Vielleicht auch in den Schößen der Frauen dort, Menschen, die wieder halb ins Meer zurückgekehrt waren, so wie die ersten kleinen krabbelnden Kreaturen der Schöpfung, wenn ich meiner Lektüre Glauben schenken darf. Ach, und dann vertrieb er all das aus seinen Augen, und zum ersten Mal sah ich, was sich ebenfalls in John Lavelle verbarg, eine Art Güte. Wie viel von dieser Güte der Krieg mit Leichen und Flüchen zugedeckt hatte, weiß ich nicht.

»Wirst du mir das Grab meines Bruders zeigen?«, fragte er mich in demselben Tonfall, in dem ein anderer *Ich liebe dich* gesagt hätte.

»Ja, wenn ich es finden kann.«

So ging ich zu dem fraglichen Buch und las die Namensliste durch. Da war die schön gestochene blaue Handschrift meines Vaters, die Handschrift eines richtigen Kopisten, obwohl er nichts dergleichen war. Und unter den vielen L fand ich ihn, Willie, Willie Lavelle. Dann prägte ich mir die Grabnummer ein, und als sei ich mein eigener Vater und nicht etwa ein Mädchen von sechzehn Jahren, das um ein Haar niedergeschlagen und vergewaltigt worden wäre, ging ich an der noch immer leblosen Masse Joe Bradys und an John Lavelle vorbei hinaus auf die Wege und brachte John Lavelle zu seinem Bruder, damit er sich von ihm verabschieden konnte.

Vielleicht ging John Lavelle dann tatsächlich nach Amerika, denn es dauerte lange, bis irgendjemand wieder von ihm hörte.

John Lavelle ging nach Amerika, und ich ging zu einem Ort namens Café Cairo – der nicht ganz so weit entfernt war.

ELFTES KAPITEL

Heute rückte John Kane mit einer außergewöhnlichen Aussage heraus. Er sagte, die Schneeglöckchen seien dieses Jahr früh dran. Man würde von einem solchen Mann nicht erwarten, dass er einen Blick für Schneeglöckchen hat. Er sagte, im oberen Garten, den nur die Angestellten der Anstalt betreten dürfen, habe er einen blühenden Krokus gesehen. All das sagte er in sehr freundlichem Ton, während er mit dem Schrubber mitten im Zimmer stand. Er war hereingekommen, um den Fußboden zu wischen, erzählte mir von diesen Wundern und verschwand wieder, ohne gewischt zu haben. Vermutlich hatte ihn sein plötzlicher Anfall von Poesie völlig aus dem Konzept gebracht. Womit wieder einmal bewiesen wäre, dass sich nur wenige Menschen an die Gebote ihres Charakters halten und sich ständig über sie hinwegzusetzen suchen. Gleichzeitig war er derselbe wie fast immer, ein Mann, für den »Waschbecken« ein Fremdwort ist und dem der Hosenstall offen steht. Irgendwann wird ein kleines Tier seinen offenen Hosenstall bemerken und sich darin einnisten, wie ein Igel in der einladend feuchten Höhlung einer Esche.

Ich schreibe dies gelassen nieder, obwohl ich derzeit alles andere als gelassen bin.

Heute Nachmittag war Dr. Grene eine Stunde lang hier. Ich war über sein aschfahles Gesicht sehr erschrocken, und zu meinem zusätzlichen Erstaunen trug er einen dunklen Traueranzug, da er soeben der Leichenüberführung und Beerdigung seiner Frau beigewohnt hatte. Er nannte sie Bet, wohl eine Abkürzung von Betty, was eine Abkürzung welchen Namens ist? Ich kann mich nicht erinnern. Vielleicht Elizabeth. Er sagte, es seien vierundvierzig Trauergäste dagewesen, er habe sie gezählt. Mir kam der Gedanke, dass es bei mir weniger sein würden, weniger, wenige oder keiner, es sei denn, Dr. Grene selbst käme zu meiner Beisetzung. Aber was liegt schon daran? In den Falten seines Gesichts konnte ich das Leid erkennen, und wo er sich den Bart abrasiert hatte, blühte ein heftiger Hautausschlag, den er behutsam betastete. Ich riet ihm, sich an einem solchen Tag nicht mit Leuten wie mir zu befassen, aber darauf ließ er sich nicht ein.

»Ich bin unvermutet auf zusätzliches Material gestoßen«, sagte er. »Ich weiß nicht, ob es uns weiterhilft, da es Anlegenheiten aus grauer Vorzeit betrifft. Wie man so sagt.«

Wie wer sagt? Die Leute, mit denen er gewöhnlich verkehrt? Die Alten in seiner Jugend? Wann war Dr. Grene jung? Ich nehme an, in den Fünfziger- und Sechzigerjahren des vorigen Jahrhunderts. Als Queen Elizabeth jung war und England alt.

»Es ist eine kurze eidesstattliche Erklärung, die jemand vor vielen Jahren abgegeben hat. Ich weiß nicht, ob sie zu dieser Anstalt gehört oder ob sie aus Ihrer Zeit in der Nervenklinik von Sligo stammt und mit Ihnen hierher überstellt wurde. Wenigstens hat sie in mir die Hoffnung geweckt, dass das Original noch vorhanden ist. Diese Durchschrift ist in äußerst schlechtem Zustand, maschinengeschrieben, aber sehr blass, wie man es nicht anders erwartet. Und es fehlt ein großer Teil. Wirklich, wie etwas aus einem ägyptischen Grabmal. Es wird erwähnt, dass Ihr Vater der Royal Irish Constabulary angehörte, eine Bezeichnung, die ich schon seit Jahren nicht mehr gelesen habe, und es werden die Umstände seines Todes geschildert – seines Mordes, könnte man sagen. Ich war sehr bekümmert, als ich davon las. Ich weiß nicht, aber ich hatte das Gefühl, Sie heute besuchen zu müssen, trotz meiner eigenen ... Schwierigkeiten derzeit. Das alles ging mir so nahe, erschien mir so frisch, vielleicht weil ich in diesem Moment so empfänglich bin für ... für Trauer und Leid. Vielleicht war das der Grund. Ich war sehr erschüttert, Roseanne. Vor allem, weil ich davon nichts wusste.«

Seine Worte hingen in der Luft, wie derartige Worte es nun einmal tun.

»Das Dokument muss sich auf eine andere Person beziehen«, sagte ich.

»Ach?«, machte er.

»Ja«, sagte ich. »Vielleicht haben Sie sich ganz unnötig aufgeregt. Wenigstens, was mich betrifft.«

»Das war nicht das Schicksal Ihres Vaters?«

»Nein.«

»War er denn nicht bei der Polizei?«

»Nein.«

»Nun gut, ich bin erleichtert, das zu hören. Aber Ihr Name war angeheftet, Roseanne McNulty.«

»Sie nennen mich Mrs McNulty, aber das ist eine andere Geschichte, eigentlich sollte ich mit meinem Mädchennamen angeredet werden.«

»Aber Sie waren doch verheiratet?«

»Ja, ich war mit Tom McNulty verheiratet.«

»Der starb?«

»Nein, nein.«

Aber in diesem Augenblick war ich außerstande, etwas hinzuzufügen.

»Das Dokument besagt, dass Ihr Vater auf dem Höhepunkt der Unruhen der Zwanzigerjahre Angehöriger der Royal Irish Constabulary in Sligo war und tragischerweise von der IRA umgebracht wurde. Ich muss gestehen, dass ich mich in dieser Geschichtsperiode nicht so gut auskenne. Auf der Schule kam sie uns vor wie eine Reihe unheilvoller Irrtümer, und ... es ist eine so kriegerische Geschichte. Selbst der Zweite Weltkrieg erschien uns ... ich weiß auch nicht, wie er uns erschien. Wie die Geschichte des Altertums? Dabei bin ich während des Krieges zur Welt gekommen. Hieß Ihr Vater nicht Joseph, Joseph Clear?«

Jetzt wurde ich von einem unangenehmen Gefühl ergriffen, ich weiß nicht, ob Sie das schon mal erlebt haben, als hätte jemand Ihren Körper mit Spachtelmasse gefüllt. Als ich meine Kiefer um dieses Gefühl schloss, hätte ich schwören können, dass ich tatsächlich in Spachtelmasse biss. In panischem Schrecken starrte ich Dr. Grene an.

»Was ist, Roseanne? Habe ich Sie gekränkt? Das tut mir leid.«

»Vielleicht«, sagte ich, endlich imstande, durch die Spachtelmasse hindurch Worte hervorzustoßen, »ist das Ihre Aufgabe, Dr. Grene?«

»Sie zu kränken? Nein, nein. Meine Aufgabe besteht darin, Ihnen zu helfen. Ihren Fall neu zu bewerten. Das ist mir tatsächlich als Pflicht auferlegt worden. Heute gibt es jede Menge Gesetzesvorschriften. Ich wäre mehr als glücklich, Sie allein zu lassen – ich meine nicht, allein zu lassen, sondern in Ruhe zu lassen, in Frieden zu lassen und von anderen Dingen zu reden, oder von nichts zu reden, was, wie ich allmählich glaube, das heilsamste Thema von allen ist: nichts.«

»Clear war mein Mädchenname«, sagte ich plötzlich.

»Das habe ich mir gedacht. Ich hab's gelesen, in diesem kleinen Büchlein, nicht wahr?«, sagte er. »Das ist natürlich ein sehr seltener Name. Joe Clear. Allzu viele dieses Namens kann es nicht gegeben haben. In Irland kann's davon nicht allzu viele gegeben haben. Ich frage mich, ob es eine Form von Clare ist oder mit Cape Clear zu tun hat oder womit?«

Er sprach in einem merkwürdig gequälten Tonfall, wieder mit der bestürzten Miene eines kleinen Jungen, für den die Schule eine übergroße Belastung darstellt.

»Ich glaube, es ist ein protestantischer Name, vielleicht ist er vor langer Zeit aus England herübergekommen.«

»Meinen Sie? McNulty ist natürlich ein recht gewöhnlicher Name. McNultys gibt's wie Sand am Meer.«

»Es ist ein alter Sligoer Name. Mein Mann sagte, die McNultys seien der letzte historisch belegte Kannibalenstamm Irlands gewesen. Irgendwo steht geschrieben, dass sie ihre Feinde verzehrt haben.«

»Du lieber Himmel!«

»Ja. Ich selbst habe damals kein Fleisch gegessen. Beim Geruch von Fleisch war ich immer der Ohnmacht nahe, obwohl ich für ihn täglich Fleisch gekocht habe. Deswegen hat mein Mann den Leuten immer weisgemacht, ich sei die letzte historisch belegte vegetarische Kannibalin Irlands.«

»Ihr Mann war wohl ein Spaßvogel?«

Oh, oh, oh, schon wieder Untiefen mit Riffen. So schnell ich konnte, versiegelte ich meine Lippen. Ich wollte das alles jetzt nicht noch mal durchkauen.

»Na schön«, sagte er und schickte sich endlich zum Gehen an, »vielleicht bringe ich Ihnen morgen oder übermorgen das Dokument, das ich erwähnt habe, vielleicht interessiert es Sie, einen Blick darauf zu werfen.«

»Ich kann nicht mehr so gut lesen wie früher. Ich lese Thomas Browne, aber dessen Aufsatz kenne ich größtenteils auswendig.«

»Wir sollten Ihnen eine Lesebrille besorgen, Mrs McNulty – oder soll ich Ms Clear sagen?«

»Ich bin auch ohne Lesebrille glücklich.«

»Na schön.«

Dann lachte er aus irgendeinem Grund, eines jener klingelnden kleinen Lachen, das die Leute von sich geben, wenn ein heimlicher Gedanke sie belustigt, und das sich auf ihre Lippen stiehlt, bevor sie es unterdrücken können.

»O nein«, meinte er, obwohl ich gar nichts gesagt hatte, »entschuldigen Sie – es ist nichts, nichts.«

Und ging mit einem Kopfnicken davon. An der Tür hob er die rechte Hand und winkte mir tatsächlich zu, als sei ich eine Passagierin auf einem Dampfer.

War es davor oder danach, dass John Kane hereinkam, um mir von den Schneeglöckchen zu erzählen? Ich weiß es nicht mehr.

Doch, ich weiß es noch. John Kane kam noch einmal herein, diesmal, um den Fußboden zu wischen. Anscheinend war ihm eingefallen, dass er meinen Fußboden noch gar nicht gewischt hatte. Schließlich wird auch er nicht jünger – ein Alter, der für die Alten sorgt. Nicht, dass er mich wirklich umsorgt. Als er mit seinem Schrubber unter meinem Bett entlangfuhr, verfing sich ein Löffel in den Borsten. Er war nicht sauber, sondern mit Suppe beschmiert, ich musste ihn wohl vom Tablett gestoßen haben. John Kane warf mir einen kurzen finsteren Blick zu, versetzte mir eine leichte Ohrfeige und ging.

Wie wird aus guter Geschichte allmählich schlechte Geschichte?

Dr. Grenes Aufzeichnungen

»Gewiss wäre ein Mann, den es zu leben verlangte, wenn auch die ganze Welt zu Ende wär, gierig auf Leben…«

Sie ist erst seit zwei Wochen unter der Erde. Bet. Es fällt mir so schwer, auch nur den Namen hinzuschreiben.

Manchmal, wenn ich jetzt nachts allein im Haus bin, höre ich irgendwo ein leises Klappern, wahrscheinlich ein Geräusch, das ich unterschwellig schon millionenmal gehört habe, eine Tür im Haus, die in der Zugluft leicht gegen den Rahmen schlägt, und ich weiß nicht, aber voller Angst blicke ich den dunklen Gang hinauf und frage mich, ob es wohl Bet ist. Es hat etwas Schreckliches und Absonderliches, wenn die eigene Frau um einen herumgeistert.

Natürlich tut sie es nicht. Das ist nur eine der vielen seltsamen Früchte im Füllhorn des Schmerzes.

Wie schwierig es ist, zu leben. Beinahe wäre ich versucht zu sagen, dass meine ganze Welt zu Ende ist. Wie oft habe ich unbekümmert und mit professionellem Abstand einer armen Seele zugehört, die von Depressionen gequält wurde, einer Krankheit, die ihren Ursprung in einer ebensolchen Katastrophe haben mag, wie sie mich heimgesucht hat.

Ich fühle mich so beraubt, dass ich fast dazu neige, jedes Beispiel für Geisteskraft, jede Form geistiger Gesundheit zu bewundern. Ich sah mir die Bilder von Saddam Hussein an, dem »Präsidenten des Irak«, wie er sich auch dann noch nannte, als er gehenkt wurde, und suchte sein Gesicht nach Anzeichen von Leid und Schmerz ab. Er wirkte verwirrt, aber gefasst, nahezu heiter. Er hatte solche Verachtung für seine Häscher, sogar als diese ihn verhöhnten. Vielleicht traute er ihnen nicht die Kraft zu, sein Leben zu beenden. Seine Geschichte zu vollenden. Oder er dachte, wenn er nur die Kraft in sich fände, würde er seine Geschichte mit bewundernswert schwungvoller Gebärde selbst vollenden. Monate vorher, als man ihn aus seinem Erdloch zerrte, hatte er so verwahrlost und verloren ausgesehen. Vor Gericht waren sein Jackett und sein Hemd stets makellos. Wer hat sie gewaschen, gebürstet, gebügelt? Welche Dienerin? Wie nimmt sich seine Geschichte in den Augen eines Freundes, eines Bewunderers, eines Nachbarn aus? Ich beneidete ihn um die offensichtliche Seelenruhe, mit der er in den Tod ging. Seine Feinde, denen gegenüber Saddam keine Gnade gekannt hatte, kannten ihm gegenüber keine Gnade. Er wirkte heiter.

Es ist wahr, dass sich Bet während der letzten zehn Jahre, einem vollen Jahrzehnt, in die alte Dienstmädchenkammer oben im Haus zurückgezogen hatte. Ich sitze hier in unserem alten Schlafzimmer – alt in mehrerlei Hinsicht: So war das Zimmer in den zwanzig Jahren, in denen wir es uns geteilt hatten, jahrelang nicht renoviert worden, da es ja nur unser »früheres« Schlafzimmer war usw. usf. –, wie ich schon tausendmal darin gesessen habe, so viele Nächte in zehn Jahren, 3 650 Nächte, und jetzt ist sie nicht mehr genau über mir, läuft nicht mehr über die Dielenbretter, und das schmale Bett knarrt nicht mehr, wenn sie sich darauflegt. Alles ist vollkommen reglos und still, bis auf das leise Türschlagen irgendwo, als sei sie überhaupt nicht tot, sondern habe sich in einen Schrank eingesperrt und wolle heraus. Ihr Bett in der kleinen Kammer über mir ist noch genauso ordentlich gemacht, wie sie es am letzten Morgen hinterlassen hatte; ich konnte es nicht ertragen, es anzurühren. Ihre Sammlung mit Büchern über Rosen nimmt wie eh und je das Fensterbrett ein (als wir noch ein Bett teilten, lagen Rosenbücher auf ihrer Seite, irische Geschichtsbücher auf meiner), gestützt von zwei verschwenderisch geschnitzten Bücherstützen aus Hawaii in Gestalt schamloser Jungfrauen. Am Bett ihr Telefon auf einem kleinen Tisch im chinesischen Stil, den ihre Großtante ihr vererbt hatte. Ihre Großtante war an Alzheimer gestorben, aber Jahre zuvor, in der Blüte ihrer Jahre, hatte sie den Tisch bei einem Kartenspiel gewonnen, und Bet war entzückt und gerührt gewesen, als sie ihn vermacht bekam. In den Schubladen liegt ihre Wäsche, im

Schrank hängen ihre Sommer- und Winterkleider, dort stehen auch ihre Schuhe, darunter die hochhackigen, die sie vor Jahren, als wir noch ausgingen, im Restaurant zu tragen pflegte und die meiner Ansicht nach nicht zu ihr passten, aber wenigstens besaß ich genügend Taktgefühl, es ihr nicht zu sagen, mangelnder Takt zählt nicht zu meinen Sünden. Aber das ist nicht die Frau, die ich im Gang fand und die nach Atem rang, als ihre Lunge kollabierte. Ein letzter Aufschrei, der dafür sorgte, dass ich die kleine Treppe hinaufstürzte, und der mich noch immer quält, so wie die andere, jüngere Person, die sie war, als ich mich in sie verliebte, mich noch immer verfolgt. Die durch und durch begehrenswerte und zierliche Schönheit, die sie war, die gegen den Willen ihres Vaters verstieß und darauf beharrte, einen mittellosen Studenten zu heiraten, der an einem Krankenhaus in England die unbekannte und wenig verheißungsvolle Wissenschaft der Psychiatrie studierte und den sie in den Ferien in Scarborough kennengelernt hatte. Der reine Zufall.

An mir gab es nichts, das ihrem Vater gefallen hätte, einem Mann, der beim Bau des großen Shannon-Wasserkraftwerks einer der Zulieferer und als solcher ein historischer, ein epischer Mann war, denn er hatte Kies aus den Steinbrüchen von Connacht geliefert. Aber sie setzte ihren Kopf durch, und wir feierten Hochzeit, Gott steh ihr bei, ihre vielköpfige Familie aufgereiht auf einer Seite der Kirche, und auf der anderen niemand außer meinem Adoptivvater, der die kriegerischen Blicke der Gegenpartei erdulden musste. Meine Eltern waren Katholiken, was für sie hätte sprechen sollen, nur waren es englische Katholiken, in den Augen meiner angeheirateten Verwandten protestantischer als die Protestanten selbst, zumindest höchst rätselhafte Leute, wie Geschöpfe aus einer anderen Epoche, jener Zeit, als Heinrich VIII. sich wiederverheiraten wollte. Sie hatten wohl geglaubt, Bet wolle ein Phantom ehelichen.

Meiner Meinung nach bestand Bets größter Wunsch darin, dass ich genau so bleiben würde, wie ich war, und wie sehr bedaure ich, dass es anders kam. Nur für ihre Rosen wünschte sie sich eine Veränderung herbei, jenen merkwürdigen Moment des Blütenzaubers, wenn der Zweig eines Rosenstrauchs mutiert und eine Knospenvariante hervortreibt, etwas Neues, das aus der schon bekannten Rose entsteht. Die Schönheit macht einen evolutionären Sprung.

»Ich gehe in den Garten, mal sehen, ob's was Neues gibt«, sagte sie dann, zu fast jeder Jahreszeit, denn ihre Rosen wuchsen das gesamte Jahr über.

Sie wartete darauf, dass jener Gott oder jener geheime Magier, der über die Rosen herrschte, seine Nummer abzog. Ich fürchte, ich zeigte nur geringes Interesse an alledem. *Mea culpa.* Ich gab mir redlich Mühe, konnte diese Passion aber in mir nicht entdecken. Ich hätte mit ihr hinausgehen sollen, mit Handschuhen und Gartenschere, wie jemand, der sich für eine Miniaturschlacht rüstet.

Kleine Unterlassungssünden, die jetzt von größter Bedeutung sind. Man könnte verrückt werden.

Wie auch immer, ich schreibe hier meiner geistigen Gesundheit zuliebe. Ich bin fünfundsechzig Jahre alt. Über den Beatles-Song bin ich hinaus. Für einige ist das jung. Aber schon wenn ein Mann an seinem vierzigsten Geburtstag erwacht, kann er gefahrlos behaupten, dass die Jugend nicht mehr vor ihm liegt. Vermutlich ist dies ungeheuer kleinlich und lächerlich. Ein gesunder Mensch wird mit dem Leben als einer Qualität an und für sich zufrieden sein und das Verstreichen der Jahre, das Älterwerden und dann das hohe Alter mit Interesse verfolgen. Mir aber wird bei dieser Aufgabe ganz elend. Als Bet starb, schaute ich zum ersten Mal seit vielen Jahren in den Spiegel. Ich meine, jeden Morgen hatte ich einen flüchtigen Blick in den Spiegel geworfen, meinen Bart gestutzt und dergleichen, aber ich hatte mich nicht gründlich betrachtet. Ich war erstaunt über das, was ich da sah. Ich erkannte mich nicht wieder. Mein Haar hatte sich gelichtet und war dachsgrau, dabei hatte ich mir eingebildet, meine ursprüngliche Haarfarbe hätte sich erhalten. Die Runzeln in meinem Gesicht waren wie die Falten eines Lederlappens, der lange im Regen gelegen hat. Ich war völlig aufgelöst, völlig entsetzt. Solange Bet noch lebte, war diese schlichte Tatsache mir nicht bewusst gewesen: Ich war alt. Ich hatte keine Ahnung, was ich jetzt tun sollte. So kramte ich mein altes Rasiermesser hervor und nahm mir den Bart ab.

Fünfundsechzig. In ein paar Jahren werde ich in den Ruhestand treten. Es ist nicht nur dieses Gebäude, das den Zeitpunkt der letzten Abschreibung erreicht. Ruhestand. Um was zu tun? Um mich in der Stadt Roscommon herumzutreiben? Und hier ist Roseanne McNulty, hundert. Wenn sie Engländerin wäre, hätte die Queen ihr einen Brief geschickt. Lässt Mary McAleese Hundertjährigen Glückwunschkarten zukommen? Aber Mary McAleese weiß bestimmt genauso wenig wie der Rest der Welt, dass Roseanne existiert.

Eigentlich hatte ich gar nicht vor, über mich zu schreiben. Ich wollte über Roseanne schreiben.

Denn da gibt es etwas Rätselhaftes. Ich habe den Verdacht, dass sie irgendwann in ferner Vergangenheit, in einer Institution wie dieser hier, unter ihren »Pflegern« gelitten hat. Bei Fällen, deren Geschichte so weit zurückreicht wie bei diesem, wäre das nichts Ungewöhnliches. Im Reich des wirklichen Lebens, in der sogenannten Außenwelt, hat sie zweifellos noch stärker gelitten. Ich habe ihr eine Reihe vorsichtiger Fragen gestellt, von der Art, die sie nicht ängstigen oder zum Verstummen bringen würden. Sie ist durchaus zu lockerem, ja auch zu abschweifendem Geplauder aufgelegt, das war sie schon immer. Bet und ich, wir waren früher auch mal so, vor Jahren. Unbefangen – aber nein, das lasse ich lieber bleiben. Aber ich frage mich, ob Bet einsam ist, dort, wo sie jetzt liegt? Wie seltsam, am Ende den Bestattungsunternehmer anzurufen, an dessen unerwünschten Geschäftsräumen ich so oft mit dem Wagen vorbeigekommen war – der elegante Eingang, dahinter der Fuhrpark der Leichenwagen, die gedämpften, wirkungsvollen Floskeln, die Zahlen, der Tee, die Sandwiches, die Grabdokumente, der Gottesdienst, die Leichenüberführung, das Dies und Das des Todes. Dann heute Morgen die diskrete Rechnung, die Posten einzeln aufgeführt, der Sarg, den ich in einem plötzlichen Anfall von Geiz ausgewählt und schon bei der Beerdigung zutiefst bereut hatte. Was habe ich nicht alles gekauft, um meine Frau zu begraben.

Jede Nuance von ihr, jede Kopfbewegung, jeder zärtliche Augenblick zwischen uns, jedes Geschenk, jede Überraschung, jeder Scherz, jeder Ausflug, Ferien in Bundoran und später in Benidorm, jedes freundliche Wort, jeder hilfreiche Satz – das alles floss ineinander wie ein Meer, das Meer der Bet, stieg in einer mächtigen Woge aus den Tiefen unserer Geschichte auf, vom Meeresgrund all dessen, was wir waren, und brach sich am Ufer meiner selbst, verschlang mich, und ich wünschte, es hätte mich für immer davongeschwemmt.

Du lieber Himmel. Schon wieder bin ich abgekommen. Aber so ist das Muster der vergangenen Wochen nun einmal gewesen.

Roseanne. Alte Dame. Die *cailleach* der Geschichten. Hochbetagt und doch eins von jenen Gesichtern, die so schmal sind, dass sie noch immer das Aussehen ihrer Jugend besitzen, dessen, was sie einst waren. Ach, sie ist geschrumpft, wie könnte es anders sein; wenn die Pflegerin sie wäscht, ist sie zweifellos nur noch Haut und Knochen, alles, was einst schön und fruchtbar an ihr war, dürr und verwelkt. Darf ich den Gedanken äußern, dass Bet all dies erspart geblieben ist? Es ist unwürdig, davon zu reden, was uns durch den Tod alles erspart geblieben ist. Der Tod grinst sich eins, da bin ich mir sicher. In der ganzen Schöpfung kennt allein der Tod den Wert des Lebens.

Aus reiner Neugier würde ich gern ein altes Foto von Roseanne aufstöbern, als sie noch jung war. Zu ihrer Zeit muss sie eine Schönheit gewesen sein. Aber es gibt keine Fotos.

Zuerst konnte ich gar nichts über sie in Erfahrung bringen. Ja, ich kann mit einiger Sicherheit sagen, dass ich in Anbetracht ihres hohen Alters damit gerechnet hatte, in den Akten nur wenige Spuren von ihr zu finden. Was wusste ich über sie? Immerhin habe ich mich hin und wieder mit ihr unterhalten – und das in einem Zeitraum von zwei Dutzend Jahren. So wenige Fakten. Dass sie jemand war, der früher einmal Mrs McNulty hieß, dass sie keine Verwandten hatte, die noch mit ihr in Verbindung standen, und auch sonst keine Kontakte, denn niemand hat sie je im Krankenhaus besucht, und dass sie, aber das war vielleicht eine rein gefühlsmäßige Annahme, vor vierzig Jahren oder mehr aus Sligo hierher überwiesen worden war. Woher ich das wusste, weiß ich nicht, es sei denn, ich hätte, als ich jung war und aus England herüberkam, einmal ein Dokument gesehen, in dem das nachzulesen war. Natürlich wollte Bet in der Nähe ihrer Familie wohnen, und ich wusste von meinem Vater, dass ich irische Verwandte hatte, insofern war ich mehr als zufrieden, hierherzukommen.

Zufall, reiner Zufall das alles. Wie überrascht und erfreut ich war, wie geschmeichelt, als ich von dem hiesigen Arzt, Mr Amurdat Singh, aus heiterem Himmel einen Brief erhielt, in dem er mir einen Posten als Assistenzarzt anbot. Woher er meinen Namen kannte, wusste ich nicht, ich hatte mein Studium erst wenige Monate zuvor beendet, war arbeitslos und wollte Bet unbedingt heiraten. Und jetzt eine Stelle in Irland, genau das, was sie sich wünschte. Es war wie ein Wunder. Die Araber sagen, im Buch des Lebens sei bereits alles vorgezeichnet, und unsere Aufgabe bestehe lediglich darin, einer bereits vorhandenen, für uns unsichtbaren und unbekannten Erzählung zur Erfüllung zu verhelfen. Vielleicht hat Mr Singh dieselbe Universität besucht wie ich, dachte ich, aber dem war nicht so, er hatte sich in Irland ausbilden lassen, Teil jenes alten imperialen Netzwerkes, das nach der Unabhängigkeit Irlands wie Indiens noch lange fortbestand, wie's halt so ist. Ich weiß nicht, ob ihm jemand meinen Namen genannt hatte, weshalb sollten sie, denn ich muss gestehen, dass mein Abschluss zwar ausreichend, aber nicht eben glanzvoll war. Dennoch, der wunderbare Brief traf ein, und ich antwortete beschwingt, jugendlich beschwingt. Man könnte einwenden, ich hätte Roscommon noch nicht gesehen. Aber falls es ein Provinznest war, dann ein Provinznest, das Bet liebte. Wir hatten jede Chance, hier glücklich zu sein.

Armudat Singh, Gott hab ihn selig, war eine Art Heiliger. Vielleicht konnte er in Irland aufgrund seiner Herkunft nicht ganz so erfolgreich sein, wie es ihm sonst möglich gewesen wäre. Er hätte es verdient, zum Obersten Psychiater Irlands ernannt zu werden. Solange er noch lebte, war sein Krankenhaus eine wahre Oase, und er vertrat radikale und aufregende Ansichten. Seine Götter waren C. G. Jung und R. D. Laing, und das ergab eine explosive Mischung. Leider starb er verhältnismäßig jung, möglicherweise von eigener Hand. Ich glaube, im Ganzen gesehen bin ich immer noch froh, dass er mich gebeten hatte zu kommen, so mysteriös es auch war.

Als ich eintraf, war Roseanne Clear natürlich schon an die zwanzig Jahre hier gewesen oder zumindest in der Obhut der psychiatrischen Dienste (das »sogenannte« unterdrücke ich lieber).

Wie diese Tür schlägt. Als wäre ich wieder fünf Jahre alt und daheim in unserem verschwundenen Haus in Padstow, fürchte ich mich davor, nachzusehen, woher das Geräusch kommt. Bestimmt ist es nur eine Tür, vielleicht die Tür zum Gästezimmer, das Bet verschmähte, weil es im selben Stockwerk liegt wie meins.

Ich habe an die Nervenklinik in Sligo geschrieben, um herauszufinden, ob es dort irgendwelche Anhaltspunkte über sie gibt. Vielleicht nicht. Unterdessen bin ich hier auf die Überreste einer Art eidesstattlicher Erklärung gestoßen, die größtenteils von Mäusen zernagt ist und auf der es von Silberfischchen wimmelt, wie eine antike Schriftrolle aus der Wüste. Vielleicht ein kleines apokryphes Evangelium. Ich weiß nicht, wer die Erklärung abgegeben hat, nur dass sie auf eine gewisse Bildung schließen lässt, auch wenn ich nicht glaube, dass ein Arzt sie verfasst hat. Sie ist maschinengeschrieben, blasse Buchstaben, vermutlich von einem altmodischen Durchschlagpapier, jenem knittrigen blauen Bogen, den man in der Schreibmaschine unter das obere Blatt legt. Ich hoffe, dass Sligo im Besitz des Originals ist.

Unterdessen habe ich mich, so oft es ging, mit Roseanne unterhalten, mich verschiedenen Verpflichtungen entzogen und bin, wie ich gestehen muss, manchmal länger geblieben, als angebracht gewesen wäre. Ich kann mit Gewissheit sagen, dass das Gift des Schmerzes vorübergehend nachlässt, wenn ich mich in ihrem Zimmer aufhalte. Erst neulich bin ich in ihrem Beisein zusammengebrochen und in dem verzweifelten Versuch, professionellen Abstand zu wahren, damit herausgeplatzt, dass Bet gestorben ist, und statt Abstand herzustellen, brachte ich Mrs McNulty dazu, sich an mich heranzupirschen. Aber es war, als würde man von einer Art gütigem Blitz berührt, von etwas Primitivem, Befremdlichem, und seltsam Klarem.

Vielleicht speichert ein Mensch, der nie Besuch erhält, eine Art Hitze, wie ein Kraftwerk, dessen Kraft nie genutzt wurde – wie das Shannon-Wasserkraftwerk in seinen Anfangsjahren, als niemand einen Stromanschluss im Haus hatte.

Ja, auf meine Fragen habe ich nur wenige Antworten erhalten. Zuerst überlegte ich, ob sie überhaupt irgendwelche Antworten wusste, war sie, was die Vergangenheit betraf, wahrhaft erinnerungsunfähig, in einem gewissen Sinne also geistesgestört? War sie vielleicht deshalb der »Obhut« einer Anstalt anvertraut worden, weil sie eine regelrechte Psychose oder einen kompletten Zusammenbruch erlitten hatte? Wie bestimmte Psychotiker war sie in dem, was sie zu wissen schien, sehr sicher, ja unbeirrbar. Zugleich aber gestand sie freimütig ihre Unwissenheit in vielen anderen Dingen ein, was mich zu der Annahme verleitete, dass sie nicht psychotisch veranlagt war, sondern dass vielleicht auch ihr Gedächtnis unter den Silberfischchen des Alters litt. Ein psychotischer Mensch gibt oft Antworten auf alles und jedes, ganz unabhängig vom Wahrheitsgehalt. Er hegt einen heftigen Widerwillen gegen das Nichtwissen, denn dieses erzeugt die Qual und den Sturm der Verwirrung.

Mein nächster Gedanke war, dass sie verschlossen war, weil sie mich fürchtete oder Angst davor hatte, zu reden, weil dann möglicherweise Dinge zur Sprache kämen, die sie lieber vergessen hätte. So oder so weiß ich natürlich, dass sie ungeheuer gelitten hat. Man kann es deutlich in ihren Augen sehen. Das ist es auch, was ihr diese sonderbare Anmut verleiht, wenn ich das mal so sagen darf. Der Gedanke kam mir erst, als ich ihn niederschrieb. Dann hat es vielleicht also doch einen gewissen Nutzen, dass ich diese Aufzeichnungen mache.

Jedenfalls würde ich irgendwie gern zum Kern, sozusagen zum roten Faden ihrer Geschichte vorstoßen. Ihrer wahren Geschichte oder doch, wie viel davon sich ans Licht bringen lässt. Es liegt auf der Hand, dass sie nicht mehr lange zu leben hat. Ich glaube, die älteste dokumentierte Irin der neueren Zeit ist hundertundsieben geworden, dann hätte sie also noch sieben Jahre zu leben. Aber dass sie noch in den Genuss so vieler Jahre kommen wird, halte ich für unwahrscheinlich.

Ich hoffe, es kommen noch weitere Nachrichten aus Sligo.

Mehr als alles andere bedauere ich Bets Umzug in die Dienstmädchenkammer. Der Grund war eine Liebelei – was für ein drolliges Wort hat mein inneres Ich da gewählt, um meinen Fehltritt zu kaschieren –, eine Liebelei mit einer anderen Frau, deren Leben ich ebenfalls zum Schlimmen wendete. Ich glaube, das war der Grund. Oder eher noch der Anblick, den ich Bet plötzlich im Licht dieser Affäre bot. Ein armseligerer, widerlicherer Mensch, als sie vermutet hatte.

Zweiter Teil

ZWÖLFTES KAPITEL

Roseannes Selbstzeugnis

»It don't do nothing but rain«, sang Gwen Farrar, und Billy Mayerls Hände flogen über die Tasten. Sie musste wohl in Sligo zur Welt gekommen sein, so traurig, wie sie sang: *»I guess we were born with our raincoats on…«*

Immer wieder diese Regensintflut, die auf Sligo niedergeht, auf große und kleine Straßen, sodass die Häuser frösteln und sich zusammenkauern wie Zuschauer bei einem Football-Spiel. Unwirkliche Regengüsse, in ungeheuren Mengen, das Volumen von hundert Flüssen. Und der Fluss selbst, der Garravoge, schwillt an, die schönen Schwäne, völlig überrascht, reiten auf dem reißenden Strom dahin, jagen unter der Brücke hindurch und tauchen wie verhinderte Selbstmörder auf der anderen Seite wieder auf, ihre geheimnisvollen Augen schwarz vor Entsetzen, ihre geheimnisvolle Anmut unangreifbar. Wie wild Schwäne sogar in ihrer Schönheit sind! Und der Regen fiel auch auf den Gehsteig vor dem Café Cairo, wo ich mich mit Heißwasserspeichern und Maschinen abplagte und mit brennenden Augen aus den beschlagenen Fenstern starrte.

So kommt es mir jetzt vor. Wer war ich damals? Eine Fremde, aber eine Fremde, die sich heute noch in mir verbirgt, in meinen Knochen und in meinem Blut. Die sich in diesem runzligen Hautkostüm verbirgt. Das Mädchen, das ich einmal war.

Gestern fing ich an, vom Café Cairo zu schreiben, und dann brachte mich eine scheußliche Empfindung zum Schweigen. Es war, als verwandelten sich meine Knochen in Wasser, in kaltes Wasser. Es hatte mit einer beiläufigen Bemerkung von Dr. Grene zu tun. Die Wirkung seiner Worte war, als hätte man eine verdurstende Pflanze, statt sie zu gießen, mit einem Dachschiefer erstickt. Den ganzen Tag brütete ich in meinem Bett, fühlte mich uralt, elend und überängstlich. John Kane kam herein, und selbst er war so verblüfft über mein Gesicht, dass er nichts sagte, sondern nur hastig mit seinem furchtbaren Besen im Zimmer herumhantierte. Vermutlich sah ich ziemlich verrückt aus. Es ist allgemein bekannt, dass Menschen unaufhörlich einen Schuppenregen toter Haut abwerfen. Sein Besen fegt von allen Patienten hier ein wenig Haut zusammen. In jedem Zimmer scharrt er etwas davon auf seine Schaufel. Ich weiß nicht, was das zu bedeuten hat.

Ich fühle mich an meiner Aufgabe gehindert. Vermutlich ist es kurios, dass ich versuche, mein unnützes Leben hier aufzuschreiben, und mich den meisten seiner Fragen widersetze. Bestimmt würde er meine Aufzeichnungen gern lesen, und sei es nur, um sich seine eigene Aufgabe zu erleichtern. Nun, wenn ich tot bin und wenn es jemandem in den Sinn kommt, unter dem losen Dielenbrett nachzuschauen, wird er sie finden. Ich habe nichts dagegen, dass er sie liest, solange ich nicht ins Verhör genommen werde, was er zweifellos tun würde, wenn sie ihm schon jetzt in die Hände fielen. Vielleicht schreibe ich in Wahrheit ja für ihn, da er im Grunde der einzige Mensch ist, den ich kenne, im umfassenden Sinne des Wortes. Dabei besucht er mich erst seit Neuestem regelmäßig. Ich weiß noch, dass ich ihn früher nur zweimal im Jahr zu Gesicht bekam, zu Ostern und zu Weihnachten, wenn er ziemlich forsch hereinkam, sich nach meinem Befinden erkundigte und, ohne die Antwort abzuwarten, wieder verschwand. Schließlich hat er hundert Patienten, ich weiß nicht, vielleicht noch mehr. Ich frage mich, ob es inzwischen weniger sind. Vielleicht sind wir ja wie diese trostlosen Orden in alten Klöstern, die auf eine bloße Handvoll Nonnen und Mönche zusammenschrumpfen. Ich werd's nicht herausfinden, es sei denn, ich drehe eine Runde im Haus, was wohl eher nicht in Frage kommt.

Draußen im Hof, der trotz John Kanes Schneeglöckchen wieder mit dichtem Raureif überzogen ist, spürt der alte Apfelbaum bestimmt die schreckliche Kälte. Er dürfte an die hundert Jahre alt sein, dieser Baum. Vor vielen, vielen Monden ging ich, wenn man mich ließ, zu ihm hinunter. Rund um den Stamm schmiegt sich eine Holzbank, wie in einem alten englischen Dorf, einer alten englischen Geschichte. Auf dem Dorfanger. Dabei ist es nur ein kleines sonniges Plätzchen, wenn die Sonne scheint und im Frühling den alten Baum zu neuem Leben erwärmt. Dann folgen die mächtigen Blüten. Aber jetzt bestimmt noch nicht, und falls der Baum es gewagt hat, ein paar Knospen zu treiben, wird der Frost sie verbrennen, und er wird wieder von vorn beginnen müssen.

Früher gab's da unten ein kleines Küchenmädchen, das die Krumen, die beim Brotschneiden in der Küche abfielen, auf einen behelfsmäßigen Vogeltisch streute. Das lockte immer die Blaumeisen, die Kohlmeisen und, so wie es aussah, sämtliche gierigen Finken aus Roscommon an. Vermutlich ist sie längst nicht mehr da. Vermutlich wird der Apfelbaum jeden von uns überdauern.

Dieser alte Apfelbaum würde eine Amsel zur Philosophin machen. Die Apfelblüte ist verhaltener als die Kirschblüte, aber dennoch überwältigend, ermutigend. Im Frühling brachte sie mich immer zum Weinen. Am Ende kam es stets zur Blüte, ob Frost oder nicht. Ich würde sie gern noch einmal erleben. Der Frost konnte den alten Baum stets nur in seinem Wachstum hemmen, ihn jedoch niemals besiegen. Aber wer würde mich zu ihm hinuntertragen?

When milk comes frozen home in pail
And Dick the shepherd blows his nail.

Der alte Tom, mein Schwiegervater, hatte einen wunderschönen Garten um seinen Bungalow in Sligo. Er verstand was von Wintergemüse. Ich weiß noch, wie er sagte, Winterkohl und Winterkopfsalat würden durch Frost verfeinert. Wie ein Teufel zog er das ganze Jahr über Gemüse, was offenbar möglich ist, wenn man weiß, wie man es anstellen muss. Das gilt für die meisten Dinge.

Der alte Tom McNulty. Bis heute weiß ich nicht, ob er Freund oder Feind war. Bis heute bin ich in meinem Urteil über sie alle gespalten, Jack – nein, nein, vielleicht darf ich Father Gaunt zu Recht verfluchen und dieses alte Weib, die Mutter von Tom und Jack, die echte Mrs McNulty, sozusagen. Andererseits, so richtig weiß ich es nicht. Mrs McNulty war wenigstens ungeniert feindselig, wohingegen Jack und Father Gaunt sich immer als Freunde gebärdeten. Ach, es ist ein irritierendes Rätsel.

Das bringt mich gerade auf einen schlimmen Gedanken, denn gebärdet sich nicht auch Dr. Grene als Freund? Gewissermaßen als professioneller Freund. Ob Freund oder Feind, niemand besitzt ein Monopol auf die Wahrheit. Nicht einmal ich, und auch das ist ein irritierender und beunruhigender Gedanke.

Es war sehr schwer, ihn so beiläufig sagen zu hören, mein Vater sei bei der Polizei gewesen. Ich finde, das hätte er unterlassen sollen. Ich habe diese Behauptung auch früher schon gehört, aber ich weiß nicht mehr, wo oder von wem. Es ist eine Lüge, und eine hässliche obendrein. Für solche Lügen konnte man früher erschossen werden, und in Irland gab es eine Zeit, wo Erschießungen Mode waren, zum Beispiel die berühmten Siebenundsiebzig, die die neue Regierung erschießen ließ. Und die Hingerichteten waren in der Mehrzahl ehemalige Kameraden. John Lavelle hatte Glück, dass er ungeschoren davonkam und nicht der Achtundsiebzigste wurde. Andererseits gab es sicherlich heimliche Morde, heimliche Erschießungen, die niemand aufgezeichnet hat und an die sich niemand erinnert. Traurige, kaltblütige, abscheuliche Morde an jungen Männern auf Berghängen und dergleichen, von der Art, wie ich sie mit eigenen Augen gesehen habe, oder zumindest das Endergebnis wie im Falle von Johns Bruder Willie.

Nach alledem war es eine echte Erleichterung, einfach nur meine Serviererinnentracht im Café Cairo zu tragen. Das Café in Sligo bediente alle Kunden ohne Unterschied. Es gehörte einer Quäkerfamilie, und wir waren gehalten, niemanden abzuweisen. So konnte man einen einsamen armen Rentner Tee trinken und in dem Glauben, dass niemand es bemerkte, ein paar Krümel von dem Käse verzehren sehen, den er in seiner Hosentasche mitgebracht hatte und der jetzt in seinem Schoß lag. Ich kann mich noch sehr gut an den Mann erinnern, der mir in seinem alten braunen Anzug so uralt vorkam. Wahrscheinlich war er erst siebzig! Die Anwesenheit dieser eher ungewaschenen Gestalten hielt die Sligoer Damen jedoch nicht davon ab, auf einen Schwatz hereinzuschauen. Sie benahmen sich wie Hennen in einem Hühnerhof, wie sie da an den Tischen saßen, und der Klatsch und Tratsch wirbelte von ihnen auf wie Staub von einer Karawane Wüstenkamele. Einige von ihnen waren wunderbar gescheite Frauen, die wir – ich meine die Kellnerinnenbrigade – liebten, deren tägliches Kommen wir liebten und die wir mit Vergnügen bedienten. Andere waren, wie Sie sich denken können, alte Drachen. Aber alle Schattierungen der vornehmen Gesellschaft kamen herein, es war wirklich meine Universität. Wenn ich höflich Tee servierte, konnte ich so viel lernen, und es hätte der Beginn eines guten Lebens sein können, ich weiß es nicht.

Vermutlich wäre ich auf die übliche Weise an die Stelle geraten, hätte im Schaufenster einen Aushang gesehen, wäre hineingegangen und hätte erklärt, dass ich, so wenig verheißungsvoll ich aussehen mochte, Presbyterianerin und insofern für die Stelle geeignet sei (denn so herzlich die Eigentümer auch waren, als Quäker beschäftigten sie keine katholischen Mädchen, mit Ausnahme von Chrissie, die Katholikin gewesen, in der Vertragsschule aber als Protestantin erzogen worden war). Meine Einstellung kam aber ganz anders zustande.

Um es mit den Worten dieser Anstalt auszudrücken, wurde meine Mutter, die bereits vollkommen verstummt war, nach dem Tod meines Vaters zusehends verwirrter. Als ich eines Morgens aufwachte, ging ich nach unten, um ihr ihren Tee zu machen, und als ich wieder nach oben ging, lag sie nicht in ihrem Bett. Es war ein furchtbarer Schreck, und ich rannte nach unten, rief nach ihr und suchte sie überall, draußen auf der Straße, überall. Dann blickte ich zufällig aus dem Spülküchenfenster, und da sah ich sie unter dem vermodernden Motorrad meines Vaters, zusammengerollt wie ein Hütehund. O ja, ich holte sie herein und steckte sie ins Bett. Wie ich zu meiner Schande gestehen muss, waren die Laken grau geworden, weil sie stets nur ungewaschen im Bett lag. Ich war so betrübt und bekümmert, dass ich noch am selben Tag von Sligo nach Rosses Point wanderte, wo es den schönsten Strand gab. Ich wollte dort auf dem Golfplatz umherschlendern, mit

seinen kleinen Teichen voll einsamer Vögel und seinen
unverhofft schönen Ausblicken auf ferne Herrenhäuser,
die so dicht am Wasser standen, als seien sie mal eben
zum Ufer hinabgegangen, um zu trinken (natürlich handelte es sich um Salzwasser, aber trotzdem). Und tatsächlich schlenderte ich dort umher, zuerst kam ich an den
Cottages von Rosses Point vorbei, und auf der anderen
Seite des dahinfließenden Garravoge waren Coney Island
und die wundersam besänftigende Gestalt des Metal Man
in seiner alten blauen Eisenkleidung und mit seinem
schwarzen Schopf. Er deutete in alle Ewigkeit auf das tiefe
Wasser und wies den Schiffen den Weg. Er war ein Stand-
bild auf einem Felsen, und eine so wunderbare Methode,
tiefe Gewässer anzuzeigen, war bestimmt weder davor
noch danach je erdacht worden. Einmal wurde mir
erzählt, sein Bruder stehe in einem kleinen Park in Dal-
key, Co. Dublin, am Meer, doch welche Aufgabe er dort
hatte, weiß ich nicht.

Hinter Coney Island und dem Metal Man liegt natürlich Strandhill, der weniger attraktive Strand, Schauplatz
meiner späteren Leiden.

Als ich zum Strand bei Rosses Point gelangte, blies
ein heftiger kleiner Wind, und obwohl hinter den Dünen
eine Reihe schwarzer Wagen parkte, mussten die Insassen
darin sitzen geblieben sein, denn auf dem weiten Strand
selbst war niemand. Nur die rüttelnden Kohorten dieses
Windes. Doch in der Ferne war eine Gestalt zu sehen,
eine Frau, wie ich bald erkannte, in einem sich bau-
schenden weißen Kleid, die ziellos einen großen schwarzen Kinderwagen schob. Als ich näherkam, hörte ich sie
rufen; je nach Lust und Laune des Windes verhallten ihre
Worte oder wurden lauter. Endlich erreichte ich sie. Sogar im kalten Wetter jenes irischen Juni war sie schweißgebadet.

»Mein Gott, mein Gott«, sagte sie und sah aus wie das Kaninchen in *Alice im Wunderland,* »ich kann sie nicht finden, ich kann sie nicht finden.«

»Wen können Sie nicht finden, Ma'am?«, fragte ich. Aus ihrem Akzent schloss ich, dass sie zu den feinen Pinkeln gehörte und vermutlich mit Ma'am angeredet werden musste.

»Meine Tochter, meine kleine Tochter«, antwortete sie in einem sonderbar gellenden Tonfall. »Ich bin in der Düne eingeschlafen, in einem schönen sonnigen Eckchen, und meine Kleine hat neben mir gespielt, aber als ich aufwachte, war sie verschwunden. Sie ist erst zwei Jahre alt. O mein Gott, o mein Gott.«

»Liegt sie nicht im Kinderwagen?«, fragte ich, einer Eingebung folgend.

»Nein, sie kann schon laufen. Im Kinderwagen liegt ihr Bruder und schläft tief und fest. Meine Tochter Winnie kann schon laufen. Winnie, Winnie!«

Und plötzlich schien sie vor mir davonrennen zu wollen, als habe sie nach meiner großen Unkenntnis in Sachen Kinderwagen jede Hoffnung aufgegeben, dass ich ihr beistehen könnte.

»Ich helfe Ihnen suchen«, sagte ich, »ich helfe Ihnen.« Und ergriff tatsächlich flüchtig ihren Arm. Er war dünn unter dem weißen Leinen. Sie blieb stehen und sah mich an. Durchbohrte mich mit grünen Augen, in denen Tränen standen.

Daraufhin rannte ich hinüber zu den Dünen. Ich nahm den alten hohen Pfad, den ich dutzendmal mit meinem Vater gegangen war. Der Pfad wand sich auf und ab, und nach einer Weile gelangte ich wieder in die Nähe der Autos. Die Flut begann gegen die langen Stiefel aus Stein anzuplätschern, aus denen das Ufer dort bestand. Ganz instinktiv eilte ich aufs Wasser zu, denn mir fiel eine

Höhle ein, die ich kannte, eine tiefe, mysteriöse Höhle von der Art, wie jedes Kind sie liebt. Mein Vater hatte mir erzählt, in dieser Höhle seien die ältesten Überreste menschlichen Lebens in Irland entdeckt worden, und einige der ersten Siedler, ohne Zweifel heldenhaft, mutig und verängstigt zugleich, allein auf sich gestellt in einem Land ausgedehnter Wälder und Sümpfe, hätten dort Unterschlupf gesucht.

Ich trat ins Dunkel der Höhle und wurde für meine instinktive Vermutung reichlich belohnt. Vor mir saß eine kleine zusammengekauerte Gestalt, die im trockenen Sand grub. Ihr Hintern war pitschnass, aber sonst strahlte sie aus allen Knopflöchern. Ich hob sie hoch, und selbst das erschreckte sie nicht, vielleicht hielt sie mich nur für ein weiteres Geschöpf ihrer Fantasie. Als ich wieder ins Freie gelangte, sah ich in weiter Ferne ihre Mutter, die am anderen Ende des Strandes ähnliche Felsen absuchte. Er war ein Bild äußerster Sinnlosigkeit und Ungerechtigkeit, zum Scheitern verurteilter Mutterschaft. Wie sehr ich mir plötzlich wünschte, meine eigene Mutter würde so verbissen, so schweißgebadet nach mir suchen, um mich auf dem verlorenen Strand der Welt wiederzufinden, mich zu retten, andere zu meiner Rettung heranzuziehen, mich wieder an ihre Brust zu legen, wie jene ferne Mutter es so offenkundig für das glückliche Geschöpf in meinen Armen ersehnte.

Dennoch trat ich meinen Weg durch den Sand an, der mit einer Unzahl Scheidenmuscheln bestreut war. Der Wind kräuselte das zentimeterhohe Wasser. Als ich die Hälfte des Weges zurückgelegt hatte, ahnte die Mutter offenbar mein Kommen, denn sie wandte mir halb das Gesicht zu. Selbst aus dieser Entfernung hatte ich das starke Empfinden eines Mysteriums, der ungeheuren Panik dieser Gestalt, von der nachgerade eine Flamme der Erleichterung zu züngeln schien, als sie mich mit ihrer Tochter in den Armen erdachte, erhoffte, erspähte. Ich rannte, plitsch-platsch, weiter über die Sandfläche zwischen uns. Jetzt kam sie, noch immer den riesigen Kinderwagen schiebend, auf mich zugestürzt, und schließlich standen wir nur noch wenige Meter voneinander entfernt. Die Mutter jauchzte vor Freude, so hörte es sich an, der Kinderwagen wäre fast mit mir zusammengestoßen, und das Kind riss sich aus meinen Armen und fing erst jetzt an zu weinen, zu bläken, zu brüllen. Und es war, als hätte ich das Kind von den Toten auferweckt, besonders als ich der Mutter von der Höhle und den herannahenden Wassermassen erzählte.

»Ich kann's dir nicht beschreiben, ich kann es nicht«, sagte sie, »das Gefühl völliger Verzweiflung, als ich sie nicht mehr sah. Mein Kopf kreischte wie Tausende dieser Möwen. Meine Brust war von Schmerz erfüllt, als hätte man mir siedend heißes Öl hineingegossen. Der ganze menschenleere Strand hat meine Schreie zurückgeworfen. Mein liebes Mädchen, mein liebes Mädchen, mein liebes Mädchen.«

Die Anrede galt mir, auch wenn sie das andere »liebe Mädchen« umklammert hielt und jetzt meinen Arm ergriff.

»Ich danke dir. Ich danke dir, liebes, liebes Mädchen.«

Und das war Mrs Prunty, die Ehefrau des Besitzers vom Café Cairo. Es dauerte nicht lange, bis sie meine Geschichte erfahren hatte, die ich ihr in ihrem großen schwarzen Wagen auf der Rückfahrt nach Sligo in hoffentlich passendem Gewand erzählte. Und in ihrer Freude schlug sie mir vor, ins Café Cairo zu kommen und dort zu arbeiten, da meine Schulausbildung beendet, mein Vater gestorben und meine Mutter, wie ich es nannte, »unpässlich« zu Hause war.

Ich weiß nicht mehr, wann genau Tom zum ersten Mal das Café betrat, aber ich habe eine so lebhafte Erinnerung an ihn, als sei er auf eine Fotografie mit Goldrand gebannt – wie eines jener Standfotos vor dem Kino in Sligo –, an seine Aura und sein umfassendes Wohlgefühl, ein kleiner, untersetzter, beinahe dicker Mann in einem robusten, ordentlichen Anzug, ganz anders als sein Bruder Jack, dessen prächtige Anzüge maßgeschneidert waren und dessen unendlich eleganter Mantel einen weichen Lederkragen hatte wie der eines Filmstars. Beide trugen übertrieben teure Hüte, dabei waren sie nur die Söhne des Schneiders aus der Irrenanstalt von Sligo. Vielleicht war das der Grund für den gröberen Schnitt von Toms Anzug – gewiss nicht für den seines Bruders. Tatsache war, dass der Vater zugleich Kapellmeister der wichtigsten Tanzkapelle von Sligo war, Tom McNulty's Orchestra, und das bedeutete, dass sie über mehr Zaster verfügten als die meisten Menschen in jenen überwiegend zasterlosen Zeiten. Der Vater, wieder so ein kleiner Mann, den man in jenem glühheißen Sommer mit einem steifen Strohhut und in einem gestreiften Jackett, wie man sie sonst nur mittwochs beim Pferderennen zu Gesicht bekam, in der Stadt herumlaufen sah, hieß der alte Tom, und Tom selbst war der junge Tom – eine besonders nützliche Unterscheidung, da auch dieser in der berühmten Kapelle mitspielte, mochte sie auch nur in den Dünen von Strandhill und in den Träumen der Bewohner von Sligo berühmt sein.

Ich hatte wohl schon zweieinhalb Jahre im Café Cairo gearbeitet, als ich die McNulty-Brüder zum ersten Mal wahrnahm. Diese ersten Jahre als einfache Serviererin waren einfach glückliche Jahre, ich und die einsame Chrissie wurden rasch Freundinnen, ein Bollwerk gegen die Welt. Chrissie war eine zierliche, adrette und freundliche Person, denn solche Seelen gibt es tatsächlich. Es ist

nicht alles nur ein Hauen und Stechen. Außerdem empfand ich Mrs Prunty, wenngleich ich sie nur selten sah, als
eine geheime Präsenz hinter den dampfenden Heißwas-
serbehältern, den schönen mehrstöckigen Tortenstän-
dern, dem Sortiment silberner Messer und Löffel und den
feinen Kuchengabeln, die leckeren Torten vorbehalten
waren. Irgendwo hinter alledem, den kunstvoll geschnitzten Türen und dem angedeuteten Dekor eines Ägypten,
das niemand je gesehen hatte, bewegte sich, davon war ich
überzeugt, Mrs Prunty wie ein Quäker-Engel und redete
Gutes über mich. Bildete ich mir jedenfalls ein. Ich verdiente mir meine paar Shilling, fütterte und wusch meine
Mutter, ging an vielen, vielen Abenden ins Kino, sah mir
tausend Filme, Wochenschauen und alles Übrige an,
Wunder über Wunder der schönsten, ausschweifendsten
Träume. Und irgendwie war ich damals zufrieden, schlug
alle Angebote aus, mit jemandem zu »gehen«, mit jemandem häufiger als ein-, zweimal zu tanzen. Wir, eine Schar
junger Mädchen aus der Stadt, schwärmten aus ans Meer
zu Tom McNultys Tanzsaal, strömten wie ein Sturzbach
von Rosen die windigen Straßen entlang. Manchmal ergossen wir uns in ungeheuer naiver Fröhlichkeit auf den
Strand selbst, wo die Straße aus dem oberen Dorfteil von
Strandhill endete und bei Ebbe die Poller auf dem Sand
den Weg nach Coney Island wiesen. Vielleicht hätten Sie
uns eher Möwen genannt; elegante weiße Vögel, die krei-
schend niederstießen und wieder aufflogen, hielten wir
uns stets landeinwärts – als hätte auf See immer nur
Sturm geherrscht. Ah, Mädchen von siebzehn, achtzehn
Jahren wissen das Leben zu leben und lieben es, das Leben zu leben, wenn man uns nur lässt.
   Wie gesagt, Ägypten hatte noch keiner gesehen, aber
als junger Bursche war Jack Matrose in der britischen
Handelsflotte gewesen und hatte bereits jeden Hafen der

Erde angelaufen – aber all das wusste ich damals natürlich noch nicht. Jacks episch breite Geschichte – ein kleines Epos, ein gewöhnliches Epos, ein lokales Epos, aber dennoch ein Epos – war mir unbekannt. Ich sah nichts weiter oder begann nichts weiter zu sehen als zwei geschniegelte Brüder, die auf eine Tasse Tee hereinkamen, chinesischer Tee für Tom und für Jack vorzugsweise Earl Grey.

Die düstere Geschichte ihres Bruders Eneas erfuhr ich erst lange danach, falls ich sie überhaupt je wirklich erfuhr. Nur ein Bruchstück, ein paar Seiten, herausgerissen aus seinem schäbigen Buch. Kann man einen Mann lieben, den man – im biblischen Sinne – nur für eine Nacht erkannt hat? Ich weiß es nicht. Aber da war Liebe, sanfte, leidenschaftliche, echte Liebe. Gott vergib mir.

Dr. Grenes Aufzeichnungen

Mirabile dictu (jetzt kommt mir doch zustatten, dass ich auf der Schule Vergil lesen musste, ihm verdanke ich diesen Ausdruck nämlich), von der Nervenklinik in Sligo ist ein weiteres Dokument eingetroffen. Es ist das Original der alten eidesstattlichen Erklärung, und es dürfte sachverständiger gelagert worden sein als unsere Durchschrift, denn die Seiten sind einigermaßen intakt. Ich muss sagen, dass mich ihre Geschichte, wie sie in dem Dokument aufgeführt ist, sehr interessiert. Sie bietet mir eine Art Landschaft, die ich hinter der mir bekannten Gestalt im Bett einfügen kann, wie bei Gemälden von da Vinci oder wem auch immer, etwa der Mona Lisa, wo im Hintergrund Burg und Hügel zu sehen sind (jedenfalls habe ich sie so in Erinnerung – vielleicht ist da ja auch gar keine Burg). Da sie nach wie vor jede Auskunft verweigert, verspürte ich bei der Lektüre einen Schauder, als erhielte ich jetzt die Antworten, um die ich sie gebeten hatte, aber davor muss ich mich hüten. Das geschriebene Wort beansprucht auch dann Autorität, wenn ihm gar keine zukommt. Auch wenn es eine große Versuchung darstellt, darf ich ihr Schweigen nicht unbedingt damit ausfüllen, denn es handelt sich nur um eine Abkürzung oder um einen Umweg. Das Dokument umfasst siebzehn eng beschriebene Seiten und scheint eine Schilderung der Ereignisse zu liefern, die zu ihrer, ich wollte schon sagen: Einkerkerung, aber natürlich meine ich: Zwangseinweisung, führten. Es besteht aus zwei Teilen. Der erste schildert ihr Leben bis zu ihrer Ehe, danach die Gründe für die Annullierung dieser Ehe, falls dieser Begriff für die damalige Zeit angemessen ist. Offenbar folgte darauf eine Periode gewaltiger Unordnung in ihrem Leben, gewaltig, eher eigentlich schrecklich und bemitleidenswert. Das alles ist schon lange, lange her, spielt meistenteils im wilden Märchen eines Lebens im Irland der Zwanziger- und Dreißigerjahre, auch wenn die Zeit ihrer größten Schwierigkeiten in die Jahre des »Notstands« fiel, wie Éamon de Valera den Zweiten Weltkrieg genannt hat.

Ich weiß ehrlich nicht, wie viel davon ich ihr vorlegen kann. Nach ihrer Reaktion kürzlich zu urteilen, bezweifle ich, ob sie für Enthüllungen, die für sie vielleicht gar keine darstellen, wirklich offen ist. Sollte das Dokument die Wahrheit enthalten, so ist es eine entsetzliche, eine belastende Wahrheit. In einer Anstalt wie dieser brauchen wir uns nicht allzu sehr mit moralischen oder auch nur juristischen Urteilen zu befassen. Hier drinnen sind wir wie Gefängniskaplane, die sich mit den kläglichen Resten eines Menschen abgeben, nachdem die staatliche Gewalt ihr Machtwort gesprochen hat. Wir versuchen, diesen Menschen zu rüsten und zu festigen, aber wofür? Für das Beil,

für das Fallbeil geistiger Gesundheit? Für die langen To-
tenwachen, für die Strafe, bei lebendigem Leib begraben
zu sein? Denn etwas anderes ist die Verwahrung hier ja
nicht.

Wie ich mit Interesse, aber zu meinem nicht gelinden
Schrecken sah, war das Dokument von einem gewissen
Father Aloysius Mary Gaunt unterzeichnet. Der Name
sagte mir etwas. Ich zerbrach mir den Kopf, bis mir plötzlich einfiel, um wen es sich handelte: um den Mann, der in
den Fünfziger- und Sechzigerjahren Weihbischof von
Dublin war und wie die meisten seiner Brüder im Herrn
aus der verdruckten irischen Verfassung eine klare Bestä-
tigung seiner moralischen Vorherrschaft über die Stadt
herauslas. Um einen Mann, der mit jeder seiner Äuße-
rungen die Verbannung der Frauen in die eigenen vier
Wände und die Erhöhung der Männer in einen Zustand
hehrer Keuschheit und körperlicher Ertüchtigung herbei-
zusehnen schien. Heute mag all das etwas Komisches an
sich haben, damals durchaus nicht.

Als junger Kurat in Sligo schien dieser Father Gaunt
sich in Roseanne Clears Lebensumständen bestens auszu-
kennen. Offenbar war sie die Tochter eines Polizeiwacht-
meisters, der in der Royal Irish Constabulary diente (das
wusste ich bereits von der beschädigten Durchschrift, die
ich hier vorgefunden hatte). Als jugendlicher Anführer
während des Unabhängigkeitskrieges hatte de Valera ver-
kündet, Angehörige der Polizei könnten jederzeit erschossen werden, wenn sie auf irgendeine Weise den Zielen der
revolutionären Bewegung im Wege stünden. Daher sahen
sich derartige Individuen, auch wenn sie Iren und mehr-
heitlich Katholiken waren (Roseannes Vater war Presbyterianer), ebenso wie ihre Familien ständig bedroht und
schwebten in echter Lebensgefahr. In revolutionären Zeiten war das alles durchaus nachvollziehbar, aber ich frage

mich, ob Roseanne im Alter von zwölf Jahren oder so damit umgehen konnte. Was damals geschah, muss in ihren Augen tragisch, verwirrend und beängstigend gewirkt haben.

Eben schaue ich auf meine Uhr, und es ist zehn vor acht. Ich darf keinen Augenblick länger zaudern. Um zehn nach acht ist Visite. Ich muss los.

Ein Vermerk für mich: Der Bauunternehmer sagt, nur noch sechs Wochen, dann steht der Neubau. Das habe ich aus erster Hand, denn neulich war ich auf der Baustelle und habe mich selbst danach erkundigt, wie ein richtiger Spion. Aber genug davon –

DREIZEHNTES KAPITEL

Roseannes Selbstzeugnis

So merkwürdig es klingt, bin ich Tom nicht etwa im Café Cairo begegnet, sondern ganz woanders. Nämlich im Meer.

Das Privileg, Kinder zu haben, tritt am deutlichsten an den Stränden der Welt zutage. Welche Marter für die alte Jungfer und den kinderlosen Mann, am Spülsaum des Meeres kleine Teufel und Engel in den verschiedensten Größen aufgereiht zu sehen. Wie eine Spezies Wandertiere. Das Menschentier nahm seinen Anfang als winziges zappelndes Ding in prähistorischen Meeren, aus denen es sich unter größtem Bedauern an Land kämpfte. Deshalb sind wir so von Sehnsucht nach dem Meer erfüllt.

Ich bin keine ganz kinderlose Person.

Auch diese Geschichte gehört zum Meer, zumindest zum Strand.

Mein Kind. Mein Kind kam nach Nazareth, das haben sie mir gesagt. Oder das habe ich sie sagen hören. Aber damals habe ich nicht sehr gut gehört, nicht so richtig. Ebenso gut hätten sie Wyoming sagen können.

Der Strand von Strandhill ist schmal und gefährdet, und der Sandhügel selbst scheint seine riesigen Knie angezogen zu haben, um dem Geschehen unten zu entfliehen. Es gibt eine lange, unebene Promenade, auf denen früher immer Einspänner und alle möglichen anderen Pferdewagen und -karren sowie Autos geparkt waren, deren Insassen stets mit demselben Grad an menschlicher Vorfreude daraus hervorquollen, die Kinder sausten vorneweg, die Väter lachten und fluchten, die Mütter mahnten und gerieten in Panik – all der Lärm und Tumult gewöhnlichen Glücks. Knielange Badeanzüge wetteiferten mit jenen fabelhaften Bikinis, die ich nur in vereinzelten Illustrierten gesehen hatte. Wie gern hätte ich mit einem davon angegeben.

Und anfangs wurden auf Sumpf, verwehtem Sand und Quecken gewiss nur einige wenige mutige Häuser errichtet. Die Landschaft stieg immer weiter an, bis sie endlich an das Reich des Berges Knocknarea grenzte, wo Queen Maeve in ihrem Steingrab ruht. Vom Gipfel des Knocknarea kann man den Strand von Strandhill sehen, aber für das bloße Auge sind die Menschen nur Stecknadeln, alles von der Größe eines Kindes nur ein Staubkorn.

Ich habe von dort oben hinabgeschaut und verzweifelt geweint.

Später war die ganze Landschaft »meine« Landschaft. Strandhill, Strandhill, die Verrückte von Strandhill.

Zuerst wagten sich nur ein paar Häuser auf den weichen Boden vor, dann das alte Hotel, danach Hütten und weitere Häuser, und schließlich, in den entschwundenen Zwanzigern, baute Tom NcMulty den Plaza Ballroom. Ein besseres Lagerhaus aus Wellblech mit gewölbtem Dach und quadratischer Betonfassade und mit einem merkwürdig bescheidenen Eingang und einem Kartenschalter, deren Helligkeit verlockend und verheißungsvoll wirkte, oh, und mit einem lärmenden Wirbelwind aus Träumen, der jeden Freitagabend von der herbeiströmenden Menge aufstieg und zweifellos bis zum Himmel reichte, um Gott zu trösten, wenn er an seiner Schöpfung zweifelte.

Darin bestand die Arbeit von Tom McNulty, junior und senior: für diese Träume Eintritt zu erheben. Und in mir spürte ich diesen Traum in leidenschaftlicher Vollkommenheit.

Hier zu sitzen und dies zu schreiben, meine Hände so alt wie die von Methusalem. Schauen Sie sich diese Hände an. Nein, nein, das können Sie ja nicht. Aber die Haut ist so dünn wie – haben Sie je die Schale einer Scheidenmuschel gesehen? Am Strand von Rosses Point liegen die überall herum. Die Schalen sind mit einer durchsichtigen Glasur überzogen, wie trocknender Lack. Merkwürdiges Zeug. So fühlt sich meine Haut jetzt an. Ich bilde mir ein, meine Knochen zählen zu können. In Wahrheit sehen meine Hände so aus, als seien sie eine Zeit lang vergraben gewesen und dann wieder ausgebuddelt worden. Bei ihrem Anblick würden Sie einen Schreck bekommen. Seit rund fünfzehn Jahren habe ich nicht mehr in den Spiegel geschaut.

Die ersten paar Meter im Wasser von Strandhill waren ziemlich ungefährlich. Im Sommer war es wie im Schwimmbad. Das Meer gab sich keine besondere Mühe, Wellen zu schlagen, so kam es mir immer vor. Vielleicht lag es an den Kindern, die ins Wasser pinkelten, die Temperatur, meine ich. Aber es war wunderbar. Ich und Chrissie und die anderen Mädchen vom Café Cairo... Mrs Prunty war stets bemüht, gute Mädchen im Café zu beschäftigen, aber gute Mädchen, die gut aussahen, was etwas anderes ist. Ich glaube, wir sahen aus wie junge Göttinnen. Mary Thompson hätte in einer Illustrierten abgebildet sein können, Winnie Jackson *war* einmal auf einem Bild, im *Sligo Champion*. »Miss Winnie Jackson genießt das warme Wetter in Strandhill.« Sie in ihrem schönen einteiligen Badeanzug, der ihr in einer Schachtel von Arnott's in Dublin mit dem Zug nach Sligo geschickt worden war. Wenn das nicht Stil ist! Sie hatte hübsche, pralle Brüste, und ich glaube, wenn die jungen Kerle sie ansahen, spürten sie nichts als Verzweiflung, weil sie sie nicht einmal würden ansprechen können.

In den Hitzeschwaden des August färbte unsere Haut sich afrikanisch. Manchmal waren unsere Gesichter, wenn wir abends über den Strand nach Hause gingen, knallrot, regelrecht versengt, und dann lagen wir in unseren Betten in der Stadt und trauten uns kaum, mit den Schultern die Laken zu berühren. Glücklich. Und am nächsten Morgen hatte sich die Haut wieder beruhigt, und wir sehnten uns danach, wieder an den Strand zu fliehen, und dann begann alles wieder von vorn, wieder von vorn. Glücklich. Wir waren ganz normale, gewöhnliche Mädchen. Wir trieben die jungen Kerle liebend gern an den Rand der Verzweiflung.

Wie Haie belauerten sie uns aus dem Hintergrund unseres Glücks und verschlangen unsere körperlichen Vorzüge mit den Augen. Manchmal kam ich beim Tanzen mit einem von ihnen ins Gespräch, die jungen Burschen redeten nicht viel, und wenn sie doch redeten, hatten sie nicht viel Hörenswertes zu sagen. Aber das war in Ordnung. Beim Tanz waren alle Arten vertreten, feine Pinkel aus der Stadt und Kerle, deren Hosen Hochwasser hatten und ihre Socken freigaben oder nackte Beine, die in ramponierten Schuhen steckten. Draußen waren immer ein paar Esel und verschiedene Klepper angebunden, und die Pferdekarren waren hochgekippt. Der Berg spie seine Söhne und Töchter aus wie eine seltsame Lawine. Die Blüte der Menschheit.

Father Gaunt oder seinesgleichen war immer dabei, der eine oder andere Kurat, Reiher unter Elritzen. Bei Gott, soweit ich mich erinnere, gab's da eine Art Tanzsaalgesetz. Vielleicht bilde ich es mir auch nur ein. Ich glaube, von der Kanzel wetterten sie gegen Tanzvergnügen, aber das hätte mich ohnehin nicht erreicht. Nur ganz wenige Berührungen waren gestattet. Tänze fast ohne Berührung sind eine sonderbar kalte Angelegenheit. Im Sommer war es wunderbar, sich gegen Ende eines Tanzes an einen Jungen anzuschmiegen, der ebenso verschwitzt war wie man selbst und der nach Torf und Seife roch. Und das Zeug, das sie sich damals ins Haar schmierten, ich glaube, Brillantine hieß es. Da waren Kerle aus den Hügeln hinter Sligo, deren Väter und Mütter wahrscheinlich Gälisch sprachen und denen ein gelegentlicher Kinobesuch die Idee eingab, sie seien verpflichtet, wie Leinwandstars auszusehen, es kann aber auch sein, dass sie wie irische Patrioten aussehen wollten, vielleicht ja das. Michael Collins hatte eine besondere Vorliebe für Pomade. Selbst de Valera hatte sich die Haare angeklatscht.

Und Tom McNultys Band löste stürmischen Beifall aus. Der junge Tom stand mit erhobener Trompete oder Klarinette am Bühnenrand und schmetterte die Musik, die damals modern war. Zum Tanzen brauchte man Jazz, aber auch Foxtrott wurde getanzt und selbst Walzer. Tom hatte sogar eine Schallplatte aufgenommen, *Tom McNulty's Ragtime Band,* bei Gott, damit brachte er die Wände zum Wackeln. Damals leuchtete aus Tom ein Licht hervor. Zu der Zeit war er natürlich nur jener bedeutende Herr, mit dem ich noch nie gesprochen hatte, außer im Café, wenn ich fragte: »Was darf's sein?« Und höchstwahrscheinlich lautete die Antwort: »Chinesischen Tee und ein Rosinenbrötchen. Für meinen Bruder Earl Grey.« Auf die Rosinenbrötchen war er richtig scharf. Ich frage mich, ob sie die auch heute noch im Angebot haben. Damals waren sie wie religiöse Gegenstände, ohne sie konnte man kein Café führen, wozu auch? Komisch, wie festgelegt damals alles war. Rosinenbrötchen, Cremeschnitten, Eclairs, Kirschbrötchen mit Zuckerguss, es war, als wären diese Dinge so alt und immerwährend wie Wale, Delphine, Makrelen, wie Naturerscheinungen – die Naturgeschichte des Cafés.

Ich litt darunter, dass mein Vater tot war, aber irgendwie war ich in der Lage, dieses Gefühl unter das Kissen meiner Haare zu schieben und gewissermaßen wegzuschlafen. Ich war trotzdem glücklich, wenn ich morgens aufwachte, ich musste mich um meine Mutter kümmern, das schon, aber es gelang mir, sie zu füttern und zu pflegen, sie sagte nie etwas und ging auch nirgendwohin, sondern blieb in ihrem gestreiften Morgenmantel immer nur zu Hause, und wie bei einem Automobil, dessen Motor mit einer Kurbel angelassen wird, schlummerte in mir eine Energie, die mich ankurbelte; jeden Morgen, wenn ich erwachte, fand ich mich unerklärlich angekurbelt, brannte mit dieser Energie, die mich aus dem Haus trieb, durch die Straßen von Sligo und durch die Glastür des Café Cairo, und die mich veranlasste, meiner Freundin Chrissie lachend einen Guten-Morgen-Kuss zu geben, und wenn Mrs Prunty in der Nähe war und mir ihr scheues Lächeln schenkte, jubelte ich, jubelte.

Glückliche Augenblicke aufzuzählen lohnt sich immer, im Leben gibt es so oft das Gegenteil, man sollte sich derartige Glücksgefühle also lieber immer wieder in Erinnerung rufen. Wenn ich mich in einem solchen Zustand befand, kam mir alles wunderschön vor, der Regen, der herabrauschte, mutete wie Silber an, alles interessierte mich, jeder schien sich in meiner Gegenwart wohl zu fühlen, selbst die schlitzäugigen Straßenjungen von Sligo, die von den Sargnägeln, die sie rauchten, gelbe Finger hatten und gelbe Flecken über den Lippen, zwischen denen ständig eine Kippe hing. Akzente wie Flaschen, die in einer düsteren Gasse zersplittern.

Sehen Sie, all das kommt mir ganz von selbst ins Gedächtnis zurück. Heute habe ich mich hingesetzt, um über Tom und das Meer zu schreiben. Über Tom, der mich aus meinem Meer des Glücks errettete.

Ich sprang hinein. Ich dachte, ich wüsste, wohin. Seltsam, dass ich mich so genau an das Gefühl des leichten wollenen Badeanzugs auf meiner Haut erinnern kann. Er hatte breite Streifen in drei verschiedenen Farben, und ich hatte den ganzen Winter dafür gespart. In ganz Sligo hätten Sie keinen schöneren finden können. Ein heißer Tag in Irland ist ein solches Wunder, dass wir im Handumdrehen zu verrückten Ausländern werden. Der Regen treibt jeden ins Haus und seine Geschichte gleich mit. An einem heißen Tag herrscht ein wunderbarer Mangel an allem, und da unsere Welt ihrem Wesen nach so nass ist, scheint das erstaunte Grün der Wiesen und Hügel vor Überraschung und Bestürzung buchstäblich zu brennen, zu brennen. Die Landschaft sieht wunderschön aus, die Mädchen und Jungen am Strand sind hineingemalt in sein Gelbbraun und in das Blau und Grün des Meeres, das ebenfalls in Flammen steht. Jedenfalls kam es mir so vor. Die ganze Stadt schien dort versammelt, alles litt unter denselben Pinselstrichen der Hitze, alles mischte sich und verschmolz. Ich weiß nicht, ob es das Plaza damals schon gab, vermutlich schon, denn ich hatte Tom McNulty spielen sehen, aber wenn dem so war, muss es 1929 oder noch später gewesen sein, also war ich längst kein Mädchen mehr, aber sicher bin ich mir da auch nicht. Es ist schwierig, in einer Orgie von Sonnenlicht das Alter einer Person in einem Badeanzug zu bestimmen, und ich kann nicht erkennen, wie alt ich war; wenn ich mit meinem geistigen Auge zurückblicke, sehe ich nichts als ein fantastisches Glitzern.

Und auch unter der Oberfläche glitzerte es, das Wasser war gesprenkelt, eine Wunderwelt, jene wunderbare Halbblindheit, an der die Augen unter Wasser leiden, alles ist verwischt, weil das Meer selbst eine riesige Linse ist, als trüge man das Meer selbst als Brille vor den Augen. Also ähnelt es noch stärker einem Gemälde, einem furiosen, verrückten Gemälde, in der Rathausbücherei gab's ein ganzes Buch davon, von den Typen, die in Frankreich gemalt hatten und zu Beginn ausgelacht worden waren, weil sie angeblich nicht wussten, wie man malt. Ich werde nicht riskieren, einen der Namen aufzuschreiben, aber ich kann mich noch an sie erinnern, raue, strenge Namen und ein dazu passendes unruhiges Leben, ich habe sie alle im Kopf, auch jetzt. Aber ich würde mich schämen, sie falsch zu schreiben. Und nun ich selbst unter Wasser, mein ganzer Körper gelockert, aber auch gestrafft, meine Lunge erst bis zum Bersten mit Luft gefüllt, dann entleert, mein Kopf immer leichter und lieblicher, das Wasser immer kälter und tiefer, es umspülte mein Gesicht, fragte mein Gesicht, was es sei, welche Form es habe, in unendlichen Einzelheiten. Plötzlich sehne ich mich danach, Dr. Grene davon zu erzählen, ich weiß auch nicht, warum, ich bilde mir ein, er könnte sich dafür interessieren, sich darüber freuen, aber ebenso fürchte ich, er könnte etwas hineinlesen. Er will die Dinge immerzu deuten, was äußerst gefährlich ist. O ja, der Strand von Strandhill, damals bei Flut, eine Weile ist er ungefährlich, dann fällt er steil ab, plötzlich befinden Sie sich im tiefen Wasser der Bucht, der große Muskel, riesig, wie der berühmte Hudson, nein, so groß natürlich nicht, aber ich hatte das Gefühl, nicht so sehr in Wasser einzutauchen, als etwas Riesiges zu berühren, das dort unter dem Auge Gottes einen Muskel spielen ließ. Und spürte ich, wie es mich hinauszog, immer rascher, immer tiefer? Ich weiß es nicht. Ich weiß nur, dass ich mein Herz hingab, weiß nur, dass ich gerührt war, vielleicht weinte ich, kann man unter Wasser weinen, das muss doch möglich sein? Wie lange schwamm ich so, ohne aufzutauchen? Eine Minute, zwei, drei, wie eine Perlentaucherin in der Südsee, was immer, wo immer? Ich und mein Badeanzug, und in dem Badeanzug eine kleine

Tasche mit zwei Shilling darin, meinem Rückfahrgeld für den alten grünen Bus nach Sligo, das ich zur Sicherheit in dieser Tasche verwahrte, wie ein Skapulier, wenn man Katholikin ist. Und meine Jugend, meine Weichheit, meine Härte, meine blauen Augen, mein gelbes Haar, das sich unter Wasser glättete, und dort draußen vielleicht dreihundert Haie, nun befand ich mich schon in der Nachbarschaft von Haien, wunderbar, wunderbar, ich sorgte mich nicht. Wurde selbst zu einer Art Hai.

Der große Sog der Strömung begann mich mitzureißen, wie ein Wort, das in anschwellender Musik ertrinkt.

Dann, in all diesem Glücksgefühl, plötzlich untergefasst, ergriffen, angehoben, von Menschenarmen, die ich kannte, geschickt, fast verschlagen. Und dieser Mensch, geschmeidig, rund und kräftig, hob mich durch das wilde Glitzern, und wir tauchten an die Oberfläche, und da waren sie wieder: die tosende Welt und das wogende Meer und der Himmel, ob oben oder unten, weiß ich nicht mehr. Und der Schwimmer zog mich zurück an den Strand mit seinen Jungen und Mädchen, den Eimern, der alten Kanone, die aufs Meer hinauszeigte, den Häusern, dem Plaza, den verblüfften Eseln, den wenigen Autos, Sligo, Strandhill, meinem Schicksal, meinem Schicksal, so elend wie das meines Vaters, meinem lächerlichen, grausamen, komischen Schicksal.

Kein anderer hätte mich herausfischen können als Tom McNulty. Er war dazu ausersehen. Jedenfalls war er ein ausgezeichneter Schwimmer, er besaß bereits eine Lebensrettungsmedaille, die ihm der Bürgermeister von Sligo höchstpersönlich verliehen hatte, weswegen er, wie er immer betonte, in die Politik gegangen war. Die andere Person, der er das Leben gerettet hatte, war ein altes Weib gewesen, das die Flut vom Ufer gerissen hatte, Spaßvogel, die sie ist – ein altes Weib, aber nicht so alt, wie ich es jetzt bin. Nein.

»Dich kenne ich doch«, sagte er und glitzerte auf dem Sand. Sein hübsches, kantiges, wohlgenährtes Gesicht lächelte mich an, alle Welt war um uns versammelt, und jetzt war auch Jack da, mit seiner düsteren schwarzen Badehose und seinem Körper, der nie wie Fleisch aussah, sondern wie etwas Steinigeres, wie die Knochen und Muskeln eines Kesselflickers. »Du bist das Mädel aus dem Café Cairo.«

Und ich lachte oder versuchte es wenigstens, und in meiner Kehle gurgelte das Salzwasser.

»Barmherziger Gott«, sagte er. »Du hast ja den ganzen Ozean verschluckt. Ja, das hast du. Himmel«, sagte er, »wo ist denn dein Handtuch? Hast du eins dabei? Wirklich? Und deine Kleider? Ja, komm schon. Komm mit.«

Und so wurde mir mein Handtuch um die Schultern gelegt, und Jack sammelte meine Kleider ein, hielt sie mit spitzen Fingern, und die beiden begleiteten mich über die glühendheiße Straße zum Plaza. Soweit wir konnten, hielten wir uns an den Grünstreifen, dann ging's über die Ödnis des Parkplatzes und in den Kassenraum, und Tom lachte, wahrscheinlich war er unbeschwert und erleichtert, weil er mich gerettet hatte. Ich weiß nicht, ob er auch für mich eine Medaille bekam, ich hoffte es, denn alles in allem hatte er sie wohl verdient.

Du lieber Himmel, es fällt mir schwer, an die Freude jener Zeit zurückzudenken, aber andererseits kommt es im Leben selten vor, dass man solche Freude erlebt und solches Glück.

Ich wusste mein Glück zu schätzen, wie ein Spatz, wenn er eine Brotkrume ganz für sich allein findet.

Es war auch Stolz, mein Stolz auf ihn mit seinem Ruhm und seinem Selbstvertrauen.

Wir gingen die Betonstufen zum Kino zwischen den Lorbeerhecken hinauf. Wir hätten ein Paar in Hollywood sein können, ich hätte Mary Pickford sein können, obwohl ich ehrlicherweise sagen muss, dass Tom zu klein war, um Douglas Fairbanks zu sein.

Was unsere kleine Welt überschattete, waren die Trinkgewohnheiten von Sligo. In den frühen Morgenstunden waren Männer wie Tom und sein Bruder so sturzbetrunken, dass es zu Zwischenfällen kam, an die sie sich nicht nur nicht erinnern konnten, sondern an die sie sich nicht erinnern wollten, was zweifellos ein großer Segen war.

Meist stand ich auf dem Parkett, froh, allein zu sein, und blickte hinauf zur Bühne, wo sich Toms Band aufgereiht hatte, sein kleiner, schmucker Vater wieselflink auf der Klarinette und auf jedem anderen Instrument. Spätabends spielte Tom *Remarkable Girl* und durchbohrte mich mit seinen Falkenaugen. Als wir einmal am Strand von Rosses Point spazieren gingen, neckte er mich, indem er *When Lights are Low in Cairo* sang, weil ich das Mädchen war, das im Café Cairo arbeitete. Es gab da einen Sänger namens Cavan O'Connor, dessen Stimme er sich zum Vorbild nahm, er hielt Cavan für den größten Sänger, der je einen Atemzug getan hatte. Aber Tom war mehr oder weniger mit Jelly Roll Morton großgeworden und wie alle Trompeter verrückt nach Bubber Miley, mehr noch als nach Louis Armstrong. Tom behauptete, Bubber habe Duke Ellington überhaupt erst in Schwung gebracht. Für Tom waren diese Fragen fast so wichtig wie die Politik. Aber wenn er damit anfing, schaltete ich ab. Es kam mir nicht halb so interessant vor wie die Musik. Bald ließ er mich oben bei der Band sitzen und Klavier spielen, wenn der eigentliche Pianist krank war. Das war ein großer Bursche aus der Gegend hinter dem Knocknarea, der Tuberkulose hatte. *Black Bottom Stomp* war sein Kabinettstückchen, wie man sagen könnte. Jack stand nie auf der Bühne, aber wenn er leicht angetrunken war, wenn er fröhlich, sehr fröhlich war, sang er immer mit. Dann sang er *Roses of Picardy* oder *It's a Long Way to Tipperary,* denn als Junge hatte er in der britischen Handelsmarine gedient, aber ich glaube, das habe ich schon geschrieben. Er hatte jeden Hafen von Cove bis Kairo gesehen, aber ich glaube, auch das habe ich schon geschrieben. Vielleicht ist es wert, zweimal gesagt zu werden.

Jack war immer dabei, und dann verschwand er für eine Weile. Er war nach Afrika gegangen, um dort zu arbeiten. Oh, Tom war sehr stolz auf Jack, Jack hatte in Galway gleich zwei Abschlüsse gemacht, in Geologie und Ingenieurwesen. Er war einfach ein brillanter Mann. Ich muss gestehen, dass er dreimal besser aussah als sein Bruder, aber das hatte nichts zu sagen. Aber er sah wirklich gut aus, nach kleinstädtischen Maßstäben wie ein Filmstar. Da saß man nun im Kino und schaute sich *Broadway Melody* oder dergleichen an, und wenn am Schluss die Lichter angingen, befand man sich, ja doch, wieder in diesem gottverfluchten Sligo – abgesehen von Jack. Jack hatte noch immer etwas vom Nimbus Hollywoods.

Aber Jack hielt immer ein paar Meter Abstand, wieso, weiß ich nicht. Er war zu ironisch, um freundlich zu sein, die ganze Zeit spaßte und scherzte er, und manchmal ertappte ich ihn dabei, wie er mir unpassende Blicke zuwarf. Damit meine ich nicht, dass er mich begehrte, vielleicht eher, dass er mich ablehnte. Lange Blicke, wenn er glaubte, dass ich ihn nicht sah. Taxierte mich von Kopf bis Fuß.

Jack fuhr einen Ford, der zu dem Lederkragen seines Mantels passte. In dem saßen wir immer und sahen durch die Windschutzscheibe auf tausend irische Landschaften, wischten mit dem kleinen Scheibenwischer, der sich hin und her bewegte, her und hin, eine Million Tonnen Regenwasser fort, und während wir dahinrasten, tranken die beiden gallonenweise Whiskey. Am schönsten war es, wenn wir bei Ebbe über den Strand nach Coney Island fuhren und durch das wenige Zentimeter hohe Wasser brausten. Dann johlten wir und fühlten uns ganz entspannt. Wir hatten immer Freunde dabei, die hübschesten der Mädchen, die sich an die Band anhängten, und andere geeignete Burschen aus Sligo und Galway. Das Komische war, dass Jack eine Freundin hatte, die er sogar heiraten wollte, Mai hieß sie, aber wir sahen sie nie, sie lebte bei ihren Eltern in Galway, sehr wohlhabenden Leuten. Ihr Vater war Versicherungsvertreter, was Jack sehr beeindruckte, und sie wohnten in einem Haus in Galway, das So-und-so-Haus hieß, und das imponierte einem Mann, dessen Vater Schneider in der Irrenanstalt von Sligo war. Er hatte sie an der Universität kennengelernt, sie war eines der ersten Mädchen dort gewesen, oh, und ich würde sagen, eines der ersten Mädchen in so mancherlei Dingen, etwa wie sie die Nase über mich rümpfte. Nein, das ist nicht gerecht, ich glaube nicht, dass ich ihr mehr als einmal begegnet bin.

Aber eigentlich erweise ich Tom einen schlechten Dienst, wenn ich so daherrede. Denn sein Cousin ersten Grades war Eigentümer des *Sligo Champion* und Abgeordneter im sogenannten ersten richtigen Dáil, will sagen: dem Dáil nach Abschluss des Vertrages mit England. Und Jack sagte immer – ich hörte es ihn immer zu neuen Bekannten sagen –, er sei ein Cousin jenes dunkelherzigen Edward Carson, der aus dem Freistaat ausstieg, wie ein Ratte ein sinkendes Schiff verlässt, zumindest hoffte und betete er, dass es ein sinkendes Schiff sein möge. Tom erzählte mir, seine Familienangehörigen seien Butterimporteure, oder waren es Butterexporteure?, und Schiffseigentümer gewesen wie die Jacksons und die Pollexfens. Und den Oliver trage er, Thomas Oliver McNulty, deshalb im Namen, weil sie ihre Ländereien zur Zeit Cromwells eingebüßt hätten, als ein Oliver McNulty sich weigerte, Protestant zu werden. Dies sagte er und musterte mich dabei, um zu sehen, wie ich es aufnahm, vermutlich, weil ich selbst Protestantin war. Ich war Protestantin, aber vielleicht nicht die richtige Kategorie Protestantin. Jack schätzte die Protestanten der Herrenhäuser und bildete sich ein, einer Art katholischen Oberschicht anzugehören. Ich glaube nicht, dass er große Stücke auf die presbyterianische Tradition in Irland hielt. Arbeiterklasse. Das war die gefürchtete Bezeichnung.

»Der Typ ist doch durch und durch Arbeiterklasse«, war eine seiner herabsetzenden Bemerkungen. Da er in Afrika gewesen war, benutzte er auch sonderbare Ausdrücke wie »den weißen Mann spielen« und »hamma-hamma«. Da er tausend betrunkene Nächte erlebt hatte, lautete eine andere Wendung: »Haltet die Party sauber.« Wenn er jemanden für nicht vertrauenswürdig hielt, war der Betreffende ein »zusammengewürfelter Haufen Arschlöcher«.

Rote Haare, eigentlich kastanienbraun, zurückgekämmt. Recht strenge Gesichtszüge, um die Augen herum sehr ernst. O ja, Clark Gable oder besser noch Gary Cooper. Ein prächtiges Mannsbild.

Ich suche meine Mutter in diesen Erinnerungen und kann sie nicht finden. Sie ist schlichtweg verschwunden.

VIERZEHNTES KAPITEL

Dr. Grenes Aufzeichnungen

Als ich heute Morgen zur Arbeit fuhr, kam ich an einer Anhöhe mit Windrädern vorbei, die mir bis dahin noch gar nicht aufgefallen waren. Vielleicht deswegen nicht, weil sie noch nicht da gewesen waren, aber dann habe ich auf jeden Fall ihren Bau verpasst, der doch ziemlich lange gedauert haben muss. Über Nacht waren sie plötzlich da. Bet hat mir immer vorgehalten, ich sei mit meinen Gedanken nie bei der Sache. Eines Tages kam ich aus dem Regen ins Haus und setzte mich auf die Couch, und als ich ein paar Minuten später zufällig meine Haare berührte, fragte ich: »Wieso ist mein Kopf nass?« Bet erzählte diese Geschichte gern, jedenfalls früher, als es noch jemanden gab, dem sie sie erzählen konnte.

Aber plötzlich standen da Windräder. Es ist ein Hügel – eigentlich wohl eher ein Berg, falls wir in Irland so etwas haben – namens Labanacallach, und es gibt auch einen Wald namens Nugent's Wood, der bis zur Frostgrenze reicht. Wer Nugent war oder weshalb er einen Wald anpflanzte, wissen die Götter, oder höchstens alte Käuze, die derlei wissen. Ich fuhr in meinem Toyota so dahin und fühlte mich ziemlich elend, und in meinem dummen Schädel dröhnten die immergleichen Schuldzuweisungen, als ich die Windräder sah, die sich, so könnte man es sagen, silbrig drehten, und mein Herz flog auf wie eine Wachtel aus dem Moor. Es flog auf. So schön waren sie. Ich musste an Windmühlen auf Gemälden denken, an die eigentümlichen Empfindungen, die noch die Erinnerung an sie auslöst. Vielleicht an Don Quixote. Wie leid es mir früher immer tat, wenn ich eine verfallene Mühle sah. Zauberhafte Bauten. Natürlich sind die modernen Ausführungen nicht das Gleiche. Und natürlich gibt es ernst zu nehmende Einwände gegen sie. Aber schön sind sie trotzdem. Sie flößten mir Optimismus ein, als könnte ich doch noch etwas vollbringen.

In der Nacht war ich mit einem beängstigenden Gefühl der Unruhe und Beschämung aufgewacht. Wenn ich die Merkmale meiner Trauer aufzählen und in einer Zeitschrift abdrucken könnte, würde ich der Welt womöglich einen Dienst erweisen. Vermutlich ist es schwierig, sich Trauer in Erinnerung zu rufen, und natürlich wirkt sie im Verborgenen. Aber dennoch handelt es sich um eine Wehklage der Seele, und nie wieder darf ich die zersetzende Wirkung unterschätzen, die sie in anderen hat. Zumindest diese neue Einsicht werde ich mir bewahren, in der Hoffnung, die klinische Anatomie dieses Leides auch dann noch im Gedächtnis zu behalten, wenn es selbst bereits vergangen ist.

Gott sei Dank für diese Windräder.

Doch in den frühen Morgenstunden wachte ich auf. Ich glaube, es war wieder dieses rätselhafte Klopfen, dessen Ursache ich noch immer nicht kenne. Es ist Bet, die mich anfleht, sie nicht zu vergessen. Darum braucht sie sich keine Sorgen zu machen. Ich las mir noch einmal durch, was ich mir über Roseanne Clear notiert hatte, sah aber nur die albernen Sätze über Saddam Hussein, mehr bemerkte ich nicht. Nur gut, dass ich kein Mann von Bedeutung bin, sodass meine Ansichten, zumal wenn sie unangemessen und peinlich sind, meine Privatangelegenheit bleiben.

Auch als der letzte Papst starb, hatte ich seltsame Anwandlungen bekommen. Der Tod eines Mannes, der

Patienten von mir, die zwar gottgläubig, zugleich aber schwul oder gar, Gott steh ihnen bei, Frauen waren, nicht eben eine Hilfe gewesen war, ging mir sehr nahe. Solange er noch lebte, schien das, wofür er stand, der Höhepunkt menschlicher Existenz zu sein. Doch im Tod war er großartig, tapfer. Vielleicht wurde er im Tod demokratischer, denn der Tod schließt alles ein, nichts Menschliches ist ihm fremd – im Gegenteil, er kann gar nicht genug davon bekommen. Der Tod kennt keinen Stolz. Aber der Tod ist ja nun wirklich mächtig und entsetzlich. Der Papst machte kurzen Prozess mit ihm.

Ich denke zu viel an den Tod. Und doch ist er die Musik unserer Zeit. Zur Jahrtausendwende glaubten Narren wie ich, nun würden wir ein Jahrhundert des Friedens erleben. Clinton und seine Zigarre waren so viel erhabener als Bush und sein Gewehr.

Je länger ich mir Father Gaunts eidesstattliche Erklärung ansehe, desto mehr neige ich dazu, ihr zu glauben. Das liegt daran, dass er schreiben kann, in fast klassischem Stil. Zweifellos verdankt er seine Syntax und seine Kunstfertigkeit seiner Ausbildung in Maynooth. Er verwendet viele Wörter lateinischen Ursprungs, wie sie mir aus der Schule in Cornwall, als ich mich mit Cicero quälen musste, noch in vager Erinnerung sind. Sein Bestreben, psychiatrisch ausgedrückt: sein innerer Zwang, Roseannes Geschichte zu erzählen, verleiht ihr einen gewissen Glanz.

Er sucht sich von einer Last zu befreien, wie von einer Sünde. Natürlich ist es alles andere als ein heiliger Text. Aber er schreckt vor nichts zurück. Er bleibt eisern. Er ist furchtlos. Father Gaunt führt alles gewissenhaft auf.

In der Regel wurde ein Polizist in Irland nie in der Nähe seiner Heimatstadt stationiert, vermutlich damit er nicht in Versuchung geriet, Leute zu begünstigen, unter denen er aufgewachsen war. Roseannes Vater war eine der wenigen Ausnahmen von dieser Regel, da er in dem unweit, jedenfalls nicht weit genug von Sligo gelegenen Städtchen Collooney geboren und erzogen worden war. Daher kannte er die Gegend in einem Ausmaß, das ihm vielleicht nicht zuträglich war. Möglicherweise nahmen die Leute seine Anwesenheit in der Stadt eher persönlich, zumal nach Ankunft der Hilfspolizei, die aus Offizieren bestand, die im Ersten Weltkrieg gekämpft hatten, sowie der Black and Tans, Mannschaften und Offizieren von denselben blutigen Schlachtfeldern. Deren Einsatz war eine Reaktion auf verschiedene »Gräueltaten« im Lauf des Unabhängigkeitskrieges, zumeist Überfälle aus dem Hinterhalt und Erschießungen von Soldaten und Polizisten – den Truppen der Krone, wie man es damals nannte.

Daher war Roseannes Vater vermutlich genauestens darüber unterrichtet, was in der Stadt vor sich ging. Vielleicht gelang es ihm, Informationen auf eine Weise aufzuschnappen, die einem Fremden verwehrt blieb. Abends im Wirtshaus waren die Leute vielleicht eher dazu aufgelegt, ihn in Klatsch und Gerüchte einzubeziehen. Zweifellos konnte ihr Vater gewaltige Mengen Alkohol vertragen: Wie ein Hafenarbeiter war er in der Lage, fünfzehn Pint Porter hinunterzustürzen und sich anschließend nach Hause zu lotsen. Offenbar horchte Roseanne immer besorgt auf seine Schritte, wenn er in ihre Straße einbog, und brachte ihn dann ins Haus.

Roseannes Spielplatz war der Friedhof von Sligo hinter ihrem Haus. Sie kannte jeden Weg und jeden Winkel, und ihr Lieblingsort war der alte verfallene Tempel in der Mitte, in dessen zerbröckelndem Säulengang sie gern Himmel und Hölle spielte. Anscheinend, schrieb Father Gaunt, wurde sie eines Abends Zeugin eines Begräbnisses ganz besonderer Art. Ganz ohne Priester und Zeremoniell stahl sich eine Gruppe von Männern mit einem Sarg herein, senkte diesen in ein offenes Grab und begrub den Toten in der Dunkelheit heimlich, still und leise. Nur die Kippen in ihren Mündern und ihre gedämpften Gespräche verrieten ihre Anwesenheit. Wie jede Tochter es tun würde, rannte Roseanne davon, um ihrem Vater zu berichten, was sie gesehen hatte. Möglicherweise hielt sie sie für Grabräuber, auch wenn der Sarg hineingesenkt und nicht etwa herausgehoben wurde und in Irland oder sonstwo schon seit einem halben Jahrhundert keine derartigen Diebstähle mehr vorgekommen waren.

Woher Father Gaunt alle diese Einzelheiten wusste, ist nicht klar, und jetzt, wo ich mir seine Erklärung durchlese, ist mir seine Allwissenheit ein Rätsel, doch seinerzeit bestand darin nun einmal der Ehrgeiz eines Priesters.

Wie auch immer, am nächsten Montag ließ ihr Vater im Beisein von Father Gaunt den Sarg exhumieren, und in dem Sarg fand sich nicht etwa eine Leiche, sondern ein geheimes Waffenversteck: Gewehre, an die im Unabhängigkeitskrieg schwer heranzukommen war und die nur mit größter Mühe beschafft werden konnten, etwa indem man sie dem Leichnam eines erschossenen Polizisten abnahm. Und wie sich herausstellte, handelte es sich bei vielen dieser Gewehre im Sarg tatsächlich um Dienstwaffen, die bei Überfällen auf Polizeikolonnen und -kasernen erbeutet worden waren. So blickte denn Roseannes Vater, wie er es auffassen musste, auf die Relikte ermordeter Kollegen.

Der frisch auf dem Grabstein eingemeißelte Name lautete Joseph Brady, aber in der Stadt war niemand dieses Namens gestorben.

Unglaublich, aber wahr: Zusammen mit den Gewehren hatten die Männer auch Notizen über geheime Zusammenkünfte vergraben, einschließlich verschiedener Namen und Adressen, darunter auch denen gewisser Individuen, die wegen Mordes gesucht wurden. Für die Polizei war es ein vertrackter Glücksfall, ein Wunder an Dummheit. Ehe sie sich's versahen, wurden einige dieser Individuen verhaftet und einer von ihnen »auf der Flucht erschossen«, ein Mann namens Willie Lavelle, dessen Bruder dem braven Priester zufolge später eine Rolle in Roseannes Leben in Sligo spielte. Aus irgendeinem Grund wurde dieser Mann, Willie Lavelle, in demselben Grab beigesetzt, in dem so erfolglos die Gewehre versteckt worden waren.

Die Sicherstellung der Gewehre und Dokumente sowie die Erschießung des Mannes lösten in den Kreisen der Verschwörer, die für das Waffenlager verantwortlich waren, rasende Wut aus. Zweifellos ergingen Befehle zu jeder nur denkbaren Vergeltungsmaßnahme gegen die Polizei. Diese wurden jedoch nicht sofort vollstreckt, sodass Roseanne und ihre Familie Tag für Tag und Minute für Minute unter der drückenden Last der Todesangst leben mussten. Ich bin sicher, sie hofften und beteten, dass die Aufständischen besiegt würden und in Irland endlich wieder Friede hergestellt würde. Und bestimmt haben sie gedacht, dass darauf herzlich wenig Aussicht bestand.

Während ich mit der Hand über Father Gaunts vergilbte Blätter streiche, frage ich mich ernsthaft, wozu ich sie benutzen sollte. Kann ich Roseanne wirklich zumuten, diese Zeit noch einmal zu durchleben? Aber ich muss mich daran erinnern, dass es mir nicht in erster Linie um den Schmerz ihres Lebens zu tun ist, sondern um die Folgen dieses Schmerzes, um den wahren Grund für ihre Zwangseinweisung. Jetzt komme ich wieder auf den ursprünglichen Anlass für mein Vorhaben zurück: zu ermitteln, ob sie tatsächlich geistesgestört war, ob ihre

Einlieferung berechtigt war oder nicht und ob ich die Empfehlung aussprechen kann, sie wieder in die Welt zu entlassen. Ich denke, dass ich diese Entscheidung auch ohne ihre Mitwirkung treffen kann, oder mit ihrer Mitwirkung jedenfalls nur dann, wenn sie sie mir freiwillig gewährt. Ich muss die Wahrheiten beurteilen, die mir vorliegen, nicht die Wahrheiten, die nur angedeutet werden oder die mein Instinkt mir suggeriert.

In der Stadt schlagen die Glocken der St.-Thomas-Kirche acht. Jemine! Jemine! Ich komme bestimmt zu spät, wie das Kaninchen bei Lewis Carroll.

Roseannes Selbstzeugnis

Mit Tom lernte ich Gott und die Welt kennen, denn er war ein äußerst geselliger Mann, allerdings dauerte es einige Jahre, bevor er mich der Mutter vorstellte. Natürlich hatte ich von der Mutter schon gehört; bei zwei Brüdern, die sich unterhalten, dreht es sich oft um dieses Thema. Ich machte mir ein Bild von ihr, von ihrem kleinen Wuchs, ihrer Vorliebe für Sammelalben, in denen sie alles aufbewahrte, was mit ihren Söhnen zu tun hatte: Jacks Reisetickets, Dokumente, Toms Tanzankündigungen im *Sligo Champion* und, später, die Reden, die er zu verschiedenen Zeiten und zu verschiedenen Themen in der Stadt hielt. Ich gewann den Eindruck, dass sie und ihr Mann nicht gut miteinander auskamen, dass der alte Tom ihrer Ansicht nach seinen Geschäften gewöhnlich ohne große Kraft nachging. Aber vielleicht kannte sie sich in Kraftlosigkeit ja aus. Nicht, was sie selbst betraf. Ich wusste, dass sie ihre einzige Tochter schon in jungem Alter den Nonnen verlobt hatte, und so trat das Mädchen, Teasy, pünktlich und mit einer Mitgift versehen den Barmherzigen Schwestern bei. Dies war ein Bettelorden, der in einem Haus namens Nazareth untergebracht war. Er besaß Häuser in ganz England und sogar Amerika. Ich erfuhr nie, ob die Mutter einen ihrer Söhne gern im Priesteramt gesehen hätte, aber sie muss wohl geglaubt haben, ihre unsterbliche Seele irgendwie rückversichern zu können, indem sie ihre Tochter dem Klosterleben darbrachte, ich weiß es nicht.

Bekanntlich gab es da noch einen Sohn namens Eneas, doch über diesen sprach man nur hinter vorgehaltener Hand, obwohl er sich ein-, zweimal nach Hause geschlichen zu haben schien. Er kehrte zurück aus der großen weiten Welt, die er offenbar ständig durchstreifte, verschlief die Tagesstunden im Haus der Mutter und wagte sich nur bei Nacht hinaus. In einer Zeit großer Geheimnisse war dies nur ein kleines, und ich erinnere mich nicht daran, ihm sonderliche Aufmerksamkeit geschenkt zu haben.

»Wieso ist dein Bruder Eneas eigentlich so selten zu Hause?«, fragte ich Tom einmal.

»Ach, eine kleine Jugendsünde«, sagte Tom, und mehr sagte er zunächst nicht.

Aber ein andermal waren wir zusammen in der Stadt, und unerklärlicherweise verspottete ihn auf der Straße einer seiner Rivalen, ein aufstrebender Republikaner. Er hieß Joseph Healy und war durchaus kein Schuft.

»Ah, Tom«, sagte er, »der Polizistenbruder.«

»Der was?«, fragte Tom ohne seine übliche Gemütsruhe und Jovialität.

»Schon gut, schon gut. Wir haben doch alle Leichen im Keller, da bin ich mir sicher.«

»Willst du das etwa bei den bevorstehenden Kommunalwahlen ausschlachten, Healy?«

»Was? Nein«, antwortete Joseph Healy fast zerknirscht,

denn obwohl sie politische Gegner waren, war Tom in Wahrheit bei allen gut gelitten und Healy, wie gesagt, eine ehrliche Haut. »Wollte dich nur aufziehen, Tom.«

Dann tauschten sie einen herzhaften Händedruck. Aber ich spürte, dass Toms gute Laune verflogen war, und auf dem restlichen Weg blieb er stumm und zog eine finstere Miene. In einem Land, in dem jeder Keller voller Leichen war, besonders nach dem Bürgerkrieg, blieb niemand verschont. Doch ich merkte, dass Tom es ihm verübelte, und zwar bitterlich. Schließlich hatte Tom einen Plan, verfolgte einen Weg, in einem jungen Mann wie ihm etwas Bewundernswertes. Auf Leichen konnte er gut und gern verzichten.

Die Mutter war der gleichen Ansicht. Tom und Jack waren ihr ganzer Stolz, auch wenn Jack in der geplünderten Truhe alter Anständigkeit nach Kleidungsstücken wühlte und Tom ein Mann war, der im neuen Irland einen modernen Hut trug. Dies konnte ich ihren Unterhaltungen entnehmen, und wenn sie von ihr redeten, hörte ich immer genau zu, so wie ein Spion in einer Bar ein Gespräch belauscht, denn ich hatte das Gefühl, auf jeden Fitzel Information angewiesen zu sein, den ich mir beschaffen konnte, wenn ich eines Tages die Begegnung mit ihr überleben wollte.

Wenn es bei diesem Spiel eine verdeckte Karte gab, dann die leere, dunkle Karte meiner eigenen Mutter.

In jenen sonderbaren Tagen trat alles, was unerwartet eintreten konnte, mit hoher Wahrscheinlichkeit auch ein. Mr de Valera wurde Regierungschef.

»Jetzt sind wieder Knarren im Dáil«, sagte Tom finster.

»Wie meinst du das, Tom?«, fragte ich.

»Die haben so 'n Schiss davor, im Plenarsaal zu sitzen, dass sie ihre Knarren gleich mitgebracht haben.«

Inzwischen äußerte sich Tom mit begreiflichem Ekel, denn diese Männer waren die gleichen, die sein eigener Verein zu besiegen, einzukerkern und leider auch hinzurichten bestrebt gewesen war. Und nun war es so gekommen, dass die Vertragsgegner, jene Männer, die Burschen wie Tom aus der irischen Geschichte hatten ausmerzen wollen, das Kommando führten... Man spürte fast, wie ein Ruck durch das Leben von Sligo ging. Jetzt hatten Kerle wie Joseph Healy das Sagen. Für Tom war das alles in allem hart und bitter. Ich selbst hätte auf keinen von ihnen auch nur drei Gedanken verschwendet, doch selbst mitten in seinem Liebesgeplauder konnte Tom mich mit Politik verblüffen.

Wir lagen hinter der hohen Düne, der Strandhill seinen Namen verdankt, als er seinen oben beschriebenen Gefühlen Luft machte. Die gegenwärtige Entwicklung stand seiner Zukunft mehr im Weg als alles, womit er bisher konfrontiert gewesen war. Er selbst hatte nie zu den Revolverhelden gehört, denn damals war er noch zu jung gewesen. Um ihm Gerechtigkeit widerfahren zu lassen, seiner Meinung nach war die Zeit für Revolver ohnehin längst vorbei. Er hatte die Vorstellung, der Norden werde irgendwann mit dem Süden wiedervereinigt werden, allerdings mit dem verrückten Hintergedanken, erster »König von Irland«, wie er es scherzhaft nannte, werde ein Mann wie Carson sein. Das war eine alte Idee von Männern wie Tom. Seine Ideen hatten einen tänzerischen Schwung, genau wie seine Musik. Joseph Healy hätte Carson eine Kugel in den Leib gejagt, wenn er es unauffällig hätte bewerkstelligen können, und wäre anschließend wieder zu seiner Familie nach Hause gegangen.

Unterdessen waren ganze Familien mitsamt Kindern verwickelt, nicht mehr nur einzelne junge Kerle, die loszogen, und Mädchen, die ihnen halfen.

Trotz alledem drehte sich Tom auf der stillen Düne bald wieder zu mir um und küsste mich. Die Möwen waren empört, aber nur sie konnten uns sehen, und das Meer trug Toms heroische Tat bis zum anderen Ende des Sandes. Strandhills ständige Brise jagte dicht über den Strandhafer hinweg. Es war bitterkalt, aber damit wurden unsere Küsse spielend fertig.

Und als ich ein paar Wochen später am Swan Hotel über die Brücke ging, wer hielt mich an? Kein anderer als die bereits verblassende Gestalt John Lavelles.

Er war fast immer noch ein junger Mann, doch hatte ihn der Saum von irgendetwas berührt. Er wirkte reichlich abgekämpft von seinem Aufenthalt in Amerika oder wo immer er sonst gewesen war. Ich blickte auf seine Schuhe und sah, dass die Sohlen durchgelaufen waren. Ich stellte mir vor, dass er wie ein Hobo von Zug zu Zug gesprungen war und sich insgesamt vergebens herumgetrieben hatte. Aber er sah gut aus mit seinem schmalen grauen Gesicht.

»Sieh mal einer an«, sagte er. »Ich habe dich kaum erkannt.«

»Ebenso«, sagte ich. Ich war allein, aber auf der Hut, denn Sligo war wie eine schreckliche Familie, jeder kannte jeden, und wenn sie über jeden nicht alles wussten, so hatten sie's doch darauf abgesehen. Ich glaube, dass John Lavelle meine verstohlenen Blicke nicht entgingen.

»Was hast du?«, fragte er. »Willst du nicht mit mir reden?«

»Nein«, sagte ich. »Ich will schon. Wie geht's? Warst du also in Amerika?«

»Das war der Plan«, antwortete er. »Aber er hat nicht recht funktioniert. Das tun die wenigsten.«

»Das stimmt wohl«, sagte ich.

»Zumindest kann ich mich jetzt in Irland frei bewegen«, sagte er.

»Ach ja?«

»Wo doch Dev an der Macht ist.«

»Ach so. Dann ist es ja gut.«

»Allemal besser als The Curragh, dieses vedammte Internierungslager.«

Bei dem Fluchwort zuckte ich zusammen, fand aber, dass er das Recht hatte, es in den Mund zu nehmen.

»Also da warst du?«

»So ist es.«

»Na schön, John. Wir sehen uns sicherlich.«

»Ich geh 'ne Weile nach Hause auf die Inseln, aber ja, wir werden uns schon noch sehen. Ich werde für die Kommune arbeiten.«

»Bist du gewählt worden?«

»Nein, nein«, sagte er. »Straßenarbeiten. Für die Kommune. Gräben ausheben und so.«

»Das ist gut. Immerhin eine Arbeit.«

»Immerhin eine Arbeit. Arbeit ist schwer zu finden. Sogar in Amerika, wie ich höre. Hast du denn Arbeit?«

»Im Café Cairo«, antwortete ich. »Serviererin.«

»Alle Achtung. Ich schau mal vorbei, wenn ich wieder in Sligo bin.«

»Ja, tu das«, sagte ich und war plötzlich beunruhigt und verlegen, warum, wusste ich auch nicht.

Gerade bringt John Kane mir meine Suppe.

»Dieser Scheißjob bringt mich noch um«, sagt er. »Lieber wär ich Maulwurffänger in Connacht.«

Dabei dauernd dieses schlingende Geräusch in seiner Kehle.

»In Connacht gibt's doch gar keine Maulwürfe«, wandte ich ein.

»In ganz Irland nicht. Ist das nicht der perfekte Job für einen alten Mann? Diese verfluchte Treppe.«

Und er trottete davon.

Der Bungalow der Mutter war ja recht ansehnlich, aber er roch nach gekochtem Lamm – in meiner überängstlichen Stimmung hätte ich ebenso gut sagen können: nach Opferlamm. Irgendwo im Hintergrund ahnte man brodelnde Töpfe, Krauskohl und Grünkohl aus dem Garten des alten Tom und ein Lamm, das vor sich hinköchelte und seinen charakteristischen milden, feuchten Geruch in die Diele ausspie. Das war mein Eindruck. Erst zweimal in meinem Leben hatte ich mich in der Nähe des Bungalows aufgehalten, und beide Male fühlte es sich an, als müsse ich sterben, nur weil ich in seiner Nähe war. Damals drehte sich mir schon bei Bratengeruch der Magen um. Aber gekochtes Fleisch war das Allerletzte. Warum, weiß ich nicht, da sich meine Mutter Fleisch in allen Formen schmecken ließ, sogar Abfall und Innereien, die einen Chirurgen eingeschüchtert hätten. Mit Freuden tat sie sich an einem Lammherz gütlich.

Tom führte mich ins vordere Wohnzimmer. Dort fühlte ich mich wie ein Nutztier, wie sich in früheren Zeiten die Kuh und das Kalb und das Schwein gefühlt haben mussten, wenn sie nachts ins Cottage gelassen wurden. In Irland schliefen Menschen und Tiere früher in demselben Haus. Deswegen haben auch heute noch viele Küchen auf dem Land einen schrägen Fußboden, der vom Kamin, vom Großmutterbett und von der höher gelegenen Schlafkoje abfällt, ganz offensichtlich, damit die Scheiße und die Pisse der Tiere nicht zu ihnen hinfließen konnten. Zu den Menschen. Aber so fühlte ich mich, und unbeholfen stieß ich gegen die Möbel auf eine Art, wie ich es sonst nie getan hätte. Der Grund dafür war, dass ich dort nicht hätte sein sollen. Es war nicht vorgesehen. Selbst Gott war überrascht, würde ich meinen.

Ihre Sessel und ein Sofa waren mit dunkelrotem Samt bezogen, und diese Möbel waren so alt und verklumpt, als wären unter dem Samt Dinge gestorben und zu einer Art Kissen geworden. Und überall der Gestank nach Lamm. Eigentlich wollte ich gar nicht »Gestank« schreiben, wollte das alles nicht in ein schlechtes Licht rücken. Gott vergib mir.

Sie warf mir einen äußerst sanften Blick zu. Das überraschte mich. Aus diesem zeitlichen Abstand glaube ich, dass sie sich wahrscheinlich Mühe gab, freundlich zu sein, von Anfang an den richtigen Ton zu treffen. Sie war eine winzige Frau mit einem Haaransatz, den man Witwenspitze nennt. Ganz in Schwarz gehüllt, in ein Miniaturkleid aus schwarzem Stoff mit einem verdächtigen Glanz wie auf den abgewetzten Ellbogen eines priesterlichen Jacketts. Und tatsächlich, um ihren Hals hing ein sehr schönes goldenes Kreuz. Ich wusste, dass sie die Näherin in der Irrenanstalt oben in der Stadt war, so wie ihr Mann, der alte Tom, der Schneider war. Ja, ja, sie hatten sich am Schneidertisch kennengelernt.

»Im Licht, das durchs Fenster fiel, sah sie aus wie ein Engel«, hatte der alte Tom einmal zu mir gesagt. Ich weiß nicht mehr, bei welcher Gelegenheit oder wo. Vielleicht in früheren, lichteren Zeiten. Er geriet mit seinen Gedanken oft auf Abwege, glaube ich. Er war ein ungeheuer selbstzufriedener Mann, wozu er vermutlich jedes Recht hatte. Jetzt jedenfalls wirkte sie durchaus nicht wie ein Engel.

»Sie haben keinen Schoß«, sagte sie und warf einen strengen Blick auf meine Beine.

»Keinen was?«, fragte ich.

»Keinen Schoß, keinen Schoß.«

»Auf dem Babys sitzen können«, erklärte Tom hilfsbereit, aber damit war mir nicht geholfen.

»Oh«, machte ich.

Ihr Gesicht wies ein merkwürdiges Gewirr von Weiß auf, wie ein leichter, halbherziger Schneefall am Straßenrand. Vielleicht war es ein Puder, den sie benutzte. Das Sonnenlicht, das der Tag geradezu ins Zimmer schleuderte, hatte es offenbart.

Ich muss darauf achten, dass ich ihr Gerechtigkeit widerfahren lasse.

Dann ließ mich der alte Tom in einem der klumpigen Sessel Platz nehmen. Auf die Armlehnen waren kleine geblümte Deckchen aufgenäht. Schlichte, ordentliche Näharbeit. Mrs McNulty ließ sich auf der Couch nieder. Neben ihr ragte ein kleiner Stapel Bücher auf, die ich als ihre Sammelalben ausmachte. Einen Augenblick lang ließ sie sie unangetastet, wie eine Schokoladensüchtige, die sich neben einem Schokoladenriegel selbst foltert. Der alte Tom zog einen Holzstuhl heran. Er war unglaublich vergnügt. Seine Hände hielten eine kleine Flöte oder Piccoloflöte umklammert, und ohne viel Aufhebens begann er mit seiner bekannten Meisterschaft eine irische Melodie zu spielen. Dann brach er ab, lachte und spielte eine andere.

»Können Sie Cello spielen?«, fragte er. »Gefällt es Ihnen?«

Natürlich spielte er in der Band weder Piccoloflöte noch Cello, und es war, als wollte er, statt zu reden, mit Hilfe dieser exotischeren Instrumente mit mir ins Gespräch kommen. Aber was er mir zu sagen versuchte, verstand ich nicht. Im Plaza hatten wir oft miteinander gesprochen, aber hier schienen diese Wortwechsel sinnlos. Als wären wir uns nie begegnet. Es war höchst sonderbar.

Mrs McNulty machte ein Geräusch wie »huh«, stand auf und schwebte aus dem Raum. Es hätte alles Mögliche bedeuten können, dieses Geräusch, und ich hoffte, dass es sich nur um einen charakteristischen Stoßseufzer handelte, wie er sich in alten Romanen findet. Der alte Tom durchforschte weiter sein Repertoire, dann stand auch er auf und verließ das Zimmer. Danach ging Tom aus dem Raum. Er schaute sich nicht einmal zu mir um.

So saß ich denn allein da. Ich, das Zimmer und das Echo, das die Musik des alten Tom, und das andere Echo, das Mrs McNulty hinterlassen hatte, so rätselhaft wie ein Melodiefetzen von Turlough O'Carolan.

Schließlich kam Tom zurück, trat zu mir und half mir auf. Er sagte nichts, sondern verzog nur einen Moment das Gesicht, als wollte er sagen: *Na, da haben wir die Bescherung, was machen wir denn jetzt?*

Wir gingen hinaus auf die Strandhill Road. Der Bungalow war nur einer von vier oder fünf ganz ähnlichen Häusern, jedes auf einem Morgen Land. Die Straße hatte etwas Halbgares, Halbfertiges, genau wie die Begegnung mit Mrs McNulty.

»Mochte sie mich nicht?«, fragte ich.

»Sie macht sich Sorgen um deine Mutter. Man könnte sagen, dass sie ein berufliches Interesse daran hat. Aber das ist nicht die Hauptsache. Nein. Ich dachte, das wäre die Hauptsache. Aber nein. Meine Mutter ist sehr religiös«, sagte Tom. »Darin liegt die wirkliche Schwierigkeit.«

»Ach so«, sagte ich und hakte mich bei ihm ein. Er lächelte mich liebevoll an, und wir trabten zügig die Straße hinunter und näherten uns immer mehr den älteren, schmaleren Straßen des Stadtrands.

»Ja«, sagte er. »Sie möchte, dass du mit Father Gaunt sprichst, falls es sich einrichten lässt.«

»Wozu?«, fragte ich. Dann war sie also eine Freundin von Father Gaunt, dachte ich, o Gott.

»Du weißt schon«, sagte er. »Dieses ganze Wer-mit-wem und Warum-nicht. Ja. Dieses verdammte *Ne temere*-Dekret, weißt du, und all das. Scheiße, ich pfeif drauf, ob du ein Hindu bist, aber, verstehst du, es ist diese Sache mit den Presbyterianern, weißt du. Gott im Himmel, ich glaube nicht, dass ein Protestant schon mal einen Fuß in ihr Haus gesetzt hat. Himmel noch eins.«

»Aber mich, mag sie mich denn überhaupt?«

»Ich weiß es nicht«, antwortete er, »davon hat sie nicht gesprochen. In der Spülküche, das war wie eine Ausschusssitzung, ganz förmlich, weißt du.«

Tom hatte nicht um meine Hand angehalten oder dergleichen, aber ich wusste, die ganze Unterredung hatte mit Heiraten zu tun. Plötzlich wollte ich nicht mehr heiraten, weder ihn noch sonstwen, und auch nicht darum gebeten werden. Ich war schon über zwanzig, und damals galt man mit fünfundzwanzig bereits als alte Jungfer und bekam nicht mal mehr einen Buckligen ab. Zu der Zeit gab es weit mehr Mädchen als Männer in Irland. Die Frauen waren klüger und machten sich im Laufschritt nach Amerika oder England auf, bevor ihre Stiefel für immer im Schlamm Irlands versanken und versackten. Amerika schrie geradezu nach Frauen, für Amerika waren wir ein ebenso guter Exportartikel wie Gold. Jedes verwünschte Jahr wanderten Hunderte und Aberhunderte von uns aus. Schöne Frauen, rundliche Frauen, kleine, hässliche, kräftige, erschöpfte, jugendliche, hochbetagte, jede verdammte Kategorie. Vermutlich suchten sie die Freiheit, folgten ihrem Instinkt. Lieber waren sie Zimmermädchen in Amerika als alte Jungfern im verfluchten Irland. Plötzlich verspürte ich den starken, inbrünstigen, fast ungestümen Wunsch, es ihnen nachzutun. In meinen

Kleidern hing der Geruch nach Lamm, und nur mit Hilfe einer Schiffsreise über den Atlantik glaubte ich ihn loswerden zu können.

Aber Sie müssen verstehen, ich habe diesen Tom geliebt. Gott sei's geklagt.

FÜNFZEHNTES KAPITEL

Dr. Grenes Aufzeichnungen

Merkwürdige und verstörende Neuigkeiten über John Kane. Bei einer Personalversammlung versuchten wir, die Wogen zu glätten, die ein Bericht von einer der Stationen hervorgerufen hat. Eine Familienangehörige hatte eine Patientin in einer verzweifelten Lage angetroffen. Die betreffende Patientin war, im Vergleich zu der vergreisenden Population hier, eine recht junge Frau aus Leitrim, Anfang fünfzig, schätze ich. Die Frau war erst kürzlich eingeliefert worden, nachdem sie einen psychotischen Schub erlitten hatte. Sie hielt sich für den neuen weiblichen Messias, dem es nicht gelungen war, die Welt zu erlösen, und der sich daher geißeln musste. Zu diesem Zweck hatte sie Stacheldraht verwendet. All dies im Umfeld eines vollkommen normalen Bauernhofes in Leitrim und einer vollkommen normalen und anscheinend glücklichen Ehe. Also an sich schon eine Tragödie. Aber gestern Morgen hatte die Verwandte, ich glaube, ihre Schwester, sie in verwirrtem Zustand in ihrem Zimmer aufgefunden, ihr Krankenhauskittel war hochgeschoben, und zwischen den Beinen war Blut zu sehen, was ihre Besorgnis erregte. Nicht sehr viel, nur vereinzelte Tropfen. Natürlich wurde wie immer gleich das Schlimmste befürchtet, daher die Personalversammlung. Aller Gedanken galten John Kane, weil dieser früher bekanntlich in ähnliche Vorfälle verwickelt und ungeschoren davongekommen war. Andererseits ist er schon so alt, ist er dazu überhaupt noch imstande? Ich nehme an, ein Mann ist stets dazu imstande.

Aber es gibt keinerlei Beweise, nichts, und wir müssen einfach alle wachsam sein.

Wieder einmal fiel mir auf, wie viel Angst bei diesen Personalversammlungen jeder davor hat, irgendwelche Vorfälle im Krankenhaus könnten an die Öffentlichkeit dringen. Irgendetwas davon müsse externen Fachleuten, gleich welcher Couleur, preisgegeben werden. Selbst wenn das Küchenpersonal auf einer Station nur einen harmlosen Fall von Lebensmittelvergiftung zu verantworten hat, so herrscht doch dasselbe Ausmaß an Furcht wie heute Morgen. Das Personal scheint zusammenzuhalten, sich wie ein Igel einrollen und die Stacheln aufrichten zu wollen. Ich muss bekennen, dass auch mir manchmal danach zumute ist. Vielleicht wären Außenstehende entsetzt über all die Dinge, die verkehrt gemacht werden und die wir tolerieren zu können glauben, bis hin zur Katastrophe. Trotzdem ist es ein tief sitzender Instinkt, besonders wohl in einer psychiatrischen Anstalt, wo die Arbeit oft an und für sich schon beschwerlich, ja bizarr ist. Wo sich das Elend tagein, tagaus nach der Stärke eines Orkans oder einer Flutwelle bemessen lässt. Am besten werden die Dinge intern abgewickelt. Allerdings weiß ich nicht, was die Angehörige davon halten wird.

Schon seltsam, sich in Erinnerung zu rufen, dass all das – diese Individuen, diese Räume, diese Angelegenheiten – nach der Schließung des Krankenhauses bald in alle Winde verstreut sein wird.

Und so etwas ereignet sich ausgerechnet in der Woche, in der bei John Kane ein Rezidiv seines Kehlkopfkrebses diagnostiziert wurde. Nicht, dass es ihm mitgeteilt wurde, nein. Er hat zunehmend Mühe zu schlucken, sonst weiß er nichts davon. Das allein wäre traurig genug, wenn es nicht noch die andere Angelegenheit gäbe. Falls sich die andere Angelegenheit bewahrheiten sollte, so müssen wir natürlich darauf hoffen, dass er »mit Gebrüll« stirbt, wie die Iren es nennen. Aber er ist alt genug, dass der Krebs sich nur sehr langsam fortentwickelt. Wie alt, habe ich nicht herausfinden können. Nach seinen eigenen Angaben besitzt er keine Geburtsurkunde, da er irgendwo von Adoptiveltern großgezogen wurde. Das zumindest haben wir gemeinsam, sonst hoffentlich nichts. Der Grund dafür, dass er noch immer bei uns arbeitet, ist wohl der, dass niemand daran gedacht hat, ihn in den Ruhestand zu versetzen, da sein Alter nirgendwo amtlich registriert ist. Außerdem ist seine Tätigkeit so untergeordnet, dass man kaum einen Ersatz für ihn fände, weil selbst eine willige Person aus China, Bosnien oder Russland nicht daran interessiert wäre, sie zu übernehmen. John Kane selbst zeigt keine Neigung, seinen Besen aus freien Stücken niederzulegen. Und er besteht darauf, die Treppe zu Roseannes Zimmer hinaufzusteigen, obwohl die Kletterei ihm den Atem raubt und ihm gesagt wurde, er könne ihre Betreuung getrost einem anderen überlassen. O nein, das quittierte er mit allerlei vor sich hingemurmelten Donnerworten.

Ich muss gestehen, dass ich mich wegen Bet nur leichthin mit diesen Angelegenheiten befasste. Wenigstens versuchte ich es mit Leichtigkeit. Mein Kopf ist bereits mit Trauer angefüllt wie ein Granatapfel mit roten Kernen. Mir bleibt gar nichts anderes übrig, als diese Trauer zu verströmen, weil ich keinen Platz mehr dafür habe. Während der diensthabende Psychiater und die Schwestern über die sexuell missbrauchte Patientin sprachen, falls diese Bezeichnung zutrifft, platzte mir fast der Kopf. Ich saß mitten unter ihnen, und mir platzte fast der Kopf.

Danach ging ich hinauf in Mrs McNultys Zimmer und setzte mich eine Weile zu ihr. Es schien mir logisch. Auch wenn es die Logik des armen Mr Spock ist, der nichts empfindet. Aber ich empfand reichlich. Mit meinen Ermittlungen über ihre Anwesenheit im Krankenhaus fuhr ich nicht fort. Ich konnte es nicht. Das ist ein schreckliches Eingeständnis, aber so ist es nun mal.

Im Dämmerlicht ihres Zimmers saß ich einfach nur da. Vermutlich beobachtete sie mich. Aber auch sie sagte nichts. Ich hing Gedanken nach, die ich in ihrer Gegenwart ohnehin nicht hätte aussprechen können, unter keinen Umständen. Gedanken, die eine grausame Mischung aus altem Verlangen und ständig neuem Bedauern waren.

Ich versuchte, mich zu sortieren, wie die Amis sagen. Denn gestern war wieder so eine seltsame Nacht. Ich weiß nicht, was ich mir erzählen würde, wenn ich zu mir in die Therapie käme. Ich meine, ich weiß es nicht *mehr*. Offensichtlich gibt es Abgründe an Trauer, die nur der Trauernde kennt. Es ist eine Reise ins Innere der Erde, eine riesige, schwere Maschine bohrt sich durch die Erdkruste. Und ein kleiner Mann am Steuerpult verliert die Selbstbeherrschung. Angst, Angst und kein Zurück.

Was mich fertigmacht, ist dieses Türschlagen. Nur eine Kleinigkeit. Aber sie hat meine Nerven in einen Zustand völliger Überreiztheit katapultiert. Nerven! Jetzt höre ich mich schon wie ein viktorianischer Arzt an. Aber es ist ja auch wirklich so etwas wie viktorianische Nervenschwäche, Séancen, die Andeutung von etwas Lebendigem, jene verwesenden Gräber im Friedhof Mount Jerome, unantastbar, weil für die Ewigkeit gekauft, aber vermodert, und kein Lebender geht hin und reibt die Grabinschriften ab. *Schaut auf mein Werk, ihr Mächtigen* etc.

Vergangene Nacht ging es einen Schritt weiter ins Dunkel. Ich lag in meinem Bett, wacher als ein Hund. Im Stockfinstern, in jenen menschenleeren frühen Morgenstunden, klingelte plötzlich Bets Telefon, ich hörte genau, wie es über mir läutete. Als sie sich darüber beschwerte, dass ich dauernd im Internet surfte und sie keine Anrufe erledigen könne, hatte ich eine zweite Leitung für sie legen lassen. Sie sagte, ihre Freundinnen könnten immer nur Nachrichten hinterlassen, und die würde ich nie an sie weitergeben. Obwohl es mich sehr teuer kam, ließ ich also eine zweite Leitung für sie installieren. Das Telefon steht oben neben ihrem Bett. Plötzlich klingelte es, und ich fuhr hoch, wie in einem Zeichentrickfilm. Chemisch gesehen, war es wohl so etwas wie eine Adrenalinspritze direkt in den Kopf, ich weiß nicht. Aber es war unerträglich, so plötzlich und so sonderbar. Und natürlich klingelte es immer weiter, denn da war niemand, der den Hörer abgenommen hätte. Ich wollte ganz bestimmt nicht mitten in der Nacht in ihr Zimmer gehen. Aber dann kam es mir merkwürdig vor, dass sich der Anrufbeantworter nicht einschaltete, wie sonst, wenn Bet außer Haus war. Allem Anschein nach hatte ihn die Telefongesellschaft abgestellt. Dann kam mir ein kläglicher Gedanke: Hatte ich die Telefongesellschaft nicht sogar selbst angerufen und darum gebeten, den Anschluss stillzulegen? Falls ja, und ich konnte mich wirklich nicht erinnern, dann klingelte es jetzt infolge eines Defekts. Aber ach, hier zu liegen und es immer weiter klingeln zu hören!

Dann verstummte es. Ich versuchte, mich zu beruhigen, ein Gefühl der Erleichterung in mir wachzurufen. Aber da geschah das Entsetzliche. O Gott, ja. Ich konnte es deutlich hören, über mir, etwas gedämpft, weil es doch die Dielen und den alten Deckenputz durchdringen musste, aber ich hörte es, das Wort: »Hallo?« Es war Bets Stimme.

Ich war so erschrocken, dass ich beinahe die Kontrolle über meine Blase verloren hätte. Ich hatte die Vision eines Scheusals, das seinen Leib um mich schlingt wie eine Anakonda und mich erdrückt. Eine Anakonda tötet, indem sie einen solchen Druck auf die inneren Organe ausübt, dass einem das Herz platzt. Dieses eine Wort brachte mein

Herz fast zum Platzen. Ich vermisste Bet schrecklich, aber ihre Stimme wollte ich ehrlich gesagt nicht hören, nicht so. Die lebendige, atmende Frau ja, aber nicht dieses eine Wort, das zu mir herabschwebte, zu mir herabdrang. Aber dann dachte ich, dass ein entsetzlicher Irrtum vorlag. Hatte ich mir nur eingebildet, dass sie gestorben war, hatte ich sie bei lebendigem Leibe begraben und – aber für derartigen Wahnwitz war keine Zeit mehr, denn es folgte ein weiteres Wort, es war mein Name, der da glockenhell ertönte: »William!«

O Gott, dachte ich, der Anruf gilt mir. Das allein schon war ein verrückter Gedanke. Ich meine, Himmel, der Anruf konnte doch gar nicht entgegengenommen werden, wie konnte er da mir gelten?

Mein Name war gerufen worden. Die Stimme klang genauso wie früher, genau derselbe Tonfall, dem dieselbe Ungeduld innewohnte, die Verärgerung darüber, dass ich ihre Nummer einem anderen weitergegeben hatte und dass dieser nun ihre Leitung benutzte.

Ich wusste nicht, was ich tun sollte. »Was?«, rief ich unwillkürlich nach oben.

Ich konnte es nicht dabei belassen – eine weitere Tollheit –, ich konnte nicht *nicht* reagieren. Ich stieg aus dem Bett, wobei ich mich selbst wie ein Toter fühlte, geradeso als befände ich mich im Reich der Toten oder in einer Geistergeschichte von M. R. James, den Bet so liebte. Mit äußerstem Widerstreben schlich ich mich auf bloßen Füßen zur Tür hinaus und den Gang entlang. Wenn sie mich so sähe, dachte ich, würde sie mit mir schimpfen, weil ich keine Hausschuhe anhatte. Ich erreichte die kleine Tür zu der Treppe, die zur Dachkammer führt, und stieg sie Stufe um Stufe empor.

Ich gelangte zu dem Treppenabsatz, wo ich sie aufgefunden hatte, als sie um ihr Leben kämpfte, und rechnete fast damit, sie dort zu sehen. Ich knipste das Licht an, aber die Glühbirne musste, ohne dass ich es bemerkt hatte, den Geist aufgegeben haben, denn es geschah nichts. Auf dem Treppenabsatz lag eine Lache Mondschein, flüssiges Licht. Ich hatte ihre Tür angelehnt gelassen, um das Zimmer zu lüften, eine Vorsorge gegen Schimmel. So ging ich mit langsamen, bleiernen Schritten zur Tür und blieb einen Augenblick lang davor stehen.

»Bet?«, sagte ich.

Jetzt war ich ein Häufchen Unglück. Welche Chemikalie auch immer für Angst verantwortlich ist – Adrenalin und seine Geschwister –, sie durchflutete mein Hirn. Meine Knie wurden buchstäblich weich, und ich spürte, wie der Inhalt meiner Gedärme wässrig wurde. Mir war, als müsste ich mich erbrechen. Vor Jahren, als Junge, hatte ich im Schlachthaus von Padstow zugesehen, wie sich die Kühe der Reihe nach auf das Bolzengerät zubewegten und vor Todesangst pissten und schissen. Jetzt war mir ganz genauso zumute. Ein Teil von mir sehnte sich danach, das Zimmer zu betreten, doch ein weitaus größerer Teil von mir fürchtete sich davor, er fürchtete sich so sehr davor, wie die Lebenden die Toten fürchten müssen. Es ist ein universelles Gesetz des Lebens. Wir bestatten oder verbrennen die Toten, weil wir ihre Körperlichkeit von unserer Liebe, unserem Gedenken abtrennen wollen. Wir wollen nicht, dass sie nach ihrem Tod noch immer in ihren Schlafzimmern hausen, wir wollen sie als Lebende, in der Fülle ihres Lebens, im Gedächtnis bewahren.

Und doch, ganz plötzlich wie die erste Brise eines gewaltigen Sturms, wollte ich ebenso heftig, dass sie da war, ich wollte es. Ich stieß die Tür auf und trat ein, wollte, dass Bet da war, wollte sie sanft in die Arme nehmen, wie ich es seit so vielen, vielen Jahren nicht mehr getan hatte, wollte lachen und ihr alles erklären, ihr den Streich erklären, den mein Verstand mir gespielt hatte, dass ich sie für tot gehalten hatte, und könne sie mir bitte, bitte die Dummheit von Bundoran verzeihen, und könnten wir noch einmal von vorn beginnen, irgendwo Ferien machen, ja, warum nicht in Padstow, um das alte Haus wiederzusehen, in den vornehmen Restaurants zu speisen, von denen wir gehört hatten, und eine schöne Zeit miteinander verbringen –

Leere. Natürlich Leere.

Ich denke, wenn mich jemand gesehen hätte, er hätte geglaubt, ein Gespenst vor sich zu haben – als wäre ich das Gespenst. Ein närrischer fünfundsechzigjähriger Mann im Schlafzimmer seiner toten Frau, der, mit wildem Blick und blöde vor Schmerz, wie üblich um Verzeihung und Erlösung bittet, so wie normale Menschen um die Uhrzeit. Der Standardmechanismus fast eines jeden Gedankens an sie. Bet – Erlösung, erlöse mich, verzeih mir. Wo doch die ekelhafte Wahrheit darin besteht, dass sie mich hätte hinauswerfen sollen.

Das waren meine Gedanken, als ich in Roseannes Zimmer saß.

Nichts davon konnte ich ihr anvertrauen. Ich saß im Zimmer einer Patientin, angeblich, um einzuschätzen, ob sie »wieder in die Gemeinschaft« entlassen werden kann. Eine der ansteckenden Ideen von Mrs Thatchers Regierung in England, eine thatcheristische Modeerscheinung, könnte man sagen, die nicht zusammen mit ihr verschwunden war. Rosanne saß auf ihrem Bett, in dem weißen Umhang, den sie trägt und der im Dämmerlicht wie zerdrückte Flügel aussieht, wie die neuen Flügel eines Schmetterlings, bevor sie sich mit Blut füllen und das Geschöpf sich, zweifellos zu seinem eigenen Erstaunen, plötzlich aufschwingen und davonfliegen kann.

Sie einschätzen. Plötzlich kam mir das so absurd vor, dass ich laut auflachte. Der einzige Mensch in diesem Zimmer, dessen geistige Gesundheit in Zweifel stand, war ich.

Roseannes Selbstzeugnis

Wir heirateten in Dublin, in der Kirche von Sutton, das war das Einfachste. Der Priester dort war ein Freund von Tom, sie waren zur selben Zeit in Dublin aufs College gegangen, auch wenn es verschiedene Colleges waren. Tom hatte sein Jurastudium am Trinity College nur einige Monate durchgehalten, immerhin lange genug, um in der Stadt Freundschaften zu knüpfen. Ein Nachmittag beim Pferderennen, und schon hatte Tom einen Busenfreund gefunden. Was immer getan werden musste, Heiratser-laubnis, Aufgebot, was immer man tun musste, um eine Presbyterianerin zu heiraten, wurde getan. Ich nehme an, die gute Gesellschaft von Sutton war nicht sonderlich beeindruckt von der Hochzeit, doch selbst wenn sie ohne Drum und Dran verlief, so waren doch ein paar von sei-nen Dubliner Kumpeln anwesend, hinterher stiegen wir für zwei Nächte in Barry's Hotel ab, und am zweiten Abend gingen wir ins Metropole tanzen, weil Tom dort den Bandleader kannte, und fast zum ersten Mal tanzten wir richtig zusammen. In seinem eigenen Tanzsaal hatten wir aus unerfindlichen Gründen nur selten miteinander getanzt. Das war schon seltsam, ich weiß nicht. Tom schien in jeder Hinsicht zufrieden und verlor kein Wort darüber, dass keiner seiner Familienangehörigen anwe-send war. Jack wäre wohl gern dabei gewesen, hielt sich aber gerade in Afrika auf. Allerdings bezahlte er das Hochzeitsessen, ein Geschenk für seinen Bruder. Während des Essens trank Tom so viel Whiskey, dass er nachts im Hotel nicht mehr viel taugte, aber das machte er in der Nacht nach dem Tanz wett. Er war ein wunderbarer Liebhaber. Das ist die Wahrheit.

Wir lagen im Dunkel des Hotelzimmers. Tom hatte am College Green, vor seiner alten Universität, eine Schachtel mit diesen ovalen russischen Zigaretten gekauft und rauchte eine davon. Ich glaube, ich war fünfundzwanzig, er nur wenig älter.

»Weißt du«, sagte er, »es ist schön in Dublin. Ob ich es hier zu was bringen könnte?«

»Würdest du den Westen nicht vermissen?«

»Vermutlich«, sagte er und blies russische Rauchkringel durch das düstere Zimmer.

»Tom?«, sagte ich.

»Ja?«

»Liebst du mich?«

»Aber sicher. Gewiss doch.«

»Das ist gut«, sagte ich, »denn ich liebe dich.«

»Wirklich?«, sagte er. »Du beweist guten Geschmack. Das ist sehr klug von dir, ich muss schon sagen. Ja.«

Und dann lachte er.

»Weißt du«, sagte er, »ich tu's wirklich.«

»Was?«, fragte ich.

»Ich meine, es ist kein leeres Gerede. Ich tu's wirklich. Dich lieben.«

Und ich glaubte ihm.

Er war ein hochanständiger Mann, ich halte es für wichtig, das festzuhalten.

Die Auswirkungen von Mr de Valeras berühmtem Anglo-Irischem Handelskrieg ließen sich leicht vom Fenster eines Zuges aus studieren. Wir hatten im Frühling geheiratet, und da es für Lammfleisch keinen Markt gab, mussten die Bauern die Lämmer auf den Weiden töten. Und so sahen wir, als der Zug durch die Landschaft ratterte, dann und wann Tierkadaver. Tom war darüber sehr bestürzt. De Valeras Männer waren an der Macht, und in seinen Augen war das nichts anderes, als dass nun Revolverhelden und Mörder über das Land herrschten, über das Land, das sie nach dem Anglo-Irischen Vertrag hatten zerstören wollen. Das brachte Männer wie Tom zur Weißglut. Tom war jung und wollte zeigen, was er draufhatte, er wollte das Land in Besitz nehmen, etwas daraus machen, nehme ich an. Er war von dem Gefühl beherrscht, dass de Valera, nachdem er versucht hatte, das neue Land gleich nach dessen Geburt zu erwürgen, nunmehr dessen Kindheit ruinieren, einen Scherbenhaufen anrichten und das Ansehen Irlands in der Welt beschädigen werde. Jedenfalls brach es gestandenen Bauern das Herz, ihre Lämmer töten zu müssen und nirgendwo Abnehmer für die Mutterschafe selbst finden zu können – für sie war es, als würde ihren Träumen die Luft abgeschnürt.

»Wie ein gottverdammtes Tollhaus«, sagte Tom neben mir, als er auf die trostlosen Bauernhöfe hinausblickte. Und damit kannte er sich aus, weil ja sowohl sein Vater als auch seine Mutter in einem Tollhaus arbeiteten. »Ganz Irland ist ein einziges Tollhaus.«

So bat er denn seinen Vater, den Schneider, ein blaues Hemd für ihn zu nähen, und begann in Sligo an kleinen Versammlungen und Aufmärschen teilzunehmen. Er wollte sehen, ob sie das Ruder nicht herumreißen könnten. Es gab da einen Mann namens Eoin O'Duffy, der die Bewegung der Blauhemden gegründet hatte, er war Polizeichef gewesen, hatte seinen Posten aber verloren, und jetzt gehörte er zu derselben Sorte wie Mussolini oder Franco. Tom bewunderte ihn, denn als O'Duffy Minister gewesen war, hatte er versucht, in Irland Kinderschutzgesetze durchzubringen. Zwar war es ihm nicht gelungen, aber trotzdem. Außerdem war er ein leidenschaftlicher Redner, und Tom fand, dass alle großen Männer während der Unruhen umgebracht worden waren, vor allem natürlich Michael Collins. Und O'Duffy war ein wichtiger Verbündeter von Collins gewesen. Also hatte alles Hand und Fuß, jedenfalls in Toms Augen. Ich kenne keinen Mann, der so geschwitzt hätte wie Tom, und nach seinen Aufmärschen war sein blaues Hemd immer völlig durchnässt. Ich musste es mehrmals färben, weil das Blau unter den Achseln verblasst war und das Hemd nichts mehr hermachte. Marschieren sah ich ihn nie, aber wie jede Ehefrau wollte ich, dass er gut aussah.

Unterdessen gründeten wir einen eigenen Hausstand in einem kleinen Wellblechbau draußen in Strandhill. Eigentlich war es nur eine Hütte, aber sie lag in der Nähe des Tanzsaals und hielt mich von Sligo fern. Für ihn wiederum war es nur ein kurzer Weg bis in die Stadt. Unser Schlafzimmer blickte auf den Knocknarea, und wir konnten tatsächlich Maeves Hügelgrab auf dem Gipfel erkennen. Es war komisch, so dazuliegen, ein junges Ehepaar in den Dreißigerjahren, in moderner Zeit, und dort oben lag sie seit viertausend Jahren fest zugedeckt in ihrem eigenen Bett, ihrem *leaba*, wie es auf Gälisch heißt. Von der wackeligen Veranda hatten wir eine schöne Aussicht auf Coney Island, und obwohl die Anhöhe der Insel ihn den Blicken entzog, wusste ich, dass da der Metal Man war, solide und ewig, ich konnte ihn vor meinem geistigen Auge sehen, wie er pflichtgetreu und stoisch auf das tiefe Wasser zeigte.

Carioca. Ich tanz mich in dein Herz hinein. Der Mann, der das Land des Herzens regierte, war nicht de Valera mit seinem hageren, gehetzten Gesicht, sondern Fred Astaire mit *seinem* hageren, gehetzten Gesicht.

Selbst die Granden gingen ins Kino. Wenn es eine Kirche gewesen wäre, hätte es für sie eigene Kirchenbänke gegeben. So waren die meisten der Pelzmäntel auf der Empore anzutreffen. Der Rest von Sligo tummelte sich unten auf den Sperrsitzen. Wenn Mr Clancy und seine Brüder nicht alle in der Armee gewesen wären und die Besucher wie aufsässige Rekruten in den Saal eskortiert hätten, wäre Chaos ausgebrochen. Machte einer der Burschen Scherereien, wurde er am Ohr gepackt und vor die Tür gesetzt, hinaus in die regnerische dunkle Nacht von Sligo, was nicht eben erstrebenswert war. Oh, er hatte nichts gegen Knutschereien, er war ja kein Gemeindepriester, und überdies, was hätte er schon ausrichten können, wenn es erst einmal dunkel war? Es war keine Kirche, aber es war wie eine Kirche, nur besser, viel besser. Im Kino konnte man sich umschauen und sah die verzückten Blicke in den Gesichtern der Leute, Blicke, von denen der Priester oder ein anderer Geistlicher vielleicht träumte, sie eines Tages in den Gesichtern ihrer Gemeindeglieder zu sehen. Ganz Sligo in einer dunstigen Zuschauermenge konzentriert, all die unterschiedlichen Menschen und unterschiedlichen Ränge, Arme und Adelige, vereint in ihrer Bezauberung. Man könnte sagen, Irland war vereint und frei, jedenfalls im Kino. Obwohl mich Tom in Strandhill in Quarantäne hielt, bis er seine feindselige Mutter dazu überreden konnte, mir gegenüber einzulenken, war er doch nicht so grausam, meine Verbannung auf die Samstagabende auszudehnen. In seinem schnittigen kleinen Wagen brausten wir in die Stadt und nahmen wie gewöhnlich unsere Plätze ein, als ginge es um unser Seelenheil.

Im Kino wurde stets laut gefrotzelt, die Kerle riefen einander unverblümt Beleidigungen zu. Wenn auf politische Bindungen angespielt wurde, nahmen sie's meist mit einem bloßen Achselzucken hin, doch ab und zu bekamen sie etwas in den falschen Hals, und in den Dreißigerjahren verschärfte sich die Situation zusehends. An der Art und Weise der Beleidigungen an einem Samstagabend im Kino ließ sich ziemlich genau die Lage der Nation ablesen. Natürlich stand Mr Clancy nicht auf der Seite einer bestimmten Partei, vielleicht war er sogar gegen die Politik im Allgemeinen. Man konnte wegen einer bösen Bemerkung vor die Tür gesetzt werden, was Tom zufolge mehr war, als sich vom Dáil selbst behaupten ließ.

»Im Dáil Éireann kannst du ungestraft Dinge sagen, für die du aus dem Gaiety fliegen würdest«, meinte Tom.

Vor dem Hauptfilm wurden immer Wochenschauen gezeigt, und wenn beispielsweise über den spanischen Bürgerkrieg berichtet wurde, erhob sich immer brüllender Protest gegen die Blauhemden und ihresgleichen. Mr Clancy und seine Brüder hatten alle Hände voll damit zu tun, die Krawallmacher aus der Menge herauszupflücken.

»Eine Bande Mistkerle«, sagte Tom.

»Ein zusammengewürfelter Haufen Arschlöcher«, sagte Jack, wenn er nicht gerade in Afrika war. Nicht, dass Jack mit den Blauhemden sympathisiert hätte.

»Ich fürchte, dein Freund O'Duffy ist nur ein zusammengewürfelter Haufen Arschlöcher«, sagte er zu Tom.

Tom brüllte dann immer vor Lachen, er mochte seinen Bruder Jack und scherte sich nicht darum, was der von sich gab. Das machte einen Teil von Toms großem Charme als Freund und Bruder aus. Er war lässig bis ins Mark. Außerdem hielt er Jack für ein Genie, weil dieser in Galway gleich zwei Abschlüsse erworben hatte, in Ingenieurwesen und Geologie, wohingegen er selbst an der Juristischen Fakultät nur die paar Monate ausgehalten hatte. Er hatte eine Art, sich an Jacks Worten zu weiden, die noch aus ihrer Kinderzeit herrührte. Ich weiß nicht, wie ihr anderer Bruder Eneas da hineinpasste. Bekanntlich wurde über den armen Eneas nicht viel geredet.

Als ich eines Nachts während der Vorführung von *Ich tanz mich in dein Herz hinein* zur Damentoilette hinunterging, verstellte mir kurzfristig eine bekannte dunkle Gestalt den Weg. Es war ungewöhnlich, dass ein lediger Mann eine verheiratete Frau in ein beiläufiges Gespräch verwickelte, andererseits hatte John Lavelle noch nie etwas Beiläufiges an sich gehabt. Jetzt, wo sein Verein fest im Sessel saß, schien er aufzublühen, selbst wenn er nur im Auftrag der Kommune auf Dornengestrüpp am Wegesrand einhieb. Das war immer noch besser, als auf der Flucht zu sein oder im Curragh Gefangenenfraß zu essen. Offenbar hatte er eine Schwäche für schwarze Kleidung, denn er trug nur Schwarz, was ihm das Aussehen eines Cowboys verlieh, mit seiner blassen Haut und seiner schwarzen Mähne. Für einen Straßenkehrer verstand er zweifellos etwas von Westen. Ich selbst hatte mein bestes purpurrotes Sommerkleid an, an sich schon eine Art wortloser Erklärung. Wie auch immer, John Lavelle störte sich nicht daran, was jemand tat oder nicht tat.

»Hallo, Roseanne. Weißt du was, Mädchen, du siehst bildhübsch aus.«

Das war nun wirklich eine erstaunliche Äußerung für ihn. Für jeden. Noch nie hatte er auch nur ansatzweise mit mir geflirtet. Schließlich kannten wir uns nur aufgrund der schrecklichsten aller Tragödien. Vielleicht glaubte er noch immer, ich hätte ihm vor Jahren die Soldaten des Freistaats auf den Hals gehetzt. Vielleicht war sein Gerede nur eine Art subtiler Rache. Was auch immer es war, ich nahm es nicht ernst, sondern schob mich an ihm vorbei und ging meiner Wege. Außerdem war meine Blase kurz vorm Platzen.

»An den meisten Sonntagen bin ich auf dem Knocknarea«, sagte er. »An den meisten Sonntagen gegen drei findest du mich am Hügelgrab.«

Ich errötete vor Verlegenheit. Vor mir hatte sich eine kleine Schlange von Frauen und Mädchen gebildet, die ebenfalls auf die Toilette wollten, aber sie verhielten sich ganz still, denn hinter uns wurde nach wie vor der Film gezeigt. Insofern war es ziemlich schwer, zu verstehen, was John Lavelle gesagt hatte, aber ich hatte es verstanden. Ich hoffte nur, dass niemand sonst es mitbekommen hatte. Vielleicht hatte er nur freundlich sein wollen. Vielleicht hatte er nur gemeint: Ich weiß, dass du da draußen wohnst, und ich bin auch oft da draußen.

Ich hatte ihn noch nie bei einer Tanzveranstaltung gesehen. Wohlgemerkt, ich ging nicht mehr so oft ins Plaza wie früher, als ich noch ein lediges Mädchen war und ohne anzügliche Bemerkungen Klavier spielen konnte. Aber zu der Zeit arbeiteten verheiratete Frauen nicht. Damals waren wir wie Musliminnen, die Männer wollten uns verstecken, außer wenn ein guter Film zu sehen war.

John Lavelle war nicht einfach irgendwer. Er war nicht irgendein Straßenjunge, der hinter meinem Rücken eine Bemerkung machte, er war eine wichtige Person, weil er meinen Vater gekannt hatte und Dinge über meinen Vater wusste. Man könnte sagen, dass uns zwei Tode verbanden, der Tod seines Bruders und der Tod meines Vaters. Wir hätten Feinde sein sollen, waren es aber irgendwie nicht. Ich war nicht gegen ihn, auch wenn ich nicht für ihn war. Eigentlich verstehe ich es bis heute nicht. Ich sah ihn nur selten, und trotzdem erschien er mir in meinen Träumen. In meinen Träumen wurde er jedes Mal erschossen, wie sein Bruder im richtigen, im wachen Leben. Oft sah ich ihn in meinen Träumen sterben. Hielt seine Hand und so. Geschwisterlich.

Aber Tom erzählte ich davon nie. Ich wollte nicht. Wo hätte ich beginnen sollen? Tom liebte mich, oder liebte doch, was er von mir wusste, was er von mir sah. Ich will ja nichts Unpassendes sagen, aber er machte mir immer Komplimente über meinen Hintern. Das ist die Wahrheit.

»Wenn ich traurig bin«, sagte er einmal, »denke ich an deinen Po.«

Nicht sehr romantisch, aber auf andere Weise eben doch sehr romantisch. Eigentlich sind Männer überhaupt keine richtigen Menschen, nein, ich meine, sie haben andere Prioritäten. Allerdings weiß ich nicht, was für Prioritäten Frauen haben. Oder ich weiß es zwar, habe diese aber nie empfunden. Hatte ich doch selbst schockierende Lust auf Tom. Auf alles an ihm. Ich weiß nicht. Bei ihm bekam ich dauernd weiche Knie. Es gibt Dinge, von denen man einfach nicht genug kriegen kann. Von Schokolade kann man genug kriegen. Aber von anderen Dingen... Ich mochte seine Gesellschaft, in allen ihren Formen. Ich trank gern Tee mit ihm. Ich küsste gern seine Ohren. Vielleicht war ich ja nie eine richtige Frau. Gott vergib mir. Vielleicht bestand mein größter Fehler darin, dass ich mich ihm stets ebenbürtig gefühlt habe. Er und ich gegen den Rest der Welt, so ein Gefühl hatte ich, wie Bonnie und Clyde, die damals in Amerika umherfuhren, Leute umbrachten und was nicht noch und ihre Liebe auf sehr seltsame Art ausdrückten.

Na schön, warum also stieg ich schon am Sonntag danach zu Maeves Hügelgrab hinauf? Ich weiß es nicht. Weil John Lavelle mich darum gebeten hatte? Nein. Ich weiß, es war etwas Abscheuliches, ein schwerer Fehler. Warum wandert der Lachs zurück zum Garravoge, wenn er doch die Meere durchstreifen kann?

Dr. Grenes Aufzeichnungen

Zu Beginn unserer Beziehung fuhren wir gewissenhaft jedes Jahr im Urlaub nach Bundoran. Heute lachen die Leute über Bundoran, sie halten es für ein Paradebeispiel altmodischer irischer Ferien: feuchte B&Bs, widerlicher Regen, schlechtes Essen und so weiter. Aber uns gefiel das alles, mir und Bet. Auch wir lachten darüber, aber liebevoll, wie man über eine verrückte Großtante lacht. Wir fuhren gern dorthin – wir flüchteten dorthin, könnte man sagen, um uns am Altar von Bundoran zu regenerieren.

Sonnenlicht ist ein großartiger Gesichterleser. Dass wir jahrein, jahraus denselben Ort aufsuchten, machte eine Art Uhr aus Bets Gesicht. Jedes Jahr gab es eine neue Geschichte, das nächste Bild in der Folge. Ich hätte sie jedes Jahr zur selben Zeit an derselben Stelle fotografieren sollen. Ihre Angst vor dem Älterwerden machte sie immer ganz knurrig, jede Falte in ihrem Gesicht entdeckte sie, kaum dass sie sich zeigte, so wie ein schlafender Hund plötzlich aufschreckt, wenn er in der Ferne die Schritte eines Fremden hört, der sich der Grundstücksgrenze nähert. Ihre einzige Ausschweifung waren die Töpfchen mit Nachtcreme, in die sie in ihrem Krieg gegen die Falten investierte. Sie war eine hochintelligente Person, ganze Shakespeare-Szenen konnte sie auswendig, aus der Schulzeit, als eine jener glänzenden unbesungenen Lehrerinnen sie sich geschnappt und versucht hatte, auch aus ihr eine Lehrerin zu machen. Aber ihre Falten begutachtete sie nicht etwa mit ihrer Intelligenz, sondern mit etwas Primitiverem, Vorsintflutlichem. Hand aufs Herz, mich für mein Teil störten sie nicht. Eine der Gnaden des Ehelebens ist es, dass wir aus irgendeinem magischen Grund füreinander immer gleich aussehen. Selbst unsere Freunde scheinen nicht zu altern. Was für ein Segen. Als ich jung war, hätte ich das nicht für möglich gehalten. Aber was sollten wir auch anderes tun? Nie hat es in einem Altenheim einen Menschen gegeben, der die anderen Bewohner nicht mit skeptischen Blicken bedacht hätte. *Die* sind die Alten, *die* sind der Klub, dem niemand angehören möchte. Aber uns selbst kommen wir nie alt vor. Das liegt daran, dass letztendlich die Seele das Schiff ist, in dem wir segeln, nicht der Körper.

Und das muss ausgerechnet ich schreiben, der größte Agnostiker Irlands. Wie immer fehlen mir die Worte für das, was ich sagen will. Ich versuche auszudrücken, dass ich Bet liebte, ja, von Seele zu Seele, und ihre Falten und Runzeln waren Teil einer anderen Geschichte, ihrer qualvollen Lesart ihres Lebens. Ich unterschätze auch nicht die Schmerzen, die ihr das verursachte. Nach ihrem Dafürhalten eine unscheinbare Frau, wollte sie keine *alte* unscheinbare Frau werden. Allerdings würde ich aber auch ihre Unscheinbarkeit bezweifeln. Es gab Momente, wo ihr Gesicht vor Schönheit schimmerte und leuchtete. Es gab jenen Moment, als wir nebeneinander in der Kirche standen und ich ihr in der Sekunde vor ihrem Jawort ins Gesicht blickte, und dann sprach sie es aus, und aus ihrem Gesicht brach dieses außergewöhnliche Licht hervor und strömte zu mir auf. Es war Liebe. Man rechnet nicht damit, Liebe so greifbar vor sich zu sehen. Jedenfalls ich nicht.

Warum also musste ich sie ausgerechnet in Bundoran betrügen?

Ich war in aller Unschuld hingefahren, nicht mit ihr, sondern zu einer Konferenz im neuen Strandhotel. Natürlich war es eine Zusammenkunft von Psychiatern. Thema waren altersbedingte Psychosen, Demenz und all das. Ich hielt einen Vortrag über Erinnerungsversionen, die faschistische absolute Gewissheit der Erinnerung, die tyrannische Unterdrückung von Erinnerung. Vermutlich war es Unsinn, wie er nur einem Mann in mittleren Jahren einfallen kann, aber damals hielt ich es für höchst radikal, geradezu für revolutionär. Die Konferenz fasste es als Beispiel dafür auf, wie jemand alle Bedenken über Bord wirft. Als Beispiel für eine Indiskretion des Geistes. So war es vielleicht nicht weiter bemerkenswert, dass dieser eine Indiskretion des Körpers folgte.

Die arme Martha. Zu Hause hatte sie vier hübsche Jungs und einen Mann, einer der begabtesten Anwälte seiner Generation. Ein unnahbarer, sorgenvoller Mann, aber allemal achtbar. Es war furchtbar einfach. Wir tranken zu viel Wein, gingen zurück zu dem Hotelkorridor, der zu den wenig imposanten Zimmern führte, verspürten plötzlich ein gegenseitiges Verlangen, ich küsste sie, wir fummelten im Dunkeln, sie zog nicht einmal den Schlüpfer aus, Gott steh uns bei, sie kam mit Hilfe meiner Hand, und das schien es gewesen zu sein. Es war ein Atavismus, eine Kapitulation, ein Rückzug in die Pubertät, als uns solche Fummeleien noch heroisch und poetisch vorkamen.

Martha fuhr nach Hause und gestand alles ihrem braven Ehemann. Vermutlich hatte sie es gar nicht beabsichtigt oder gewollt. Ich glaube, eigentlich wollte sie, dass es gar nicht geschehen wäre. Die Welt wimmelt nicht etwa von Ehebrechern, sie wimmelt von Menschen mit ehrbaren Motiven und dem echten Verlangen, das Richtige für diejenigen zu tun, die sie kennen und lieben. Dies ist eine wenig bekannte Wahrheit, meines Erachtens jedoch eine empirische Wahrheit, die ich aus jahrelanger Arbeit bezeugen würde. Ich weiß, es ist eine wundersame Schlussfolgerung, aber so ist es nun einmal. Wir charakterisieren die Menschheit gern als primitiv, lüstern und elementar, doch das hieße jeden zu einem Fremden machen. Wir sind keine Wölfe, sondern Lämmer, die am Wiesenrand über Sonnenschein und Sommer staunen. Martha verlor ihre Welt. Und ich verlor meine. Zweifellos verdienten wir nichts anderes. Was immer ihr Mann durchlitt, war unverdient, und auch was Bet durchlitt, war unverdient, da bin ich mir sicher.

Denn Treue ist keine menschliche Frage, sondern eine göttliche.

Jetzt fange ich schon wieder damit an.

Und ich überlege, was wohl Father Gaunt davon gehalten hätte.

Father Gaunt, so emsig, so eifrig darauf bedacht, Roseanne, ihr Wesen, ihre belastende Geschichte zu enthüllen.

Die eidesstattliche Erklärung liegt im anderen Zimmer, und ich bin zu müde, um mich aufzurappeln und sie zu holen. Mal sehen, wie viel davon ich aus dem Gedächtnis aufzeichnen kann. Die Vorfälle mit dem Sarg und den Waffen auf dem Friedhof habe ich bereits aufgeführt. Dann kam die Unabhängigkeit, die imperiale Polizei wurde aufgelöst, sodass die Ängste, die Roseannes Vater empfand, zugenommen haben dürften, und dann ... dann verging wohl Zeit. Nahm sein Gefühl der Verwundbarkeit nun zu oder ab? Und Roseannes Vater erhielt eine Anstellung auf ebenjenem Friedhof. Da die Anstellung von der Kommune vergeben wurde, ist nur schwer verständlich, weshalb einem so belasteten Mann ein solcher Ruheposten anvertraut wurde, es sei denn, es war eine so untergeordnete Position, dass man sie als berechtigte Demütigung einstufte. Tatsächlich verlor er zu gegebener Zeit seine Arbeit und erhielt die Stelle eines Rattenfängers in Sligo, zweifellos der Gipfel der Beleidigung für einen solchen Mann. Father Gaunt schreibt mit einem Anflug von Ironie: »Da er seine Landsleute wie Ratten zur Strecke gebracht hatte, könnte man sagen, dass er für diesen Posten prädestiniert war.« (Oder Worte dieser Art.) Aber in Irland haben die Leute sowohl ein langes als auch ein kurzes Gedächtnis, wie überall, wo derartige Kriege ausbrechen. Der Bürgerkrieg, der nun folgte, fügte den humanitären Instinkten der jungen Männer von Sligo weiteren Schaden zu. Schließlich fand man die Zeit, sich Roseannes Vater zuzuwenden, und sein Ende war bizarr und zog sich in die Länge.

Als er eines Abends nach Hause kam, wurde er an seiner Straßenecke entführt. Wie gewöhnlich war er betrunken, und wie gewöhnlich wartete seine Tochter auf ihn. Ich glaube, und das geht auch aus Father Gaunts Bericht hervor, dass Roseanne ihren kauzigen Vater verehrte. Jedenfalls wurde er von einer Anzahl Männer ergriffen und auf den Friedhof verschleppt. Sie hinterher. Father Gaunt glaubt, dass die Männer vorhatten, ihn zur Spitze des Rundturms hinaufzuzerren und oben aus dem Fenster zu stürzen, oder doch etwas Ähnliches.

In seinen Mund wurden weiße Federn gestopft, zweifellos um seine frühere Arbeit zu charakterisieren, obwohl ich weiß Gott nicht begreife, worin seine Feigheit bestanden haben soll, selbst wenn er in vielerlei Hinsicht fehlgeleitet gewesen sein mag. Dann wurde er, ach, mit Hämmern malträtiert, und sie mühten sich ab, ihn aus dem kleinen Fenster in der Spitze des Turms zu stoßen. Roseanne selbst stand unten und blickte hinauf. Fraglos drangen aus dem kleinen Raum in der Spitze entsetzliche Schreckenslaute. Es gelang ihnen auch, ihn halbwegs durchs Fenster zu bugsieren, allerdings war sein Bauch vom jahrelangen Biergenuss so rund, dass er seinen Besitzer nicht in die Nachtluft entlassen wollte. Auch hatten die Hämmer ihren Vater noch längst nicht getötet, und als er drauflosbrüllte, stoben die Federn aus seinem Mund. Im Zorn der Verzweiflung zogen sie ihn wieder ins Innere, und einer der Männer schleuderte die blutigen Hämmer zum Fenster hinaus. Und die Federn flogen auf, und die Hämmer fielen nieder und trafen Roseanne, die unten stand und hinaufstarrte, am Kopf, sodass sie das Bewusstsein verlor.

Das Problem seiner Hinrichtung lösten sie nunmehr auf weniger theatralische Weise, indem sie ihn in einem verlassenen Haus nahebei aufknüpften. Ich glaube nicht, dass er in der Atmosphäre, die zu jener Zeit herrschte, sonderlich vermisst wurde. Zweifellos hatte er gegen das eigene Volk gehandelt. Es waren junge Männer, die versuchten, ein großes Unrecht zu rächen, und junge Männer sind reizbar und mitunter unbeholfen. Nein, so ein Mann wurde nicht sonderlich vermisst.

Außer von Roseanne.

Wie soll ich ihr das alles beibringen? Und das ist erst das Ende des ersten Abschnitts, es gibt da noch einen Teil, der ihre eigene spätere Geschichte wiedergibt. Darin findet sich eine wahrhaft erbärmliche, ja schockierende Anschuldigung gegen sie. Die Sünden des Vaters sind eine Sache, aber die Sünden der Mutter... Nun. Ich darf nicht vergessen, sage ich mir erneut, zu welchem Zweck ich diese Beurteilung vornehme. Sei professionell. Halte Distanz. Immerhin habe ich, aufgewachsen in England, wenngleich als eine Art irisches Kind, bereits Distanz zu den befremdlichen Kapiteln der verwirrenden Geschichte dieses Landes.

Und ist nicht unser aller Geschichte verworren und bleibt uns selbst fremd, ich meine, unserer Vorstellungskraft? Der Tod meiner Mutter, wie grausam der doch in jeder Hinsicht war, und das einzig Gute, was meines Erachtens dabei herauskam, war, dass er mich dazu »inspirierte«, in Durham Psychiatrie zu studieren, fast wie ein Akt rückwirkender und hoffnungsloser Versicherung gegen sein Eintreten.

Sie lebte im Paradies, in Padstow auf der anderen Seite des Flusses, in einem von allen Sommergästen neidvoll bewunderten Haus, das inmitten von Bäumen direkt am Strand lag.

Natürlich nicht meine »wirkliche« Mutter, und auch nicht mein »richtiger« Vater.

Als sie im Ruhestand waren, fuhren die beiden jedes Jahr in den Lake District. Eines Morgens bestieg mein Vater ohne sie einen Berg. Als er den Gipfel erreichte, blickte er in das unter ihm liegende Tal, es gab dort einen See, und er sah, wie eine winzige Gestalt ins Wasser ging. Er war zu weit entfernt, als dass man ihn hören konnte. Er wusste sofort, wer es war.

Etwa drei Jahre, nachdem sie mich adoptiert hatten, weil alle Hoffnung auf ein eigenes Kind verflogen war, bekamen sie doch noch ein eigenes Kind, meinen Bruder John. Er himmelte mich an. Wenn wir als Kinder im nahen Fluss angelten, blieb er in seinen Shorts stundenlang vornübergebeugt im Wasser stehen, um mit einem Marmeladenglas Elritzen für meine Haken zu fangen.

Als ich vierzehn war, fuhren wir morgens mit dem Rad um die Flussmündung herum zu unseren Bussen, meiner zum katholischen Gymnasium, seiner zu der Schule, die auch ich einst besucht hatte. Die Haltestellen lagen dicht beisammen, aber einander gegenüber, denn seine Schule befand sich in der anderen Fahrtrichtung. Es war eine kleine Landstraße außerhalb des Orts, und die Busse waren die glänzenden, klobigen Fahrzeuge jener Zeit.

Eines Morgens – wie doch aus allem eine kleine Geschichte wird, ebenso gut könnte ich sagen: Es war einmal – hatten wir unsere Fahrräder wie immer hinter die Hecke geschleudert, als ich meinen Bus herannahen sah, sein Bus kam fast im selben Abstand aus der anderen Richtung. John, etwa zehn, drückte mich an sich und gab mir einen Kuss, dann überquerte er die Straße. Ich stellte fest, dass ich außer meinem eigenen auch noch seinen Mantel in der Hand hielt, und rief ihm zu: »He, Kleiner.« John blieb stehen und drehte sich um. »Dein Mantel!«, sagte ich und wollte ihm den Mantel zuwerfen. Ich sah, wie John lächelte und ein paar Schritte auf mich zutat. Da waren die beiden Busse auch schon auf unserer Höhe, und was immer für Berechnungen die Fahrer angestellt hatten, um den kleinen Jungen die Straße überqueren zu lassen, mein Zuruf hatte großes Unheil angerichtet, und mein Bus rollte über ihn hinweg, während ich ihm noch den Mantel entgegenstreckte.

Das war der Grund für den Kummer meiner Mutter.

Großer Kummer. Unvorstellbar. Ihr Herz, im Innersten zerstört. Und doch, etwas daran bleibt mir verwehrt. Echtes Verständnis.

In anderer Hinsicht führte sie ein reiches Leben. Sie lebte im Paradies. Ja, meinen armen Vater ließ sie im Paradies zurück. War ich nicht auch zornig auf sie? Weil ich ihr nicht genügte? Oder mein Vater? Weil sie es nicht ertrug? Das ist so ungerecht, ich weiß. Aber es gibt so etwas wie Leidensfähigkeit, es ist eine Charaktereigenschaft. Ich meine, ohne respektlos gegen meine Mutter sein zu wollen, was ich sagen möchte, ist wohl, dass Roseanne ihr Leben ertragen hat, obwohl es keinen roten Heller wert war.

Jetzt, wo ich das schreibe, empfinde ich Abscheu über mich selbst.

Und warum weine ich?

Ich bin erstaunt über das, was ich da eben hingeschrieben habe. Den tragischen Tod meines Bruders, an dem ich, wie aus der unterkühlten Syntax klar wird, mir selbst die Schuld gebe, habe ich in eine bloße Anekdote verwandelt. Sogar in Durham, als wir Studenten Lehranalysen durchführten, hatte ich den Vorfall nie erwähnt. Ich denke nicht einmal über ihn nach, habe ihm in den vergangenen fünfzig Jahren keinerlei Wert beigemessen. Ein Skandal in den Ruhmeshallen meines Ichs. Das erkenne ich deutlich, nun da ich den nackten Tatsachen ins Auge sehe. Aber wie in aller Welt soll ich es jetzt betrachten, wie soll ich mich jemals heilen? Es übersteigt meine Fähigkeiten. Der einzige Mensch, mit dem ich darüber hätte reden können, ist Amurdat Singh, der längst im Grab liegt. Oder mein Vater, für den das Gleiche gilt. Was muss er gelitten haben, in seiner schönen englischen Zurückgezogenheit.

Aber das gehört nicht zur Sache. Ich bin ganz offensichtlich zufrieden damit, dass mir nicht mehr zu helfen ist. Es ist widerlich. Fürs Protokoll: Jetzt weine ich nicht nur, sondern zittere auch noch.

Natürlich umspannt Roseannes Leben so vieles, sie ist alles, was wir über unsere Welt wissen können, über die letzten hundert Jahre. Sie sollte ein Wallfahrtsort sein, eine nationale Ikone. Aber sie wohnt nirgends und ist nichts. Sie hat keine Familie und fast keine Nation. Eine Presbyterianerin. Manchmal gerät in Vergessenheit, welche Bemühungen in den Zwanzigerjahren unternommen wurden, um sämtliche Meinungsschattierungen im ersten irischen Senat zu vereinen, allerdings ließen diese Bemühungen auch schon bald nach. Unser erster Präsident war ein Protestant, eine schöne, poetische Geste. Uns fehlen tatsächlich so viele Fäden in unserer Geschichte, dass der Teppich des irischen Lebens nur zerfasern kann. Es gibt nichts, was ihn zusammenhielte. Der erstbeste Windhauch, der nächste große Krieg, der uns in Mitleidenschaft zieht, wird uns bis zu den Azoren wehen. Roseanne ist nur ein Stück Papier, das am Rande der Ödnis dahintrudelt.

Und mir wird klar, dass ich mich ein bisschen zu sehr auf sie eingelassen habe. Vielleicht bin ich von ihr besessen. Nicht nur, dass ich ihr ihre Geschichte nicht selbst entlocken kann, vielmehr besitze auch ich eine Fassung ihres Lebens, die sie selbst wohl von sich weisen würde. Ich muss mich um ein Dutzend anderer Seelen kümmern, muss diese anhören, um herauszufinden, ob sie wieder in den »Schoß der Gemeinschaft« zurückkehren können. Bei Gott, diese Anstalt soll geräumt, soll aufgelöst werden, ich habe viel zu tun, so viel zu tun.

Doch jeden Tag fühle ich mich genötigt, in ihr Zimmer zu gehen, oft beeile ich mich, als bestünde eine besondere Dringlichkeit wie am Schluss des alten Films *Begegnung*. Als wäre sie, sollte ich mich verspäten, nicht mehr da. Was ja tatsächlich der Fall sein könnte.

Ohne Bet kann ich nicht leben. Jetzt muss ich genau dies lernen.

Vielleicht benutze ich Roseanne als ein Mittel für etwas, Ich besuche jemanden, den ich bewundere – und über den ich zugleich Macht habe? Ich muss meine Beweggründe in allem einer genauen Prüfung unterziehen, denn ich fürchte, dass Roseanne in der Vergangenheit nicht allzu viel Gerechtigkeit widerfahren ist, ganz unabhängig davon, wie seriös die Behauptungen oder die Gerüchte (vielleicht ist das das bessere Wort) sind, die gegen sie vorgebracht wurden. Mag sie auch in gewissem Maße hier begraben sein, so ist sie doch nicht Saddam in seinem entsetzlichen Erdloch, wird nicht daraus hervorgezerrt, muss nicht wie ein Pferd ihr Gebiss untersuchen lassen (Randnotiz: obgleich man sich um ihre Zähne sehr wohl kümmern sollte, ich bemerke viele schwarze Stellen in ihrem Mund). Gebiss untersucht, Körper entlaust, entehrt, entsorgt.

SECHZEHNTES KAPITEL

Roseannes Selbstzeugnis

Kürzlich war Dr. Grene hier. Als er ins Zimmer kam, trat er zufällig auf das lose Dielenbrett, unter dem ich diese Seiten verstecke, und es ertönte ein jämmerliches Quietschen wie von einer Maus, wenn der Metallbügel der Falle herabschnellt, und jagte mir einen Schrecken ein. Aber nein, Dr. Grene beachtete es gar nicht, er beachtete nicht einmal mich. Er setzte sich auf meinen alten Stuhl und sagte nichts. Das bisschen Licht, das durchs Fenster hereinfiel, erhellte kaum sein Gesicht. Von meinem Aussichtspunkt auf dem Bett sah ich ihn im Profil. Er verhielt sich wirklich so, als sei er allein. Ab und zu stieß er tiefe Seufzer aus, deren er sich vermutlich nicht einmal bewusst war. Unbewusste Seufzer. Ich ließ ihn in Ruhe. Es war schön, ihn im Zimmer zu haben, ohne dass er irgendwelche Fragen stellte. Außerdem hatte ich meine eigenen Gedanken, die mich »zerstreuten«. Nur gut, dass unsere Gedanken stumm sind, unzugänglich, ungelesen.

Wozu schreibe ich dies dann?

Schließlich, ich dachte schon, er wolle gehen, drehte er sich an der Tür um wie die Detektive in alten Filmen, sah mich an und lächelte.

»Erinnern Sie sich noch an Father Garvey?«, fragte er.

»Father Garvey?«

»Ja, er war früher hier Kaplan. Vor rund zwanzig Jahren.«

»War das nicht der kleine Mann mit den Haaren in den Nasenlöchern?«

»An die Haare kann ich mich nicht erinnern. Ich saß eben so da, und da fiel mir ein, dass Sie es gar nicht mochten, wenn er Sie besuchte. Ich weiß nicht, wieso mir das plötzlich eingefallen ist. Gab es dafür einen Grund?«

»Ach nein«, sagte ich. »Ich mag nur keine Glaubensvertreter.«

»Keine Glaubensvertreter? Sie meinen Leute, die glauben?«

»Nein, nein, Priester und Nonnen und dergleichen.«

»Und gibt es dafür einen Grund?«

»Die sind sich in allem so sicher, und ich bin es nicht. Nicht, weil ich Presbyterianerin bin. Ich mag fromme Leute nicht. Er war sehr freundlich, dieser Father Garvey. Er sagte, er verstehe vollkommen«, sagte ich, und das hatte er in der Tat.

In der Tür zögerte er. Wollte er mich noch etwas fragen? Ich glaube schon. Aber er sagte nichts und nickte nur ein paarmal.

»Gegen Ärzte haben Sie hoffentlich nichts?«, fragte er.

»Nein«, sagte ich. »Gegen Ärzte habe ich überhaupt nichts.«

Und er lachte und ging hinaus.

Fred Astaire. Kein besonders schöner Mann. Gestand, nicht singen zu können. Neigte sein ganzes Leben lang zur Glatze. Aber er tanzte, wie ein Gepard rennt: mit der Anmut der ersten Schöpfung. Ich meine, der ersten Schöpfungswoche. An einem dieser Tage schuf Gott Fred Astaire. Vielleicht am Samstag, denn das war Kinotag. Wenn man Fred sah, fühlte man sich rundum besser. Er war ein Heilmittel. Dank der Filme war es, als hätte man ihn in Flaschen gefüllt, und nun heilte er auf dem ganzen Erdball, von Castlebar bis Kairo, die Lahmen und die Blinden.

Das ist die Wahrheit des Evangeliums. Der heilige Fred. Fred, der Erlöser.

Damals hätte ich zu ihm beten können.

Am Fuß des Berges hob ich einen hübschen glatten Stein vom regennassen Pfad auf. Es ist ein alter Brauch, einen Stein hinaufzutragen und auf das Hügelgrab zu legen. Oje, ich war vielleicht in einem Zustand. Nicht wegen des Aufstiegs, der machte mir damals überhaupt nichts aus. Nein, weil mein Kopf »schwamm«, wie es früher in den Kitschromanen hieß. Und ich kann nicht genau sagen, weshalb, ich wusste nur, dass ich etwas Unrechtes tat. Der Tag war vollkommen friedlich, vollkommen still, die Wolkendecke war aufgerissen, und am Himmel zeigten sich Flecken von Blau, aber meine Stimmung passte eher zu einem anderen Tag. Wenn sich über Knocknarea Regengewitter ergossen, in unsichtbaren Heerscharen und grotesken Lindwürmern auf Strandhill hinabflossen und ihren Streit zwischen den Häusern des Dorfes und dem Meer austrugen. Mit bloßen Armen bückte ich mich, um einen Stein aufzuheben. Trotz meiner inneren Unruhe achtete ich darauf, einen ansehnlichen auszuwählen, mit bloßen Armen und bloßem Herzen.

Wenn mein Vater sein eigenes Schicksal hatte, dann hatte ich wohl meines.

Liebe Leserin, lieber Leser, ich bitte um Ihren Schutz, denn nun bekomme ich es mit der Angst zu tun. Mein alter Körper zittert förmlich. Es ist schon so lange her, aber ich fürchte mich noch heute. Das alles ist schon so lange her, und doch bücke ich mich noch heute und spüre den Stein zwischen meinen Fingern, als wäre es damals. Wie kommt das? Ich wünschte, ich besäße noch dieselbe Kraft, könnte den Berg mit denselben beherzten Schritten besteigen. Ihn besteigen, besteigen, beherzt, beherzt. Vielleicht verspüre ich ja noch einen Überrest davon. Meine Glieder voller Hitze, meine Haut glatt wie Metall, meine ganze Jugendlichkeit – noch kaum beachtet, kaum geschätzt. Warum wusste ich so wenig? Warum weiß ich jetzt noch so wenig? Roseanne, Roseanne, wenn ich dich jetzt riefe, wenn mein Ich mein Ich anriefe, würdest du mich hören? Und wenn du mich hören könntest, würdest du auf mich hören?

Auf halbem Weg kam mir eine kleine Gruppe von Leuten entgegen, ich hörte sie lachen, und ab und zu polterte ein kleiner Stein den Weg herab. Dann standen sie vor mir, in Gabardinemänteln, mit weichen Filzhüten, Halstüchern – und noch mehr Gelächter. Sie gehörten den besseren Kreisen Sligos an, und eine der Frauen kannte ich sogar, sie war oft ins Café Cairo gekommen. Ich erinnerte mich sogar an ihre gewohnte Bestellung, und sie offenbar auch.

»Hallo, hallo!«, sagte sie. »Kakao und ein Kirschbrötchen, bitte!«

Ich lachte. Sie meinte es bestimmt nicht abschätzig. Ihre Begleiter betrachteten mich mit mildem Interesse und waren bereit, mir freundlich zu begegnen, wenn die Frau es so wünschte. Sie stellte mich nicht namentlich vor. Aber mit ruhiger Stimme sagte sie:

»Ich höre, Sie haben geheiratet. Unseren wunderbaren Mann im Plaza. Herzlichen Glückwunsch!«

Das war nett von ihr, denn unsere Heirat war nicht eben Stadtgespräch gewesen, und falls doch, dann nicht im positiven Sinne. Sagen wir's so. Ja, ich bin überzeugt, dass sie einen mittleren Skandal ausgelöst hatte, wie fast alles in Sligo, was nicht der Norm entsprach. Sligo war eine sehr kleine Stadt im Regen.

»Gut, Sie zu sehen. Noch einen schönen Aufstieg. Cheerio.«

Und mit diesem sehr englischen Gruß war sie verschwunden, der abfallende Pfad entzog sie mir, und die Hüte und die Halstücher schwebten rasch den Abhang hinab. Mitsamt dem Gelächter. Ich hörte die Frau mit ihrer angenehmen Stimme reden, vielleicht setzte sie die anderen ins Bild, vielleicht ließ sie eine Bemerkung darüber fallen, dass Tom nicht bei mir war, ich weiß es nicht. Aber es machte mir nicht gerade Mut bei meiner Unternehmung.

Worin bestand meine Unternehmung? Ich wusste es nicht. Wieso bestieg ich den Knocknarea auf Geheiß eines Mannes, der noch unlängst, im Bürgerkrieg, ein Irregulärer gewesen war und in seinem jetzigen Leben ebenso irregulär sein mochte? Ein Galgenvogel, der die Straßengräben von Sligo säuberte. Der, soweit ich wusste, unverheiratet war und mit niemandem ging. Ich wusste, was ich tat und wonach es aussah, aber ich wusste nicht, was mich den Berg hinauftrieb. Vielleicht war es eine Art unendlicher Neugier, die meiner Liebe zu meinem Vater entsprang. Das Bedürfnis, mich wieder dem Gedenken an meinen Vater anzunähern, oder jeder Erinnerung an ihn, die ihn gegenwärtiger machte, sogar die Ereignisse jener elenden Nacht auf dem Friedhof – jener beiden elenden Nächte.

Auf dem Gipfel war auf den ersten Blick niemand, außer vielleicht den uralten Knochen von Queen Maeve unter ihrem Gewicht von Millionen kleiner Steine. Von den Feldern weit unten, am Meer von Strandhill, sah ihr Hügelgrab unverwechselbar, aber klein aus. Erst als ich auf meinen müden Beinen zu ihm hinaufkletterte, erkannte ich, was für eine gewaltige Anlage es war, das Tagwerk von hundert Männern, die vor langer Zeit auf dem Berg eine seltsame Ernte faustgroßer Steine eingebracht hatten. Vielleicht hatten sie damit begonnen, die Königin unter ein paar sorgfältig aufgestellte Steinplatten zu betten, und dann langsam, wie einzelne Torfsoden, die zu einem Torfhaufen geschichtet, wie einzelne Begebenheiten, die zu einem Epos zusammengefügt werden, den großen Steinhügel geschaffen, unter dem sie nun ruhte. Ich sage: ruhte, aber ich meine: vermoderte, verweste, im Hügel verschwand, in die unterirdische Feuchtigkeit hinabkroch und kleine glitzernde Diamanten von Heide und Moos nährte. Einen Augenblick lang vermeinte ich Musik zu hören, ein Anschwellen alter amerikanischer Jazzmusik, aber es war nur der trübe Wind, der über den Gipfel taumelte. Und inmitten der Musik hörte ich meinen Namen.

»Roseanne!«

Ich blickte mich um, sah aber niemanden.

»Roseanne, Roseanne!«

Jetzt packte mich die alte Kinderangst, als vernähme ich eine Stimme aus dem Jenseits, als säße die Todesfee selbst mit den letzten Strähnen ihres staubigen Haars und ausgehöhlten Wangen auf dem Steinhaufen und wollte mich in die Unterwelt befördern. Aber es war keine Frauenstimme, sondern eine Männerstimme, und als ich noch einmal hinsah, erhob sich aus einer steinernen Einfriedung eine schwarz gekleidete Gestalt mit schwarzem Haar und blassem Gesicht.

»Da bist du ja«, sagte John Lavelle.

Zwar hatte ich im Gemischtwarenladen unten im Dorf von Strandhill die Uhrzeit abgelesen, aber ich hielt es doch für einen unglaublichen Erfolg, John Lavelle trotz knappster Angaben hier angetroffen zu haben. Sonntag um drei. Selbst in einer großen Notlage, wenn sich ganze Truppenkontingente vereinigt hätten, um heimlich den Feind zu überwältigen, hätte es vielleicht nicht so gut geklappt. Aber offenbar ist das Schicksal ein vollendeter Stratege und bewirkt Wunder an zeitlicher Abstimmung, um unser Verhängnis zu besiegeln.

Ich ging zu ihm hinunter. Ich glaube, ich empfand großes Mitgefühl für ihn, ich glaube, das war's, weil er unter so grässlichen Umständen seinen Bruder verloren hatte. Er war wie ein Bruchstück aus der Geschichte meiner Kindheit, von dem ich mich nicht lösen konnte. Ihm kam eine Wichtigkeit zu, deren Wesen sich mir nicht wirklich erschloss. Es war eine Art fataler Respekt vor ihm, der zwar nur Straßengrabenreiniger war, für mich jedoch eine heroische Erscheinung darstellte, ein Prinz in Bettelkleidern.

Er stand in einem kleinen Bett aus kahlen Steinen. Früher einmal dürfte es überdacht gewesen sein, mit einer Deckplatte, die vor langer Zeit eingestürzt oder beiseite gerückt worden war.

»Ich habe hier drin gelegen«, sagte er. »Ein hübsches sonniges Plätzchen. Fühl mal mein Hemd.«

Und er hielt mir seine schwarze Hemdbrust hin. Als ich kurz die Hand darauflegte, war sie richtig warm.

»Das macht in Irland der Sonnenschein«, sagte er, »wenn er nur den Hauch einer Chance hat.«

Dann wussten wir offenbar einige Momente lang nichts weiter zu sagen. Mein Herz hämmerte unter meinen Rippen, ich hatte schon Angst, er könnte es hören. Ach, es war nicht die Liebe zu ihm. Es war die Liebe zu meinem armen Vater. Einem Menschen nahe zu sein, der meinem Vater nahe gewesen war. Die schreckliche, gefährliche, unerklärliche Dummheit von alledem.

Plötzlich begriff ich. Plötzlich dachte ich, dass Tom eine Verrückte geheiratet hatte. Es war ein Gedanke, der mich seitdem viele, viele Male gequält hat. Aber fast bin ich stolz darauf, dass ich es war, die zuerst diesen Gedanken hatte.

Ich konnte den Verlockungen des Flusses nicht widerstehen. Das offene Meer hielt mich nicht länger. Das Lachsweibchen legt seine Eier an kiesigen Stellen im obersten Lauf seines Heimatflusses ab, dort, wo das Wasser in einem dünnen Rinnsal aus der Erde tritt. Mysteriöse Welt, Mysterien über Mysterien, Königinnen unter Steinen, Flüsse, die sich unterirdisch sammeln.

»Weißt du, was es ist, Roseanne?«, fragte er nach einer Weile. »Du siehst meiner Frau zum Verwechseln ähnlich.«

»Deiner Frau, John Lavelle?«, fragte ich und war mit einem Mal wütend.

»Meiner Frau, ja. Du siehst aus wie sie, oder vielleicht hat dein Gesicht in meiner Erinnerung ihre Stelle eingenommen.«

»Und wo ist deine Frau jetzt?«

»Auf der nördlichen Insel der Inishkeas. 1921 hatten ein paar von unseren Jungs die Polizeikaserne auf der Insel niedergebrannt. Ich weiß nicht, warum, denn es waren keine Polizisten darin. Also kamen die Black and Tans in einem Boot herausgefahren, um zu sehen, wie sie Rache üben könnten. Damals waren meine Zwillinge eben erst geboren. Meine Frau Kitty stand gerade im Hauseingang und hielt die beiden Jungen in den Armen, in jedem einen, um sie zu ›lüften‹, wie wir auf Gälisch sagen. Die Black and Tans, die noch in einiger Entfernung waren, beschlossen, ein paar wahllose Schüsse auf sie abzufeuern. Eine Kugel durchschlug ihren Kopf, eine weitere tötete Micheál a'Bhillí, und Seáinín fiel seiner Mutter aus dem Arm und prallte mit dem Kopf auf die steinerne Türschwelle.«

Er sprach jetzt sehr leise und beinahe furchtsam. Ich ergriff seinen Arm.

»Das tut mir leid«, sagte ich.

»Nun, ich habe ja immer noch Seáinín, er ist jetzt fünf-zehn. Er ist nicht ganz richtig im Kopf, weißt du, nach sei-nem Sturz. Ein bisschen sonderbar. Ein Bursche, der gern am Rand steht und von außen gelassen hereinschaut. Die Familie seiner Mutter zieht ihn groß, daher trägt er den Namen seiner Mutter, du kennst den schönen alten Insel-namen Keane. Aber er unterhält sich gern mit mir. Als ich das letzte Mal zu Hause war, habe ich ihm von dir erzählt, und er hat mir hundert Fragen gestellt. Und ich habe ihm gesagt, wenn mir etwas zustoßen sollte, müsse er Aus-schau nach dir halten, und das hat er mir versprochen, obwohl ich nicht glaube, dass er auch nur die Hälfte von dem verstanden hat, was ich sagte, oder dass er weiß, wo Sligo liegt.«

»Warum hast du ihm das aufgetragen, John Lavelle?«, fragte ich.

»Ich weiß nicht. Es ist nur so … «

»Nur so was?«

»Es ist nur so, dass ich nicht weiß, was mir zustoßen wird. Ich glaube, ich muss wieder zu den Waffen greifen. Die Straßenarbeiten sagen mir nicht zu. Das ist ein Grund, und er ängstigt mich zu Tode. Der andere Grund mag sein, dass ich außer Kitty noch nie eine so hübsche Frau gesehen habe.«

»Du bist doch fast ein Fremder. Das ist doch nicht nor-mal.«

»Da hast du's«, entgegnete er. »Ein Fremder. Dann be-steht eben das ganze Land aus Fremden. Du hast recht. Trotzdem, was sagen die Leute, wenn sie so empfinden wie ich? Ich nehme an, sie sagen: *Ich liebe dich.*«

Wir hatten eine gute Weile so dagestanden, und jetzt hörte ich andere Stimmen, neue Stimmen, die von unten heraufdrangen. Ich kam zur Besinnung, riss mich zusam-men und und stürzte fast zum Pfad hin. Es gab keinen anderen Abstieg als diesen, obwohl mein erster Gedanke war, den Weg durch die Heide einzuschlagen und über das Geröll nach Osten zu kraxeln, aber ich wusste, dass es unterhalb des Knocknarea einen hohe Felsenklippe gab und ich viele Stunden benötigen würde, um sie zu umgehen und auf eine Straße zu gelangen. So viele Stunden, dass Tom sich schließlich fragen würde, wo ich mich herumtrieb, und Gott und die Welt in Bewegung setzen würde, um mich zu finden. Das waren meine Gedanken, als mir der Wind, der jetzt zur Teestunde auffrischte, die Haare ins Gesicht wehte. Unten kam die kleine Gruppe in Sicht.

Es war eine Gruppe von Männern in schwarzen Mänteln und Soutanen. Eine kleine Gesellschaft von Priestern bei ihrem Sonntagsspaziergang. Hatte das nicht einen Anflug von Blasphemie? Hätten ihre Frömmigkeit, ihre Gebete und ihre Vorschriften sie doch nur in der Stadt festgehalten. Aber hier waren sie nun einmal, mit ihrem unterschiedlichen Gelächter und ihrem Stimmengemurmel. Verstört sah ich mich um, wo John Lavelle geblieben war. Oh, er stand genau hinter mir, wie ein Bestandteil des Windes selbst.

»Geh weg!«, sagte ich. »Kannst du dich nicht verstecken? Ich darf hier nicht mit dir gesehen werden.«

»Warum nicht?«, fragte er.

»Warum nicht? Bist du des Wahnsinns? Bist du etwa so verrückt wie ich? Geh und versteck dich hinter den Felsen da.«

Aber da war es schon zu spät. Natürlich war es das. Die Schar heiliger Männer stand bereits vor uns – strahlende Gesichter, freundliche Begrüßungen und Hütelüften. Bis auf ein Gesicht, das, von Wind und Anstrengung rotgepeitscht, mich mit leerem, aber gekränktem Blick anstarrte. Es war Father Gaunt.

Als ich wieder zu unserem kleinen Haus in Strandhill kam, war Tom nicht da, denn er war in die Stadt gegangen, um am Bahnhof den »General« zu begrüßen, in Vorbereitung eines Umzugs durch die Wine Street, der, wie Tom sich ausdrückte, die große Begeisterung der Stadt für General O'Duffys Bewegung demonstrieren sollte. Er hatte mich angebettelt, eine blaue Bluse anzuziehen, die der alte Tom für mich zu nähen überredet worden war, doch in Wahrheit machte dieser Teil von Toms Persönlichkeit mir Angst. Vermutlich wurden im originalen Café Cairo, also in Kairo selbst – und ich glaube nicht, dass die nette Mrs Prunty jemals dagewesen war –, dauernd Blubber geraucht, ganz zu schweigen von den Hoochie-Coochie-Mädels und ihrem Bauchtanz. Ich hatte in ihm nie einen Opiumraucher gesehen, aber ich fragte mich, ob wohl auch Opium so etwas zur Folge hatte wie diesen fast orientalischen Glanz in Toms Gesicht, wenn er vom General sprach und vom Korporatismus (was immer das war, ich bin mir nicht einmal sicher, ob er selbst es wusste), von der Rache am »Verräter de Valera« und dem »wahren Beginn von Irlands Größe«, und wie die schrillen Lieder damals alle hießen. Nachdem sie durch Sligo marschiert waren, kamen sie alle nach Strandhill zu einer Kundgebung im Plaza. Meine Angst nach dem Treffen mit John Lavelle war längst nicht verflogen, nicht zuletzt deswegen, weil ein Mann wie er natürlich der »Feind« der Bewegung des Generals war. Ich weiß nicht, warum mich das so beunruhigte, aber so war es. Ich stand in unserem kleinen Wohnzimmer, kahl wie eine Mietwohnung, aber sauber und ordentlich, und mich fröstelte in meinem Sommerkleid. Mich fröstelte, und mich fröstelte erst recht, als ich in der Ferne Motorengeräusch hörte, ein leise dröhnendes Geräusch, das immer lauter wurde, bis ich zum Fenster rannte, hinausspähte und die Wagenkolonne vorbeifahren sah, an der Spitze Tom, der sein eigenes Fahrzeug steuerte. Auf dem Beifahrersitz saß ein ungeheuer wichtig wirkender Jemand mit einer dieser Faltmützen und einer Hakennase ähnlich der von Toms Bruder Jack. Es gab Dutzende und Aberdutzende aufheulender Motorfahrzeuge, alle mit ihrer eigenen metallischen Musik, und der weiße Staub der schmalen Küstenstraße wirbelte von den Rädern auf wie der Sand der Sahara selbst. Und all die Männer- und Frauengesichter über den blauen Hemden und Blusen leuchteten mit jenem eigentümlichen Glanz, als wären sie nur wenige Schritte von der Seligkeit entfernt – das Inbild eines unvorstellbaren Optimismus, wie die Werbung in den amerikanischen Illustrierten, die uns hin und wieder in der entlegenen Welt Sligos erreichten und in die unsere Verwandten die begehrten Yankee-Dollars eingewickelt hatten.

Und ich hatte das seltsame Gefühl, auf die Welt einer anderen hinauszuschauen, auf den Tom einer anderen, auf die Stadt einer anderen. Als würde ich nicht mehr lange da sein und wäre nicht lange genug da gewesen, oder vielleicht auch nie da gewesen. Wie mein eigener Geist, und auch das gewiss nicht zum ersten Mal.

Ich ging zu Bett, lag zwischen den kühlen Laken und versuchte, ruhig zu sein. Ich versuchte, ich selbst zu sein, und konnte diese Person doch nicht finden. Roseanne. Vielleicht entglitt sie mir. Vielleicht war sie mir schon vor geraumer Zeit entglitten. Im Unabhängigkeitskrieg waren es nicht nur Soldaten und Polizisten gewesen, die umgebracht werden mussten, oder auch nur die dummen Kerle, die in den Ersten Weltkrieg gezogen waren, ohne darüber nachzudenken, was sie dort verloren hatten, sondern ebenso Kesselflicker, Landstreicher und dergleichen. Leute, die die Ränder der Dinge verschmutzten, Leute, die an den Rändern der Fotos von schönen Orten standen und diese in den Augen gewisser Leute zu verstänkern begannen. Als die Deutschen im nächsten Krieg Bomben über Belfast abwarfen, flohen Zehntausende Menschen aufs flache Land, darunter Tausende aus den Slums von Belfast, aber niemand wollte sie im Haus haben, denn sie waren ein vergessener Stamm von Wilden, so arm, dass sie keine Toiletten kannten und nichts als Tee und Brot zu sich nahmen. Sie pissten auf die Fußböden von anständigen Häusern. Alle diese Menschen hatten im Verborgenen gelebt, bevor die Deutschen sie ausgebombt, sie ausgeräuchert hatten. Wie die armen Ratten meines Vaters. Ich lag in einem Bett mit sauberen Laken, aber ich fühlte mich wie sie. Wie sie war ich nicht dankbar genug und hatte mein eigenes Nest beschmutzt. Mir war klar, hätten Toms Freunde, die im Plaza versammelt waren, alles über mich gewusst, sie hätten mich liebend gern – ich weiß auch nicht: verurteilt, ausgelöscht, von den Fotos des Lebens verbannt. Natürlich wusste ich nichts von den Deutschen, außer dass der General ein Mann wie diejenigen war, die sie zu der Zeit in Italien, in Deutschland, in Finnland hatten: mächtige, lärmende Männer, die alle begeistern, alle sauber, gesund und rein halten wollten, damit sie in einer riesigen Horde losziehen und die Verlausten, Verlumpten, moralisch Verkommenen vernichten konnten. Irgendwo in meinem Herzen, wenn sie den Pass meines Herzens aufgeschlagen hätten, hätten sie mein wirkliches Gesicht erblickt – ungewaschen, von Feuer versengt, erschrocken, undankbar, verseucht und stumm.

In den frühen Morgenstunden erwachte ich, wachgestupst von leisen Geräuschen, die Tom im Zimmer machte. Über dem Knocknarea hing ein riesiger Mond, das Steingrab war so deutlich zu sehen, als schiene die Sonne. Ich war noch in einem Traum befangen, und einen Augenblick lang glaubte ich auf dem Grabhügel eine

Gestalt ausmachen zu können, in schwarzen Kleidern, mit großen, hellen, gefalteten Flügeln auf dem Rücken. Aber dafür war sie natürlich viel zu weit entfernt.

»Bist du wach, Liebling?«, fragte Tom, und als ich ihn ansah, kämpfte er sich gerade aus seinen Hosenträgern.

»Du hast ja Blut im Gesicht«, sagte ich und setzte mich auf.

»Auf dem ganzen verfluchten Hemd habe ich Blut«, antwortete er, »obwohl man's kaum sehen kann, weil's doch blau ist.«

»Mein Gott«, sagte ich, »was ist denn passiert, Tom?«

»Überhaupt nichts. Die Bullen in Sligo haben uns ein bisschen Widerstand geleistet. Wir sind ganz brav marschiert, als ein kleiner Trupp von wütenden Burschen aus der Quay Street gestürmt kam, vermutlich hat man die aus Collooney herangeschafft, denn es waren keine regulären Polizisten aus Sligo. Und einer von denen hat mir eins mit dem Knüppel übergezogen, ich kann dir sagen, das hat vielleicht wehgetan. Und der General hat sie angebrüllt, und die haben zurückgebrüllt: ›Sie haben keine Genehmigung, durch Sligo zu marschieren!‹ Dabei war der General noch vor ein paar Jahren Oberbefehlshaber dieser selben Polizisten gewesen. Na ja. Alles schrie und schäumte vor Wut. Darum waren wir heilfroh, endlich zum Tanzsaal zu kommen, das kann ich dir sagen. So ein Gedränge hast du noch nicht gesehen.«

Unterdessen hatte er seinen schönen gestreiften Schlafanzug angezogen, dann ging er zum Waschbecken, klatschte sich Wasser ins Gesicht, wischte es sich am Handtuch ab und stieg zu mir ins Bett.

»Und was hast du gemacht?«, fragte er. »Du hättest mitkommen sollen. Es war herrlich.«

»Ich bin spazieren gegangen«, antwortete ich.

»Oho«, sagte er. »Tatsächlich? Warum auch nicht?«

Damit schob er seinen linken Arm unter meine Hand und zog mich an sich, und nach einer Weile schliefen wir zwischen Blut und Mondschein ein.

Dr. Grenes Aufzeichnungen

Gestern herrschte im Gebäude helle Aufregung. Ich muss zugeben, dass mich die Reaktionsschnelligkeit beinahe ermutigt hat, denn in der Vergangenheit hing für mein Gefühl oft eine Wolke der Trägheit über diesen alten Dächern. Aber die junge Dame, die man völlig aufgelöst und blutverschmiert aufgefunden hatte, war verschwunden. Die Stationsschwester war entsetzt, da die Schwester der Patientin eben erst zu Besuch gekommen war und ihr ein Geschenk mitgebracht hatte, einen hübschen neuen Morgenrock. Die Stationsschwester hatte den Gürtel gesehen, der aus demselben leichten Stoff war wie der Morgenrock selbst, es aber nicht übers Herz gebracht, ihn sofort zu entfernen. So raste sie durch die Krankensäle, fragte alle, ob sie die arme, unglückliche Frau gesehen hätten, und sorgte dafür, dass die Patientinnen sich zum ersten Mal seit vielen Jahren rührten. Am Ende stellte sich heraus, dass die Frau sich nicht etwa aufgehängt hatte, sondern in ihrem Morgenrock zur Anmeldung gegangen war und sich selbst entlassen hatte, wozu sie nach der neuen Gesetzgebung vollkommen berechtigt war. Sie war zur Hauptstraße gegangen, hatte sich in die Stadt mitnehmen lassen und dort einen Bus nach Leitrim bestiegen, noch immer in ihrem Morgenrock. Wie ein Zaubermantel trug er sie zurück nach Leitrim. Gestern Abend rief ihr Mann an, um uns zu informieren, und seine Stimme am anderen Ende der Leitung klang sehr aufgebracht. Er sagte, das Krankenhaus solle doch eine Zufluchtsstätte sein. Die Oberschwester redete mit ihm und war sehr unterwürfig, gar nicht wie die alten Schwestern Oberinnen, die wir früher hier hatten. Ich weiß nicht, ob die Sache damit beigelegt ist, aber es kommt mir vor, als habe sie alle Merkmale einer Rettungsaktion. Ich wünsche der armen Frau alles Gute, und es tut mir leid, dass wir ihr nur so wenig genutzt haben, eher im Gegenteil. Und ich freue mich, dass die Panik der Krankenschwestern unbegründet war.

Heute Morgen bin ich ganz unbeschwert in Mrs McNultys – ach was, Roseannes – Zimmer gegangen. Natürlich ist die junge Frau noch immer gefährdet, aber ich bin alt genug, um bloßes Überleben wertzuschätzen.

Im Zimmer spielten einige wenige schräge Strahlen einer frühlingshaften Sonne, die mit fast zaghaftem Taktgefühl durchs Fensterglas drangen. Ein kleiner länglicher Strahl davon fiel auf Roseannes Gesicht. Sie ist wirklich sehr alt. Sonnenlicht hat das Alter schon immer besonders brutal vermessen, es aber auch am getreuesten gemalt. Ich musste an die Verszeilen von T. S. Eliot denken, die wir in England in der Schule gelernt hatten:

Mein Leben, leichtes Spiel dem Todeswind,
Hängt federleicht auf meinem Handrücken.

Die Worte werden von Simeon gesprochen, dem Menschen, der den Tod nicht sehen wollte, er habe denn zuvor den Heiland gesehen. Ich glaube nicht, dass Roseanne darauf wartet. Auch an die Selbstbildnisse Rembrandt van Rijns musste ich denken, die der Vorstellung von unserem eigenen Aussehen, wie wir sie als Gegenmittel gegen das Bedauern in uns tragen, so treulos treu sind. Wir beschließen, die Tatsache nicht zuzulassen, dass die Haut unter unserem Kinn schlaff herabhängt wie der Putz bei einer altmodischen Zimmerdecke, der sich von seinen Trägern löst.

Ihre Haut ist so dünn, dass man die Adern und was nicht noch sieht, wie Straßen, Flüsse, Städte und Denkmäler auf einer Landkarte. Wie etwas, das gedehnt wurde, um darauf schreiben zu können. Allerdings hätte kein Mönch gewagt, die Spitze seines Gänsekiels auf so dünnes Pergament zu setzen. Und wieder dachte ich, wie schön sie gewesen sein muss, wenn sie selbst jetzt, einhundert Jahre alt, von einer so sonderbaren Schönheit ist. Gute Knochen, wie mein Vater zu sagen pflegte, als wisse er ihren Wert zu schätzen, nun da er älter wurde und die, die er kannte, mit ihm.

Allerdings hat sie auf einer Seite ihres Gesichts einen Hautausschlag, ziemlich rot und »böse«, wie man sagt, und ich hatte den Eindruck, dass ihr beim Sprechen die Zunge im Weg sei, als wäre sie an der Wurzel leicht geschwollen. Ich muss veranlassen, dass der praktische Arzt, Mr Wynn, einen Blick auf sie wirft. Vielleicht braucht sie ein Antibiotikum.

Ob sie meine Stimmung erriet oder was, ich weiß es nicht, jedenfalls war sie sehr aufgeschlossen, ja offenherzig. Auf seltsame Weise unbefangen. Vielleicht war es ein Glücksgefühl. Ich weiß, dass sie an jeder Wetterverbesserung, am Fortgang des Jahres größte Freude hat. Sie setzt ihr Vertrauen in die Osterglocken entlang der Auffahrt, die irgendein alter Grande dort gepflanzt hat, in jenen längst vergangenen Zeiten, als die Anstalt noch ein Herrenhaus und ein Landgut war. Mit bangem Taktgefühl meinerseits, bei dem ich mich von den Sonnenstrahlen leiten ließ, schnitt ich schließlich das Thema ihres Kindes an. Ich sage »schließlich«, als hätte ich schon tausend andere Themen erfolgreich angeschnitten oder das Gespräch allmählich auf das Kind hingeführt. Hatte ich gar nicht.

Aber die ganze Angelegenheit lag mir sehr am Herzen, denn wenn Father Gaunts Schilderung zutrifft, dann ist die ganze Frage ihres Geisteszustands und ihrer langen Anwesenheit hier und in Sligo wahrscheinlich auf Dauer strittig. Da ich Sligo erwähne – ich habe noch einmal hingeschrieben und angefragt, ob ich bald einmal vorbeikommen und mit dem Verwaltungsleiter sprechen könnte, der, wie sich herausgestellt hat, ein alter Bekannter von mir ist, ein Mann namens Percival Quinn, bestimmt der einzige Percy in der gegenwärtigen Epoche, von dem ich je gehört habe, geschweige denn, dass ich je einem begegnet wäre. Anscheinend war er es, der sich die Mühe gemacht hat, Father Gaunts eidesstattliche Erklärung auszugraben, und vielleicht gibt es auch noch andere Akten dort, die selbst Percy nicht herausrücken zu können glaubt, aber das weiß ich nicht. Manchmal sind wir Psychiater wie Leute vom Geheimdienst. Sämtliche Daten erscheinen uns sensibel, gefährdet und schützenswert, manchmal, wie es scheint, sogar die Uhrzeit. Wie auch immer, ich werde meinem Instinkt folgen.

Heute Abend herrscht vollkommene Ruhe im Haus. Das ist fast so gespenstisch wie das Klopfen. Aber ich bin dankbar. Ein Mensch, der altert und allein ist, und dankbar. Wäre es deplatziert, es hier aufzuschreiben, Bet, dir zu schreiben, dass ich dich noch immer liebe und dir dankbar bin?

Roseanne war so verletzlich, so bewunderungswürdig, so offen während unserer Besprechung, dass ich wusste, ich hätte sie alles fragen, jedes Thema anschneiden und vermutlich zur Wahrheit vordringen können oder was sie für die Wahrheit hält. Nun, ich kannte meinen Vorteil, und hätte ich ihn genutzt, ich hätte viel gewonnen, vielleicht aber auch etwas verloren. Heute war der Tag, an dem sie mir alles erzählt hätte, und heute war der Tag, an dem ich für ihr Schweigen, für ihre Verschwiegenheit optierte. Denn mir scheint, es gibt etwas Wichtigeres, als zu urteilen. Ich glaube, man nennt es Barmherzigkeit.

Roseannes Selbstzeugnis

Dr. Grene kam sehr beschwingt herein, er zog seinen Stuhl heran, als meine er es ernst. Ich war so überrascht, dass ich mich tatsächlich bis zu einem gewissen Grad am Gespräch beteiligte.

»Es ist ein so schöner Frühlingstag«, sagte er, »dass ich mich ermuntert fühle, Ihnen noch einmal einige dieser ermüdenden alten Fragen zu stellen, Fragen, die Sie bestimmt nicht gestellt haben wollen. Aber ich habe das Gefühl, dass wir Gewinn daraus ziehen können. Erst gestern habe ich etwas gehört, das mir das Gefühl gibt, dass nichts unmöglich ist. Dass Dinge, die auf den ersten Blick dunkel und undurchdringlich erscheinen, plötzlich in der Lage sind, Licht einzulassen, unerwartetes Licht.«

So redete er eine Weile und kam schließlich zu der Frage. Wieder hatte sie mit meinem Vater zu tun, und ich war – zum zweiten Mal – bereit, ihm zu sagen, dass mein Vater nie bei der Polizei gewesen war. Allerdings erzählte ich ihm, dass die McNultys Verbindungen zur Polizei gehabt hatten.

»Eneas, der Bruder meines Mannes, war bei der Polizei. Er trat seinen Dienst etwa 1919 an, keine gute Zeit, um dort beschäftigt zu sein«, sagte ich, oder doch Worte dieses Inhalts.

»Aha«, sagte Dr. Grene, »dann meinen Sie also, dass die Verbindungen zur Polizei … fraglich waren?«

»Ich weiß nicht«, antwortete ich. »Sind an der alten Auffahrt schon die Osterglocken zu sehen?«

»Sie sind schon fast da, sie wollen herauskommen«, sagte er. »Vielleicht haben sie Angst vor einem letzten Frost.«

»Osterglocken kann der Frost nichts anhaben«, sagte ich. »Die blühen auch bei Schnee, wie das Heidekraut.«

»Ja«, sagte er, »ich glaube, Sie haben recht. Roseanne, das zweite Thema, das ich ansprechen möchte, ist das Thema des Kindes. In der kurzen eidesstattlichen Erklärung, die ich erwähnt habe, las ich, dass es da ein Kind gab. Irgendwann einmal.«

»Ja, ja, es gab ein Kind.«

Dann sagte ich nichts, denn was konnte ich schon sagen? Ich fürchte, ich begann zu weinen, so leise ich konnte.

»Ich wollte Sie nicht aus der Fassung bringen«, sagte er ganz sanft.

»Ich glaube Ihnen«, sagte ich. »Es ist nur so ... wenn ich zurückblicke, ist alles so – «

»Tragisch?«, fragte er.

»Das ist ein zu großes Wort. Auf jeden Fall sehr traurig, scheint mir.«

Er griff in die Tasche seines Jacketts und holte ein kleines zusammengefaltetes Papiertaschentuch heraus.

»Keine Sorge«, sagte er. »Ich habe es nicht benutzt.«

Dankbar nahm ich das unnütze kleine Ding entgegen. Warum hätte er es nicht benutzen sollen, wo er doch jüngst selber Sorgen hatte? Ich versuchte, mir vorzustellen, wie er in seinem Haus saß, ein Haus, das ich natürlich nicht kenne. Seiner Frau beraubt. Der Tod, der sie ihm entrissen hat, ist so mitleidlos wie jeder andere Liebhaber.

Und ich tupfte meine Tränen ab. Ich fühlte mich wie Barbara Stanwyck in einer dümmlichen Filmschnulze, oder zumindest wie Barbara Stanwyck im Alter von hundert Jahren. Dr. Grene sah mich mit einer so kläglichen

Miene an, dass ich lachen musste. Dann erholte er sich und lachte ebenfalls. Wir lachten alle beide, aber ganz leise und gedämpft, als wollten wir nicht, dass uns jemand hörte.

Ich muss zugeben, dass es in meinem Kopf »Erinnerungen« gibt, die selbst mir merkwürdig vorkommen. Dr. Grene würde ich das nicht sagen wollen. Ich nehme an, wenn man sein Gedächtnis vernachlässigt, wird es wie eine Abstellkammer, wie die Rumpelkammer in einem alten Haus, der Inhalt gerät völlig durcheinander, vielleicht nicht nur, weil man nicht aufräumt, sondern weil man aufs Geratewohl darin herumwühlt und überdies Dinge hineinwirft, die da nicht hingehören. Jedenfalls vermute ich – ach, ich weiß nicht, was ich vermute. Mir wird fast schwindlig, wenn ich die Möglichkeit bedenke, dass alles, woran ich mich erinnere, vielleicht … vielleicht gar nicht *wahr* ist. Damals herrschte ein solches Chaos, dass … dass was? Dass ich Zuflucht in anderen unmöglichen Geschichten, in Träumen, Fantasien suchte? Ich weiß es nicht.

Aber wenn ich bestimmten Erinnerungen vertraue, könnten mir diese vielleicht als Trittsteine dienen, und ich könnte den reißenden Strom vergangener Zeiten durchqueren, ohne ganz von ihm fortgespült zu werden.

Es heißt, die Alten hätten wenigstens ihre Erinnerungen. Ich bin mir nicht so sicher, ob das immer eine gute Sache ist. Ich versuche, dem, was in meinem Kopf ist, treu zu bleiben. Hoffentlich versucht dieses, auch mir treu zu bleiben.

Es war die einfachste Sache von der Welt. Er kam einfach nie nach Hause. Ich wartete den ganzen Tag. Ich kochte das Haschee, wie ich es ihm am Morgen versprochen hatte, denn er hatte eine Schwäche für püriertes und wieder aufgewärmtes Essen, dabei hatte doch sein Bruder Jack in der Marine gedient. Haschee ist das Lieblingsessen der Matrosen und Soldaten, wie mein Vater bezeugen könnte. Aber unter dem Deckel wurde die Mahlzeit wieder kalt. Die Nacht senkte sich auf den Knocknarea, auf die Bucht von Sligo, auf den Ben Bulben, wo John Lavelles Bruder Willie ermordet worden war. An den oberen Hängen, in der Heimlichkeit dünnerer Luft und Heide. Ein Schuss ins Herz, oder war's der Kopf, nachdem er sich längst ergeben hatte. John Lavelle sah von seinem Versteck aus zu. Sein eigener Bruder. Die Brüder Irlands. John und Willie, Jack und Tom und Eneas.

Ich wusste sofort, dass etwas nicht stimmte, aber man kann dergleichen wissen und den Gedanken doch nicht zulassen. Er spukt im Hinterkopf herum, dort, wo man ihn nicht kontrollieren kann. Aber der Schmerz setzt weiter vorne ein.

Ich muss gestehen, dass ich dasaß und vor Liebe zu meinem Mann verschmachtete. Es war seine eigenartige Effizienz, sogar sein entschlossener Schritt auf den Bürgersteigen von Sligo. Seine Westen, sein Gabardinemantel oder sein Trenchcoat mit dem vierfachen Futter, seine Stiefel mit der patentierten Doppelsohle, die nie geflickt zu werden brauchten (natürlich mussten sie geflickt werden). Sein strahlendes Gesicht, die von Gesundheit zeugenden rötlichen Wangen und die Zigarette, die ihm im Mundwinkel hing, dieselbe Marke, die auch sein Bruder rauchte, Army Club Sandhurst. Und seine Musikalität und sein Selbstvertrauen, die Art, wie er seinen Weg in der Welt ging und bereit war für sie. Und nicht nur bereit war für sie, sondern sie tatsächlich erobern würde, Sligo und alle Punkte westlich und östlich davon, »von Portugal bis zum Meer«, wie das alte Sprichwort lautet, obwohl es in Wahrheit ein unsinniges Sprichwort ist. Tom McNulty, ein

Mann, der jedes Recht auf Leben hatte, weil er es ehrte, indem er es genoss.

Oje, oje, so saß ich da. Und sitze noch immer da.

Ich bin alt genug, um zu wissen, dass das Verrinnen der Zeit nur eine Sinnestäuschung ist, eine Zweckdienlichkeit. Alles ist für immer gegenwärtig, entfaltet sich noch immer, geschieht noch immer. Die Vergangenheit, die Gegenwart und die Zukunft, auf ewig im Gehirn vereint, wie die Bürsten, Kämme und Schleifen in einer Handtasche.

Er kam einfach nicht zurück.

Dort draußen in Strandhill, an Abenden, wenn es keinen Tanz gab, wenn nur hin und wieder ein Auto zu hören war, das oben ins Dorf kam, schrie oft ein Käuzchen. Ich glaube, es lebte unterhalb des Knocknarea, dort, wo das Land abfällt und eine Art Tal zum Meer hin bildet. Das Käuzchen lebte nahe genug, dass sein kurzer, wiederholter Ruf deutlich über die gestrüppreichen Felder und das Ödland drang. Es rief und rief, als wollte es ich weiß nicht was sagen. Stoßen Geschöpfe, die des Nachts wachen und jagen, des Nachts auch Balzrufe aus? So muss es wohl sein.

Mein Herz rief ebenfalls, sandte Signale aus in die schwierige Menschenwelt. Tom, komm nach Hause, *komm nach Hause.*

SIEBZEHNTES KAPITEL

Ich glaube, zwei Nächte später muss ich immer noch so dagesessen haben. Obwohl das kaum möglich ist. Hatte ich denn nichts gegessen, war ich nicht auf den Abort hinter der Hütte gegangen, hatte ich mir nicht die Beine vertreten? Ich kann mich nicht mehr erinnern. Beziehungsweise ich kann mich nur noch erinnern, dass ich dagesessen habe, und als eben die Abenddämmerung über Strandhill hereinbrach und alles besänftigte, selbst die Farbe des Grases, eilte die nächtliche Brise von der Bucht herein und ließ meine Rosen an der Fensterscheibe rascheln oder jedenfalls die neuen Knospen, tapp, tapp, tapp, wie Gene Krupa, wenn er mit einem kleinen Schlagzeugsolo einsetzte. Und dann hörte ich, wie aufs Stichwort, die Klänge von *Honeysuckle Rose* die Straße heraufkommen, um die Ecke und zur Tür herein, zuerst nur ein paar Töne, doch dann hörte ich, wie Harry B. die Trommeln schlug, dann die Klarinette, das musste Tom sein, und jemand auf dem Klavier, natürlich nicht ich, dem spröden Geklimper entnahm ich, dass es der alte Tom sein mochte, und das da an der Rhythmusgitarre, die er wie ein Kind liebte, war wahrscheinlich Dixie Kielty, und jetzt entfalteten sie das Lied, Stiel für Stiel und Blüte um Blüte, geradeso wie das Geißblatt selbst seine Knospen entfaltet, auch wenn es in unserer Gegend erst später im Jahr erblüht.

Da wusste ich natürlich, dass es Samstag war. Daran konnte man sich orientieren.

Herrgott, was für ein großartiges Stück für ein Gitarrensolo.

Honeysuckle Rose. Wumm, wumm, wumm, macht das Schlagzeug, und auf und ab und rund um die Uhr erklingen die Akkorde der Gitarre. Mit diesem Song kann man selbst die Hinterwäldler von Sligo halb verrückt machen. Ein Toter würde dazu tanzen. Ein Tauber würde die Solopartien bejubeln.

Es hieß, jedenfalls hatte Tom mir das erzählt, dass Benny Goodman dem Song bei Tanzveranstaltungen volle zwanzig Minuten einräumte. Das glaubte ich gut und gern. Man hätte ihn den ganzen Tag spielen können und immer noch etwas zu sagen gehabt. Und das war's, verstehen Sie, es war ein sprechender Song. Selbst wenn niemand die Worte sang.

Also.

Also ging ich hinüber. Es war das merkwürdigste, freudloseste Gefühl, das zu tun. Mir das bisschen Sonntagsstaat, das ich besaß, mein bestes Kleid, anzuziehen, mir hastig Schminke aufzutupfen, meine Haare zu kämmen und zu richten, meine Bühnenschuhe überzustreifen, dabei die ganze Zeit heftig ein- und auszuatmen und dann hinauszutreten in die Brise, ihre Kälte zu spüren, bis meine Brust sich unmerklich zusammenzuziehen schien. Aber das störte mich nicht.

Denn ich dachte, es sei noch immer möglich, dass sich alles finden würde. Wieso dachte ich das? Weil ich nichts Gegenteiliges gehört hatte. Ich war einem Geheimnis auf der Spur.

Es war noch zu früh zum Tanzen, aber es kamen bereits die Autos aus Sligo herbeigefahren, ihre großen Scheinwerfer senkten sich wie große Schaufeln in die zerfurchte Straße. Im Wageninnern erwartungsvolle Gesichter, und hin und wieder Burschen, die auf den Trittbrettern standen. Es war ein glücklicher Anblick, der glücklichste Anblick in ganz Sligo.

Je mehr ich mich dem Plaza näherte, desto mehr kam ich mir wie ein Gespenst vor. Das Plaza war usprünglich nur ein Ferienhaus gewesen, und den Tanzsaal hatte man hinten angebaut, sodass die Vorderfront wie ein gewöhnliches Wohnhaus aussah, nur dass die Fenster zubetoniert waren, wie ausgelöscht. Auf dem Dach flatterte eine hübsche Flagge, auf der P-L-A-Z-A stand. Lichter gab es nicht allzu viele, aber wer brauchte schon Lichter, wenn das Gebäude das Mekka aller Wochentagsträume und -fantasien war? Man konnte sich die ganze Woche lang bei einer hundsmiserablen Arbeit in der Stadt abschinden, solange man nur das Plaza hatte … Tanzen war wichtiger als Religion, das kann ich Ihnen versichern. Es *war* eine Religion. Nicht tanzen zu dürfen wäre einer, wie hieß das noch mal?, einer Exkommunikation gleichgekommen, als wäre einem der Zugang zu den Sakramenten verwehrt, wie damals im Bürgerkrieg den IRA-Männern.

Männern wie John Lavelle natürlich.

Honeysuckle Rose. Jetzt hatte die Band den Song beendet und stimmte *The Man I Love* an, was, wie alle Welt weiß, ein langsameres Stück ist, und ich fand, so früh am Abend war es keine gute Wahl. Jeder Zoll das Bandmitglied. Jedes Stück passt zu einem bestimmten Zeitpunkt. Für einige Stücke gibt es nur selten den passenden Zeitpunkt, alte Weihnachtslieder etwa oder kitschige alte Balladen spielt man nur mitten im Winter, wenn alle schwermütig sein wollen. *The Man I Love* eignet sich als Tanz vor dem Kehraus oder so, wenn alle müde, aber glücklich sind und wenn auf allem ein Glanz liegt, auf Gesichtern, Armen, Instrumenten, Herzen.

Als ich den Saal betrat, tanzten nur ein paar verlorene Seelen. Ich hatte recht gehabt, für diesen Song war es viel zu früh. Trotzdem hatte die Band schon so ein spätabendliches Aussehen. Der alte Tom spielte das Solo gleich zu

Anfang, und dann fiel sein Sohn mit der Klarinette ein. Es war richtig schockierend. Vielleicht fiel den Leuten auf, dass Tom, mein Tom, leicht betrunken wirkte. Jedenfalls schwankte er ein bisschen, aber er hielt durch, bis er plötzlich nicht weiterzuwissen schien und das Mundstück absetzte. Die Band spielte den Song bis zum nächsten Übergang und brach dann ebenfalls ab. Sie blickten auf Tom, um herauszufinden, was er vorhatte. Tom stellte mit gewohnter Sorgfalt sein Instrument ab, trat von der Bühne und wankte nach hinten zu den Garderobenräumen. Ich wusste nicht einmal, ob er mich gesehen hatte.

Auch ich hielt darauf zu. Zwischen mir und den alten Vorhängen, die vor der Tür hingen, lag nur noch das Tanzparkett. Entschlossen schritt ich voran, aber plötzlich stand Jack neben mir, sein Gesicht sehr streng im Wechsel des Lichts und der Finsternis.

»Was willst du, Roseanne?«, fragte er. So kalt hatte seine Stimme noch nie geklungen, und er konnte eiskalt sein.

»Was ich will?«

Es war komisch, ich war zwei, drei Tage lang so stumm gewesen, dass meine Stimme fast brach, als ich antwortete, gghh, wie eine Nadel, die quer über die Schallplatte rutscht.

Ich glaube nicht, dass jemand zu mir herübersah. Wir müssen wie zwei alte Freunde gewirkt haben, die miteinander plaudern, wie es an einem Samstagabend dort tausend alte Freunde taten. Was wäre Freundschaft ohne das Plaza gewesen, ganz zu schweigen von der Liebe?

Wahrscheinlich war mein Magen leer, aber das hinderte meinen Körper nicht daran, sich übergeben zu wollen. Es war eine Reaktion auf die Eiseskälte in Jacks Stimme. Diese Eiseskälte verriet mir mehr als jeder kleine Vortrag von ihm, auch der kleine Vortrag, den ich zweifellos gleich zu hören bekäme. Es war nicht die Stimme des Scharfrichters, etwa des Engländers Pierrepoint, den die Regierung des Freistaats später, in den Vierzigerjahren, herbeiholen würde, um IRA-Männer zu hängen, aber es war doch die Stimme eines Richters, der meine Hinrichtung verkündete. Wie viele Mörder und andere Schwerverbrecher lesen ihr Schicksal bereits an der Miene des Richters ab, erst recht an dem schwarzen Sack, der ihnen über den Kopf gestülpt wird, selbst wenn sich jede Fasers ihres Seins gegen dieses Wissen sträubt und die Hoffnung sich bis zum Äußersten erhält, bis zum letzten unwiderruflichen Wort. Der Patient starrt dem Chirurgen ins Gesicht. Todesstrafe. Was Eneas McNulty widerfuhr, weil er bei der Polizei war. Todesstrafe.

»Was willst du, Roseanne?«

»Was ich will?«

Dann dieser trockene Würgehusten. Jetzt sahen sich die Leute nach mir um. Vermutlich dachten sie, ich hätte zu schnell eine halbe Flasche Gin oder so gekippt, wie es nervöse Tänzer taten oder zwielichtige Kunden, wie Tom sie nannte. Mein Würgreiz förderte nichts zutage, aber das verhinderte nicht meine quälende Verlegenheit, auf die sogleich ein ungeheuer tiefes Gefühl von etwas folgte, das mich durchbohrte, vielleicht ein Gefühl der Reue, vielleicht des Erschreckens über mich selbst.

Jack zuckte zurück, als wäre ich eine Felsenklippe oder sonst etwas Gefährliches, dessen Rand abbröckeln und ihn in die Tiefe, in den Tod schleudern mochte. Die Klippen von Moher, Dun Angus.

»Jack, Jack«, sagte ich, wusste aber nicht, was ich sagen wollte.

»Was ist los mit dir?«, fragte er. »Was ist bloß mit dir los?«

»Mit mir? Ich weiß nicht. Mir ist übel.«

»Nein, nicht jetzt, nicht jetzt, verdammt, Roseanne. Was hast du getan?«

»Wieso, was sagen sie ich getan habe?«

Was war denn das für eine Sprache? *Was sagen sie ich getan habe.* Wie ein altes Sklavenlied aus den Südstaaten.

Aber Jack antwortete nicht.

»Kann ich nach hinten und Tom sehen?«, fragte ich.

»Tom will dich nicht sehen.«

»Natürlich will er das, Jack, er ist mein Mann.«

»Nun, Roseanne, das bleibt abzuwarten.«

»Was soll das heißen, Jack?«

Und plötzlich war er nicht mehr eisig. Vielleicht erinnerte er sich an früher, ich weiß es nicht. Vielleicht erinnerte er sich daran, dass ich immer freundlich zu ihm war und Respekt vor seinen Leistungen hatte. Ich mochte Jack, weiß Gott. Ich mochte seine Strenge und seine seltsam flinke Fröhlichkeit, die ihn manchmal überkam, wenn er plötzlich die Beine ausschüttelte und einen afrikanischen Tanz vorführte, wie er es nannte. Etwa auf einer Party, ganz unvermutet, ohne Vorwarnung, eine ungeheure Fröhlichkeit, die ihn geradezu zu überfallen schien und ihn bis nach Nigeria mitriss. Ich mochte ihn mit seinen schönen Mänteln und seinen noch schöneren Hüten, seiner dünnen goldenen Uhrkette, seinem Wagen, der abgesehen von den großen Limousinen der feinen Pinkel immer der beste Wagen von ganz Sligo war.

»Hör zu, Roseanne«, sagte er. »Es ist alles sehr kompliziert. Oben im Laden von Strandhill liegt ein Anschreibebuch für dich bereit. Du wirst nicht verhungern.«

»Was?«

»Du wirst nicht verhungern«, wiederholte er.

»Hör mal gut zu«, sagte ich, »es gibt keinen Grund, warum ich nicht mit Tom reden kann. Nur auf ein Wort. Des-

wegen bin ich doch gekommen. Ich erwarte doch nicht …
in der Band zu spielen, Himmel noch eins.«

Das war nicht sehr logisch, und ich glaube, dass ich die
letzten paar Worte geschrien hatte. Das war kein kluger
Schachzug bei Jack, der immer so gehemmt war und Szenen hasste. Ich glaube nicht, dass ihm sein feines Galway-
Mädchen je eine Szene gemacht hat. Trotzdem bewahrte
Jack die Ruhe und rückte lediglich eine Handbreit dichter
an mich heran.

»Roseanne, ich bin immer dein Freund gewesen. Ver-
traue mir und geh wieder nach Hause. Ich bleibe in Ver-
bindung. Vielleicht legt sich die ganze Sache ja wieder.
Nun beruhige dich und geh nach Hause. Mach schon,
Roseanne. Die Mutter hat gesprochen, und gegen die
Mutter ist kein Kraut gewachsen.«

»Die Mutter?«

»Ja doch, die Mutter.«

»Und was in Gottes Namen hat sie gesagt?«

»Roseanne«, antwortete er grimmig, ruhig, »es gibt bei
der Mutter Dinge, die du nicht verstehst. Dinge, die ich
nicht verstehe. Sie hat ihre eigenen Schicksalsschläge ein-
stecken müssen, als sie noch ein Kind war. Deshalb weiß
sie genau, was sie will.«

»Schicksalsschläge? Was für Schicksalsschläge?«

Als er sprach, zischte er fast, offenbar war er so in Wal-
lung geraten, dass er gar nicht gehört werden wollte, mir
zugleich aber etwas einzuschärfen suchte, das sich vielleicht gar nicht einschärfen ließ.

»Altes Zeug. Sie ist entschlossen, dass Tom alles gut-
machen soll, weil, weil … alte Gründe, alte Gründe.«

»Du redest wie ein Irrer«, schrie ich. Ich hätte ihn prü-
geln können.

»Aber hör zu, so hör doch, vielleicht glätten sich die
Wogen ja wieder«, sagte er.

Aber in meinem tiefsten Innern wusste ich, dass, wenn ich mich jetzt umdrehte und den Tanzsaal verließ, sich »die Wogen« ganz gewiss nicht glätten würden. Für jedes Gesprächsthema gibt es einen passenden Zeitpunkt, genau wie für jedes Lied, ganz gleich, wie selten er ist. Dies *war* ein seltener Augenblick in einem Menschenleben, und ich wusste: Wenn ich Tom nur sehen könnte, oder vielmehr, wenn er mich sehen könnte, die Frau, die er so sehr liebte, die er begehrte, verehrte und liebte, würde doch noch alles gut werden.

Aber Jack versperrte mir den Weg. Kein Zweifel. Er stand mir schräg gegenüber, wie ein Lachsfischer, der dabei ist, seine Leine über den Fluss auszuwerfen, und verlagerte sein Gewicht auf den linken Fuß.

Jack war kein Lump, er war kein grausamer Mann. Aber in diesem Augenblick war er ein Bruder, kein Schwager.

Und er war ein riesiges Hindernis. Ich versuchte, gegen ihn anzurennen, mich mit schierer Willenskraft an ihm vorbeizuzwängen, ich, ein Etwas, das so viel weicher war als er, versuchte durch ihn hindurchzudringen. Seine Afrika-Aufenthalte hatten ihn gestählt, es war, als würde ich gegen einen Baum prallen, er legte seine Arme um mich, als ich versuchte, den Tanzsaal zu durchqueren, und ich schrie, schrie nach Tom, nach Gnade, nach Gott. Jacks Arme umschlossen meine Taille, umklammerten sie immer fester, hamma-hamma-fest, um die Worte zu benutzen, die er in Afrika gelernt hatte, das Pidgin-Englisch, das er so gern nachäffte und verspottete, er riss mich zurück, bis sich mein Hintern in seinen Schoß drückte, dort andockte, festsaß, unbeweglich, ohne sich losmachen zu können, wie bei einem seltsamen Liebesspiel.

»Roseanne, Roseanne«, sagte er. »Wirst du wohl still sein, Frau, scht!«

Aber ich kreischte und keifte.

So sehr liebte ich Tom und mein Leben mit Tom. So sehr sträubte ich mich gegen die verhasste Zukunft.

Als ich wieder in der Wellblechhütte war, wusste ich nicht, was ich mit mir anfangen sollte. Ich ging zu Bett, um zu schlafen, aber ich fand keinen Schlaf. Ein schleichendes Kältegefühl drang in mein Hirn und verursachte mir einen körperlichen Schmerz, als würde jemand mit der messerscharfen Klinge eines Dosenöffners von hinten meine graue Substanz öffnen. Hamma-hamma-scharf.

Es gibt Formen des Leidens, die ein Mensch offenbar vergessen muss, andernfalls würde er als Geschöpf unter Geschöpfen niemals überleben. Angeblich zählen auch die Geburtswehen dazu, aber dem kann ich nicht beipflichten. Und der Schmerz über das, was mir widerfahren war, zählt ganz gewiss auch nicht dazu. Selbst als verdorrtes altes Weib in diesem Zimmer kann ich mich noch daran erinnern. Spüre noch immer seinen Schatten. Es ist ein Schmerz, der alles andere auslöscht, nur sich selbst nicht, sodass die junge Frau, die dort in ihrem Ehebett lag, aus nichts als Schmerzen bestand, aus nichts als Leiden. Ich war in einen merkwürdigen Angstschweiß gebadet. Denn der Schmerz verdankte sich in erster Linie der ungeheuren Angst, dass nichts und niemand mir zu Hilfe eilen würde, um ihn zu lindern: keine Zirkustruppe, keine Kavallerie, überhaupt keine menschliche Instanz. Dass ich für immer in meinem Leid gefangen bleiben würde.

Und doch denke ich, dass es ohne Belang war. Insofern, als ich in der Welt ohne jede Bedeutung war, in einer Zeit düsteren Leidens, das viel größer war als meines, wenn man der gewöhnlichen Weltgeschichte Glauben schenken darf. Heute, so seltsam es klingt, tröstet mich dieser Gedanke, damals jedoch nicht. Was die Frau hätte trösten können, die sich da in einem verlorenen Bett im verlorenen Land von Strandhill krümmte, weiß ich nicht. Wäre ich ein Pferd gewesen, sie hätten mir den Gnadenschuss gegeben.

Es ist keine Kleinigkeit, einen Menschen zu erschießen, aber anscheinend galt es damals als Belanglosigkeit. Allenthalben, in der ganzen Welt. Ich weiß, dass Tom zusammen mit dem General kurzfristig nach Spanien gegangen war, um für Franco zu kämpfen, und da gab es jede Menge Erschießungen. Man fuhr Männer und Frauen zu malerisch gelegenen Abgründen, erschoss sie und ließ sie in diese unergründlichen Schluchten fallen. Der eigentliche Abgrund war die Geschichte, war die Zukunft. Sie erschossen Menschen und stürzten ihr Land ins Verderben, ins Chaos und ins Verderben, genau wie in Irland. Im Bürgerkrieg erschossen wir uns gegenseitig in hinreichender Zahl – bis der neue Staat schon in der Wiege gemeuchelt war. In hinreichender Zahl und noch darüber hinaus.

Ich spreche nur für mich, wie ich die Dinge heute sehe. Damals verstand ich nicht viel davon. Aber ich hatte mit eigenen Augen Mord gesehen. Und ich hatte gesehen, dass ein Mord verschlungenen Pfaden folgt und ohne unser Wissen andere Menschenleben mit sich reißt. Mord gebiert Mord, darin besteht seine Raffinesse.

Am nächsten Morgen war unsinnig schönes Wetter. Ein Spatz hatte sich ins Haus verflogen und war sehr bestürzt und erschrocken, als er mich aus dem Schlafzimmer ins leere Wohnzimmer kommen sah. Ich drängte ihn in eine Ecke, nahm das wild schlagende Geschöpf in die Hände, wie ein fliegendes Herz kam es mir vor, brachte es zur Tür, die ich am Vorabend in meinem sonderbaren Kummer zu schließen vergessen hatte, ging hinaus auf die Veranda, hob die Arme und entließ den kleinen, unnützen grauen Vogel wieder in den Sonnenschein.

In diesem Augenblick kamen Jack McNulty und Father Gaunt die Straße entlang auf mich zu.

Damals hatten Priester das Gefühl, das neue Land gehöre ihnen, und so nehme ich an, dass Father Gaunt das Gefühl hatte, auch die Wellblechhütte gehöre ihm, jedenfalls kam er, Jack gleich hinter sich, geradewegs herein und suchte sich, ohne ein Wort zu sagen, einen klapprigen Stuhl aus. Ich selbst verzog mich in eine Ecke wie der Spatz. Allerdings glaubte ich nicht daran, dass sie mich in die Hände nehmen und freilassen würden.

»Roseanne«, sagte Father Gaunt.

»Ja, Hochwürden.«

»Es ist schon eine kleine Weile her, seit wir zuletzt miteinander gesprochen haben«, sagte er.

»Ja, eine kleine Weile.«

»Du hast seitdem einige Veränderungen durchgemacht, das kann man wohl sagen. Und wie geht's deiner Mutter? Auch sie habe ich lange nicht mehr gesehen.«

Nun, darauf glaubte ich nicht antworten zu müssen, schließlich hatte er sie ins Asyl einweisen lassen wollen, außerdem hätte ich gar nicht antworten können, selbst wenn ich es gewollt hätte. Ich wusste nicht, wie es meiner Mutter ging. Ich nehme an, das war schlimm von mir. Aber ich wusste es nicht. Ich hoffte, dass es ihr einigermaßen gut ging, aber ich wusste es nicht. Ich glaubte zu wissen, wo sie war, aber ich wusste nicht, wie es ihr ging.

Meine arme, schöne, verrückte, zugrunde gerichtete Mutter.

Und natürlich begann ich zu weinen. Seltsamerweise nicht meinetwegen, obwohl ich auch das hätte tun können, mit Zins und Zinseszins, aber nein, nicht meinetwegen. Meiner Mutter wegen? Wer kann schon die genaue Ursache unserer Menschentränen ergründen?

Aber Father Gaunt war an meinen dummen Tränen überhaupt nicht interessiert.

»Ähem, Jack hier möchte gern den Standpunkt seiner Familie zu gewissen Dingen vortragen, stimmt's, Jack?«

»Nun«, sagte Jack. »Wir wollen die Party sauber halten. Wir wollen den weißen Mann spielen. Alles hat eine Lösung, ganz gleich, wie verzwickt es geworden ist. Ich glaube, das ist die reine Wahrheit. In Nigeria hatten wir es oft mit Problemen zu tun, die unüberwindlich schienen, aber mit einem gewissen Gespür für die Möglichkeiten … Brücken über Flüsse, die jedes Jahr ihr Flussbett wechseln. Dinge dieser Art. Damit muss die Technik fertig werden.«

Geduldig stand ich da und hörte Jack zu. Tatsächlich war es wohl der längste Vortrag, den er mir je gehalten hatte, mir selbst oder doch zumindest in meinem Beisein. Er war gut rasiert, geschniegelt und sauber, sein Lederkragen hochgeschlagen, sein Hut saß genau richtig. Von Tom wusste ich, dass Jack in den vergangenen paar Wochen mächtig getrunken hatte, aber er sah ganz und gar nicht angegriffen aus. Er war mit seinem Galwayer Mädchen verlobt, und das, sagte Tom, hatte ihn in eine Art männlicher Panik versetzt. Er würde sie heiraten und nach Afrika mitnehmen. Tom hatte mir Fotos von Jacks Bungalow in Nigeria gezeigt, von Jack mit Gruppen von Männern, Weißen und Schwarzen. Ich war richtig fasziniert, entzückt ist vielleicht das bessere Wort, Jack mit seinem schönen offenen Hemd, seiner weißen Hose und einem Spazierstöckchen zu sehen, und auf einem Foto war ein Schwarzer, vielleicht ein Beamter, allerdings nicht mit offenem Hemd, sondern in einem schwarzen Anzug mit Weste, steifem Kragen und Krawatte, bei welcher Hitze weiß ich nicht, aber er wirkte ganz kühl und selbstsicher. Dann war da noch ein Foto von Jack mit einem Haufen halbnackter Männer, tief, tief, tief schwarz, vielleicht die

Burschen, die die Kanäle gegraben hatten, die Jack baute, lange, schnurgerade Kanäle, hatte Tom gesagt, die ins Landesinnere führten und das langersehnte Wasser bis zu fernen Bauernhöfen leiteten. Jack, Retter Nigerias, Bringer von Wasser, Erbauer von Brücken.

»Ja«, sagte Father Gaunt. »Ich bin sicher, alles lässt sich regeln. Ich bin sicher. Wenn wir uns zusammentun, die Köpfe zusammenstecken.«

Die Vorstellung, meinen Kopf mit Father Gaunts fast kahl geschorenem Kopf und Jacks von einem eleganten Hut bedeckten Kopf zusammenzustecken, war nicht gerade angenehm, aber in den Sonnenstäubchen, die im Zimmer umherschwebten, verflüchtigte sie sich.

»Ich liebe meinen Mann«, sagte ich so plötzlich, dass ich fast zusammenfuhr. Warum ich das ausgerechnet diesen beiden Emissären der Zukunft sagte, ist mir heute noch ein Rätsel. Ich kann mir keine zwei Männer denken, die weniger geeignet gewesen wären, diesen Satz zu hören und daraus positive Schlüsse zu ziehen. Mir war, als hätte ich zwei armen Soldaten, die aufgefordert sind, meine Hinrichtung zu vollstrecken, die Hand geschüttelt. So fühlte es sich an, kaum dass die Worte ausgesprochen waren.

»Nun«, sagte Father Gaunt fast eifrig, jetzt, wo das Thema angeschnitten war. »Das alles ist jetzt Geschichte.«

Ich gab ein paar kleine Grunzlaute aus Konsonanten und Vokalen von mir, da mein Gehirn nicht ganz sicher war, welche Worte es verwenden sollte, aber dann entfuhr mir doch der Ausruf:

»Was?«

»Ich brauche etwas Zeit, um den Problembereich abzustecken«, sagte Father Gaunt. »Ich will, dass du, Roseanne, in dieser Zeit bleibst, wo du bist, in dieser Hütte, und wenn ich die Dinge einer Lösung zuführen kann, werde ich besser in der Lage sein, dich über deine Position zu unterrichten und Vorkehrungen für die Zukunft zu treffen.«

»Tom hat die Angelegenheit in Father Gaunts Hände gelegt, Roseanne«, sagte Jack. »Er hat die Befugnis, in dieser Angelegenheit zu sprechen.«

»Ja«, bekräftigte Father Gaunt. »So ist es.«

»Ich will bei meinem Mann sein«, sagte ich, denn das entsprach der Wahrheit und war das Einzige, was ich ohne Zorn sagen konnte. Denn unterdessen stieg in mir ein Zorn auf, der stärker war als das Gefühl tiefsten Leides, eine Art wilder, gieriger Zorn, wie der eines Wolfes in einem Schafgehege.

»Daran hättest du vorher denken sollen«, sagte Father Gaunt ebenso knapp. »Eine verheiratete Frau –«

Aber er verstummte. Entweder wusste er nicht, was er als Nächstes sagen sollte, oder er wusste es und wollte es nicht sagen, oder er zog vor, es nicht zu sagen, oder er brachte es nicht über sich, die Worte auszusprechen. Jack räusperte sich, als wäre er in einem Film im Gaiety, und schüttelte den Kopf, als wären seine Haare nass und müssten ausgeschüttelt werden. Plötzlich wirkte Father Gaunt schmerzlich, ernstlich verlegen, wie an jenem Abend vor langer Zeit, als Willie Lavelles Leichnam so verletzlich, so versehrt im Tempel meines Vaters lag. Ich ahnte, was er dachte. Dies war das zweite Mal, dass ich ihn in eine Situation manövriert hatte, die bei ihm was auslöste? Missvergnügen, Beunruhigung? Missvergnügen und Beunruhigung über das Wesen der Frau? Wer weiß. Plötzlich aber musterte ich ihn mit einem Blick unerwarteter Verachtung. Wäre es ein Flammenblick gewesen, er hätte ihn in Asche verwandelt. Ich kannte seine Macht, in dieser Situation war sie schrankenlos, und in diesem Moment erschien es mir, als hätte ich sein wahres Wesen durchschaut. Kleinkariert, aber mit einem Glauben an sich selbst ausgestattet, dem keine Grenzen gesetzt waren, im Norden, Süden, Osten und Westen nicht – und absolut tödlich.

»Nun«, sagte Father Gaunt, »ich glaube, wir sind unserer Aufgabe nachgekommen, Jack. Du musst bleiben, wo du bist, Roseanne, im Laden besorgst du dir jede Woche deine Lebensmittel und gibst dich ansonsten mit deiner eigenen Gesellschaft zufrieden. Du brauchst dich vor nichts zu fürchten, außer vor dir selbst natürlich.«

Ich stand da. Immerhin kann ich sagen, dass mich, die ich in diesem Augenblick ohne Hoffnung auf Befreiung gefangen war, eine heftige, dunkle Wut durchflutete, Woge um Woge, wie das Meer selbst, eine Wut, die mir skurrilerweise ein Trost war. Mag sein, dass meinem Gesichtsausdruck, wie das bei vielen Menschen ist, nur wenig davon anzumerken war.

Die beiden Männer in dunklen Anzügen traten hinaus ins Sonnenlicht. Dunkle Anzüge, dunkle Mäntel, dunkle Hüte, die versuchten, sich in dieser Farbenflut, im Blau, Gelb und Grün der Küstenlandschaft, aufzuhellen.

Zorn, dunkler Zorn, durch nichts aufgehellt.

Aber wie bereits gesagt, eine zürnende Frau ganz allein in einer Wellblechhütte ist etwas sehr Geringfügiges.

Der eigentliche Trost besteht darin, dass die Geschichte der Welt so viel Leid aufweist, dass meine kleinen Kümmernisse verdrängt werden und nur Asche am Rande des Feuers sind. Ich sage es noch einmal, weil ich wünsche, dass es wahr sei.

Dabei scheint doch ein Mensch auf der Höhe seines Leidens die ganze Welt auszufüllen. Aber das ist eine Illusion.

Ich hatte mit eigenen Augen sehr viel Schlimmeres gesehen, als das, was mir jetzt widerfahren war. Mit eigenen

Augen. Und doch, als ich an jenem Abend allein in der Hütte war und unauslotbar wütend, schrie ich mir die Seele aus dem Leib, als wäre ich der einzige Hund in der ganzen Welt, dem alles wehtat. Bestimmt versetzte ich etwaige Passanten in Angst und Schrecken. Ich schrie, und ich zeterte. Ich schlug mir auf die Brust, bis sie voll blauer Flecken war. Am nächsten Morgen sah meine Brust wie eine Karte der Hölle aus, wie eine Karte des Nirgendwo, oder als hätten Jack McNultys und Father Gaunts Worte mich buchstäblich verbrannt.

Und was immer mein Leben bis zu jenem Tag gewesen war, danach war es ein anderes Leben. Das ist die nackte Wahrheit.

Dritter Teil

ACHTZEHNTES KAPITEL

Unauslotbar. Lot. Ob vielleicht das die Schwierigkeit ist? Dass Erinnertes und Eingebildetes in tiefster Tiefe nebeneinanderliegen? Oder übereinander, wie Schichten aus Muscheln und Sand in einem Stück Kalkstein, ein Konglomerat, bei dem ich das eine nur mühsam vom anderen unterscheiden kann, und auch nur dann, wenn ich es aus allernächster Nähe untersuche?

Deshalb habe ich ja auch so große Angst davor, mich mit Dr. Grene zu unterhalten: Ich fürchte, ich würde ihm nur Einbildungen liefern.

Einbildungen. Ein hübsches Wort für Katastrophen und Truggebilde.

Jahre über Jahre blieb ich dort, denn es braucht Jahre, um zu regeln, was sie, Jack, Father Gaunt und zweifellos auch andere, zur Rettung Tom McNultys zu regeln versuchten. Waren es sechs, sieben oder gar acht? Ich kann mich nicht erinnern.

Als ich diese Worte vor wenigen Minuten niedergeschrieben hatte, legte ich meinen Kugelschreiber beiseite, begrub meine Stirn in den Händen und grübelte eine Weile nach, versuchte, diese Jahre auszuloten. Schwierig, sehr schwierig. Was entsprach der Wahrheit, was nicht? Welchen Weg beschritt ich, welchen verweigerte ich? Schlechter Boden, unsicherer Boden. Ich denke, ein Bericht, mit dem ich vor Gott Rechenschaft ablege, darf nichts enthalten als die reine Wahrheit. Es gibt keine menschliche Instanz, die ich zu beschwindeln brauche. Gott kennt die wahre Geschichte, bevor ich sie aufschreibe, und kann mich mühelos beim Lügen ertappen. Achtsam muss ich die Spreu vom Weizen trennen. Wenn mir eine Seele geblieben ist, und vielleicht ist das ja nicht der Fall, so wird sie darauf angewiesen sein. Ich halte es für möglich, dass Seelen in schweren Fällen aufgekündigt, von irgendeinem Amt in den Himmelssälen widerrufen werden. Dass man am Himmelstor schon an der falschen Adresse ist, noch ehe der heilige Petrus ein Wort spricht.

Aber alles ist so unklar, so schwierig. Ich habe nur deswegen Angst, weil ich nicht weiß, wie ich fortfahren soll. Roseanne, du musst jetzt ein paar Gräben überspringen. Du musst in deinem alten Knochengerüst die Kraft zum Sprung finden.

Ist es möglich, dass die Jahre in der Hütte ganz und gar ereignislos verliefen, ich jede Woche meine Lebensmittel abholte, mit niemandem sprach? Ich glaube schon. Ich versuche, mir Gewissheit zu verschaffen. Ereignislos, sage ich, und doch wusste ich, dass in Europa der Krieg begonnen hatte, genau wie damals, als ich noch ein kleines Mädchen war. Aber diesmal sah ich keine Armeeuniformen. Die Hütte war wie das Zentrum einer riesigen Uhr, das Jahr verging, die Motoren der Autos, die samstagabends vorbeifuhren, heulten auf, die Kinder mit ihren Eimern, den ganzen Winter über Stare, der sich verdunkelnde und wieder hell werdende Berg, die Heide, beschneit mit winzigen Blümchen, wie tröstlich, und ich selbst versuchte, dazu beizutragen, indem ich die Rosen auf der Veranda pflegte, sie für die Blüte zurückschnitt und Tag für Tag zusah, wie ihre Knospen praller wurden, je weiter das Jahr voranschritt. »Souvenir de Sainte Anne« hießen sie, jetzt fällt's mir wieder ein, eine Rose, die in einem Dubliner Garten aus der berühmten Rose gezüchtet worden war, welche Josephine in Erinnerung an Napoleons Liebe zu ihr gezüchtet hatte: »Souvenir de la Malmaison«.

Jetzt, liebe Leserin, lieber Leser, nenne ich Sie für einen Augenblick Gott, und Gott, lieber, lieber Gott, ich versuche, mich zu erinnern. Vergib mir, vergib mir, wenn ich mich nicht recht erinnere.

Ich würde mich lieber recht erinnern als nur an Dinge, die zu meinen Gunsten sprechen, denn dieser Luxus ist mir nicht vergönnt.

Als Father Gaunt endlich wieder zu mir kam, war er allein. Ich nehme an, ein Priester ist in gewissem Sinne immer allein. Nie hat er einen Menschen, der neben ihm liegt. Und plötzlich wirkte er älter, nicht mehr ganz so glänzend, ich bemerkte, dass sein Haar sich an den Schläfen lichtete, es zog sich zurück, eine kleine Tide, die nie wieder heranfluten würde.

Es war Hochsommer, und er sah aus, als sei ihm in seiner wollenen Kleidung sehr heiß. Er gab seine Kleidung bei dem Priesterausstatter in der Malborough Street in Dublin in Auftrag – woher ich das wusste, weiß ich nicht mehr. Die Kleidungsstücke waren ziemlich neu, merkwürdig elegant, die Soutane eher wie ein Kleid, das eine Frau zur Not auch bei einem Ball tragen würde, wenn auch in einer anderen Farbe und kürzer. Ich kümmerte mich gerade um meine Rosen, als er durch das kleine Tor trat. Er überraschte mich, eigentlich erschreckte er mich sogar, denn so lange schon hatte niemand mehr den Torriegel zurückgeschoben außer mir selbst, wenn ich mich spätabends hinausstahl, um auf den Dünen und dem sumpfigen Grund spazieren zu gehen, der nach ein paar Wochen beträchtlicher Hitze jetzt trocken und federnd war. Ich glaube, anders als später sah ich ganz präsentabel aus, ich hatte eine Schere, um mir vor Toms kleinem Rasierspiegel die Haare zu schneiden, und mein Kleid war sauber, der Baumwollstoff wunderbar steif, weil ich ihn auf einem Strauch hatte trocknen lassen.

Er hatte eine kleine Ledermappe dabei, die von langem, emsigem Gebrauch abgestoßen und verbeult war. Wahrhaftig, dieser Mann hätte als alter Freund durchgehen können, so lange kannte ich ihn schon und hatte mit ihm zu tun gehabt. Jedenfalls wäre er durchaus dazu geeignet, eine recht intime Geschichte meines Lebens zu schreiben, da er Zeuge gewisser kurioser Vorfälle gewesen war.

»Roseanne«, begann er, in genau demselben Tonfall wie vor all den Jahren, als sei dies eine bloße Fortsetzung des Gesprächs von damals. Es gab kein Hallo, kein Wie geht's, kein Zögern. Tatsächlich hatte er das Gebaren eines Arztes, der eine ernste Nachricht überbringen muss, keinesfalls die freundliche Aufgewecktheit eines Dr. Grene, wenn dieser wieder einen sanften Anschlag auf meine »Geheimnisse« vorhat. Kann ich sagen, dass ich ihn nicht leiden mochte? Ich glaube nicht. Aber auch nicht, dass ich ihn verstand. Was machte ihm Vergnügen, was verlieh ihm Kraft? Er warf einen kurzen Blick auf meine Rosen, als er die kleine Treppe hinaufging und in die dunkle Hütte trat.

Ich streifte meine Finger am Holz der Treppe ab, um den grünen Saft abzuwischen, und folgte ihm.

War es nicht unglaublich unterwürfig von mir, dass ich auf seinen Befehl hin in der Hütte geblieben war? Fast schäme ich mich bei dieser Vorstellung. Hätte ich beim letzten Mal nicht auf ihn losgehen, ihm und Jack an die Gurgel fahren, meine Zähne in seinen hervorstehenden Adamsapfel schlagen und seine Stimme herausbeißen müssen? Sie beschimpfen und anschreien müssen? Aber zu welchem Zweck? Nichts als Wut, unnütze Wut, die sich auf dem weißen Staub einer Straße in Strandhill verausgabt.

»Ich kann Ihnen nichts anbieten, Hochwürden«, sagte ich. »Es sei denn, Sie möchten ein Glas Magenpulver.«

»Wieso sollte ich ein Glas Magenpulver trinken, Rose-anne?«

»Auf der Packung steht, es sei ein erfrischendes Sommergetränk. Deswegen habe ich es gekauft.«

»Das ist für Leute, die zu viel gegessen haben«, sagte er. »Aber danke.«

»Keine Ursache, Hochwürden.«

Dann setzte er sich auf denselben Stuhl, auf dem er beim letzten Mal gesessen hatte, ich hatte ja auch keine Veranlassung gehabt, den Stuhl an eine andere Stelle zu rücken. Das Sonnenlicht war uns beiden ins Zimmer gefolgt und legte sich in staubflimmernden Lachen um uns.

»Ich sehe, es geht dir gut«, sagte er.

»Oh, ja.«

»Natürlich habe ich meine Spione, die dich im Auge behalten.« Das sagte er ohne die geringste Spur von Schuldgefühlen. Spione.

»Oh«, machte ich. »das ist mir gar nicht aufgefallen.«

»Natürlich nicht«, erwiderte er.

Dann öffnete er die Aktenmappe auf seinem Schoß. Der Deckel verbarg den Inhalt. Er holte einen Stoß Papiere hervor, sehr säuberlich, sehr ordentlich, das oberste Blatt wies, wie ich sah, ein sehr imposantes Muster oder Siegel auf.

»Meinen Bemühungen, Tom zu befreien«, sagte er, »ist Erfolg beschieden gewesen.«

»Wie bitte?«, sagte ich.

»Wenn du vor Jahren meinem Rat gefolgt wärst, Rose-anne, und dich zur wahren Religion bekannt hättest, wenn du dich mit der wunderbaren Sittsamkeit einer katholischen Ehefrau verhalten hättest, sähst du dich jetzt nicht diesen Schwierigkeiten ausgesetzt. Aber ich verstehe natürlich, dass du nicht ganz dafür verantwortlich bist. Bekanntermaßen ist Nymphomanie laut Definition eine Krankheit des Geistes. Vielleicht ein Gebrechen, vor allem aber eine Krankheit des Geistes, deren Wurzeln womöglich in einer physischen Ursache zu suchen sind. Rom hat dieser Einschätzung zugestimmt, ja die zuständige Abteilung der Kurie, die sich mit solchen Gott sei Dank seltenen Fällen befasst, hat nicht nur zugestimmt, sondern dieselbe Theorie postuliert. Du kannst also versichert sein, dass dein Fall mit der Gründlichkeit und dem Gerechtigkeitssinn von gut informierten, unvoreingenommenen Köpfen und ohne jede böse Absicht behandelt worden ist.«

Ich betrachtete ihn. Ordentlich, schwarz, sauber, sonderbar. Ein menschliches Wesen in der Wohnhöhle eines anderen menschlichen Wesens. Seine Worte ernst, gemessen, ungezwungen. Keinerlei Anzeichen von Begeisterung oder Siegesgewissheit, nur seine gewohnt sorgfältigen, abgewogenen Worte.

»Ich verstehe nicht«, sagte ich. Und ich verstand auch wirklich nicht, obwohl ich glaube, dass ich es *wusste*.

»Deine Ehe ist annulliert worden, Roseanne.«

Als ich nach einer halben Minute immer noch nichts gesagt hatte, fuhr er fort: »Sie ist nie geschlossen worden. Sie ist nichtig. Es steht Tom frei, eine andere zu heiraten, als wäre er nie verheiratet gewesen. Was er, wie gesagt, ja auch nicht war.«

»Also das haben Sie die letzten Jahre über getrieben?«

»Ja doch«, antwortete er mit leiser Ungeduld. »Es ist ein ungeheuer komplexer Vorgang. Einem Antrag wird nicht so leichtfertig stattgegeben. Gründliches, sehr gründliches Nachdenken in Rom, und natürlich auch bei meinem eigenen Bischof. Alles wird abgewogen, alles durchforscht, meine eidesstattliche Erklärung, Toms Aussagen, die Aussagen der älteren Mrs McNulty, die dank ihrer

Arbeit natürlich Erfahrung mit den Sorgen von Frauen hat. Jack ist in Indien im Krieg, sonst hätte auch er einen Beitrag leisten können. Die Ehegerichte beraten äußerst sorgsam. Sie lassen nichts unversucht.«

Noch immer starrte ich ihn an.

»Du kannst versichert sein, dass dir volle Gerechtigkeit widerfahren ist.«

»Ich will, dass mein Mann hierherkommt.«

»Du hast keinen Mann, Roseanne. Du lebst nicht im Stand der Ehe.«

»Ich bin geschieden?«

»Es handelt sich nicht um Scheidung«, sagte er mit jähem Nachdruck, als finde er das Wort in meinem Mund ekelhaft. »Die katholische Kirche kennt keine Scheidung. Die Ehe hat nie bestanden. Aufgrund geistiger Verwirrung beim Abschluss des Ehevertrages.«

»Geistiger Verwirrung?«

»Ja.«

»Wie kommen Sie denn darauf?«, fragte ich nach einem Augenblick und mit Mühe. Die Worte in meinem Mund wurden jetzt unbeholfen und dickflüssig.

»Wir glauben nicht, dass deine Indiskretionen sich auf einen einzigen Vorfall beschränken, einen Vorfall, den ich, wie du dich erinnern wirst, mit eigenen Augen gesehen habe. Man hielt es für unwahrscheinlich, dass dieser Vorfall keine Vorgeschichte hatte, in Anbetracht deiner Lage in früheren Jahren, um von der Verfassung deiner Mutter, die wir als vererbbar voraussetzen können, gar nicht erst zu reden. Geisteskrankheiten, Roseanne, treiben viele Blüten, alle an demselben Stiel. Die Blüten der Geisteskrankheit stammen aus derselben Wurzel, sind aber mannigfaltig ausgeprägt. Im Fall deiner Mutter ist es ein extremer Rückzug in sich selbst, in deinem Fall perniziöse, chronische Nymphomanie.«

»Ich weiß nicht, was dieses Wort bedeutet.«

»Es bedeutet«, sagte er mit einem Anflug von Angst in den Augen, da er das Wort bereits benutzt und möglicherweise geglaubt hatte, ich hätte es akzeptiert. Aber er wusste, dass ich die Wahrheit sagte, und plötzlich bekam er es mit der Angst zu tun. »Es bedeutet eine Geisteskrankheit, die sich in dem Verlangen äußert, irreguläre Verhältnisse mit anderen zu unterhalten.«

»Was?«, sagte ich. Die Erklärung war ebenso verwirrend wie das Wort selbst.

»Du weißt genau, was ich meine.«

»Ich weiß es nicht«, sagte ich, und ich wusste es tatsächlich nicht.

Die letzten Worte hatte ich herausgeschrien, so wie er seine. Rasch stopfte er die Papiere in die Aktenmappe, schloss diese mit einem Klicken und erhob sich. Aus irgendeinem Grund fiel mir auf, wie sehr seine Schuhe glänzten, trotz des schmalen Randes Straßenstaubs, der sich auf sie gelegt hatte, als er, zweifellos widerwillig, ausgestiegen war und sich meinem Haus genähert hatte.

»Ich werde dir nichts weiter erklären«, sagte er, einem Wutanfall nahe. »Ich habe mich bemüht, dir deine Position klarzumachen. Ich glaube, das habe ich getan. Verstehst du deine Position?«

»Welches Wort haben Sie da benutzt?«, schrie ich.

»Verhältnisse!«, schrie er. »Verhältnisse! Verkehr, Geschlechtsverkehr!«

»Aber«, sagte ich, und bei Gott, das war die Wahrheit, »ich hatte noch nie ein Verhältnis außer mit Tom.«

»Natürlich kannst du Zuflucht in einer abscheulichen Lüge suchen, wenn du das vorziehst.«

»Sie können John Lavelle fragen. Er wird mich nicht im Stich lassen.«

»Du bist wohl nicht auf dem Laufenden, was deine Geliebten angeht«, sagte er gehässig. »John Lavelle ist tot.«

»Wie kann er tot sein?«

»Er ist wieder in den Schoß der IRA zurückgekehrt, weil er meinte, der Krieg mit Deutschland würde uns schwächen. Er hat einen Polizisten erschossen und ist zu Recht gehängt worden. Die irische Regierung hat Albert Pierrepoint höchstpersönlich aus England kommen lassen, um die Arbeit auszuführen, du kannst dir also sicher sein, dass sie gut ausgeführt wurde.«

Ach, John, John, törichter John Lavelle. Gott habe ihn selig und verzeihe ihm. Ich muss zugeben, dass ich mich schon oft gefragt hatte, wo er wohl steckte, was er wohl trieb. War er wieder nach Amerika gegangen? Um Cowboy, Eisenbahnräuber, ein Jesse James zu werden? Er hatte einen Polizisten erschossen. Einen irischen Polizisten in einem irischen Staat. Das war eine grauenvolle Tat. Und doch hatte er mir den großen Gefallen getan, sich fernzuhalten, mich nicht wieder zu quälen, wie ich befürchtet hatte, er hatte sich ferngehalten, hatte nicht versucht, mich wieder zu behelligen. Bestimmt wusste er genau, welche Unannehmlichkeiten er mir auf dem Knocknarea bereitet hatte. Er hatte es mir versprochen, und er hatte sein Versprechen gehalten. Als die Priester fort waren, hatte er meine Hand ergriffen und mir ein Versprechen gegeben. Er hatte sein Versprechen eingelöst. Ein Ehrenmann. Ich glaube nicht, dass der Mann, der jetzt vor mir stand, auch nur annähernd so viel Ehre im Leib hatte.

Father Gaunt wollte sich an mir vorbeidrücken, um zu der schmalen Tür und hinaus ins Freie zu gelangen. Einen Augenblick lang verstellte ich ihm den Weg. Baute mich vor ihm auf. Ich wusste, wenn ich nur gewollt hätte, ich hätte die Kraft besessen, ihn umzubringen. In diesem Augenblick spürte ich es. Ich wusste, ich konnte mir etwas schnappen, einen Stuhl oder etwas anderes, das gerade zur Hand war, und ihm damit über den Kopf schlagen. Und dies war ebenso wahr wie die Erklärung, die ich ihm gegeben hatte. Ich hätte ihn wenn nicht mit Freuden ermordet, so doch gern, aufrichtig, grimmig und nach allen Regeln der Kunst. Ich weiß nicht, warum ich es unterließ.

»Du bedrohst mich, Roseanne. Weg von der Tür, so ist's recht, brave Frau.«

»Brave Frau? Und das sagen *Sie*?«

»Es ist nur eine Redewendung«, antwortete er.

Aber da trat ich schon beiseite. Ich wusste, ich wusste, dass mir jedes anständige, schickliche Leben versagt bleiben würde. Das Wort eines solchen Mannes war wie ein Todesurteil. Ich spürte, wie das ganze Hinterland von Strandhill gegen mich anredete, die ganze Stadt Sligo gegen mich anflüsterte. Ich hatte es schon die ganze Zeit über gewusst, aber es ist etwas anderes, seine Strafe zu wissen und sie vom Richter ausgesprochen zu hören. Vielleicht würden sie zu mir herausgezogen kommen und mich in meiner Hütte verbrennen wie eine Hexe. Das Schlimmste von allem war: Es gab niemanden, der mir geholfen, der mir zur Seite gestanden hätte.

Geschickt entfernte sich Father Gaunt von dem gefürchteten Haus. Von der gefallenen Frau. Von der verrückten Frau. Freiheit für Tom, meinen geliebten Tom. Und was blieb mir?

Dr. Grenes Aufzeichnungen

Gestern Abend wieder vollkommene Stille im Haus. Es ist, als ob sie nun, da sie ein letztes Mal nach mir gerufen hat, nie wieder nach mir rufen müsste. Dieser Gedanke verscheuchte meine Furcht und versetzte mich in einen ganz anderen Zustand. Einer Art Stolz, dass ich, begraben unter all dem Durcheinander, also doch noch Liebe in mir hatte. Und vielleicht auch sie. Ich horchte wieder, aber nicht aus Furcht, sondern mit einer Art trauriger Sehnsucht. Doch ich wusste, dass keine Fragen mehr gestellt, keine Antworten mehr gegeben würden. Ein merkwürdiger Zustand. Glück vermutlich. Er hielt nicht an, aber so, wie ich es mit einem verletzlichen, in Trauer befangenen Patienten tun würde, forderte ich nun auch mich selbst auf, es wahrzunehmen, es im Gedächtnis zu verwahren, leidenschaftlich daran zu glauben, wenn mich wieder andere, düsterere Gefühle bestürmen. Ohne Publikum ist es sehr schwierig, ein Held zu sein, obwohl wir alle in gewissem Sinne Helden eines ganz eigenen, ziemlich missratenen Films namens *Unser Leben* sind. Ich fürchte, das ist eine Bemerkung, die keiner genaueren Prüfung standhält.

Wie heißt noch einmal die Bibelstelle über den Engel, der in uns sitzt? So oder so ähnlich. Ich kann mich nicht mehr erinnern. Ich glaube, nur dieser Engel, vielleicht jener Teil von uns, der unbefleckt ist, kann das Glück wirklich genießen, weil er nur wenig davon kostet. Und dennoch... Genug.

Engel. Ein trauriges Thema für einen Psychiater. Aber jetzt bin ich alt und habe von einem Leid gekostet, von dem ich in den ersten Tagen meinte, es würde mich auspeitschen, aufhängen, ermorden. Daher sage ich, wenn auch nur in der Vertraulichkeit dieses Notizbuches: warum nicht? Wenn ich etwas gründlich satt habe, dann rationalen Verstand. Welchem Geschöpf würde der wohl ähneln? Dem himmlischen Pedanten?

Ich habe mir noch einmal Father Gaunts eidesstattliche Erklärung durchgelesen. Ob es derart allwissende, unnachgiebige und nachtragende Priester auch heute noch gibt? Vermutlich ja, aber gewissermaßen hinter verschlossenen Türen. Vielleicht lag es ja an de Valeras ungeklärter oder geheimnisumwitterter Abstammung, dass er besonderen Trost aus dem Vertrauen der Priester zog. Jedenfalls verankerte er sie in seiner Verfassung, allerdings stimmt es auch, dass er sich der letzten Forderung des damaligen Erzbischofs widersetzte: die katholische Kirche zur Staatskirche zu erheben. Gott sei Dank, so weit ging er nicht, aber er ging doch weit genug, weiter, als er hätte gehen sollen. Er war ein Staatsmann, der mit Engeln und Dämonen rang, manchmal im selben Körper. Im Unabhängigkeitskrieg hatte er in der IRA gekämpft, danach in der irregulären IRA, die aus den Vertragsgegnern bestand, und dafür war er nach dem Bürgerkrieg inhaftiert worden. Als er in den Dreißigerjahren an die Macht kam, stellte er fest, dass seine ehemaligen Genossen, die erst den Vertrag und nun auch ihn ablehnten, mit äußerster Gewalt niedergeworfen werden mussten. Das muss ihm, wie wohl jedem, ungeheuren Schmerz bereitet, ja Albträume beschert haben. Father Gaunt führt das Schicksal eines Mannes namens John Lavelle an, der eine Rolle in Roseannes Leben gespielt hatte und den de Valera schließlich zu Beginn des Zweiten Weltkriegs ohne jede Gnade hatte aufhängen lassen. Einige seiner Kameraden wurde ausgepeitscht. Ich wusste gar nicht, dass Auspeitschungen in Irland als gerichtliche Strafe vorgesehen waren, geschweige denn Erhängen. Father Gaunt spricht von sechsunddreißig Hieben mit der Neunschwänzigen Katze, aber das kommt mir übertrieben vor. Allerdings muss es für de Valera so gewesen sein, als ließe er die eigenen Söhne auspeitschen und aufhängen, oder die Söhne und Erben seiner Jugendfreunde. Was zu seiner weiteren Zerrüttung beigetragen haben dürfte. Ein reines Wunder, dass das Land sich von dieser frühen Misere, diesen frühen Traumata je erholt hat, und man muss schon Mitleid mit de Valera haben, weil er mit diesen notwendigen Gräueln konfrontiert war. Vielleicht ist ja auch die eigentümliche Kriminalität der letzten Politikergeneration in Irland darauf zurückzuführen, von den vielen Priestern, die die Unschuld unserer Kinder mit der Egge und dem Pflug des Missbrauchs zerstörten, gar nicht zu reden. So sicher, wie die Nacht auf den Tag folgt, so sicher führte die absolute Macht von Gestalten wie Father Gaunt zu absoluter Korruption.

Ich hatte den abwegigen Gedanken, dass de Valera den Zweiten Weltkrieg vielleicht nicht nur deshalb unbedingt vermeiden wollte, weil er den Feind im Innern fürchtete und damit die Spaltung seines neuen Staats, sondern weil ihm daran lag, die Sexualität weiter auszumerzen. Eine Art Erweiterung der Absichten des Klerus. In diesem Fall, wenn das nicht zu offensichtlich und zu krude ist, die männliche Sexualität.

Inzwischen bin ich so müde, dass ich nicht weiß, ob das, was ich da hinschreibe, banal ist. Aber herausreißen kann ich's ja immer noch.

Dieser Lavelle war kein Engel, mochte er auch vor langer Zeit einen Gefängnishof mit Dev geteilt haben und auf Devs Veranlassung aufgehängt worden sein. Father Gaunt zufolge verschleppte er den Polizisten, den er in seine Gewalt gebracht hatte, in die Hügel hinter Sligo, stülpte ihm eine Kapuze über den Kopf und hielt ihm einen Revolver an die Schläfe. Immer wieder drehte er die Trommel und drückte ab. Ich kann mir gut vorstellen, dass der arme Garda bald Todesängste ausstand. Lavelle wollte herausfinden, wann die Lohngelder in der Kaserne eintrafen, da er den Sold der Polizisten rauben wollte. Ein eher esoterisches Verbrechen. Aber der Garda wollte oder konnte ihm nicht antworten, aus welchen Gründen auch immer. Lavelle ließ weiter seinen Revolver klicken. Einige

seiner Komplizen hatten die Frau und die Tochter des
Garda als Geiseln genommen und hielten sie in einem
verfallenen Haus in der Stadt fest, und wiederholt drohte
ihm Lavelle, man werde sie töten, wenn er nicht antworte.
Wahrscheinlich wusste der arme Mann nicht allzu viel.
Schließlich erschoss ihn Lavelle. All das kam ans Licht,
weil einer seiner Kameraden als Kronzeuge aufgetreten
war. Der kam mit der bereits erwähnten Auspeitschung
davon. Aber der Krieg hatte begonnen, und de Valera
hatte große Angst, die IRA könnte aufs Neue erstarken;
er wusste, dass sie bereits mit den Deutschen in Verbindung stand. Und wenn Dev eine zweite Religion hatte,
dann lautete ihr Name: Neutralität. Diese verteidigte er
mit jeder Faser seines Hirns. Daher durfte er Lavelle nicht
verschonen. Um ehrlich zu sein, kann ich nicht gerade
behaupten, es sei ein großer Verlust gewesen.

Ich schreibe dies, als wäre ich ein heiliger Mann in einer
Bienenkorbhütte auf Skellig Michael. Natürlich bin ich
das nicht. Vermutlich steht es uns gut an, zuzugeben, dass
wir, was die Sünden jüngeren Datums angeht, Brüder und
Schwestern sind. Und ein Bürgerkrieg ist ein Übel, das
alle Seelen gleichermaßen befällt.

Obwohl es in meiner Ausbildung nichts gab, das mir
gestatten würde, von Sünden zu sprechen.

Father Gaunt teil all das in seinem Dokument mit, und
zwar in einer ungeheuren ciceronischen Anstrengung,
Roseanne in diese Angelegenheit hineinzuziehen, nein,
das ist vielleicht nicht das richtige Wort, aber sie irgendwie in den ganzen Kuddelmuddel zu verstricken, sie regelrecht darin einzufangen. In dieser Hinsicht sparte Father
Gaunt nicht an Tinte. Es ist wirklich ein bemerkenswertes
Stück Arbeit, klerikal, gründlich und überzeugend. Es
ist wie ein Waldbrand, der jede Spur von ihr vernichtet,
sich durch ihre Geschichte zieht und alles in Asche und

Schlacke verwandelt. Ein winziges, obskures, vergessenes Hiroshima. Das gesamte Dokument ist von einer Art Verklemmtheit durchdrungen, einer Verklemmtheit, die sich mitunter in übertriebenen, oder sollte ich sagen: unerwarteten, Details ausdrückt. Father Gaunt ist geradezu klinisch in seiner Analyse ihrer Sexualität. Natürlich ist es überaus befremdend, von der jungen Roseanne zu lesen, wenn die Trägerin dieses Namens einhundert Jahre alt ist und sich in meiner Obhut befindet. Ich weiß nicht, ob es sich wirklich um vertrauliche Informationen handelt. Manchmal finde ich die Lektüre moralisch ziemlich verwerflich und komme mir hochgradig voyeuristisch vor. Teilweise, weil Father Gaunts eigene Moral von der altmodischen Sorte ist. Mit jedem Tastenanschlag verrät er einen starken Hass, wenn nicht auf Frauen, so doch auf die Sexualität von Frauen, oder auf die Sexualität im Allgemeinen. Für ihn ist sie der Kapuzenmantel des Teufels, wohingegen sie für mich eine Art selig machende Gnade des lebendigen Seins darstellt. Ich bin kein Gegner von Sigmund Freud. Außerdem ist sonnenklar, dass Father Gaunt Roseannes Protestantismus als das Urübel an und für sich betrachtet. Seine Wut darüber, dass sie sich auf seine Bitte hin nicht zur Katholikin machen lassen wollte, lange bevor sie ihren katholischen Mann heiratete, und auch danach blieb, was sie war, ist maßlos. Für Father Gaunt stellt dies an sich schon eine regelrechte Perversion dar.

Daher glaubt er von Anfang an, dass sie, wenn schon nicht gottlos, so doch störrisch, schwierig, vielleicht auch mysteriös ist. Er täuscht nie vor, sie zu verstehen, beansprucht jedoch zweifellos die Deutungshoheit über ihre Geschichte. Sie hat sich vor den Augen der Stadt entblößt, ihre Schönheit zur Schau gestellt, indem sie, man muss es aussprechen, einfach nur schön war. Es ist, als führe sie alle männlichen Bewohner Sligos in Versuchung, und nachdem sie diesen Tom McNulty umstrickt hat, einen Mann, der es im neuen Staat zu etwas bringt, zieht sie es vor, sich vor einem unzivilisierten Geschöpf wie John Lavelle zu erniedrigen, den Father Gaunt als »Wilden aus dem dunkelsten Winkel Mayos« bezeichnet.

Und nachdem sie so etwas getan hat und Father Gaunt ihr vorschriftsgemäß Beistand anbietet, weist sie diesen Beistand zurück. An dieser Stelle spürt man seinen Zorn. *Zorn.* Sie wird in eine Wellblechhütte in Strandhill gesteckt, wo sie erneut wie ein Magnet auf Sligos Gelüste wirkt. Am schlimmsten von allem aber ist, dass Roseanne, nachdem Father Gaunt in Rom die Annullierung ihrer Ehe erwirkt hat, rätselhafterweise schwanger wird und ein Kind gebärt. Ein Kind gebärt, sagt Father Gaunt und fügt in einer brutalen, nur aus drei Wörtern bestehenden Zeile hinzu: »Und es tötet.«

Hätte ich diese mit der Autorität eines Priesters versehenen Worte vor Jahren gelesen, ich wäre selbst verpflichtet gewesen, Roseanne einzuweisen.

NEUNZEHNTES KAPITEL

Roseannes Selbstzeugnis

John Kane wird mit jeder Minute geheimnisvoller. Er spricht jetzt überhaupt nicht mehr, aber heute Morgen schenkte er mir etwas, das einem Lächeln glich. Dem Versuch eines seltsam schiefen Lächelns. Seine linke Gesichtshälfte scheint ein wenig herabzuhängen. Als er hinausging, versetzte er dem losen Dielenbrett wieder einen Tritt. Ob er das tut, um mir zu zeigen, dass er weiß, da ist etwas? Jedenfalls scheint er nichts Wertvolles zu vermuten, oder es liegt nicht in seiner Natur, unter Dielenbretter zu schauen. Als ich am Fenster stand und ihn beobachtete, versuchte ich mich zu erinnern, wie lange ich ihn bereits kannte. Mir scheint, meine Bekanntschaft mit ihm reicht bis in die aschenen Tage meiner fernen Kindheit zurück, aber das stimmt nicht. Jedenfalls ist es lange, lange her. Seinen blauen Overall aus Baumwolldrillich trägt er nun bestimmt schon seit dreißig Jahren. Er passt zu meiner fadenscheinigen Garderobe. Im Tageslicht, das durchs Fenster fiel, schämte ich mich meines Morgenrocks, denn ich konnte sehen, wie fleckig und speckig die Vorderseite ist. Instinktiv wollte ich mich aus dem Licht zurückziehen, da ich mich aber nun schon einmal so weit vom Bett entfernt hatte, konnte ich auf meinen Aussichtspunkt nicht verzichten. Nun, da er sich als Botaniker oder doch als das Nächstbeste entpuppt hatte, wollte ich mich nach dem Fortschreiten des Frühlings draußen erkundigen. Die Reihenfolge ist Weiß, Gelb, Blau. Schneeglöckchen, Osterglocken und Hasenglöckchen, und wenn die Osterglocken herauskommen, beginnen die Schneeglöckchen bereits abzusterben. Ich frage mich, warum das so ist. Ich frage mich, warum überhaupt irgendetwas ist.

Dann wurde mir ganz schwindlig am Fenster, und ich spürte, wie es in meinen Gliedmaßen zuckte, als wollten meine Gelenke wegknicken. Ich hob die Arme und versuchte, mich an der Wand abzustützen. Um John Kane Gerechtigkeit widerfahren zu lassen: Er war noch nicht wieder draußen im Gang, und er kam wieder herein und half mir ins Bett, obwohl das gar nicht seine Aufgabe ist. Er war recht sanft und lächelte noch immer. Ich blickte zu seinem Gesicht auf. Er hat lange Stoppeln im Gesicht, kein richtiger Bart, eher wie Heidebüschel im Torfmoor. Seine Augen sind ganz blau. Dann merkte ich, dass er gar nicht richtig lächelte, sondern dass er einen schiefen Mund hat, er scheint ihn nur mühsam bewegen zu können. Ich wollte ihn danach fragen, ihn aber nicht in Verlegenheit bringen oder kränken. Ich nehme an, das war dumm von mir.

Nicht lange nach Father Gaunts »Besuch« wanderte ich in einer frischen, mondbeschienenen Nacht über die Dünen von Strandhill. Seit er mich aufgesucht hatte, fühlte ich mich in der Wellblechhütte sehr beengt, als wäre sein Geist noch immer im Raum. Jeden Abend wartete ich voller Ungeduld auf die Dunkelheit, die mir wenigstens zur Freiheit der Dünen und des Marschlands verhalf.

Ich hatte nicht den Wunsch, von jemandem gesehen zu werden oder mit jemandem zu reden. Wenn ich spazieren ging, befand ich mich manchmal in einem solchen Gemütszustand, dass ich beim geringsten Anzeichen eines anderen Menschen nach Hause stürzte. Ja, es gab Zeiten, wo ich mir einbildete, Leute zu sehen, die möglicherweise gar nicht vorhanden waren, kleine Sinnestäuschungen des

Strandhafers oder dergleichen, ein auffliegender Sumpf-
vogel – besonders eine Gestalt schien um mich herum zu
»spuken«, die mitunter am äußersten Rand meines Blick-
feldes auftauchte oder doch aufzutauchen schien, mit
etwas bekleidet, das aussah wie ein schwarzer Anzug, und
mit einem braunen Hut, aber wenn ich die wenigen Male,
da ich sie zu sehen glaubte, meinen ganzen Mut zusam-
mennahm und auf sie zuging, verschwand sie immer
sogleich. Doch solche Erscheinungen waren zu jener Zeit
an der Tagesordnung.

Vor allem an eine Nacht kann ich mich erinnern, denn
es dürfte das Sonderbarste sein, das ich je erlebt habe,
und ich habe schon so manches Sonderbare erlebt.

Ich muss mich sehr in Acht nehmen, was solche »Erinnerungen« betrifft, denn ich merke, dass es ein paar lebhafte Erinnerungen an Dinge aus dieser unruhigen Zeit
gibt, von denen ich genau weiß, dass sie sich gar nicht zugetragen haben können. Aber ich glaube nicht, dass diese
Nacht dazugehört, so unwahrscheinlich es klingt.

Es zeugt vom Ausmaß meiner Scham, dass ich, anstatt
auf die Düne selbst zu klettern, was ich bis dahin mit Vorliebe getan hatte, obwohl ich dabei riskierte, auf Liebes-
pärchen zu stoßen, ja über sie zu stolpern, zum äußersten
Rand von allem lief, dorthin, wo sich ein tiefer, schmaler
Fluss ins Meer ergoss, tagsüber eine Art Imbissstube für
Seevögel.

Ich stand auf dem Sand. Es herrschte Ebbe, und es war
vollkommen still. Weit draußen, rechter Hand vom
Knocknarea, ließ eine kleine, kurvenreiche Straße die
Scheinwerfer eines unsichtbaren Autos erkennen, die auf-
blitzten und wieder erloschen. Aber das Auto war zu weit
weg, als dass ich den Motor hätte hören können.

Kein Lüftchen rührte sich, der Himmel war unermesslich weit, von jenem Emailleblau, das der Mondschein

hervorruft. Man konnte ohne Weiteres glauben, dass ein menschliches Geschöpf das unwesentlichste Element in alledem war. Und draußen das Meer, weite Flächen einsam-träumerischen Wassers.

Dann in der Ferne ein leises Brummen. Ich sah mich um, weil ich glaubte, ein tollwütiger Hund oder ein anderes Tier sei auf den Strand gelaufen. Aber nein, das Geräusch kam von weit draußen zu meiner Rechten. Ich schaute hin, über den leeren Strand hinweg zu den kleinen Lichtern der wenigen Gebäude am Strand, rund zweihundert Meter von mir entfernt. Dort erblickte ich eine Kette durchdringender gelber Lichter, die sich am Horizont zeigte, einem Horizont, der halb Land, halb Meer war.

Schon glaubte ich, Gott beuge sich zu mir herab, um mich ebenso gründlich auszulöschen, wie Father Gaunt es getan hatte.

Die dünne Kette schimmernder Lichter kam näher. Auch das Geräusch nahm zu, und unter meinen bloßen Füßen glaubte ich zu spüren, wie der Sand erzitterte, wie er tief unter mir erzitterte, als steige durch den Erdboden etwas zu mir auf. Die Lichter wurden breiter und höher, und dann wurde das Brummen ein Brausen und immer noch lauter, und dann war da etwas, das aussah wie der Saum eines fliegenden Teppichs von Ungeheuern, und dann wurde das Brausen zum Tosen eines gewaltigen Wasserfalls, und ich blickte hoch, genau wie eine Verrückte, jedenfalls kam ich mir völlig verrückt vor, und der Lärm wurde immer lauter, und die Lichter wurden immer größer, bis ich die runden Bäuche einzelner Lichter erkannte und Metallnasen und das ungeheure Schwirren von Propellern – es waren Flugzeuge, Dutzende von ihnen, vielleicht Hunderte, alle wie Tiere im Mondlicht, aber wegen der kleinen Fensterchen, die vorn zu sehen waren, glaubte ich fantastischerweise – vielleicht war es ja wirklich mein Wahnsinn –, kleine Köpfe und Gesichter ausmachen zu können, und sie alle flogen in Formation, wie man es nennt, grimmig, verhängnisvoll, als nahe das Ende der Welt. Und da die Flugzeuge alle zusammen flogen, schwoll ihr Lärm zu biblischen Dimensionen an, wie etwas aus der Offenbarung, und der Himmel über meinem Kopf war ganz davon angefüllt, Metall, Licht und Getöse, und sie schossen über mich hinweg und flogen so dicht über dem Wasser, dass die Gewalt der Motoren das Wasser aufpeitschte, das Wasser aufriss wie zerschlissene Laken, die mit einem Schlangengezisch wieder auf der Oberfläche aufklatschten, und ich spürte, wie die Flugzeuge an mir zerrten, wie sie am Strand zerrten, wie sie versuchten, uns von unserem Anker loszureißen, wie sie versuchten, mir das Gehirn aus dem Schädel, die Augen aus den Höhlen zu rupfen, und dann rollten sie über mich hinweg, Welle um Welle, waren es fünfzig, hundert, hundertundfünfzig? – ganze Minuten lang rollten sie über mich hinweg, und dann entfernten sie sich und hinterließen, wie es schien, ein riesiges Vakuum am Himmel, hinterließen eine Stille, die fast noch schmerzlicher war als der Lärm, als hätten diese mysteriösen Flugzeuge allen Sauerstoff aus der Sligoer Luft gesaugt. Und so flogen sie davon und schüttelten und rüttelten an der irischen Küste.

Einige Tage später saß ich draußen auf meiner Veranda und beschäftigte mich mit meinen Rosen. Es war eine Tätigkeit, die selbst mir in meiner Bedrängnis eine Spur von Trost verschaffte. Andererseits ist mir klar, dass alle gärtnerischen Bemühungen, selbst meine eigenen planlosen, stockenden Bemühungen, dem Versuch gleichkommen, die Farben und Verheißungen des Himmels auf die Erde herabzuholen. Es war kalt an dem Tag, und auf meinen nackten Armen zeigte sich eine Gänsehaut. Die bloße Existenz der Rosen, die sich, noch unsichtbar, so dicht und rätselhaft in ihren grünen Knospen zusammenrollten, machte mich fast schwindlig.

Ich blickte über meine rechte Schulter, denn ich hörte, wie sich etwas näherte. Jemand oder etwas; den Geräuschen nach zu urteilen, mochte es ein alter Esel sein, der die Straße entlangtrottete. Ich wollte nicht gesehen werden, weder von Menschen noch von Tieren, auch wenn die Rosen mir gerade so viel Trost spendeten. Vielleicht würden sie dieses Jahr ein neues Aussehen annehmen, nicht mehr ganz »Sainte Anne«, nicht mehr ganz »Malmaison«, sondern allmählich Sligo, »Souvenir de Sligo«, eine Erinnerung an Sligo. Es war aber kein Esel, es war ein Mann, ein höchst sonderbarer Mann, dachte ich, denn sein Haar war kurz und kraus wie bei einem schwarzen Jazzmusiker, und sein Anzug von einem dunklen Aschgrau. Nein, es war gar kein Anzug, eher eine Art Uniform. Selbst sein Gesicht wirkte eigentümlich dunkel. Und zu meinem Erstaunen sah ich, dass es Jack war. Natürlich, das würde die Uniform erklären, denn war er nicht in Indien und kämpfte im Namen des Königs – aber wenn er in Indien war, was in aller Welt hatte er dann hier in Strandhill zu suchen, in diesem Niemandsland?

Und plötzlich fühlte sich die Kälte eisiger an als die Kälte eines tückischen Tages an einem irischen Strand, und meine Gänsehaut wurde immer stärker. War diese seltsame Erscheinung jetzt nicht mein Feind?

Trotzdem schlug ich alle Bedenken in den Wind und rief: »Jack?« Ich hatte den verrückten Gedanken, er könnte gekommen sein, um mir zu helfen. Aber was war ihm nur zugestoßen? Nun, da er näherkam und noch sonderbarer aussah, würde ich, wenn ich es nicht besser wüsste, sagen, dass er *versengt* war, er war in der Tat *versengt*.

Der Mann blieb mitten auf dem Weg stehen, vielleicht war er verwundert, dass ich ihn angesprochen hatte. Er wirkte geradezu verängstigt.

»Jack McNulty?«, sagte ich, als würde das irgendetwas nützen. Er kannte ja wohl seinen Namen. Jetzt sah ich bestimmt ebenso verunsichert aus wie er.

Er sprach wie ein Mann, der eine Weile nicht gesprochen hat, die Worte kamen ihm nur stotternd über die Lippen.

»Was?«, sagte er. »Was? Was?«

Er sah so erschrocken aus, dass ich zum Tor hinunterging und in seiner Nähe stehen blieb. Ich dachte, er würde wegrennen, durchgehen wie ein Esel. Aber ich war ja nur eine kleine Frau in einem Baumwollkleid.

»Sie sind doch nicht etwa Jack McNulty, oder?«, fragte ich. »Jedenfalls sehen Sie ihm sehr ähnlich.«

»Wer sind Sie?«, fragte er und warf einen Blick aufs Meer, als befürchte er einen Hinterhalt.

»Ich bin niemand«, antwortete ich, womit ich sagen wollte, niemand, vor dem er Angst zu haben brauchte. »Ich bin Roseanne, Toms Frau – seine gewesene Frau, wenn überhaupt.«

»Oh, ich habe von Ihnen gehört«, sagte er, jedoch ohne die erwartete Missbilligung. Plötzlich schien er sehr froh zu sein, mit mir zu reden, mich anzutreffen. Einen Augenblick lang hob er die Rechte, als wollte er mir die Hand schütteln, doch dann ließ er sie wieder sinken. »Ja.«

Ich war so erleichtert, ich war so beglückt, dass er in diesem Ton mit mir sprach, dass ich mit ihm spaßen, mit ihm scherzen, ihm alles erzählen wollte, was vorgefallen war, nur Kleinigkeiten, wie etwa die beiden Ratten am Vorabend, die ich dabei ertappt hatte, wie sie eines meiner Hühnereier durch ein Loch in der Hüttenwand fortschleppten, durch ein so kleines Loch, dass eine der Ratten das Ei auf dem Bauch balancierte und sich von der anderen Ratte durch die Lücke zerren ließ! Es war lächerlich. Aber was den Ausschlag gab, war die Freundlichkeit in seiner Stimme, diese schlichte Freundlichkeit, etwas, das ich schon so lange nicht mehr gehört hatte und von dem ich nicht einmal wusste, wie sehr es mir fehlte.

»Ich bin Eneas«, sagte er, »Toms Bruder.«

»Eneas?«, fragte ich. »Was tun Sie denn hier?«

»Eigentlich bin ich gar nicht hier«, antwortete er. »Ich dürfte gar nicht hier sein, und ich bin auch bald wieder weg.«

»Was ist denn das für Zeug, mit dem Sie bedeckt sind?«

»Was für Zeug?«, fragte er.

»Sie sind ja ganz schwarz«, sagte ich. »Und grau, wie Asche.«

»Himmel, ja«, sagte er. »Ich war in Belfast. Ich wollte zurück nach Frankreich, wissen Sie. Ich bin Soldat.«

»Wie Jack«, sagte ich.

»Wie Jack, nur dass der Offizier ist. Ich war in Belfast, Roseanne, und hab auf mein Schiff gewartet, ich hab in einem kleinen Hotel geschlafen, als die paar armseligen, lausigen Sirenen losgingen, die es dort gibt, und kurz danach kamen sie schon herein, die Bomber, Dutzende um Dutzende, und warfen willkürlich ihre Bomben ab, und am Himmel stand kein einziges Flakwölkchen, nicht eins, und in den Häusern und Straßen um mich herum war die Hölle los. Wie ich da rausgekommen bin? Wie ein Dämon bin ich durch die Gegend gerannt, bestimmt hab ich geschrien und hab wilde Gebete für die Bewohner von Belfast gesprochen, und bald ergossen sich Hunderte auf die Straßen, und alle taten dasselbe wie ich, Leute in Nachthemden und Leute splitternackt wie Babys, und sie rannten und brüllten, und am Stadtrand rannten wir immer noch weiter, und die Angriffswellen waren uns gefolgt und warfen ohne Unterlass und ohne Erbarmen ihre Bomben ab, und eine Stunde später, vielleicht auch mehr, ich kann's nicht sagen, hockte ich am Rand eines riesigen, dunklen Bergs und blickte zurück, und Belfast war ein großer feuriger Pfuhl, es brannte und brannte, die Flammen sprangen wie rote Kreaturen, Tiger oder so, hoch in den Himmel, und auch die, die mit mir gerannt waren, drehten sich um und weinten und stießen Laute aus wie das Klagegeschrei der Bibel. Und ich musste an die Stelle in der Bibel denken, die sie gern in den See- mannsmissionen verteilen, wo ich vor dem Krieg oft un- tergekommen bin, weil ich ja immer nur auf Wanderschaft war: *Und so jemand nicht gefunden ward geschrieben in dem Buch des Lebens, der ward geworfen in den feurigen Pfuhl,* und ich zitterte, ich zitterte, als ich den Zorn des Herrn schaute, nur dass es nicht der Herr war, sondern diese Deutschen, hoch oben, den Sternen nahe, die auf ihre Arbeit niederblickten und meiner Meinung nach ziemlich erstaunt waren, ebenso erstaunt wie wir.«

Der Mann, Eneas, verstummte. Auch jetzt zitterte er wieder. Er war in einem schlimmen Zustand. In seinen Augen brannte noch immer der Widerschein jenes feuri- gen Pfuhls.

»Kommen Sie herein«, sagte ich, »nur für einen Augen- blick, und ruhen Sie sich aus.« Ob dies aus einem mütter- lichen oder eher schwesterlichen Instinkt heraus geschah, kann ich nicht sagen. Doch plötzlich ging von mir eine ungeheure Woge der Zärtlichkeit zu ihm über. Ich dachte, er ist ein wenig wie ich. Er ist aus seiner Welt verstoßen worden, aus dieser Welt von Sligo. Und ich kann nicht gerade behaupten, dass er wie ein Bösewicht aussah. Ich kann auch nicht behaupten, dass er wie der blutrünstige Polizist aussah, der er der Legende nach früher gewesen sein soll – nicht, dass ich diese Legende damals gekannt hätte. Überhaupt, wie wenig ich über ihn wusste, wie selten seine Brüder über ihn geredet hatten – und dann immer nur mit schweren Seufzern und bedeutungsschwangeren Blicken.

»Nein, ich kann nicht«, antwortete er. »Sie kennen mich nicht. Ich bin kein Mann, den Sie in Ihrem Haus haben wollen. Ich mache Ihnen nur Scherereien. Hat man Ihnen nicht erzählt, dass die Todesstrafe über mich verhängt worden ist? Ich dürfte nicht einmal hier in Sligo sein. Ich bin aus Belfast weggegangen, dann weiter durch Enniskillen und einfach nur hierhergekommen, wie eine Brieftaube, die zu ihrem Heimatschlag zurückfliegt, ich konnte nicht anders.«

»Kommen Sie herein«, wiederholte ich, »und machen Sie sich keine Gedanken. Immerhin bin ich Ihre Schwägerin. Kommen Sie herein.«

Also kam er herein. Beim Gehen fielen kleine schwarze Staubflocken von ihm ab. Er war den ganzen weiten Weg von Belfast gelaufen, wahrlich eine lange, lange Strecke, war wie eine Brieftaube nach Sligo zurückgekehrt, oder wie ein Lachs, der die Mündung des Garravoge sucht. Er schien der traurigste Mann zu sein, dem ich je begegnet war.

Als ich ihn in die Hütte bugsiert hatte, forderte ich ihn ohne Umstände auf, seine Uniform abzulegen. Als Erstes benötigte er eine Tasse Wasser, die er mit wildem Ungestüm leerte, als brenne auch in seinen Eingeweiden ein Feuer, das gelöscht werden müsse. Ich hatte eine alte Zinkbadewanne, die ich benutzte, und die füllte ich mit Wasser aus dem Brunnen. Ich musste mehrmals gehen und bemühte mich, es nicht zu verunreinigen. Währenddessen fing das Wasser im Kessel auf dem Herd zu kochen an. Das heiße Wasser nahm dem Bad etwas von seiner Kälte, mehr aber auch nicht. Und das alles, während der kleine, aschene Mann in seiner langen Unterhose mitten im Zimmer stand. Dass dieses Kleidungsstück so sauber war, überraschte mich. Er war ein feinknochiger, gut gebauter Mann, nicht so pummelig wie Tom, nein, kein überflüssiges Gramm.

»Ich geh jetzt in die Spülküche und mache Ihnen ein Käsebrot«, sagte ich.

Aus Anstandsgründen überließ ich ihn also sich selbst, und ich hörte, wie er ein wenig ins Stolpern geriet, als er seine lange Unterhose auszog, wie er in die Wanne stieg und sich wusch. Ich nehme an, ein Armeeangehöriger wie er war kaltes Wasser gewohnt. Ich hoffte es. Wie auch immer, er gab keinen Mucks von sich. Als ich es für angebracht hielt, ging ich wieder hinein. Offenbar hatte er sich ordentlich eingeseift, denn die Wanne schäumte vor mit Asche gefleckter Seifenlauge. Inzwischen stand er wieder mitten im Zimmer und knöpfte sich die lange Unterhose zu. Wie ich jetzt sah, waren seine Haare rostbraun, obwohl sie fast bis auf die Kopfhaut verbrannt waren. Seine Haut war von der Sonne dunkel getönt, er hatte raue Hände und kräftige Finger. Ich nickte ihm zu, wie um zu fragen: *Alles in Ordnung?* Und er nickte zurück, wie um zu sagen: *Ja*. Ich reichte ihm die dicke Scheibe Käsebrot, die er noch im Stehen verschlang.

Dann sagte er lächelnd: »Es ist schön, Verwandte zu haben.«

Und ich lachte.

»Ich weiß, was du meinst«, sagte ich.

Draußen wurde es dunkel, und mein alter Gefährte, das Käuzchen, meldete sich zu Wort. Jetzt wusste ich nicht mehr, wohin mit Eneas. Ich schien ihn so gut zu kennen, zumindest seinen Körperbau und sein Gesicht, dabei wusste ich überhaupt nicht, wer er war. Und doch war ich noch nie einem so sanften und sonderbaren Mann begegnet. Er stand vollkommen reglos, wie ein Hirsch auf dem Berg, der verhofft, wenn er einen Ast knacken hört.

»Ich danke dir«, sagte er ganz schlicht und aufrichtig. Ich war so gerührt, dass ein anderer Mensch mir dankte. Ich war so gerührt, dass ein anderer Mensch mit Wohlwollen und Respekt zu mir sprach. Auch ich stand jetzt still und starrte ihn fast verblüfft an.

»Ich kann die Uniform nach draußen bringen und ausklopfen«, sagte ich, »sonst ist sie morgen nicht sauber.«

»Nein«, sagte er, »lass nur. Im Freistaat darf ich sie eigentlich gar nicht tragen. So staubig, wie sie ist, wird es wohl gehen. Ich mach mich auf den Weg nach Dublin und versuche, dort Anschluss an meine Einheit zu finden. Der Feldwebel wird sich sehr um mich sorgen.«

»Das wird er bestimmt«, sagte ich.

»Ich bin ein guter Soldat, weißt du«, sagte er.

»Das bist du bestimmt«, sagte ich.

»Ich gehöre nicht zu der Sorte, die desertiert«, sagte er überflüssigerweise. Als hätte ich das nicht von selbst gemerkt.

»Weißt du«, sagte er, »ich verfolge keine Absichten, ich meine, ich stehe hier in meiner langen Unterhose vor dir, und du bist eine Fremde, aber ich bin deswegen nach Strandhill gekommen, weil ich mal ein Mädchen hatte, und sie und ich, wir sind immer hierhergekommen, zum Tanzen natürlich, und sie hieß Vic, und sie war vor mir gewarnt worden, weißt du, und ich treffe sie nicht mehr. Aber ich wollte auf dem Strand stehen, wo wir immer gestanden haben, und hinausblicken auf die Bucht. Weißt du, etwas ganz Einfaches. Und Vic war ein hübsches Mädchen, das war sie in der Tat. Und ich wollte sagen, und ich verfolge keine Absichten damit, aber du bist der schönste Mensch, den ich je gesehen habe, du und sie, ihr beide.«

Nun, das war mal eine hübsche Rede. Und er verfolgte keine Absichten damit, es sei denn, die Wahrheit zu sagen. Und plötzlich wurde ich rot vor Stolz, etwas, das ich schon lange nicht mehr empfunden hatte. Dieser Mann, und es war ihm nicht einmal bewusst, sprach wie mein Vater, wenn mein Vater etwas Wichtiges mitteilen wollte. Es hatte etwas merkwürdig Nachdrückliches, wie aus einem alten Buch, aus genau dem Buch, das ich noch immer hütete und in Ehren hielt, die *Religio Medici* des alten Thomas Browne. Und das war ein junger Mann aus dem siebzehnten Jahrhundert, insofern wusste ich nicht, wie sich diese Ausdrucksweise bei Eneas McNulty eingeschlichen hatte.

»Ich weiß, du bist eine verheiratete Frau«, sagte er, »also bitte verzeih mir, und dazu noch mit meinem Bruder verheiratet.«

»Nein«, sagte ich, ebenfalls im Interesse der Wahrheit, und ehe ich mich anders besinnen konnte: »Ich bin keine verheiratete Frau. Hat man mir jedenfalls gesagt.«

»Oh?«, machte er.

»Nein«, sagte ich. »Siehst du, auch über mich hat man eine Art Todesstrafe verhängt.«

Er stand dort, und ich stand hier. Und ich ging zu ihm, mäuschenstill, mäuschenstill, damit ich ihn nicht erschreckte, nahm eine seiner schwieligen Hände und zog ihn ins Hinterzimmer, wo man das Käuzchen besser hören und von dem armseligen Federbett aus den Knocknarea besser sehen konnte.

Später dann lagen wir da wie zwei Steinfiguren auf einem Grab, so glücklich, wie jeder Augenblick der Kindheit es ist.

»Jack hat mir erzählt, dass dein Vater in der Handelsmarine gewesen ist«, sagte er nach einer Weile.

»O ja, das war er«, antwortete ich.

»Wie ich – und wie Jack, weißt du.«

»Ach nein?«

»Doch. Und er hat gesagt, dein Vater sei damals bei der alten Polizei gewesen, war dem nicht so?«

»Jack hat das gesagt?«, fragte ich.

»Ich meine schon. Und natürlich war ich interessiert, mehr zu erfahren, weil ich ja selbst dabei war. Was mich am Ende teuer zu stehen kam. Natürlich wussten wir es nicht besser. Offenbar melden wir uns immer gern für irgendetwas, wir McNulty-Jungs. Jack ist jetzt bei den Royal Engineers. Und Tom junior ist sogar nach Spanien gegangen, mit diesem Kerl, diesem Duffy, he?«

»O'Duffy. Wirklich? Das wusste ich nicht.«

»Richtig, O'Duffy. Den Namen sollte ich kennen, er war ja Chef der neuen Polizei gewesen. Ja, Tom hat sich davongemacht, wie ich höre.«

»Und wie ist es ihm ergangen?«

»Jack hat gesagt, er ist schon nach zwei Wochen wieder zurückgekommen. Jack hielt nicht viel davon, dass Tom losgezogen ist, um Franco Beistand zu leisten. Nein. Jedenfalls kam Tom zurück. Er war angewidert. Hat ganz und gar mit O'Duffy gebrochen. Der hatte sie in Schützengräben gesteckt, wo ihnen die Ratten die Zehen anknabberten, und O'Duffy selbst war woanders, bestimmt in Salamanca. Hat sich da ausgelebt, todsicher.«

»Der arme Tom«, sagte ich. »Die schöne Uniform ruiniert.«

»Allerdings«, sagte Eneas. »Dann war dein Vater also nicht bei der Polizei?«, fragte er unschuldig, ein Geplauder im Mondlicht.

»Was für eine Art Liebesgeflüster soll das denn sein?«, fragte ich, ohne diesen so unschuldigen Mann kränken zu wollen. Immerhin lachte er.

»Irisches Liebesgeflüster«, sagte er. »Kämpfe, und für wen man ist und all das.«

Und er lachte von Neuem.

»Wann war das alles, Spanien und so?«

»Ach, siebenunddreißig, nehme ich an. Lange her, nicht wahr? Kommt mir so vor.«

»Und hast du in letzter Zeit was von Tom gehört?«

»Oh, nur, dass er sehr erfolgreich ist, weißt du. Der Mann der Zukunft und so, weißt du.«

Und dann sah er mich an, vielleicht hatte er Angst, mir weh zu tun. Tat er aber gar nicht. Es war schön, ihn neben mir zu haben. Sein Bein lag sehr warm an meinem Bein. Nein, ich hatte nichts gegen ihn.

Vor Kurzem war der Arzt bei mir. Der Hautausschlag in meinem Gesicht gefiel ihm nicht, und dann fand er auch noch einen auf meinem Rücken. Ehrlich gesagt, fühlte ich mich ein wenig müde, das sagte ich ihm auch. Es war seltsam, denn normalerweise werde ich munter, wenn sich draußen der Frühling regt. Vor meinem geistigen Auge konnte ich die Osterglocken sehen, die entlang der Auffahrt leuchteten, und ich sehnte mich danach, hinauszugehen und sie zu betrachten, ihnen mit meiner alten Hand einen Gruß zuzuwinken. So lange liegen sie unter der kalten, feuchten Erde im Verborgenen, und dann ihre freudige Pracht. Das war schon seltsam, und das sagte ich ihm auch.

Er sagte, auch mein Atem gefalle ihm nicht, und ich sagte, mir schon, und da lachte er und meinte: »Nein, ich meine dieses merkwürdige leise Rasseln in Ihrer Brust, ich glaube, ich verschreibe Ihnen ein paar Antibiotika.«

Dann teilte er mir die eigentlichen Neuigkeiten mit. Er sagte, das Hauptgebäude des Krankenhauses sei bereits geräumt, und nur die beiden Trakte an meinem Ende bestünden noch. Ich fragte ihn, ob die alten Damen auch schon vertrieben seien, und er bejahte. Er sagte, das sei eine furchtbare Arbeit gewesen, wegen der wundgelegenen Stellen und der Schmerzen. Er sagte, es sei klug, sich zu bewegen und Druckgeschwüre zu vermeiden. Ich sagte ihm, die hätte ich schon gehabt, als ich nach Sligo kam, und hätte sie gar nicht gemocht. Er sagte: »Ich weiß.«

»Weiß Dr. Grene Bescheid über diese Veränderungen?«

»O ja«, antwortete er, »er hat doch die ganze Sache abgewickelt.«

»Und was wird jetzt aus dem alten Gebäude?«

»Das wird zu gegebener Zeit abgerissen«, sagte er. »Und natürlich werden Sie in ein schönes neues Heim verlegt.«

»Oh«, machte ich.

Plötzlich war ich ganz außer mir, weil ich an diese Seiten unter den Dielen denken musste. Wie sollte ich sie hervorholen und geheimhalten, wenn ich verlegt würde? Und wohin würde man mich verlegen? Jetzt war ich völlig aufgewühlt, so wie jenes Blowhole in der Klippe hinter der Bucht von Sligo, wenn die Flut hereinströmt und das Wasser in den Felsen jagt.

»Ich dachte, Dr. Grene hätte das alles erwähnt, sonst hätte ich nichts gesagt. Sie brauchen sich keine Sorgen zu machen.«

»Was wird aus dem Baum dort unten und aus den Osterglocken?«

»Was?«, fragte er. »Ach, ich weiß nicht. Schauen Sie, ich werde veranlassen, dass Dr. Grene alles mit Ihnen bespricht. Sie wissen schon. Das ist seine Abteilung, und ich fürchte, ich habe mich eingemischt, Mrs McNulty.«

Ich war zu erschöpft, um noch einmal, zum millionsten Mal in sechzig Jahren und mehr, zu erklären, dass ich nicht Mrs McNulty bin. Dass ich niemand bin, und auch niemandes Frau. Dass ich schlicht und einfach Roseanne Clear bin.

ZWANZIGSTES KAPITEL

Dr. Grenes Aufzeichnungen

Katastrophe. Unser Arzt, Mr Wynn, der auf meine Bitte hin hochgegangen war, um nach Roseanne zu sehen, hat versehentlich die Katze aus dem Sack gelassen, was das Krankenhaus anbelangt. Ich meine, ich war wohl irgendwie davon ausgegangen, dass sie es wusste, dass es ihr irgendjemand erzählt haben würde. Sollte dies der Fall gewesen sein, so ist ihr die Mitteilung wieder entfallen. Ich hätte klüger sein und sie vorbereiten sollen. Wobei ich nicht weiß, wie ich das Thema hätte anschneiden sollen, ohne ein ähnliches Resultat heraufzubeschwören. Die Verlegung der bettlägerigen alten Damen schien sie am meisten zu bekümmern. Tatsächlich habe ich das Gefühl, dass man uns allen viel früher als gewünscht Beine macht, aber die neue Einrichtung in der Stadt Roscommon wird demnächst fertiggestellt sein, und in der Zeitung wurden Befürchtungen geäußert, dass sie am Ende leer stehen könnte. Also haben wir uns endlich einen Ruck gegeben. Jetzt sind nur noch die Patientinnen in Roseannes Trakt und die Männer im Westflügel übrig, hauptsächlich alte Käuze jedweder Art in schwarzer Krankenhauskluft. Auch diese sind sehr unglücklich über die bevorstehenden Pläne, und genau genommen wird alles nur dadurch verzögert, dass niemand weiß, wohin mit ihnen. Wir können sie schließlich nicht auf die Straße setzen und sagen: Also, Jungs, dann mal ab mit euch. Wenn ich mit ihnen auf dem Innenhof rede, wo sie sich ein bisschen Bewegung verschaffen und rauchen können, scharen sie sich wie die Saatkrähen um mich. Unter den Männern sind einige, die in der Nacht, als das Feuer im Krankenhaus ausbrach, tatkräftig mitgeholfen hatten. Sie hatten die alten Damen im Huckepack die langen Treppen hinuntergetragen, wirklich erstaunlich, und anschließend frotzelten sie, wie lange es her sei, dass sie mit einem Mädel ausgegangen waren, und wäre es nicht nett, mal wieder Foxtrott zu tanzen, und Witzeleien dieser Art. Die meisten von ihnen sind ganz gewiss nicht geistesgestört, sondern einfach nur der »Menschenmüll« des Systems, die Bezeichnung habe ich einmal gehört. Einer von ihnen, den ich gut kenne, hat in der irischen Armee im Kongo gekämpft. Tatsächlich sind eine ganze Menge von ihnen ehemalige Armeeangehörige. Vermutlich fehlt uns so etwas wie die Chelsea Barracks oder Les Invalides in Paris. Wer möchte schon ein alter Soldat in Irland sein?

Roseanne schwitzte regelrecht in ihrem Bett, als ich zu ihr hineinging. Möglicherweise eine Reaktion auf die Antibiotika, doch ich halte es schlichtweg für Angst. Die Anstalt mag ein scheußlicher Ort in einem scheußlichen Zustand sein, aber Roseanne ist ein Mensch wie jeder andere auch, und dies ist ihr Zuhause, Gott steh ihr bei. Ich war überrascht, John Kane dort vorzufinden, mit seiner kollernden Truthahnstimme, der arme Mann, und obwohl er mir suspekt war, schien er doch aufrichtig besorgt, alter Gauner, der er ist, und noch Schlimmeres.

Ehrlich gesagt, bin ich selbst gar nicht so zuversichtlich und fühle mich arg getrieben und bedrängt, aber es muss wohl sein Gutes haben, ein neues Gebäude zu bekommen, bei dem die Räume keine feuchten Streifen an den Wänden haben und die Dachschiefer nicht zerbrochen sind. Letztere reparieren zu lassen konnten wir nicht riskieren, denn wie man mir versichert, ist der ganze Dachstuhl morsch. Ja doch, der ganze Bau ist eine einzige Todesfalle, andererseits wurde sein Verfall sträflich ignoriert, es gab keine Fördermittel, und was man hätte instand halten können, hat man zum Teufel gehen lassen. Dem ungeübten Auge dürfte der Bau wie eine Spielart der Hölle erscheinen. Aber nicht Roseannes Auge.

Als Roseanne mich sah, wurde sie deutlich munterer und bat mich, zu ihrem Tisch zu gehen und ihr ein Buch herauszusuchen. Es war ein Buch namens *Religio Medici*, jener angestoßene alte Band, der mir im Vorbeigehen oft aufgefallen war. Sie sagte, es sei das Lieblingsbuch ihres Vaters gewesen, ob sie mir je davon erzählt habe, und ich sagte, meines Wissens ja. Einmal habe sie mir sogar den Namen ihres Vaters darin gezeigt, ja.

»Ich bin einhundert Jahre alt«, sagte sie dann, »und ich möchte, dass Sie etwas für mich tun.«

»Und das wäre?«, fragte ich und wunderte mich darüber, wie beherzt sie ihre Panik überwunden hatte, falls es denn Panik war, auch über ihre Stimme, die jetzt wieder fest klang. Allerdings glühten ihre alten Gesichtszüge noch immer von dem verflixten Ausschlag. Sie sieht aus, als wäre sie durch ein Lagerfeuer gesprungen und hätte ihr Gesicht in die Hitze gehalten.

»Ich möchte, dass Sie dies meinem Kind übergeben«, sagte sie. »Meinem Sohn.«

»Ihrem Sohn?«, fragte ich. »Und wo, Roseanne, ist Ihr Sohn?«

»Ich weiß es nicht«, sagte sie, und plötzlich umwölkte sich ihr Blick und erlosch fast ganz, aber dann schien ihr Gemüt wieder aufzuklaren. »Ich weiß es nicht. In Nazareth.«

»Nazareth ist weit weg«, sagte ich, um sie bei Laune zu halten.

»Dr. Grene, werden Sie das für mich tun?«

»Das werde ich, das werde ich«, sagte ich in der festen Überzeugung, es nicht zu tun, es nicht tun zu können, nach allem, was ich aufgrund der unverblümten Schilderung in Father Gaunts Dokument wusste. Und das Meer der Zeit dazwischen. Auch wenn ihr Sohn noch am Leben war, wäre er doch selbst ein alter Mann. Vermutlich hätte ich sie fragen können: Haben Sie Ihr Kind umgebracht? Vermutlich hätte ich sie danach fragen können, wenn ich verrückt genug gewesen wäre. Aber nein, das war keine Frage, die man einfach so stellen konnte, nicht einmal von Berufs wegen. Außerdem hatte sie mir bislang auf nichts wirklich geantwortet. Auf nichts, was, medizinisch gesprochen, meine Auffassung über ihren Zustand ändern könnte.

Ach, plötzlich war ich erschöpft, so erschöpft, als hätte ich all ihre Jahre und noch mehr auf dem Buckel. Erschöpft, weil ich sie nicht ins »Leben« zurückholen konnte. Ich vermochte es nicht. Ich konnte ja nicht einmal mich selbst aufrichten.

»Ich glaube, Sie werden es tun«, sagte sie und sah mich durchdringend an. »Jedenfalls hoffe ich es.«

Mit diesen Worten nahm sie mir widersinnigerweise das Buch aus den Händen, aber dann legte sie es wieder hinein und nickte, als wollte sie sagen: Vergessen Sie nicht, es auch wirklich zu tun.

Roseannes Selbstzeugnis

Offenbar geht es mir nicht sehr gut, ich fühle mich schwach, aber ich muss hiermit fortfahren, denn jetzt komme ich zu dem Teil, von dem ich Ihnen erzählen muss.

Liebe Leserin, lieber Leser, lieber Gott, Dr. Grene, wer immer Sie sein mögen.

Wer immer Sie sind, ich versichere Sie noch einmal meiner Liebe.

Da ich doch jetzt ein Engel bin. Ich scherze nur.

Im Himmel mit meinen schweren Flügeln schlage.

Mag sein. Meinen Sie?

Ich erinnere mich an scheußliches, trübes, dunkles Februarwetter und an die schlimmsten, furchterregendsten Tage meines Lebens.

Damals war ich vielleicht im siebenten Monat. Doch mit Sicherheit bestimmen konnte ich es nicht.

Ich wurde so rund, dass mein alter Mantel meine »Umstände« nicht verbergen konnte, obwohl ich es vorzog, erst bei Dunkelheit kurz vor Ladenschluss in Strandhill einkaufen zu gehen, in dieser Hinsicht war der Winter ein Segen, um vier war's schon dunkel.

Wenn ich mich im Schrankspiegel betrachtete, sah ich eine bleiche Gespensterfrau mit einem eigentümlich länglichen Gesicht, als würde das Gewicht meines Bauches alles an mir herabziehen, wie eine schmelzende Statue. Mein Bauchnabel wölbte sich hervor wie eine kleine Nase, und die Haare unter meinem Bauch schienen auf die doppelte Länge angewachsen zu sein.

Ich trug etwas in mir, wie der Fluss etwas in sich trug, wenn die Lachse auf Wanderschaft waren. Falls es im armen Garravoge überhaupt noch Lachse gab. Im Laden sprachen sie manchmal über den Fluss, wegen des Krieges verschlicke er, da die Kais und der Hafen in der Stadt flussaufwärts für die Dauer des Krieges geschlossen seien und die Schwimmbagger nicht länger gewaltige Eimer voll Schlamm und Sand hochhievten. Sie sprachen über Unterseeboote draußen in der Bucht von Sligo, über die Lebensmittelknappheit, den Mangel an Tee und den sonderbaren Überfluss an Waren wie Magenpulver. Sie hätten auch den Mangel an Barmherzigkeit erwähnen können. Auf den Straßen fuhren fast keine Autos, und an den meisten Abenden herrschte Stille in meiner Hütte, obwohl Fahrräder, Fußgänger und Einspänner unterwegs waren zum Tanz. In Sligo hatte jemand einen alten Kremser aufgetrieben, der schleppte sich mit seiner Fracht von Nachtschwärmern über den Sand, wie ein Gefährt aus einem anderen Jahrhundert, das sich hierher verirrt hatte. Das Plaza sandte ein paar Lichtstrahlen aus, die den deutschen Fliegern am Himmel als Signalfeuer hätten dienen können. Diese hatte ich von ihrer Arbeit in Belfast zurückkehren sehen, doch auf die Tänzer regnete nichts herab als Zeit.

Ich war lediglich Beobachterin dieser Dinge. Ich frage mich, welchen Ruf ich wohl in jenen Tagen hatte, die Frau in der Wellblechhütte, die gefallene Frau, die Hexe, das Geschöpf, das »abgestürzt« war. Als gäbe es am Rand ihrer Welt einen Wasserfall, der eine Frau hinabschwemmen könnte, wie ein unsichtbarer Niagara River im täglichen Leben. Eine gewaltig aufragende Wand aus tosendem, sprühendem Wasser.

Eines Tages warf mir eine gut aussehende Frau in einem Mantel mit Hermelinkragen im Vorübergehen einen Blick zu. Sie wirkte sehr wohlhabend, mit blank geputzten schwarzen Stiefeln und braunem Haar, dessen Frisur von vielen im Friseursalon verbrachten Stunden zeugte. Gegenüber meiner Hütte stand eine alte Villa mit einer hohen Mauer, darauf steuerte sie zu, und von irgendwoher kamen die Klänge einer Party, ein Grammophon spielte den Song, den Greta Garbo immer sang. Ich dachte, die Frau kennst du doch, und so blieb ich ganz gegen meine Gewohnheit mitten auf der Straße stehen, unwillkürlich, als lebte ich noch in einer ganz anderen Zeit. Als ich durch das Tor spähte, erblickte ich zu meiner großen Überraschung Jack McNulty, wie gewohnt in einem umwerfenden Mantel, aber auch, wie ich sagen muss, mit einem gequälten, erschöpften Gesicht. Vielleicht sah ich ja damals alles in diesem Licht. Ich fragte mich, ob dies wohl die berühmte Mai war, das großartige Mädchen aus Galway, das Jack geheiratet hatte. Es war zu vermuten. Dann war sie also meine Schwägerin – meine gewesene.

Plötzlich schien sie gereizt und aufgebracht. Bestimmt sah ich grässlich aus, in meinem jämmerlichen Mantel, der noch nie viel hergemacht hatte, und in meinen braunen Schuhen, die inzwischen eher Holzpantinen ähnelten, weil ich keine Schnürsenkel für sie hatte – man brauchte für sie dünne, lange Schnürsenkel, die ein Laden wie der, den Strandhill aufzuweisen hatte, nicht führte. Ja, vielleicht verrieten meine Unterschenkel, dass ich keine Strümpfe besaß, was ein Verbrechen war. Und was den anschwellenden Bauch unter dem Mantel betraf…

»Dich hat's wohl erwischt, was?«, sagte sie, und mehr sagte sie nicht. Dann schritt sie durch das Tor. Ich sah ihr nach und staunte über ihre Worte, rätselte aber, wie sie es wohl gemeint hatte: grausam, verzweifelt, sachlich? Ich konnte es nicht deuten. Dann ging das Paar gemeinsam ins Haus, ohne sich noch einmal umzublicken, vermutlich, damit Mai beim Blick auf Sodom nicht zur Salzsäule erstarrte.

Das Wetter verschlechterte sich, und ich wurde krank. Es war nicht nur die Morgenübelkeit, wenn ich auf Strandhafer und Heidekraut hinaustrat und mich hinter der Hütte in den Wind erbrach. Es war eine andere Art Übelkeit, etwas, das in meinen Beinen zu brodeln schien und mir auf den Magen drückte. Ich war so schwer geworden, dass ich zunehmend Mühe hatte, von meinem Stuhl aufzustehen, und ich hatte große Angst, plötzlich hilflos darauf festzukleben, meine größte Sorge aber galt dem Kind. Manchmal sah ich seine kleinen Ellbogen und Knie gegen meine Bauchwand stupsen, wer würde ein solches Wesen in Gefahr bringen wollen? Ich wusste nicht, im wievielten Monat ich war, und hatte entsetzliche Angst, das Baby ohne jede Hilfe gebären zu müssen. Ich wünschte, ich hätte Mai angesprochen oder Jack etwas zugerufen, und ich weiß nicht, warum ich es nicht getan hatte. Vielleicht, weil mein Zustand deutlich zu erkennen und es ihnen nicht in den Sinn gekommen war, mir ihre Hilfe anzubieten. Ich wusste, in den Prärien Amerikas gingen die Frauen der Eingeborenen allein ins Buschland, um ihre Kinder zur Welt zu bringen, aber ich wollte nicht, dass Strandhill mein Amerika wäre, und etwas so Einsames, Gefahrvolles wollte ich nicht auf mich nehmen. Als ich noch ganz allein war, hatte ich mich in der beschränkten Überlebensstrategie der Abgeschiedenheit geübt, aber davon kam ich jetzt ab. Ich betete zu Gott, Er möge mir helfen, tausendmal sagte ich das Vaterunser auf, wenn auch nicht auf den Knien, sondern notgedrungen auf meinem Stuhl. Ich wusste, ich musste etwas unternehmen, nicht um meinetwillen, denn ohne Frage war ich jenseits von Hilfe und Mitgefühl, sondern dem Baby zuliebe.

Irgendwann in jenen Februartagen machte ich mich auf den Weg nach Sligo. Ein, zwei Stunden hatte ich damit zugebracht, mich zu säubern. Am Abend zuvor hatte ich mein Kleid gewaschen und es die ganze Nacht lang vor dem verglimmenden Kaminfeuer zu trocknen versucht. Als ich es anzog, war es noch etwas feucht. Ich stellte mich vor den Spiegel und fuhr mir wieder und wieder mit den Fingern durchs Haar, denn um nichts in der Welt konnte ich meine Bürste finden. In einer übrig gebliebenen Hülse fand sich ein letzter Rest roten Lippenstifts, ein allerletzter Klacks für meine Lippen. Wie gern hätte ich noch etwas

Gesichtspuder gehabt. So aber blieb mir nichts anderes übrig, als von dem alten, aus Stein gemauerten Kamin der Hütte ein wenig Putz abzuschlagen, ihn in meinen Händen zu zerbröseln und zu versuchen, ihn gleichmäßig aufzutragen. Schließlich wollte ich in die Stadt gehen, und dafür musste ich einigermaßen anständig aussehen. Ich arbeitete an mir wie Michelangelo an seinem Gewölbe. Bei meinem Mantel war nichts zu machen, aber ich riss einen Streifen von meinem Bettlaken und wickelte ihn mir als Schal um den Hals. Einen Hut besaß ich nicht, doch dem wütenden Wind hätte er ohnehin nicht lange standgehalten. Dann zog ich los, stapfte den Hügel hinauf, weiter, als ich seit Langem gegangen war, vorbei an der protestantischen Kirche an der Ecke und von dort zur Strandhill Road. Ich wünschte, ich hätte im Bauch eines der deutschen Flugzeuge mitfliegen können, die ich gesehen hatte, denn die Straße erstreckte sich weit und abweisend vor mir. Zu meiner Rechten ragte der Berg auf, und ich staunte, dass ich ihn einst so bereitwillig, so unbeschwert bestiegen hatte. Mir war, als wären seitdem hundert Jahre verstrichen.

Wie viele Stunden ich ging, weiß ich nicht, aber es war ein langer, beschwerlicher Marsch. Beim Gehen schien allerdings die Übelkeit aus meinem Körper zu weichen, als gäbe es in meiner gegenwärtigen Notlage keinen Platz dafür. Allmählich fühlte ich mich sonderbar heiter und hoffnungsvoll, als stünde meine Mission letztlich doch unter einem guten Stern. Ich begann mir einzureden: Sie wird dir helfen, natürlich wird sie dir helfen, sie ist eine Frau, und du warst mit ihrem Sohn verheiratet. Oder wärst es gewesen, wenn die Ehe nicht in Rom annulliert worden wäre. Ich dachte: So kalt sie dir vor all den Jahren auch begegnet ist, als du zum ersten Mal in ihrem Bungalow aufgetaucht bist, dank ihrer langen Lebenserfahrung wird sie nicht umhin können, ihre Abneigung hintanzustellen und – und so fort.

Das alles kreiste mir im Kopf herum, herum, herum, meine Füße trotteten Meile um Meile voran, wegen meines dicken Bauches in einer Art Spreizgang, bestimmt kein hübscher Anblick, und bald hatte ich mich vom guten Ausgang überzeugt.

Dr. Grenes Aufzeichnungen

Jetzt haben wir wahrhaftig ein Abrissdatum, in nicht allzu weiter Ferne. Ich muss mich immer wieder in den Arm zwicken. Irgendwie ist es sehr schwierig, sich dieses Ereignis vorzustellen, dabei stehen überall im Krankenhaus fertig gepackte Kisten herum, jeden Tag kommen Liefer- und Möbelwagen vorgefahren und schaffen Zeug weg, Unmengen Korrespondenz und Akten sind eingelagert, Dutzende Patientinnen verlegt worden, selbst für die armen Männer in ihren schwarzen Kitteln sind plötzlich und unerwartet, wie es bei so etwas Blödem oft passiert, Quartiere gefunden, einige von ihnen sind sogar versuchsweise bei den – fast hätte ich gesagt: bei den Lebenden untergebracht worden. Die offizielle Bezeichnung dafür lautet betreutes Wohnen, zur Abwechslung mal eine anständige, eine menschliche Formulierung. Jedenfalls meiner unmaßgeblichen Meinung nach. Eine Kerngruppe soll schließlich in der neuen Einrichtung unterkommen. Aber ach, ich verspüre den dringenden Wunsch, die Sache mit Roseanne zum Abschluss zu bringen.

Netter Brief von Percy Quinn in Sligo, der mich ermuntert, jederzeit rüberzukommen. Das muss ich mir also fest vornehmen. Er klang so freundlich, dass ich ihn in meinem Antwortschreiben fragte, ob er wüsste, wo in Sligo die alten Akten der Royal Irish Constabulary aufbewahrt werden, und falls er es herausfinde, ob er wohl so nett wäre, darin nach dem Namen Joseph Clear Ausschau zu halten. Die Bürgerkriegsjahre waren so verheerend, so zerstörerisch, dass ich nicht einmal weiß, ob derartige Geheimakten überlebt haben, und falls doch, ob irgendjemand sich die Mühe gemacht hatte, sie sicher zu verwahren. In ihrem Eifer, die Irregulären aus dem Justizpalast in Dublin herauszubomben, hatte die Armee des Freistaats fast alle zivilrechtlichen Urkunden zu Asche verbrannt: Geburten, Todesfälle, Eheschließungen und andere Dokumente von unschätzbarem Wert, sie hatte die Geschichte ebender Nation ausgelöscht, der sie neues Leben einhauchen wollte, mit den Kisten wurde genau genommen das Gedächtnis selbst verbrannt. All das mit Hilfe von Waffen, die ihr, wenn ich mich recht erinnere, die abziehenden Briten überlassen oder geliehen hatten, zweifellos in dem Versuch, der neuen Regierung behilflich zu sein, mit jener sympathischen, für Briten so charakteristischen Großherzigkeit, die einen so harschen Kontrast zu ihrer gleichzeitig auftretenden Blutrünstigkeit bildet. Nicht, dass ich Percy gegenüber irgendetwas dieser Art geäußert hätte. Als ich auf seinen Brief antwortete, fiel mir plötzlich ein, dass er an der schicksalhaften Konferenz in Bundoran teilgenommen hatte, er hatte aber kein Wort darüber verloren, und ich würde ihn gewiss nicht darauf ansprechen.

Als ich gestern Nachmittag früh und müde nach Hause kam, ging ich, wie ich fand, ziemlich furchtlos hinauf in Bets Zimmer. Ich glaube, das Stadium der Selbstvorwürfe und der Schuldgefühle habe ich hinter mir gelassen. Denn schließlich und endlich bin ich jetzt ganz auf mich gestellt, und unsere Geschichte ist zu Ende. Ich lag auf ihrem Bett und versuchte, ihr nahezukommen. Ich roch den schwachen Duft ihres Parfums, Eau de Rochas, nach dem ich immer in den Duty-free-Shops der Flughäfen gesucht hatte, als die Artikel dort noch abgabenfrei waren. Ich fühlte mich leicht benommen und etwas merkwürdig, aber nicht unglücklich. Ich bat ihr abwesendes Wesen, mir Gesellschaft zu leisten, eine Art umgekehrter, bizarrer Trost. Einige Minuten lang glaubte ich, sie zu sein, die dort lag, ich hingegen, mein anderes wirkliches Ich, sei unten im alten Schlafzimmer, und dann fragte ich mich, wie ich wohl über mich dächte. Ein unzulänglicher, treuloser, liebloser Mann? Eine Präsenz, die sonderbar notwendig war, selbst mit einem Fußboden und einer Zimmerdecke dazwischen? Ich wusste es nicht. Selbst als Bet kannte ich Bet nicht. Und doch hatte ich wenige Minuten lang auch etwas von ihrer Kraft, ihrer Liebenswürdigkeit, ihrer Aufrichtigkeit. Welch ein wunderbares Gefühl.

Mein Blick fiel auf ihre erlesene Auswahl an Rosenbüchern, und ich griff mir eins und begann zu lesen. Ich muss sagen, es war sehr interessant, geradezu poetisch. Dann setzte ich mich auf und legte meine Hände vorsichtig an das jeweilige Ende ihrer Sammlung, hob die Bücher alle auf einmal auf und nahm sie hochkant, sodass ich sie wie eine Beute, wie Diebesgut, die Treppe hinuntertragen konnte. Dann streckte ich mich auf meinem eigenen Bett aus und setzte meine Lektüre bis tief in die Nacht fort. Es war, als läse ich einen Brief von ihr oder genösse das Privileg, in eine Thematik einzudringen, die ihren Geist womöglich wie eine Tapete auskleidete. Die erste war *Rosa Gallica*, eine schlichte kleine Rose von der Art, wie man sie als *Rosa Mundi* in mittelalterlichen Gebäuden eingemeißelt sieht. Heutige Rosen sind die riesigen Teerosen, die in Gärten wie die Hintern von Tänzerinnen in Rüschenhöschen aussehen. Was sind wir doch für eigentümliche Wesen, dass wir eine einfache Blüte über Jahrhunderte hinweg so hochzüchten und die räudigen, aasfressenden

Tiere am Rande unserer vorgeschichtlichen Lagerfeuer in Barsois und Pudel verwandeln. Das Ding selbst, das ursprüngliche Ding, reicht uns nie, wir müssen verfeinern, veredeln, verschönern. Ich nehme an, »um die Kürze unseres Lebens zu beschönigen«, wie Thomas Browne es in dem Buch formuliert, das Roseanne mir für ihren Sohn mitgegeben hat. Zwischen *Religio Medici* und *Roses* von der Royal Horticultural Society habe ich eine Art Zeltlager aufgeschlagen. Plötzlich erfüllte es mich mit Glück und mit Stolz, dass Bet alles über Rosen erfahren wollte und musste. Und merkwürdigerweise wich dieses Gefühl nicht etwa dem von Reue und Schuld. Nein, es öffnete sich Raum für Raum, Rose um Rose zu weiterer Glückseligkeit. Es war nicht nur der schönste Tag seit ihrem Tod, sondern einer der schönsten Tage meines Lebens. Es war, als hätte sie ein Quäntchen ihrer Essenz vom Himmel herabgetröpfelt und mir geholfen. Dafür war ich ihr verflucht dankbar.

Ach, ich habe ganz vergessen zu erzählen (aber wem erzähle ich eigentlich?): Als ich Roseannes Buch vorsichtig wegstellte, um mich auf Bets Bände zu konzentrieren, wäre um ein Haar ein Brief herausgefallen. Das Merkwürdige an dem Brief war, dass der Umschlag ungeöffnet schien, es sei denn, die Feuchtigkeit in ihrem Zimmer hätte ihn neuerlich versiegelt. Überdies trug er einen Poststempel vom Mai 1987, also vor vollen zwanzig Jahren. Insofern wusste ich nicht, was ich davon halten oder damit anstellen sollte. Mein Vater hat mir immer eingeschärft, Briefe seien etwas Heiliges, und die Post eines anderen Menschen zu öffnen sei nicht nur eine strafbare Handlung (was meines Wissens zutrifft), sondern auch eine schwer wiegende moralische Verfehlung. Ich fürchte, ich bin sehr versucht, eine solche moralische Verfehlung zu begehen. Andererseits sollte ich den Brief vielleicht zurückgeben. Oder ihn verbrennen? Nein, das wohl kaum. Oder die Finger davon lassen?

Roseannes Selbstzeugnis

Der Stadtrand empfing mich mit Kälte. Vermutlich sah ich aus wie etwas sehr Wildes, das vom Moor hereingeweht worden war. Ein kleines Mädchen, wegen des Sturms ans Haus gefesselt, saß mit seiner Puppe im Fenster und winkte mir mit der Barmherzigkeit kleiner Mädchen zu. Ich war dankbar, dass ich nicht bis zur Innenstadt gehen musste. Das harte Pflaster sandte Stöße in meinen Bauch, doch ich marschierte weiter. Schließlich erreichte ich das Tor zu Mrs McNultys Bungalow.

Der Garten des alten Tom war eine weite Fläche verhaltener Pracht. Ich sah all seine Beete voll sorgsam vorbereiteter Pflanzen und Blumen, die bereits knospen wollten, allesamt mit Bambusstäben gegen den Wind gesichert. Kein Zweifel, in ein paar Wochen würde es hier ein herrliches Schauspiel geben. Am oberen Ende des Gartens war ein Mann beim Umgraben zu sehen, es mochte der alte Tom sein. In einem dicken Mantel und einem ehrwürdigen Südwester grub er die Erde um und ließ sich weder von den wirbelnden Böen noch von dem graupeligen Regen dabei stören. Ich überlegte, ob ich zu ihm gehen sollte, aber ich wusste nicht, wer mein Feind war. Oder ich hielt sie nach Jacks düsterem Blick am Tor gegenüber meiner Hütte alle für Feinde. Ich beschloss, ihn nicht anzusprechen. Ich beschloss, mein Glück an der Haustür zu versuchen. Noch heute kann ich mich daran erinnern, dass meine Magenmuskeln sich anfühlten, als würden Hochseilartisten ihre gewagten Sprünge vorführen.

Vermutlich war ich verdreckt und durchnässt, so muss es wohl gewesen sein. Zweifellos waren alle meine Bemühungen, gut auszusehen, durch die Wegstrecke völlig zunichte gemacht worden. Ich hatte keinen Spiegel, um mein Erscheinungsbild zu überprüfen, nur die dunklen Fenster zu beiden Seiten der Tür, und als ich dort hineinblickte, sah ich ein Schreckgespenst mit wirrem Haar. Nicht unbedingt hilfreich. Aber was konnte ich tun? Auf dem Absatz kehrtmachen, stumm und besiegt? Ich empfand fürchterliches Grauen vor diesem Haus, doch mein Grauen vor dem, was geschehen würde, wenn ich nicht auf die Klingel drückte, war noch größer.

Hier sitze ich, alt und verdorrt, mit mageren Schienbeinen, und schreibe dies nieder. Aber es ist durchaus nicht so, als wäre es lange her, als wäre es eine Geschichte, als wäre es aus und vorbei. Alles ist jetzig. Ein bisschen war es so, als stünde ich vor dem Himmelstor des heiligen Petrus, klopfte an, um Einlass in den Himmel zu erbitten, und wüsste doch schweren Herzens: zu viele Sünden, zu viele Sünden. Aber vielleicht ja doch Erbarmen!

Ich betätigte die klobige Bakelitklingel. Obwohl ich den Knopf fest drückte, gab sie keinen Ton von sich, doch als ich den Finger wieder löste, hörte ich im Innern der Diele ein gereiztes Rasseln. Lange Zeit regte sich nichts. In dem engen Windfang lauschte ich auf meinen erschöpften Atem. Ich glaubte, meinen Herzschlag zu hören. Ich glaubte, den Herzschlag meines Kindes zu hören, das mich antrieb. Wieder drückte ich auf den dicken Knopf. Wäre ich doch bloß ein anderer gewesen, der da klingelte, ein Schlächterbursche, ein Handlungsreisender, und nicht dieses schwerfällige, keuchende, peinliche Geschöpf. Eben hatte ich eine Vision von Mrs McNultys winziger Gestalt, ihrem adretten Äußeren, ihrem Gesicht, weiß wie die Blume Silberblatt, da hörte ich auf der anderen Seite der

Tür ein Schlurfen, die Tür ging auf, und sie stand in der Öffnung.

Sie starrte mich an. Ich weiß nicht, ob sie sofort wusste, wer ich war. Sie mochte mich für eine Bettlerin halten, für eine Landstreicherin oder für jemanden, der aus dem Irrenhaus entflohen war, in dem sie arbeitete. Ich war ja auch wirklich eine Art Bettlerin, bettelte eine andere Frau an, meine Not zu verstehen. Ein Wort begann in meinem Kopf zu tönen: gottverlassen, gottverlassen.

»Was willst du?«, fragte sie verständlicherweise. Vermutlich dämmerte ihr endlich, dass ich es war, jene unerwünschte Frau, die ihr Sohn geheiratet und doch nicht geheiratet hatte. Sie hatte, nahm ich an, vor Jahren ein Komplott gegen mich geschmiedet, aber das bekümmerte mich jetzt nicht. Ich wusste nicht, in der wievielten Woche ich schwanger war. Fast fürchtete ich, gleich hier auf ihrer Türschwelle niederzukommen. Für das Baby wäre es vielleicht besser gewesen.

Ich wusste nicht, was ich ihr sagen sollte. Ich hatte noch nie jemanden in meiner Lage getroffen. Ich wusste selbst nicht, was meine Lage war. Ich brauchte – ich brauchte verzweifelt jemanden, der…

»Was willst du?«, wiederholte sie, offenbar entschlossen, die Tür zuzuschlagen, falls ich nicht sprach.

»Ich bin in Schwierigkeiten«, sagte ich.

»Das sehe ich, Kind«, sagte sie.

Ich versuchte, ihr ins Gesicht zu schauen. Kind. Hier im Windfang erklang es mit der ganzen Macht eines schönen Wortes.

»Ich bin in fürchterlichen Schwierigkeiten«, sagte ich.

»Du hast mit uns nichts mehr zu schaffen«, erwiderte sie. »Nichts.«

»Das weiß ich«, sagte ich. »Aber ich habe doch sonst niemanden. Niemanden.«

»Nichts und niemanden«, sagte sie.

»Mrs McNulty, ich flehe Sie an, mir zu helfen.«

»Es gibt nichts, was ich tun kann. Was könnte ich für dich tun? Ich habe Angst vor dir.«

Das ließ mich plötzlich innehalten. Das hatte ich nicht bedacht. Angst vor mir.

»Ich bin nichts, wovor man Angst haben muss, Mrs McNulty. Ich brauche Hilfe. Ich bin, ich bin ... «

Schwanger, wollte ich sagen, doch das schien kein Wort, das ausgesprochen werden konnte. Ich wusste, hätte ich das Wort ausgesprochen, in ihren Ohren hätte es dieselbe Bedeutung angenommen wie Hure, Prostituierte. Zumindest wären diese düsteren Worte in dem Wort »schwanger« mit angeklungen. Mein Mund fühlte sich an, als wäre er mit Holz gestopft, die ganze Mundhöhle war voll davon. Vom Weg hinter mir kam eine heftige Bö auf und wollte mich zur Tür hineinstoßen. Ich glaube, sie dachte, ich wollte mir mit Gewalt einen Weg bahnen. Aber plötzlich war ich so schwach auf den Beinen, dass ich fürchtete zusammenzubrechen.

»Ich weiß, dass Sie in der Vergangenheit selbst Probleme hatten«, sagte ich, und versuchte mich verzweifelt daran zu erinnern, was Jack damals im Plaza gesagt hatte. Aber hatte er überhaupt etwas gesagt? Was immer du sagst, sage nichts.

»Schicksalsschläge, hat er gesagt. In grauer Vorzeit?«

»Hör auf!«, fuhr sie mich an. Dann rief sie: »Tom!«

Daraufhin flüsterte sie scheu wie ein verletzter Vogel: »Was hat er dir erzählt, was hat Jack dir erzählt?«

»Nichts. Schicksalsschläge.«

»Dreckiges Geschwätz«, sagte sie. »Nichts weiter.«

Ich weiß nicht, wie der alte Tom sie hatte hören können, vielleicht war er in langen Jahren auf ihre Stimme geeicht, jedenfalls bog er wenige Augenblicke später um die Ecke.

In seinem Mantel und Südwester sah er aus wie ein halb ertrunkener Seemann.

»Jesus, Maria und Josef«, sagte er. »Roseanne.«

»Sorg dafür, dass sie verschwindet«, sagte Mrs McNulty.

»Mach schon, Roseanne«, sagte der alte Tom, »mach schon, zurück vors Tor.«

Gehorsam folgte ich seinen Anweisungen. Seine Stimme war freundlich. Er nickte, während er mich zurückdrängte.

»Geh schon«, sagte er, »geh schon«, als wäre ich ein Kalb an der verkehrten Stelle der Weide.

»Geh schon.«

Dann stand ich wieder auf dem Pflaster. Der Wind jagte mit ohrenbetäubendem Lärm die Straße entlang wie eine Kolonne unsichtbarer Lastwagen.

»Geh schon«, sagte der alte Tom.

»Wohin?«, fragte ich zutiefst verzweifelt.

»Geh zurück«, sagte er. »Geh zurück.«

»Ich brauche Ihre Hilfe.«

»Dir kann keiner helfen.«

»Bitten Sie Tom, mir zu helfen, bitte.«

»Tom kann dir nicht helfen, Mädchen. Tom heiratet demnächst. Verstehst du? Tom kann dir nicht helfen.«

Heiratet? Mein Gott.

»Aber was wird aus mir?«

»Geh die Straße zurück«, sagte er. »Geh schon.«

So ging ich die Straße zurück, nicht auf sein Geheiß, sondern weil mir keine andere Wahl blieb.

Wenn ich es bis zur Hütte schaffte, so mein Gedanke, könnte ich mich abtrocknen und ausruhen und mir einen anderen Plan überlegen. Bloß raus aus dem Regen und dem Wind, nachdenken können.

Tom heiratet demnächst wieder. Nein, nicht wieder, zum ersten Mal.

Hätte er jetzt vor mir gestanden, ich hätte ihn umbringen können, mit dem erstbesten Werkzeug, das mir in die Hände fiel. Ich hätte einen Stein aus einer Mauer reißen können, einen Pfahl aus einem Zaun, und auf ihn einschlagen und ihn töten können.

Dafür, dass er mich mit seiner Liebe in so elende Gefahr gebracht hatte.

Ich glaube nicht, dass ich tatsächlich ging, eher schleppte ich mich dahin. Als ich vorbeikam, saß das kleine Mädchen noch immer hinter der Fensterscheibe, spielte noch immer mit seiner Puppe, wartete noch immer darauf, dass der Sturm nachließ, damit es zum Spielen nach draußen gehen konnte. Aus irgendeinem Grund winkte es diesmal nicht.

Es heißt, dass wir vom Affen abstammen. Vielleicht ist es das Tier in uns, das in unserem tiefsten Innern von Dingen weiß, die uns selbst kaum bewusst sind. Etwas in mir begann sich zu regen, ein Uhrwerk oder eine Maschine, und alle meine Instinkte trieben mich zur Eile, drängten mich, meine Schritte zu beschleunigen und einen ruhigen, geschützten Ort zu finden, an dem ich versuchen könnte, diese Maschine zu ergründen. Eine Dringlichkeit wohnte ihr inne und ein Geruch. Ein seltsamer Laut stieg in mir auf und wurde vom Wind hinweggepeitscht. Inzwischen befand ich mich wieder auf der geteerten Straße nach Strandhill, umgeben von grünen Wiesen und Steinmauern, der dichte Regen prasselte auf den Asphalt, und die Tropfen tanzten wie im Zorn umher. Es war, als hätte ich Musik im Bauch, eine heftig treibende, trommelnde Musik, der Song *Black Bottom Stomp* war außer Rand und Band, und der Pianist hämmerte immer leidenschaftlicher auf die Tasten ein.

Die Straße machte eine sanfte Biegung, und unten kam die Bucht in Sicht. Wen hatte ich, der mir helfen konnte? Niemanden. Wo war die Welt? Wie hatte ich es geschafft, mutterseelenallein in der Welt zu leben? Wie kam es, dass die Bewohner der wenigen Häuser am Weg nicht zu mir herausgeeilt kamen, um mich zu sich zu holen, um mich in den Armen zu halten? Mir kam eine unbarmherzige Erleuchtung: Für die Welt war ich von so geringer Bedeutung, dass mir nicht geholfen werden durfte, der Priester, die Frau und der Mann hatten ein Edikt erlassen, dass mir nicht geholfen werden durfte, dass ich, wanderndes, gottverlassenes Tier, das ich war, den Elementen ausgesetzt werden musste.

Vielleicht war dies der Moment, in dem ein Teil aus mir heraussprang, etwas aus meinem Hirn sich verflüchtigte, ich weiß es nicht

Zuflucht. Ein gottverlassenes Wesen sucht Zuflucht. Das Kaminfeuer in meiner Hütte war mit Asche bestreut, aber ich brauchte nur die Asche von den Torfsoden zu entfernen und mehr Torf nachzulegen, und schon hätte ich ein anständiges Feuer. Und ich könnte mich aus meinem alten Mantel schälen, aus meinem Kleid, meinem Unterrock und meinen Schuhen, und in dem trockenen Zimmer triumphierend trocken werden, frohlockend und siegesbewusst, da ich einen Sieg errungen hatte über Stürme und Familien. In einem zugedeckten Topf hatte ich noch ein schlichtes Eintopfgericht, das würde ich essen, und dann, getrocknet und gesättigt, ab ins Bett mit mir, und dort würde ich liegen und auf den Knocknarea hinausschauen, wo die arme, alte Queen Maeve in ihrem Steinbett den Sturm vielleicht am schlimmsten spürte, so hoch oben, und ich würde, wie ich es gern tat, meinen Bauch betrachten und zusehen, wie mein Baby, wenn es sich reckte und streckte, die Ellbogen und Knie gegen meine

Bauchwand stupste und wieder zurückzog. Etwa sechs Meilen musste ich noch bewältigen, bis ich die ersehnte Zufluchtsstätte erreicht hätte. Aus dem Küstenverlauf schloss ich, dass ich mir gut zwei Meilen sparen könnte, wenn ich den Strand entlangginge. Bei Ebbe nahmen sogar Autos diesen Weg. Selbst in meiner Bedrängnis konnte ich sehen, dass die Tide den niedrigsten Stand erreicht hatte, auch wenn das Meer durch die Armeen und Legionen von Regen, die es niederpeitschten, kaum mehr zu erkennen war. So verließ ich die obere Straße und ging einen steilen Feldweg hinab, dessen grobe Steine mir nicht allzu viel ausmachten, weil ich froh war, die Strecke abkürzen zu können, und weil meine Füße und Beine so empfindungslos geworden waren, dass ich kaum noch Schmerzen in ihnen verspürte. Aller Schmerz war in meinem Bauch konzentriert, der Schmerz hatte nur mit meinem Kind zu tun, und ich war ängstlich darauf bedacht, voranzukommen.

Früher mal schön, doch die Schönheit ist geschwunden.

Unten auf dem Sand ging es zu wie bei einem Tanz, als habe das Plaza sich ausgedehnt, um die Bucht von Sligo zu füllen. Der Regen war wie eine Ansammlung überdimensionaler Röcke, die umherwirbelten und aufflogen, stampfende Säulenbeine senkten sich herab, und zwischen Strandhill und Rosses Point waren Strand und Meer ausgelöscht von einer Million Pinselstrichen Grau in Grau. Da kam es mir gar nicht mehr so vernünftig vor, dass ich zum Sand hinuntergegangen war, denn das Unwetter hatte noch einen Gang zugelegt, wie ein Fluch traf mich das unablässige Toben und Tosen des Sturms, der an mir und meinem Bauch, an meinem Geschöpfchen aus Ellbogen und Knien zerrte.

Dann musste ich durch flache Wasserläufe waten und wusste, dass ich nicht auf dem richtigen Weg war. Der

Sand, den die Autos bevorzugten, wenn sie zum Tanzsaal hinausdonnerten, lag weiter oben als der übrige Sand und war an Sommerabenden trocken. Ich hatte Angst, auf das Flussbett des Garravoge zuzuhalten, ein unvorstellbares Unglück, und nun wusste ich nicht, wohin ich mich wenden sollte. Wo war der Berg, wo das vorgelagerte Land? Wo war Strandhill, und wo war Coney Island?

Plötzlich türmte sich ein Ungeheuer vor mir auf – nein, es war kein Ungeheuer, es war ein Kegel aus behauenen Steinen, es war einer der Poller, die in einer Reihe aufgestellt waren, um den besten Weg zur Insel zu markieren, über den Sand, der als Letztes von der Flut bedeckt wurde. Und genau dazu schickte die Flut sich jetzt an, ich wusste es, denn inmitten des tosenden Sturms konnte ich das andere Geräusch ausmachen, den Lärm des herbeigaloppierenden Meeres, das begierig hereinflutete, um die leeren Sandflächen in die Arme zu schließen. Aber ich gelangte zu dem Poller, hielt mich einige Momente lang an den Steinen fest und versuchte mich zu beruhigen, ein wenig ermutigt allein durch die Tatsache, dass ich ihn gefunden hatte. Falls ich nicht völlig im Kreis gelaufen war, musste der Fluss meiner Einschätzung nach zu meiner Rechten liegen und Strandhill irgendwo zu meiner Linken. Am Kopfende des Pollers befand sich ein rostiger Metallpfeil, der zur Insel wies.

In diesem Sturm stand der Metal Man bestimmt furchtgebietend auf seinem Felsen und zeigte auf das tiefe Wasser, zeigte und zeigte. Der hätte keine Zeit, meinesgleichen zu helfen.

Ich wusste, ich musste weitergehen, denn wenn ich stehen blieb, würde die Flut einfach heranschwappen, den Sand zu meinen Füßen bedecken und langsam, langsam am Poller höher steigen. Zum Ufer zurückzukehren, wo sich das Wasser gleichfalls sammelte, wagte ich nicht.

Doch bei Flut standen die meisten Poller unter Wasser, und so war ich hier, im Reich der Strömungen und Fische, nicht in Sicherheit. Ich kehrte dem Poller den Rücken zu, nahm den Pfeil als Kursvorgabe, trat hinaus in den Sturm und betete darum, mit Hilfe dieses Kompasses eine hinreichend gerade Linie halten zu können, um Coney zu erreichen.

Ein zorniger blauer Lichtzacken zerhackte den Sturm wie ein verrückt gewordenes Kuchenmesser einen Kuchen, und plötzlich sah ich Ben Bulbens gewaltigen Bug vor mir aufragen wie ein Linienschiff, das mich zu überfahren drohte. Nein, nein, der war doch meilenweit entfernt. Aber er war auch dort, wo ich ihn vermutet hatte, und so gelang es mir, den nächsten Poller zu erreichen. Ach, voller Dankbarkeit flog mein Herz dem Metal Man zu. Nun konnte ich undeutlich zwar, aber doch deutlich genug den Hügel von Coney Island vor mir erkennen. Ich kämpfte mich darauf zu. Als ich den nächsten Poller hinter mir ließ, spürte ich, wie ein anderes Wasser aus mir herausschoss und kurz meine Beine wärmte. Weitere hundert qualvolle Schritte, und ich hatte die ersten Felsen und den schwarzen Seetang erreicht und zwang mich den steilen Pfad hinauf. Ich weiß nicht, was mir widerfahren wäre, wenn der Blitz den Himmel nicht in diesem einen Augenblick aufgerissen hätte. Vermutlich wäre ich in dem heraneilenden Meer ertrunken. Denn nun umschloss mich der Sturm von Neuem wie ein Raum hellen Wahnsinns, wie mir schien, mit Wänden aus Wasser und einer Zimmerdecke aus krachendem Feuer, und keuchend und halb erloschen lag ich in einem Nest aus Felsbrocken.

Ich erwachte. Noch immer heulte der Sturm um mich her. Ich wusste kaum, wer ich war. Ich erinnere mich, dass ich meinen Geist nach Worten absuchte. Ich hatte, warum, weiß ich nicht, im Schlaf oder was immer es für ein Zustand gewesen war meinen Rücken gegen einen bemoosten Felsen gewuchtet. Der Sturm heulte mit gewaltigen, alles durchdringenden Regenschwaden. So reglos lag ich da, dass mir der verrückte Gedanke kam, ich sei tot. Aber ich war weit davon entfernt, tot zu sein. Von Zeit zu Zeit, ich kann nicht sagen, ob es sich um Minuten oder Stunden handelte, überwältigte mich etwas, als würde ich vom Schädel bis zu den Zehen ausgequetscht. Die Schmerzen waren so schneidend, dass sie bereits jenseits aller Schmerzen anzusiedeln waren, ich weiß nicht, wie ich es sonst beschreiben soll. Auf allen vieren rappelte ich mich auf, auch dies nicht aus einer bewussten Entscheidung heraus, sondern einem unbekannten Willen gehorchend. Als ich mit wilden Blicken um mich schaute, glaubte ich inmitten der peitschenden Regenvorhänge einen Menschen stehen zu sehen, der mich beobachtete. Dann schien der Sturm die Gestalt auszulöschen. Wer immer es war, ich schrie, schrie und schrie. Dann packte mich eine weitere Schmerzwelle, als hätte mir jemand mit einer Axt das Rückgrat gespalten. Wer war es, der mich dort im Regen beobachtete? Niemand, der sich nähern und mir helfen würde. Weitere Stunden vergingen. Ich spürte, wie die Flut sich von der Insel zurückzog, spürte es in meinen Adern. Der Sturm loderte vom Himmel herab. Oder vielmehr: Inmitten all der Nässe stand ich in Flammen. Mein Bauch war wie ein Brotofen, der sich aufheizte. Nein, nein, das konnte ja nicht sein. Alle menschliche Uhrzeit verflog, das neue Zeitmaß wurde vom Kommen und Gehen der Schmerzen bestimmt. Nahmen die Schmerzen jetzt zu? In kürzeren Abständen? War insgeheim die Nacht hereingebrochen und hatte den Sturm verdunkelt? War ich erblindet? Dann etwas Jähes, Ankunft, Blut. Ich blickte hinunter zwischen meine Beine. Es fühlte sich an, als hätte ich die Arme wie Flügel ausgebreitet, um etwas vom Himmel Fallendes aufzufangen. Es fiel aber nicht vom Himmel, es fiel durch mich hindurch. Mein Blut rann auf das triefende Heidekraut und schrie zu Gott, mir beizustehen, Seiner sich abmühenden Kreatur. Was da schrie, war die Stimme meines Blutes. Nein, nein, es war nur Wahn, Wahn. Zwischen meinen Beinen waren nur Kohlen, ein Reif aus Kohlen, die so rot glühten, dass nichts, was durch ihn hindurch musste, überleben konnte. In jener Sekunde des Wahns war da der Scheitel eines kleinen Kopfes und in der nächsten Sekunde eine Schulter, alles blutverschmiert. Da war ein Gesicht, da war eine Brust, da waren ein Bauch und zwei Beine, und selbst der Sturm schien lautlos Luft zu schöpfen, kein Laut war zu hören, ich schaute, ich nahm das kleine Geschöpf hoch, es zog eine leuchtende Schnur hinter sich her, ich hob das Baby an mein Gesicht und biss, wieder ohne rechte Überlegung, die Schnur durch, der Sturm schwoll wieder an und heulte und heulte, und auch mein Kind schwoll an, schien sich im peitschenden Dunkel überhaupt erst zu formen, klaubte seinen ersten Diamanten Luft und stieß den allerkleinsten Schrei aus, einen winzigen Schrei, es rief nach der Insel, nach Sligo, nach mir, nach mir.

Als ich wieder erwachte, hatte der Sturm sich verzogen, wie ein wildes Kleid, das aus Sligo hinausrauscht. Wo war das kleine Geschöpf? Da war das Blut, da waren Nabelschnur und Mutterkuchen. Erschrocken sprang ich auf die Füße. Ich war selbst so benommen und schwach wie ein neugeborenes Fohlen. Wo war mein Baby? Ein irres Gefühl von Entsetzen und Verlust durchströmte mich. Ich blickte um mich mit dem fiebrigen Verlangen und dem feurigen Kopf einer jeden Mutter, sei sie Mensch oder Tier. Ich schob die niedrigen Zweige und Heidekrautbüschel auseinander, ich suchte im Kreis um mich her. Ich rief um Hilfe. Der Himmel war weit und blau bis hin zum Paradies.

Wie lange war der Sturm nun schon vorbei? Ich wusste es nicht.

Ich sackte wieder in mich zusammen und schlug mit der Hüfte gegen den Felsen. Noch immer rann ein stetiger Faden Blut aus mir heraus, dunkles Blut, warm und dunkel. Ich lag da und starrte hinaus in die Welt wie eine Frau, die man in den Kopf geschossen hat: das friedliche Ufer, die Strandläufer, die ihre langen Schnäbel in den zurückweichenden Gezeitensaum senkten und stießen. »Bitte helft mir«, bat ich immer wieder, doch außer den Vögeln schien da niemand zu sein, der mich hören konnte. Gab es auf der Insel nicht ein paar Häuser, die sich hier und dort vor dem Wind versteckten? Konnte nicht irgendjemand kommen und mir helfen, mein Baby zu finden? Kam denn gar niemand?

Während ich so dalag, durchfuhr meine Brüste ein sonderbar stechender Schmerz. Das ist die einschießende Milch, dachte ich. Die Milch war nun bereit. Wo aber, wo nur war das Neugeborene, das sie trinken sollte?

Dann sah ich, wie sich ein weißer Lieferwagen die gewundene Straße zum Strand hinunterbewegte. Ich wusste sofort, dass es ein Rettungsfahrzeug war, denn selbst über die weite Entfernung hinweg konnte ich seine Sirene in der Stille hören. Es erreichte den Sand und preschte vorwärts, indem es, genau wie ich im Sturm, dem Kurs von Poller zu Poller folgte. Ich stand wieder auf und wedelte mit den Armen, wie es ein gestrandeter Seemann tut, wenn er endlich in der Ferne das rettende Schiff erblickt. Doch nicht ich bedurfte der Rettung, sondern das winzige Menschenwesen, das von der Stelle verschwunden war, wo es hätte liegen sollen. Als die Männer mit ihrer Trage zu mir heraufkamen, fragte ich sie, flehte ich sie an, mir zu sagen, wo mein Baby sei.

»Das wissen wir nicht, Ma'am«, sagte einer von ihnen, der tadellose Manieren hatte. »Was haben Sie sich bloß dabei gedacht, hier draußen auf Coney ein Kind zur Welt zu bringen? Das ist nun wirklich nicht der geeignete Ort, um ein Kind zur Welt zu bringen.«

»Aber wo ist es, wo ist mein Baby?«

»War die Flut vielleicht so hoch, Ma'am, dass sie den armen Winzling weggespült hat, Gott steh ihm bei?«

»Nein, nein, ich hatte ihn im Arm, ich hab geschlafen und ihn an mich gedrückt und warmgehalten. Sehen Sie, hier hab ich ihn gehalten, an meiner Brust, sehen Sie, die Knöpfe sind noch offen, er war warm und geborgen.«

»Schon gut«, sagte der andere. »Schon gut. Beruhigen Sie sich. Sie blutet noch«, sagte er zu seinem Kollegen. »Wir müssen versuchen, das Blut zu stillen.«

»Könnte schwierig werden«, sagte der Mann.

»Wir bringen sie schnell nach Sligo.«

Und so luden sie mich hinten in ihren Wagen. Aber ließen wir nicht mein Kind im Stich? Ich wusste es nicht. Ich kratzte an der Tür, als sie sich schloss.

»Schauen Sie überall nach«, sagte ich. »Da war wirklich ein Kind. Es war da.«

Ach, und als sie dann den Motor anließen, da war mir, als würde ich durch den Erdboden stürzen, und mir schwanden die Sinne.

Nun stoße ich auf Schwierigkeiten. Nun scheint sich die Straße durch den Wald zu gabeln, und der Wald ist so tief verschneit, dass nur noch Weiß zu sehen ist.

Jemand hatte mir mein Kind weggenommen. Der Rettungswagen brachte mich zum Krankenhaus. Ich weiß, dass ich noch tagelang innere Blutungen hatte und man mir nur geringe Überlebenschancen einräumte. Daran erinnere ich mich noch. Ich erinnere mich, dass ich operiert wurde, denn ich weiß, dass meine Blutungen aufhörten und dass ich überlebte. Ich erinnere mich daran, dass Father Gaunt hereinkam und mir sagte, man werde Sorge für mich tragen, er wisse, wo er mich zu meiner eigenen Sicherheit unterbringen könne, der Ort werde mir gefallen, und ich solle mir keine Sorgen machen. Wieder und wieder fragte ich nach meinem Kind, und jedes Mal sagte er nur das Wort »Nazareth«. Ich wusste nicht, was er damit meinte. Ich war so schwach, glaube ich, dass ich mich verhielt wie ein Häftling gegenüber seinem Wärter: Ich erhoffte mir Hilfe von Father Gaunt. Ich muss ihn wohl um Hilfe gebeten haben. Bestimmt musste ich oft weinen und glaube mich sogar erinnern zu können, dass er mich in die Arme nahm, während ich weinte. War sonst noch jemand zugegen? Ich kann mich nicht erinnern. Wenig später sah ich die beiden Türme der Anstalt vor mir aufragen, und ich wurde in die Hölle hinabgestoßen.

Ich schrie, ich wolle meine Mutter sehen, doch man sagte mir: »Sie können sie nicht sehen, niemand kann sie sehen, sie ist jenseits des Gesehenwerdens.«

Nun stockt mein Gedächtnis. Ja. Es stottert wie ein Motor, der beim Drehen der Kurbel anspringen will und es nicht schafft. Putt, Putt, Putt. Ach, das da in der Dunkelheit, in einem dunklen Raum vielleicht, sind das etwa der alte Tom und Mrs McNulty, und auch ich selbst, und nehmen sie mit ihren Leinenmaßbändern etwa Maß für einen Anstaltskittel, wortlos, bis auf die Zahlen für Büste, Taille und Hüften? So wie sie an all den anderen Insassen Maß genommen hatten, bei der Einweisung für einen Kittel, beim Abgang für ein Leichentuch?

Nun setzt mein Gedächtnis aus. Ist überhaupt nicht verfügbar. Sogar an Leid und Elend kann ich mich nicht mehr erinnern. Da ist nichts. Ich erinnere mich an Eneas, der eines Abends in seiner Armeeuniform auftauchte und das Personal mit seinem Charme überredete, mich besuchen zu dürfen. An dem Tag trug er eine Majorsuniform, dabei wusste ich doch, dass er nur Gefreiter war. Er gestand mir, sie sich bei seinem Bruder Jack ausgeliehen zu haben, und er sah sehr schmuck darin aus mit seinen Schulterstücken. Er sagte mir, ich solle mich schleunigst anziehen, er habe mein Baby draußen und werde mich befreien. Wir würden gemeinsam fortziehen, in ein anderes Land. Außer den Fetzen, die ich am Leibe trug, hatte ich kein Kleid, das ich anziehen konnte, ich wusste, ich war verdreckt, verlaust und blutverkrustet, und wir schlichen uns durch den dunklen Korridor, Eneas und ich, und knarrend stieß er die mächtige Anstaltstür auf, und wir liefen hinaus, unter den alten Türmen entlang und über den Schotter, um dessen spitze Steine ich mich nicht scherte, und er hob das Baby, einen süßen kleinen Fratz, aus dem hohen Kinderwagen, in dem es auf uns gewartet hatte, und barg das Bündel in den Armen und führte mich mit meinen blutenden Füßen über den Rasen, und am unteren Ende der Böschung mussten wir einen kühlen kleinen Fluss durchqueren. Eneas durchwatete ihn und lief auf eine wunderschöne grüne Wiese mit hohen Gräsern. Der Mond tupfte das Wasser des Flusses, mein altes Käuzchen rief, und als ich in den Fluss stieg, lösten sich meine Lumpen auf, und das Wasser reinigte mich. Am anderen Ufer trat ich aus den Binsen heraus, und Eneas sah mich an, in meinem Herzen wusste ich, dass ich wieder schön war, und er überreichte mir mein Baby, und ich spürte, wie die Milch einschoss. Und Eneas, ich und unser Kind standen im Mondlicht auf der Wiese, und es gab dort eine Reihe riesiger grüner Bäume, über die sachte ein lauer Sommerwind strich. Und Eneas legte seine unnütze Uniform ab, so warm war es, und dort standen wir so unbeschwert wie nur irgendein Mensch und waren die ersten und letzten Menschen auf Erden.

Eine so klare Erinnerung, so wundervoll, so jenseits aller Möglichkeiten.
Ich weiß.
Mein Kopf ist klar wie Glas.

Wenn Sie dies lesen, dann müssen Maus, Holzwurm und Käfer diese Notizbücher wohl verschont haben.
Was kann ich Ihnen sonst noch berichten? Einst lebte ich unter Menschen und fand sie im Allgemeinen grausam und kalt, und doch könnte ich die Namen von dreien oder vieren nennen, die wie Engel waren.
Ich vermute, wir bemessen die Bedeutung unserer Tage nach den wenigen Engeln, die wir unter uns erblicken, und doch gleichen wir ihnen nie.
Mag uns auch aus alledem großes Leid erwachsen, so ist doch das Geschenk des Lebens zu guter Letzt etwas Unermessliches. Etwas weit Mächtigeres als die alten Berge von Sligo, etwas Schwieriges zwar, aber doch etwas seltsam Helles, das den Hämmern und Federn in ihrem freien Fall Gleichberechtigung widerfahren lässt.
Und das, genau wie das, was die alte Jungfer dazu treibt, einen Garten mit einer kargen Rose und einer einzelnen Narzisse zu bepflanzen, die Ahnung eines künftigen Paradieses in sich birgt.

Ein Gerücht von Schönheit ist alles, was jetzt noch von mir bleibt.

EINUNDZWANZIGSTES KAPITEL

Dr. Grenes Aufzeichnungen

Als sich bei den Vorbereitungen zur Räumung des Krankenhauses endlich eine Terminlücke ergab, fuhr ich also nach Sligo. Eigentlich nur eine kurze Fahrt, und doch habe ich sie in all den Jahren nur selten unternommen. Ein wunderschöner Frühlingstag. Aber selbst an einem solchen Tag sah die Nervenklinik in Sligo mit ihren abweisenden Zwillingstürmen ungemein bedrückend aus. Es ist eine gewaltige Anlage. Roseanne hatte mir erklärt, im Volksmund hieße sie Leitrim Hotel, denn angeblich beherberge sie halb Leitrim. Aber das ist zweifellos nur ein regionales Vorurteil.

Wenn man bedenkt, wie wenige Meilen zwischen uns liegen, ist es eigentlich seltsam, dass ich mit Percy Quinn nicht wirklich in Kontakt geblieben bin, obgleich wir früher recht gut befreundet waren. Doch manche Freundschaften, sogar feste und interessante, scheinen nur von kurzer Dauer zu sein und lassen sich nicht künstlich verlängern. Dennoch war Percy, mit seiner Stirnglatze und seiner neuen, mir nicht erinnerlichen Rundlichkeit, ausgesprochen herzlich, als ich ihn seinem Büro antraf, das in einem der Türme liegt. Ich weiß nicht viel über seinen Ruf, wie fortschrittlich er ist oder inwieweit er sich zurücklehnt und die Dinge ihren Lauf nehmen lässt – etwas, dessen ich mich, wie ich fürchte, selbst oft schuldig gemacht habe. Nicht, dass ich das an einer anderen Stelle als hier zugeben würde, aber ich bin mir sicher, der heilige Petrus notiert meine Verfehlungen.

»Es tat mir sehr leid, von Ihrem Verlust zu erfahren« sagte er. »Eigentlich hatte ich vor, zur Totenmesse zu kommen, aber an dem Tag hab ich's einfach nicht geschafft.«

»Ach, schon gut, keine Sorge«, erwiderte ich. »Vielen Dank.« Dann wusste ich nicht, was ich sagen sollte. »Es ist alles sehr gut verlaufen.«

»Ich glaube nicht, dass ich Ihre Frau kannte, oder?«

»Nein, nein, ganz sicher nicht. War nach Ihrer Zeit.«

»Und jetzt sind Sie also hier, um Nachforschungen anzustellen?«, fragte er.

»Ja, ich versuche immer noch, Roseanne Clear zu begutachten, die Patientin, von der ich Ihnen geschrieben habe, und da sie nicht sehr mitteilsam ist, habe ich mich genötigt gesehen, ein klein wenig unaufrichtig zu sein und es gewissermaßen hintenherum zu versuchen.«

»Ich habe ein bisschen für Sie gestöbert«, sagte er. »Ein paar Sachen gefunden. Bin selbst neugierig geworden. Ich denke, jedes Leben birgt seine eigenen Rätsel. Was meinen Sie, soll ich Maggie rufen und sie bitten, uns einen Tee heraufzubringen?«

»Nein, nicht nötig«, sagte ich. »Jedenfalls nicht für mich. Aber für Sie vielleicht?«

»Nein, nein«, antwortete er forsch. »Was Sie als Erstes interessieren dürfte: Es *sind* RIC-Akten vorhanden. Ob Sie's glauben oder nicht, sie lagen im Rathaus. Sie hatten mir doch den Namen Joseph Clear genannt, stimmt's? Und tatsächlich ist der Name verzeichnet, ich glaube, in den Zehner- oder Zwanzigerjahren des zwanzigsten Jahrhunderts.«

Ich muss gestehen, ich war enttäuscht. Insgeheim hatte ich wohl gehofft, dass sich Roseannes Leugnung als stichhaltig erweisen würde. Aber nun hatten wir's Schwarz auf Weiß.

»Ich nehme an, es handelt sich um denselben Mann«, sagte Percy.

»Es ist kein sehr gebräuchlicher Name.«

»Nein. Und dann habe ich noch einmal nachgeschaut, was wir außer dem ziemlich kuriosen Bericht dieses Kameraden Father Gaunt, den ich ein zweites Mal gelesen habe, sonst noch so hatten. War es nicht so, dass Sie befürchteten, sie habe ihr Kind umgebracht?«

»Nein, nicht direkt befürchtet. Ich würde nur gern die Wahrheit herausfinden, denn sie streitet es ab.«

»Ach? Das ist interessant. Was sagt sie denn darüber?«

»Ich habe sie gefragt, was aus dem Baby geworden ist, da Father Gaunt es nun einmal erwähnt hatte und es zweifellos der Hauptgrund dafür war, dass sie hier eingeliefert wurde, und sie sagte, das Kind sei in Nazareth, was mir nicht so recht einleuchtete.«

»Tja, ich glaube, ich weiß, worauf sie hinauswill. Das Waisenhaus hier in Sligo hieß Haus Nazareth. Jetzt gibt es dort keine Waisen mehr, inzwischen ist es vor allem ein Altenheim, aber ich versuche, Leute dorthin zu überweisen, wenn ich kann, statt … Sie wissen schon.«

»Ah, verstehe, ja, das passt ganz gut.«

»Genau. Und ich muss schon sagen, es wäre höchst unlauter oder gar rechtswidrig, wenn Father Gaunt etwas derartig Schreckliches behauptet hätte, wohl wissend, dass es nicht zutrifft. Ich zermartere mir das Hirn, was seine Worte wohl bedeuten könnten. Ich kann nur schließen, dass er meinte, sie habe ihr Kind *spirituell* getötet. Damals glaubte man ja, ein uneheliches Kind trage die Sünden seiner Mutter in sich. Gut möglich, dass unser einfallsreicher Geistlicher das im Sinn hatte. Im Nachhinein sollten wir großzügig sein. Natürlich nur, falls sich herausstellt, dass sie ihr Kind nicht umgebracht hat.«

»Meinen Sie, ich könnte zum Haus Nazareth hinübergehen und fragen, ob es dort irgendwelche Unterlagen gibt?«

»Ich denke schon. Früher waren sie im Hinblick auf diese Dinge natürlich sehr verschlossen, es sei denn, man wusste, wo man anzusetzen hatte. Ich bin sicher, dass sie instinktiv immer noch zur Geheimhaltung tendieren, aber in jüngerer Zeit wurden sie wie viele dieser Institutionen mit allen möglichen Anschuldigungen konfrontiert. Es gibt zahlreiche Nazareth-Häuser, und einige davon wurden beschuldigt, in der Vergangenheit ziemlich schreckliche Grausamkeiten begangen zu haben. Insofern sind sie vielleicht hilfsbereiter, als man erwartet. Und den Umgang mit mir sind sie gewohnt. Ich finde sie immer sehr zuvorkommend. Nonnen, versteht sich. Ursprünglich war es ein Bettelorden. Eigentlich ein sehr nobles Konzept.«

Dann sagte er eine Weile lang gar nichts. Er »sinnierte«, wie Bet es zu nennen pflegte.

»Da war noch etwas«, sagte er. »Ich denke, da ich mich nun mal entschlossen habe, offen zu sein, kann ich es Ihnen wohl anvertrauen. Bedauerlicherweise gehörte es zu unseren vertraulichen Unterlagen. Sie wissen schon, interne Untersuchungen und dergleichen.«

»Ach ja?«, fragte ich möglichst behutsam.

»Ja. In Bezug auf Ihre Patientin. Es gab hier einen Mann namens Sean Keane, einen Pfleger, der, um mal eben einen Laienbegriff zu verwenden, anscheinend selbst nicht ganz richtig im Kopf war, der hatte Beschwerde gegen einen anderen Pfleger eingelegt. Das ist natürlich schon lange her, in den späten Fünfzigern, ich kannte nicht einmal den Namen des Mannes, der das Protokoll verfasst hat, Richardson hieß er. Sean Keane bezichtigte also diesen anderen Mann namens Brady, Ihre Patientin über einen ziemlich langen Zeitraum bedroht und, fürchte ich, auch sexuell belästigt zu haben. Sie wird, wenn Sie gestatten, als ›außerordentliche Schönheit‹ bezeichnet. Wissen Sie, William, allein an der hastigen Handschrift konnte ich erkennen, wie widerstrebend der Protokollant dies alles zu Papier gebracht hat. Ich höre Sie sagen, dass sich da nicht viel verändert hat.«

Dabei hatte ich gar nichts gesagt. Ich nickte ihm aufmunternd zu.

»Jedenfalls glaube ich, dass zu diesem Zeitpunkt entschieden wurde, Ihre Patientin nach Roscommon zu verlegen und Gras über die Sache wachsen zu lassen.«

»Und was geschah mit dem angeblichen Frauenschänder?«

»Tja, das war recht tragisch, er blieb nämlich bis zu seiner Pensionierung hier. Ich konnte seine Anwesenheit hier bis Ende der Siebziger zurückverfolgen. Aber Sie wissen ja.«

»Ja, ich weiß. Das alles ist sehr kompliziert.«

»Ja«, sagte Percy. »Das Boot befindet sich immerzu mitten im Sturm, und man bemüht sich, es nicht noch weiter zum Schwanken zu bringen.«

»Ja«, sagte ich.

»Es ist auch nicht besonders überraschend, dass Sean Keane zusammen mit Roseanne Clear aus den Aufzeichnungen verschwindet. Man muss ihm wohl gekündigt haben. Zweifellos war Richardson daran gelegen, eine Art Frieden herzustellen.«

Dann saßen wir grübelnd da, vielleicht fragten wir uns alle beide, ob sich überhaupt irgendetwas verändert hatte.

»Roseannes Mutter ist hier gestorben. Wussten Sie das? 1941.«

»Nein.«

»O ja. In schwerer geistiger Umnachtung.«

»Sehr interessant. Ich hatte keine Ahnung.«

»Es ist schon komisch, dass wir uns nie sehen, wo unsere Krankenhäuser doch so nahe beieinanderliegen«, bemerkte er.

»Das Gleiche dachte ich auf dem Weg hierher.«

»Tja, so ist das Leben.«

»So ist das Leben«, sagte ich.

»Ich bin sehr froh, dass Sie heute gekommen sind«, sagte er. »Wir sollten versuchen, uns regelmäßiger zu treffen.«

»Vielen Dank, dass Sie sich um die Sache gekümmert haben. Dafür bin ich Ihnen wirklich sehr dankbar, Percy.«

»Keine Ursache«, sagte er. »Hören Sie, ich werde im Haus Nazareth anrufen und Sie dort ankündigen, die Leute informieren, wer Sie sind, und so weiter. Ist Ihnen das recht?«

»Vielen Dank, Percy.«

Wir tauschten einen herzlichen und doch, wie ich fand, nicht übermäßig herzlichen Händedruck. Beide hielten wir uns zurück. Ja, ja, das Leben.

Der Abschnitt des Hauses Nazareth, in den man mich führte, war neu und nicht ganz so trostlos wie die alte Anstalt, doch schien auch ihm bereits eine gewisse institutionelle Trostlosigkeit anzuhaften. Als junger Mann glaubte ich, man müsse Stätten für Kranke und Geistesgestörte besonders hell und einladend gestalten, ihnen eine Art Festlichkeit verleihen, um unser menschliches Elend zu lindern. Aber vielleicht sind diese Orte wie Tiere und können ihre Flecken und Streifen ebenso wenig verändern wie Leoparden und Tiger. Die Verwalterin des Archivs war eine Nonne, wie ich selbst in fortgeschrittenem mittlerem, wenn nicht gar hohem Alter. Sie trug legere, moderne Kleidung. Ich hatte irgendwie mit Schleier und Tracht gerechnet. Sie sagte, der gute Percy habe sie bereits angerufen und ihr Näheres zu den Namen und Daten mitgeteilt, und sie habe einige Informationen für mich. »Neuigkeiten«, wie sie es nannte.

»Aber wenn Sie der Sache ernsthaft nachgehen wollen, werden Sie nach England reisen müssen«, sagte sie.

»Nach England?« fragte ich.

»Ja«, sagte sie mit ihrem unbestimmbaren ländlichen Akzent, den ich dennoch in Monaghan oder weiter nördlich verortete. »Es gibt hier zwar einen Hinweis, doch alle Dokumente, die sich auf die betreffenden Namen beziehen, befinden sich in unserem Haus in Bexhill-on-Sea.«

»Wie kommt das, Schwester?«

»Nun, ich weiß es nicht, aber es ist Ihnen ja klar, dass es sich um alte Vorgänge handelt, und in England finden Sie vielleicht mehr heraus.«

»Aber ist das Kind noch am Leben? Gab es da ein Kind, das hier untergebracht wurde?«

»Es gibt einen Vermerk zu diesem Namen, und dieser spezielle Fall wurde von einer unserer Ordensschwestern in Bexhill betreut, Schwester Declan, die natürlich von hier stammte. Sie ist verstorben, möge sie in Frieden ruhen. Natürlich war sie eine McNulty, Dr. Grene. Wussten Sie, dass die alte Mrs McNulty ihren Lebensabend bei uns verbracht hat? Ja. Sie war neunzig, als sie starb. Ich habe ihre Unterlagen vor mir liegen. Gott schenke ihr Frieden. Gott schenke ihnen beiden Frieden.«

»Wäre es Ihnen möglich, dort anzurufen?«

»Nein, nein, solche Angelegenheiten eignen sich nicht fürs Telefon.«

»Die Nonne in England war Mrs McNultys Tochter?«

»Genau so ist es. Mrs McNulty war eine enge Freundin unseres Ordens. Alles, was sie hinterlassen konnte, hinterließ sie uns. Sie war eine wirkliche Dame, ich kann mich noch gut an sie erinnern. Eine winzige, kleine Frau mit dem gütigsten Gesicht, das Sie je gesehen haben, und stets bemüht, jedermann nur Gutes zu tun.«

»Da bin ich mir sicher«, sagte ich.

»O ja. Sie wäre selbst gern ins Kloster gegangen, doch zu Lebzeiten ihres Mannes war das nicht möglich, und dann wurde er doch tatsächlich stolze sechsundneunzig Jahre alt, und dann waren da natürlich auch noch die Söhne. Denen hätte das vermutlich gar nicht behagt. Dr. Grene, darf ich Sie fragen, ob Sie Katholik sind? Ihrem Akzent nach scheinen Sie Engländer zu sein.«

»Ja, ich bin Katholik«, sagte ich unbefangen, ohne jede Verlegenheit.

»Dann wissen Sie ja, wie eigen wir sind«, sagte die kleine Nonne.

In seltsamer Gemütsverfassung fuhr ich wieder hierher zurück. Wie eigenartig, dachte ich, dass Menschen auf ihren Wegen ein paar Spuren hinterlassen, die man betrachten und über die man rätseln kann, doch ob man sie jemals wirklich begreift, wagte ich zu bezweifeln. Wie ich befürchtet hatte, schien Roseanne tatsächlich furchtbar gelitten zu haben. Wie grauenhaft, ihr Kind zu verlieren, wie immer es dazu gekommen war, nur um einem erbärmlichen Mistkerl in die Hände zu fallen, der sie als bloßes Objekt seiner Triebbefriedigung ansah. Ich konnte mir gut vorstellen, dass sie, nachdem sie von ihrem Baby getrennt worden war oder es, falls Father Gaunt doch recht hat, verloren oder gar umgebracht hatte, am Ende auch den Verstand verlor. Derartige Traumata könnten durchaus eine schwere Psychose ausgelöst haben. Mit ihrer »außergewöhnlichen Schönheit« hätte sie für jedes dubiose Element unter den Beschäftigten eine allzu leichte Beute abgegeben. Gott stehe ihr bei. Ich musste an die welke alte Dame in ihrem Zimmer hier in Roscommon denken. Professioneller Abstand hin oder her, ich bekenne, dass ich tiefes Mitleid mit ihr verspüre. Im Rückblick auch Schuldgefühle. Ja. Denn aus dem einen oder anderen Grund hätte vermutlich auch ich dazu geneigt, mich so zu verhalten wie Richardson.

Andererseits, dachte ich unterwegs, war es unwahrscheinlich, dass ich die Zeit finden würde, um nach England zu fahren. Und ich fragte mich: William, was in Gottes Namen treibst du da eigentlich? Du weißt doch, dass du nicht empfehlen wirst, sie in die Gemeinschaft zu entlassen. Sie wird verlegt werden müssen (Anmerkung: nach Abwägung aller Umstände weder ins Haus Nazareth in Sligo noch ins Psychiatrische Krankenhaus von Sligo), denn für alles andere ist sie selbstredend längst zu alt. Warum also ging ich der Sache nach? Nun, in Wahrheit hatte sie etwas Tröstliches. Außerdem fand ich irgendetwas daran nahezu unwiderstehlich. Ich glaube, ich muss diesen inneren Antrieb als eine Form von Trauer einstufen. Trauer um Bet und Trauer um das Sosein des Lebens im Allgemeinen. Im Grunde um das Los aller menschlichen Kreaturen. Aber England, dachte ich, das geht einen Schritt zu weit, obwohl ich sagen muss, dass ich gern die Wahrheit über Roseannes vorhandenes oder nicht vorhandenes Kind herausfinden würde, wo ich nun schon einmal so weit gekommen bin. Aber meine Arbeitsbelastung zum gegenwärtigen Zeitpunkt ist viel zu groß (ich versuche gerade, eine Version der Gedanken niederzuschreiben, die ich im Auto hatte, und das ist durchaus nicht einfach), und da die kritischsten und wesentlichsten Bestandteile des Lebens allem Anschein nach den Charakter schlafender Hunde haben, sollte ich mich vielleicht besser davor hüten, sie zu wecken. Es ist doch eine alte Geschichte, und wem würde es nützen, sie auszugraben? Und dann kam mir der entscheidende Gedanke. Nämlich, dass ich die Sache bisher aus dem falschen Blickwinkel betrachtet hatte. Falls tatsächlich Aufzeichnungen über das Kind vorhanden sind, wäre es dann nicht ein großer Trost für Roseanne, darüber Bescheid zu wissen, selbst wenn sich mit dem Betreffenden kein Kontakt herstellen lässt – noch »bevor sie stirbt« zu wissen, dass sie also doch jemanden unversehrt in die Welt gesetzt hat? Oder würde das nur noch mehr Verstörung bedeuten, ein weiteres Trauma? Würde sie sich mit dem Betreffenden in Verbindung setzen wollen, und würde der Betreffende – ach, die sprichwörtliche Büchse der Pandora. Gut, gut, dachte ich, ich habe ohnehin keine Zeit. Aber ich werde meine Suche nur sehr ungern aufgeben.

Dann stellte ich wie gewohnt meinen Wagen ab und ging ins Krankenhaus. Die diensthabende Schwester erstattete mir Bericht über den Tag und teilte mir unter anderem mit, Roseanne Clears Atmung habe sich verschlechtert, man habe sogar Angst gehabt, sie auf die medizinische Station zu verlegen, da sie so heikel auf dem Grat zwischen Leben und Tod balanciere, doch unter Aufsicht von Dr. Wynn sei es schließlich gelungen, und nun liege sie unter einer Sauerstoffmaske. Die Lunge muss zu 98 Prozent funktionsfähig sein, um einen ausreichenden Luftaustausch zu gewährleisten und das Blut mit Sauerstoff zu versorgen, und aufgrund einer Stauung sind es bei ihr nur etwa 74 Prozent. Obgleich sie letzten Endes auch nur »eine Patientin unter vielen« ist, muss ich doch sagen, dass ich dies alles sehr beunruhigend und belastend fand. Getrieben von der Befürchtung, sie könnte bereits verstorben sein, eilte ich auf die nahegelegene Station und war unerklärlicherweise höchst erleichtert, sie, wenn auch bewusstlos und mit unerfreulichen Atemgeräuschen, so doch am Leben zu finden.

Nachdem ich eine Weile dort gesessen hatte, begann ich mich sehr untätig zu fühlen, denn in meinem Büro war viel Papierkram zu erledigen. Also ging ich hin und nahm den Stapel in Angriff. Unter all den Formularen und Anschreiben lag ein Päckchen, ein Bündel Papiere in einem großen benutzten Umschlag, einem Umschlag, den ich vor ein paar Tagen geöffnet und in meinen Papierkorb geworfen hatte. Jemand hatte ihn wieder herausgefischt und diese Blätter hineingeschoben. Sie waren mit blauem Kugelschreiber beschrieben, in einer sehr kleinen, sauberen Handschrift, die mich nötigte, meine Lesebrille aufzusetzen, etwas, das ich aus lauter Eitelkeit natürlich zu vermeiden suche.

Ich brauchte nicht lange, bis ich merkte, dass es sich um einen Rechenschaftsbericht über Roseannes Leben handelte, den sie offenbar selbst verfasst hatte. Ich war über die Maßen erstaunt. Seltsamerweise war ich augenblicklich froh darüber, dass ich meine Machtposition an dem Tag, als sie mir erzählte, sie habe ein Kind gehabt, nicht ausgenutzt hatte. Denn nun lag mir so oder so alles vor, ohne dass ich das Gefühl hatte, ich hätte sie unter Anwendung sämtlicher Tricks und Schliche meines Gewerbes gezwungen, sich zu »verraten«. Ich wusste, dass ich, bevor ich abends (gestern) nach Hause käme, nicht die Zeit haben würde, mir den Bericht gründlich durchzulesen, aber ich merkte schon, dass sie freizügig Auskunft über sich gab, in krassem Gegensatz zu ihren gesprochenen Antworten. Aber wie war ich zu diesem Bericht gekommen? Wer hatte ihn mir auf den Schreibtisch gelegt? Gewiss nicht sie selbst. Ehrlicherweise musste ich John Kane verdächtigen, der sich von allen Personen am häufigsten in ihrem Raum aufhielt. Oder eine der Pflegekräfte. Aber bei der ganzen Aufregung in ihrem Zimmer heute hätte es natürlich jeder sein können. Ich rief bei den Pflegekräften an und fragte, ob jemand etwas darüber wisse. Einer der Pfleger, Doran, ein recht fähiger und angenehmer Mann, versprach mir, sich umzuhören. Wo ist John Kane?, fragte ich. John Kane, antwortete Doran, sei daheim in seiner kleinen Wohnung in den alten Stallungen hinter der Anstalt (auch diese sollen in Kürze abgerissen werden). Er habe sich nicht wohlgefühlt, und nach der Arbeit am Vormittag habe er darum gebeten, nach Hause gehen zu dürfen, um sich hinzulegen. Dr. Wynn habe ihn bereitwillig entschuldigt. Es ist bekannt, dass John Kane kein gesunder Mann ist.

Ich las Roseannes Aufzeichungen wie ein Gelehrter, der ihr Leben studiert, darum bemüht, Fakten und Ereignisse in Übereinstimmung zu bringen.

Meine erste Empfindung bei der Lektüre war die der Privilegiertheit. Wie sonderbar, dass sie all dies heimlich niedergeschrieben hatte wie ein Mönch in einem Skriptorium, derweil ich mir alle Mühe gab, sie zu begutachten, und buchstäblich keinen Millimeter vorankam. Die Vorstellung, ihr Lebensbericht könnte an mich gerichtet sein, überwältigte mich.

Er unterscheidet sich in mancherlei Hinsicht von Father Gaunts Geschichte, nicht zuletzt in der ausführlichen Schilderung ihres Vaters und seiner Erlebnisse. Mitunter überrascht mich, wie sehr diese Frau, die eigentlich niemanden kennt und die die letzten sechzig Jahre ihres Lebens oder länger in einem Krankenhaus wie diesem verbracht hat, das Leben und die Menschen zu feiern vermag. Es bleiben viele Rätsel. Aber ich habe versucht, das wenige, was ich weiß, zu ordnen, und bin auf Namen gestoßen, die ich dankbar wiedererkenne. Sean Keane, der in Percy Quinns Aufzeichnungen vorkam, scheint John Lavelles Sohn zu sein. Außerdem hatte er anscheinend einen Hirnschaden. Einen Menschen kenne ich, den ich dazu befragen kann, denn mir schwant, dass Sean Keane und John Kane ein und derselbe Mann sind. Eine seltsame Geschichte von Loyalität und Fürsorge. Sein Vater hatte ihn gebeten, sich um Roseanne zu kümmern, und wie es scheint, hat er sein Äußerstes getan, diesem Wunsch nachzukommen.

Noch nicht wirklich beantwortet ist die Frage, wer Roseannes Baby an sich genommen hat, und hinsichtlich der Tätigkeit ihres Vater spricht die Aktenlage gegen sie. Wenn ihre Darstellung des Sachverhalts falsch ist, dann mögen auch andere Dinge, die sie schreibt, »falsch« sein. Man kann sie nicht für bare Münze nehmen, aber das Gleiche gilt auch für Father Gaunt, der in einem Maße zurechnungsfähig war, dass Zurechnungsfähigkeit kaum noch erstrebenswert scheint.

Falls ich Roseannes Angaben nicht falsch deute, glaube ich mit Sicherheit schlussfolgern zu können, dass man sie in der Sache John Lavelle zu Unrecht beschuldigt hat. Dabei bin ich mir bewusst, dass es angesichts der Moral – beinahe hätte ich geschrieben: des *Morasts* – der damaligen Zeit schon ausreichte, mit ihm unter solchen Umständen gesehen worden zu sein. Allein der Verdacht war Verbrechen genug. Die Moral hat ihre eigenen Bürgerkriege, ihre eigenen Opfer, ihre eigenen Zeitpunkte und Schauplätze. Doch als sie schwanger wurde, war ihr Schicksal besiegelt. Eine verheiratete Frau, die nie verheiratet war. Aus dieser Klemme gab es keinen Ausweg.

Ich schreibe dies, und sofort kommen mir schwere Bedenken. Etwa der Gebrauch des Wortes »falsch«. Was an ihrer Darstellung soll falsch sein, wenn sie ehrlich daran glaubt? Wird nicht fast alle Geschichte mit einer Art eigensinniger Ehrlichkeit geschrieben? Ich vermute es fast. Ihre Aufzeichnungen enthalten einen sehr ehrlichen, ja anrührenden Bericht über das Bestreben ihres Vaters, ihr zu beweisen, dass von Hämmern bis zu Federn alle Gegenstände die gleiche Fallgeschwindigkeit haben. Zu dem Zeitpunkt scheint sie ungefähr zwölf gewesen zu sein (jetzt bin ich gezwungen, noch einmal in ihr Manuskript zu schauen, weil sonst womöglich *ich* die Geschichte umschreibe). Ja, ungefähr zwölf. Und dann die verheerenden Vorfälle am Friedhof, und dann die Rattenfängerei und schließlich, mit ungefähr fünfzehn (Mist, ich muss schon wieder nachsehen), der Tod ihres Vaters. Aber laut Father Gaunt wurde dieser von Rebellen umgebracht, der erste Anlauf fand in genau jenem Rundturm statt, den Roseanne in so liebevoller Erinnerung hat, sie stopften ihm den Mund mit Federn und schlugen mit Holz- oder Eisenhämmern auf ihn ein, was, wenn man der Theorie der posttraumatischen Belastungsstörung folgt, durchaus glaubwürdig klingt und vermuten lässt, dass Roseanne, um überleben zu können, den Vorfall vollständig zensiert, ihn sogar in eine Zeit relativer Unschuld vorverlegt hat. Allerdings wäre dies meiner Erfahrung nach und in Anbetracht aller Umstände eine ungewöhnliche, eine ungeheuerliche Übertragung. Hinzu kommt, dass Joe Brady, der Mann, den Roseanne auf Father Gaunts Anraten heiraten sollte und der die Nachfolge ihres Vaters auf dem Friedhof angetreten hatte, in ihren Aufzeichnungen als Vergewaltiger beschrieben wird – eine Passage, die sich für meine Begriffe sehr »befremdlich« liest. Und nicht nur das: Father Gaunt erwähnt beiläufig den Namen auf dem Grabstein, unter dem die Waffen vergraben waren, und es ist derselbe Name. Aber er muss es ja gewusst haben. Dann natürlich denke ich: Mochte Father Gaunt in seinem großen Verlangen, Roseanne einweisen zu lassen, noch so aufrichtig sein, auch er unterlag schlichten Gedächtnisirrtümern. Vielleicht schwirrte ihm der Name im

Kopf herum, und so gab er ihn fälschlicherweise als den Namen auf dem Grabstein aus. Wenn es beim Studium improvisierter Geschichte ein Verhängnis gibt, dann den unangebrachten Wunsch nach Genauigkeit. Die ist schlichtweg nicht zu haben.

Wie um mir genau das zu beweisen, habe ich eben noch einmal Father Gaunts Darstellung durchgeblättert (ich hatte sie an dieser Stelle eher zusammengefasst als Wort für Wort übertragen), und zu meiner vollkommenen Verblüffung, ja Beschämung stelle ich fest, dass er in seinem Bericht über die Vorgänge im Turm gar nicht behauptet, man habe Roseannes Vaters den Mund mit Federn gestopft, sondern lediglich, er sei mit Hämmern geschlagen worden. Aus irgendeinem Grund muss mein eigenes Hirn dieses Detail in die Lücke zwischen der Lektüre und der Zusammenfassung seines Berichts eingefügt, es Roseanne entwendet haben, könnte man annehmen, nur dass ich zu diesem Zeitpunkt ihren Bericht natürlich noch gar nicht gelesen hatte. An dieser Stelle finde ich mich in den wildesten, den wirrsten Dschungeln R. D. Laings wieder. Dass ich dieses Detail, in Vorwegnahme einer Geschichte, die ich noch gar nicht gelesen hatte, willkürlich aus dem Äther gegriffen und unterschwellig beigesteuert haben soll, ist ein Gedanke, der mich fast mit Abscheu erfüllt. Lässt er doch auf allerlei schauerliche Theorien der Sechzigerjahre über die zirkuläre und rekurrente Beschaffenheit der Zeit schließen, denen ich nichts abgewinnen kann. Wir haben genug Probleme mit linearen Erzählungen und wahren Gedächtnisinhalten. Dennoch muss ich folgern, dass sowohl Roseanne als auch Father Gaunt im Großen und Ganzen so wahrheitsgetreu berichtet haben, wie sie es angesichts der Listen und Launen des menschlichen Geistes eben konnten. Roseannes »Sünden« als ihre eigene Geschichtsschreiberin sind »Unterlassungssünden«. Am Turm führte ihr

Vater ihr die Natur der Schwerkraft vor, und in demselben Turm wurde einige Jahre später der Versuch unternommen, ihren Vater umzubringen. Sie war Zeugin beider Vorfälle, doch den zweiten wollte sie nicht festhalten. Daher war meine ursprüngliche Neigung, ihre Erinnerung als traumatische zu identifizieren, mit umgeschriebenen und verfälschten Einzelheiten sowie abgeänderten Altersangaben, im Grunde zu simpel, so unwahrscheinlich es klingt. Und dann waren da natürlich auch noch meine eigene Einfügungen – oje, oje. Sicher, sicher, es besteht die vage Möglichkeit, dass sie mir die Sache mit den Hämmern und Federn vor langen Jahren als Anekdote erzählt und ich sie einfach vergessen hatte. Und dass sie mir, als ich in Father Gaunts eidestattlicher Erklärung von dem Turm las, wieder ins Gedächtnis kam. Tatsächlich, noch während ich diese These aufstelle, noch während ich dies »erfinde«, scheint mir eine vage Erinnerung zu kommen. Verheerend! Aber davon abgesehen, hat diese Schlussfolgerung auch ihr Gutes. Vor Gott (ausgerechnet vor Gott, höre ich mich spotten) kann ich sagen, dass meiner Überzeugung nach beide nicht so sehr irrige oder gar konkurrierende Geschichten verfasst haben, sondern vielmehr auf ganz menschliche Art aufrichtig waren und weit über den Wahrheitsgehalt der »Fakten« hinaus Aufschluss über nützliche Wahrheiten erteilen. Allmählich glaube ich, dass es faktische Wahrheit gar nicht gibt, aber dann höre ich, wie Bet mir ins Ohr raunt: »Wirklich nicht, William?«

Nach der Lektüre von Roseannes Aufzeichnungen habe ich ohnehin beschlossen, die Reise nach England anzutreten. Fast hat es den Anschein, mitunter jedenfalls und für mich, als hätte sie ihre Geschichte an mich als ihren Freund gerichtet, und ich empfinde es nicht nur als meine Pflicht, sondern als ein großes Bedürfnis, sie bis zum Schluss zu verfolgen und herauszufinden, wo das Ziel der

Reise liegt. Ich kann mir nicht vorstellen, dass ich mit alledem viel bewirken werde, denn Dr. Wynn rechnet nicht damit, dass sie das Bewusstsein wiedererlangen wird, »sehr betrübliche Neuigkeiten« nannte er es und fragte, ob sie Angehörige habe, die ich benachrichtigen müsse. Natürlich konnte ich sagen: Nein, ich glaube nicht. Kein Lebender, der in diese Kategorie gepasst hätte, abgesehen von jenem mysteriösen Kind. Und es gibt noch einen Grund, nach England zu fahren: für den höchst unwahrscheinlichen Fall, dass es dort jemanden gibt, der von dem Tod eines Menschen zu benachrichtigen wäre, den so mancher für einen Niemand halten mag, mit dem mich jedoch inzwischen ein freundschaftliches Verhältnis verbindet und der eine Art Rechtfertigung meiner wie auch immer gearteten Arbeit hier darstellt und meines wie auch immer gearteten Berufsstandes.

Ich darf nie vergessen, dass sie, als ich in tiefster Verzweiflung war, das Zimmer durchquerte und mir die Hand auf die Schulter legte, vielleicht nur eine ganz schlichte Geste, aber eine Geste, die mir würdevoller und hilfreicher erschien als das Geschenk eines ganzen Königreichs. Mit einer solchen Geste wollte sie mich heilen, mich, den vermeintlichen Heiler. Da ich zum Heiler offenbar nicht recht tauge, kann ich vielleicht wenigstens ein zuverlässiger Zeuge sein: Zeuge des Wunders der menschlichen Seele.

Ich bin zutiefst erleichtert, dass ich Father Gaunts Bericht nicht dazu verwendet habe, sie auszuhorchen, sei es auf aggressive oder subtile Weise, wie auch immer, sondern meinem eigenen Spürsinn gefolgt bin. Jetzt erkenne ich, dass es ein Anschlag auf ihre Erinnerung gewesen wäre. Ebenso wenig sollte man ihren eigenen Bericht als Instrument für weitere Nachforschungen missbrauchen.

Mein Hauptgedanke ist: Lasst sie in Frieden.

Kurz darauf war ich zur Abreise bereit, doch vorher beschloss ich, John Kane ein paar Zeilen zu schreiben, für den Fall, dass das geschriebene Wort bessere Aussichten hatte, zu ihm durchzudringen.

Lieber John (schrieb ich), *wie mir zu Gehör gekommen ist, haben Sie unserer Patientin Roseanne Clear, vormals Mrs McNulty, verschiedentlich Freundlichkeiten erwiesen. Ich glaube, ich weiß, wer Ihr Vater war, John, ich glaube, es war der Patriot John Lavelle?, und ich würde Ihnen sehr gern ein paar Fragen stellen, wenn ich aus England zurückkehre, wo ich hoffe, mehr über das Kind von Roseanne Clear in Erfahrung zu bringen. Vielleicht können wir dann unsere Notizen austauschen?*

Mit freundlichen Grüßen usw.

Ich hoffte, er würde daraus schlau werden. Den Begriff Patriot hatte ich verwendet, um meinem Schreiben das Bedrohliche zu nehmen. Möglicherweise irrte ich mich auch, und er würde den Brief anstarren wie das Werk eines Wahnsinnigen.

Ich wurde ja selbst kaum schlau daraus, aber trotzdem machte ich mich auf die Reise.

Der günstigste Flug ging von Dublin nach Gatwick, sodass ich zunächst einmal fünf Stunden lang ostwärts fuhr. Roseanne wäre vermutlich überrascht, dass Sligo jetzt einen Flughafen hat, direkt in Strandhill, wie ich auf einer Website entdeckte. Doch die kleinen Maschinen fliegen nur nach Manchester.

Natürlich nahm ich meinen Reisepass mit, außerdem alle Dokumente zu Roseanne, die ich habe, die verschiedenen Lebensbeschreibungen und eine Mitteilung der Nonne in Sligo. Mir war die berühmt-berüchtigte Verschwiegenheit dieser alten Institutionen durchaus bewusst. Wir halten es ja auch nicht anders, eine Mischung aus Ängsten, schwindender Macht, vielleicht sogar aufrichtiger Sorge: dass die Wahrheit nicht immer erstrebenswert sein mag, dass eins zum anderen führt, dass Fakten nicht nur vorwärtsdrängen, zu einer Lösung hin, sondern zurückführen ins Dunkel, mitunter auch in die zahllosen kleinen Höllen, die wir einander bereiten. So rechnete ich trotz der freundlichen Nonne, die sich ohnehin nicht erboten hatte, in Bexhill anzurufen oder anderweitig zu intervenieren, und trotz Percys Engagement damit, abgewimmelt oder sonstwie behindert zu werden.

Für den Fall der Fälle hatte ich natürlich auch Roseannes Ausgabe von *Religo Medici* dabei. Ich muss gestehen, ich riskierte, dass mein Vater sich im Grab umdrehte, denn im Flugzeug schlug ich das Buch auf, nahm unverfroren den Brief heraus und öffnete ihn in der Hoffnung, er könnte von Nutzen sein. Warum ich das dachte, weiß ich nicht. Vielleicht gab es auch einen niedrigeren Beweggrund: reine Neugier.

Zu meiner großen Überraschung handelte es sich um einen Brief von Jack McNulty. Ich prüfte noch einmal das Datum des Poststempels und begriff, dass er ein alter Mann gewesen sein muss, als er ihn schrieb. Jedenfalls ließen die spinnenartigen Schlenker der Handschrift darauf schließen. Die angegebene Anschrift war King James Hospital, Swansea. Ich habe den Brief vorliegen, dann kann ich ihn auch gleich übertragen, um eine Abschrift zu haben.

Liebe Roseanne,
ich liege hier im Krankenhaus in Swansea und bin leider Gottes von Darmkrebs befallen. Ich schreibe Dir, weil ich Erkundigungen über Dich eingeholt und aus hoffentlich zuverlässi-

ger Quelle erfahren habe, dass Du noch lebst. Ich selbst habe meinen Marschbefehl erhalten und nehme an, es ist Gottes Wille, aber es ist unwahrscheinlich, dass ich noch lange unter den Lebenden weile. Ich muss sagen, ich hatte Interesse am Leben und war, wie man so sagt, gern hier zu Gast, aber wenn deine Nummer aufgerufen wird, musst du gehen. Ich weiß nicht, ob Dir bewusst ist, dass ich als Soldat im Krieg war. In Indien habe ich nahe dem Khyber-Pass bei den Ghurka Rifles gedient, das kann ich mit Stolz sagen, obwohl ich keine Deutschen, Japaner oder dergleichen zu Gesicht bekommen habe. Aber wenn die Moskitos aufseiten der Deutschen gewesen wären, hätten wir den Krieg verloren. Ich schreibe Dir, weil einem Menschen viele Dinge durch den Kopf gehen, wenn man ihm sagt, dass er abtreten muss. Zum Beispiel die Tatsache, dass meine Frau Mai nach ihrem Kampf mit dem Alkohol im Alter von dreiundfünfzig Jahren gestorben ist. Obwohl sie mich zuweilen mächtig auf die Palme gebracht hat, habe ich nie auch nur einen Augenblick lang bereut, sie geheiratet zu haben, denn ich habe sie angebetet. Trotzdem vermute ich, dass sie einigen Menschen gegenüber eine arrogante, verletzende Frau sein konnte, besonders Dir gegenüber. Deshalb schreibe ich Dir auch. Was vor all den Jahren geschehen ist, liegt mir schwer auf der Seele, und davon wollte ich Dir erzählen. Es ist nicht nötig und wohl auch wenig wahrscheinlich, dass Du mir verzeihst, aber ich schreibe Dir, um Dir mitzuteilen, dass ich es zutiefst bereue und kaum weiß, was ich mit diesem Vorfall in unser aller Leben anfangen soll. Es ist wohl alles lange, lange her, doch nicht so lange, dass es mir nicht wie gestern vorkommt, und oft wandert es durch meine Gedanken und Träume. Ich wollte Dir erzählen, dass Tom wieder geheiratet hat und Kinder hatte, aber vielleicht willst Du das gar nicht hören. Tom starb vor etwa zehn Jahren an einer Magenkrankheit, er starb im Roscommon General Hospital. Seine zweite Frau war zu diesem Zeitpunkt auch bereits gestorben. Obwohl wir einander oft sahen, sprachen wir nie über Dich, und doch spürte ich, dass es unausgesprochen zwischen uns stand, wann immer wir uns trafen. Die Wahrheit ist, dass in seinem Leben etwas geschehen war, das ihn für immer verändert hat, danach war er einfach ein anderer Mann, nicht mehr der unbeschwerte alte Tom, den wir kannten.

Ich weiß nicht, vielleicht sagst Du, nun mal der Reihe nach. Vielleicht hättest Du recht. Jetzt möchte ich ein paar Worte über meine Mutter sagen, die, wie Du bestimmt weißt, bei all den Schwierigkeiten damals eine maßgebliche Rolle gespielt hat. Ich möchte Dir Dinge über sie erzählen, die ich Dir nur als sterbender Mann und vielleicht nur so, gesichtslos, hinter der Deckung eines Briefes, erzählen kann. Denn es lässt sich nicht leugnen, dass sie Deinen – beinahe hätte ich geschrieben: »Fall«, aber Du weißt schon, was ich meine – mit uncharakteristischer Härte behandelt hat.

Vor etwa zwanzig Jahren, als sie selbst im Sterben lag, erzählte sie mir die Geschichte ihrer Geburt. Vielleicht hast Du das Getuschel nicht mitbekommen, aber in Sligo wurde gelegentlich gemunkelt, sie sei ein uneheliches Kind gewesen. Tatsächlich war sie adoptiert worden, da ihre Mutter jung verstorben war und ihre vermögende Familie, die die Heirat von Anfang an nicht gebilligt hatte, dafür sorgte, dass sie weggegeben wurde. Ihre Mutter war eine Presbyterianerin namens Lizzie Finn. Ihr leiblicher Vater war Armeeoffizier, und offenbar wurde sie dessen Burschen übergeben, natürlich ein Katholik, der sie als sein eigen Fleisch und Blut aufziehen sollte. Es ist eine undurchsichtige Geschichte, aber einige Jahre nach ihrem Tod habe ich in der Christ Church mit eigenen Augen die Heiratsurkunde ihrer Eltern gesehen. Wie erleichtert sie gewesen wäre, zu wissen, dass sie verheiratet waren, kann ich nicht sagen. Im Himmel spielen diese Dinge vielleicht keine große Rolle.

Bevor Tom starb, hatte auch er Gelegenheit, mir sein Geheimnis anzuvertrauen, das in mancher Hinsicht mehr mit Dir zu tun hat. Vielleicht wunderst Du Dich, warum sie Dir nicht mehr Mitgefühl entgegengebracht hat. Denn er gestand mir, dass er und ich nur die Mutter gemeinsam hatten und dass sein eigener Vater nicht der alte Tom war, sondern ein anderer. Wer es war, wusste er freilich nicht, obwohl er versuchte, es herauszufinden, nicht zuletzt über meine Mutter. Meine Mutter gab das Geheimnis allerdings nie preis und nahm den Namen des Mannes mit ins Grab. Wir dürfen nicht vergessen, dass meine Mutter bei meiner Geburt erst sechzehn war und nur wenig älter, als mein Bruder Tom hinzukam (oder mein Halbbruder, sollte ich wohl sagen).

Warum ich Dir das alles erzähle? Natürlich weil es erklären, wenn auch nicht entschuldigen könnte, weshalb sie den unbändigen Wunsch hatte, Tom ein so verworrenes Leben wie das ihrige zu ersparen, und weshalb sie eine Sklavin ihrer eigenen Vorstellung von Rechtschaffenheit wurde, wie nur Menschen es sein können, die glauben, Gefallene zu sein.

Und Eneas? In den Sechzigern habe ich ihn durch das War Office in einer Herberge auf der Isle of Dogs in London aufgespürt. Eines Abends ging ich hin, es hieß, er sei ausgegangen, und ich solle am nächsten Tag wiederkommen. Als ich mich dem Obdachlosenheim am folgenden Morgen näherte, fand ich eine schwelende Ruine vor. Möglich, dass er, alarmiert über die Nachricht, jemand aus Sligo wolle ihn sprechen, und voller Angst, noch nach all den Jahren seien seine alten Feinde gekommen, um ihn zu umzubringen, das Hotel selbst angezündet hatte, um seine Spuren zu verwischen. Vielleicht hatten mich einige Männer auf der Suche nach ihm ja auch tatsächlich beschattet und den armen Kerl um die Ecke gebracht. Was auch immer geschehen war, ich konnte seine Spur nie wiederfinden. Er war wie vom Erdboden verschluckt. Ich nehme an, er ist tot, und möge er in Frieden ruhen.

Dies ist mein Brief, und es mag sein, dass er Dir nicht viel
nützt. All das liegt mir schwer auf der Seele. Roseanne, die
Wahrheit ist: Tom hat Dich geliebt, doch ist er mit seiner
Liebe gescheitert. Ich fürchte, wir alle waren mehr oder weni-
ger in Dich verliebt. Vergib uns, wenn du kannst. Lebewohl.
Mit aufrichtig ergebenen Grüßen
Jack

Ein in jeder Hinsicht seltsamer und unerwarteter Brief.
Einige Dinge darin verstand ich nicht ganz. Natürlich
hoffte und betete ich mit einem Mal, dass sie ihn einst
geöffnet hatte und dass es nur die Feuchtigkeit war, die
den Brief wieder verschlossen hatte. Immerhin hatte sie
ihn aufbewahrt – falls sie ihn nicht ungeöffnet ins Buch
gelegt und vergessen hatte. Vielleicht war es der einzige
Brief, den sie je bekommen hatte. Allmächtiger. Auf alle
Fälle war ich sehr nachdenklich, als das Flugzeug in Gatwick landete.

Bexhill liegt nur etwa fünzig Meilen von Gatwick entfernt, in jenem Teil von England, der so englisch ist, dass
es sich fast um etwas anderes, um etwas Unbenennbares,
handelt. Die Namen riechen nach Zuckerwatte und alten
Schlachten. Brighton, Hastings. Ironischerweise liegt Bexhill an einer Küste, die für Millionen Kinder mit den Som-
merferien verbunden ist; auch wenn ich nicht glaube, dass
die Waisen von einst mir beipflichten würden. Als ich
mich im Internet nach Flügen und nach Wegbeschreibun-
gen für Bexhill umsah, war ich auf eine Diskussions-Web-
site mit Beiträgen von Überlebenden jener Tage gestoßen.
Aus ihren Worten loderte unverminderter Schmerz. In
den Fünfzigern sind dort zwei Mädchen im Meer ertrunken, die anderen Mädchen bildeten eine menschliche
Kette, um sie zu retten, während die Nonnen grotesker-
weise am Strand beteten. Wie ein aus dem Museum für

unerklärliche Grausamkeit gestohlenes Gemälde. Ich gestehe, dass ich mir Gedanken über Mrs McNultys Tochter machte, und gestehe außerdem, dass ich aus irgendeinem Grund hoffte, sie möge nicht unter jenen betenden Nonnen gewesen sein. Wenn Roseannes Kind in den Vierzigerjahren dort geendet wäre… Dies waren meine konfusen Gedanken, als ich den Zug von Victoria Station nahm.

Anscheinend bin ich dazu verurteilt, die bestürzende Trostlosigkeit von Institutionen zu dokumentieren. Es ist eine unabänderliche Konstante. Haus Nazareth in Bexhill war keine Ausnahme. Ihre Geschichten scheinen, wie jene vorzeitlichen Muschelschalen, in den Mörtel selbst, in die Röte der Ziegel eingebettet zu sein. Nie würde man sie herausspülen können, dachte ich. Allein das Schweigen, das von dieser Stätte ausging, legte Totgeschwiegenes nahe. Ich klingelte am Haupteingang und fühlte mich plötzlich sehr klein und fremd, als wäre ich selbst ein soeben eintreffendes Waisenkind. Kurz darauf wurde die Tür geöffnet, ich trug der Frau, einer Laienangehörigen des Ordens, mein Anliegen vor und wurde durch den langen Korridor geführt: düster glänzendes Linoleum und Möbelstücke aus massivem Mahagoni, eines davon mit einer italienischen Statue des heiligen Josef verziert. Dass es der heilige Josef war, weiß ich, weil sein Name in den Sockel eingraviert war. Vor einer Tür hielt die Frau an und lächelte, ich lächelte ebenfalls und betrat das Zimmer.

Es war eine Art kleines Speisezimmer, jedenfalls standen Teller mit Sandwiches und Kuchen auf dem Tisch sowie ein Gedeck mit einer bereitstehenden Teetasse. Ich wusste nicht recht, wie ich mich verhalten sollte, also nahm ich Platz und fragte mich, ob ich wohl am richtigen Ort war, oder die richtige Person am richtigen Ort. Doch bald darauf glitt eine hochgewachsene lächelnde Nonne herein und füllte meine Tasse aus einer Keramikkanne. Mir fiel auf, dass die Strandpromenade von Bexhill darauf abgebildet war.

»Vielen Dank, Schwester«, sagte ich, denn ich wusste nicht, was ich sonst sagen sollte.

»Nach Ihrer Reise müssen Sie sehr hungrig sein«, sagte sie.

»So ist es, vielen Dank«, sagte ich.

»Schwester Miriam wird Sie danach empfangen.«

So aß ich also in einiger Verwunderung, und als ich bald nicht mehr konnte – die Nonne schien einen sechsten Sinn dafür zu haben, denn eine einzige Person hätte eine so reichhaltige Mahlzeit niemals bewältigen können –, wurde ich von ihr in die Tiefen des Klosters und schließlich in ein kleineres Zimmer geführt.

Es war ein Zimmer mit den üblichen Aktenschränken. Sofort überkam mich eine Ahnung von Vertuschen und Geschichtsträchtigkeit. Ich hatte den Verdacht, dass diese Schränke Dinge bargen, an die man, wenn überhaupt, nur über Rechtsanwälte gelangen konnte. Und über alledem präsidierte eine gepflegte, käsegesichtige Nonne.

»Schwester Miriam?«, fragte ich.

»Ja«, sagte sie. »Sie sind Dr. Grene.«

»Der bin ich«, antwortete ich.

»Und Sie sind, soweit ich weiß, hierhergekommen, um einige Akten einzusehen?«

»Ja. Ich habe selbst einige Dokumente dabei, die uns helfen könnten, herauszufinden … «

»Ich habe einen Anruf aus Sligo bekommen und konnte die Sache bereits vor Ihrer Ankunft in Angriff nehmen.«

»Oh, verstehe, dann hat sie also doch angerufen, ich dachte, sie hätte gesagt … «

»Diese Akte hat einen Doppelvermerk«, sagte sie, während sie einen schmalen Ordner öffnete. »Das Kind, nach dem Sie suchen, war nicht lange bei uns.«

Gott sei Dank, hätte ich beinahe gesagt, doch es gelang mir, die Worte unausgesprochen zu lassen.

»Obwohl sich die Akte auf Vorgänge in ferner Vergangenheit bezieht, ist die Mutter, soweit ich weiß, noch am Leben, und das Kind selbst natürlich auch … «

»Dann gab es, dann gibt es also ein Kind?«

»Aber gewiss, und nachweisbar«, sagte sie und lächelte breit. Obwohl ich irische Akzente nicht zuordnen kann, versuchte ich mich zwangsläufig auch jetzt wieder und dachte: möglicherweise Kerry, auf jeden Fall aus dem Westen. Ihre einigermaßen formelle Wortwahl verdankte sich wohl der langjährigen Vertrautheit mit derartigen Dokumenten. Ich muss zugeben, dass sie etwas Gewinnendes hatte, sie war sehr höflich und schien intelligent.

»Können Sie mir so weit folgen?«

»O ja.«

»Es gibt eine Geburtsurkunde«, sagte sie. »Wir haben auch den Namen der Leute, denen das Kind zur Adoption überlassen wurde. Allerdings hat letztere Partei ersteres Dokument nie oder nur kurz zu sehen bekommen. Es reichte, zu wissen, dass das Kind irisch, gesund und katholisch war.«

»Das klingt vernünftig«, entgegnete ich ziemlich einfältig, wie ich fand, als ich die Worte herauskommen hörte. Tatsächlich flößte mir diese Frau ein wenig Ehrfurcht ein, sie hatte etwas Respektgebietendes.

»Schwester Declan, Gott hab sie selig, ist mir aus jungen Jahren noch gut in Erinnerung. Natürlich war es der Ordensgemeinschaft angesichts ihrer Beziehung zu dem Kind ein gewisses Bedürfnis, ihm ein gutes Zuhause zu finden. Sie war eine liebenswerte Irin aus dem Westen und gereichte ihrer Mutter und uns allen zur Ehre. Zu ihrer Zeit war sie das würdigste Mitglied des Bettelordens von Bexhill. Eine außerordentliche Leistung. Und unter den

Waisenkindern war sie im Allgemeinen beliebt. Sehr beliebt.«

Ein sanfter, aber bestimmter Nachdruck war herauszuhören.

»Vielleicht möchten Sie später hingehen und ihr kleines Grab aufsuchen?«

»Oh, sehr gern ... «

»Ja. Wir hier in Bexhill verstehen, dass es in den Vierzigern anders zuging, und ich persönlich glaube, dass es unmöglich ist, eine Zeitreise in die Vergangenheit zu unternehmen, um diese Unterschiede angemessen zu würdigen. Das würde selbst Dr. Who schwerfallen.« Wieder lächelte sie.

»Da sprechen Sie eine große Wahrheit gelassen aus«, sagte ich, und selbst in meinen Ohren hörte sich das schwülstig an. »Gerade für den Bereich der Nervenheilkunde. Gott behüte. Andererseits muss man ... «

»Tun, was man kann?«

»Ja.«

»Abbitte leisten und zugefügte Kränkungen wiedergutmachen?«

Ich war sehr erstaunt, sie so reden zu hören.

»Ja«, sagte ich, verdutzt über ihre unerwartete Aufrichtigkeit.

»Das finde ich auch«, sagte sie und legte wie ein ausgebuffter Pokerspieler zwei Dokumente auf den Schreibtisch vor mir. »Das ist die Geburtsurkunde. Das sind die Adoptionspapiere.«

Ich beugte mich vor, holte meine Lesebrille heraus und blickte auf die Seiten. Ich glaube, mir stockte einen Moment das Herz, und das Blut in meinem Körper gefror. All die tausend Flüsse und Ströme von Blut hörten einen Moment auf zu fließen. Dann setzten sie sich wieder in

Bewegung, mit einer fast jähen Empfindung von Kraft und Gewalt.

Der Name des Kindes war William Clear, leibliche Mutter Roseanne Clear, Serviererin. Als Vater war Eneas McNulty, Soldat, angegeben. 1945 wurde das Kind Mr und Mrs Grene in Padstowe, Cornwall, zur Adoption überlassen.

Wie betäubt saß ich vor Schwester Miriam.

»Nun?«, fragte sie ganz sanft. »Sie wussten es also nicht?«

»Nein, nein, natürlich nicht – ich bin in meiner offziellen Funktion hier – um einer alten Dame in meiner Obhut Hilfe und Beistand...«

»Wir dachten, Sie hätten es möglicherweise gewusst. Wir wussten nicht, ob Sie es wussten.«

»Ich wusste es nicht.«

»Es gibt hier noch andere Dinge, Aufzeichnungen von Gesprächen zwischen Schwester Declan und einem gewissen Sean Keane aus den Siebzigern? Wissen Sie darüber etwas?«

»Nein.«

»Mr Keane lag sehr daran, Sie aufzufinden, und Schwester Declan konnte ihm behilflich sein. Hat er Sie je gefunden?«

»Ich weiß nicht. Nein. Ja.«

»Sie scheinen sehr verwirrt, das ist natürlich begreiflich. Es ist wie bei einem Tsunami, nicht wahr? Etwas rauscht über einen hinweg. Reißt die Menschen und die Gegenstände mit sich.«

»Verzeihen Sie, Schwester, ich glaube, ich muss mich übergeben. Diese Kuchen...«

»Ach ja, natürlich« sagte sie. »Gehen Sie einfach dort hindurch.«

Sobald ich einigermaßen dazu fähig war, nahm ich das merkwürdige Erlebnis auf mich, das Grab meiner »Tante« zu besichtigen. Dann verließ ich den Ort und machte mich wieder auf den Weg nach London.

Mein erster Gedanke war, wie sehr ich mir wünschte, mir wünschte und mich danach sehnte, dass Bet noch am Leben wäre und ich es ihr erzählen könnte.

Doch bei jedem nachfolgenden Gedanken schüttelte ich unwillkürlich den Kopf. Die anderen Fahrgäste müssen gedacht haben, ich hätte Parkinson. Nein, nein, es war unmöglich. In meinem Schädel gab es keine Pforte, durch die diese Mitteilung Einlass finden konnte.

Jene alte Dame, die ich jahrelang kaum wahrgenommen hatte und die doch in jüngster Zeit meine Vorstellungskraft so stark in Anspruch genommen hat, jene alte Dame, mit ihrer Eigenwilligkeit, ihren Geschichten, ihren umstrittenen Taten und, ja, ihrer Freundschaft – sie war meine Mutter.

Ich eilte zurück, strebte der Heimat zu, wie man es nennen könnte. Die Stunden der Rückfahrt verschafften mir keine größere Klarheit. Und doch wünschte ich mich zurück, beeilte mich in der jähen Furcht, sie könne tot sein, bevor ich dort ankam. Ich könnte dieses Gefühl niemandem erklären. Ein reines Empfinden, sonst nichts. Ein Empfinden ohne Gedanken. Nur hinkommen, in Bewegung bleiben und hinkommen. Bestimmt raste ich wie ein Besessener durch Irland. Hastig parkte ich den Wagen vor meinem Krankenhaus, und ohne meine Mitarbeiter auch nur zu grüßen, betrat ich die Station, auf der ich Roseanne noch vorzufinden hoffte. Obwohl sonst niemand im Zimmer lag, hatte man den Vorhang um ihr Bett zugezogen. Ach ja, dachte ich, natürlich, hier endet alles, sie ist tot. Ich spähte um den Vorhang und sah ihr hellwaches und lebendiges Gesicht, das sie jetzt ein wenig in meine Richtung drehte, um mich fragend anzusehen.

»Dr. Grene«, sagte sie. »Wo haben Sie denn gesteckt? Anscheinend bin ich von den Toten auferstanden.«

Ich versuchte, ihr an Ort und Stelle alles zu erzählen. Aber mir fehlten die Worte. Ich muss auf die Worte warten, dachte ich.

Irgendetwas schien sie zu ahnen, als ich im Vorhangspalt verharrte. Mit ihrer Intuition erfassen die Menschen mehr als mit ihrem Bewusstsein (aus medizinischer Sicht vielleicht eine dubiose Vorstellung, aber sei's drum).

»Also, Herr Doktor«, sagte sie. »Haben Sie mich nun begutachtet?«

»Wie bitte?«

»Haben Sie Ihr Gutachten abgeschlossen?«

»O ja, ich denke schon.«

»Und wie lautet das Urteil?«

»Sie sind schuldlos.«

»Schuldlos? Ich glaube, das ist keinem sterblichen Wesen vergönnt.«

»Schuldlos. Zu Unrecht eingewiesen. Ich bitte um Entschuldigung. Ich bitte um Entschuldigung im Namen meines Berufsstandes. Ich bitte um Entschuldigung in meinem eigenen Namen, weil ich mich nicht früher aufgerafft und die Dinge genauer unter die Lupe genommen habe. Dass dazu erst das Krankenhaus abgerissen werden musste. Mir ist klar, dass meine Entschuldigung wertlos ist und Sie nur anwidert.«

Ungeachtet ihrer Schwäche lachte sie.

»Aber«, sagte sie, »das stimmt doch gar nicht. Man hat mir die Broschüre für das neue Krankenhaus gezeigt. Sie werden mich doch eine Weile lang dort wohnen lassen?«

»Das liegt ganz bei Ihnen. Sie sind eine freie Frau.«

»Ich war nicht immer eine freie Frau. Ich danke Ihnen für meine Freiheit.«

»Es ist mir eine Ehre, sie Ihnen zu verkünden«, sagte ich, plötzlich sehr verschroben und förmlich, was ihr jedoch nichts auszumachen schien.

»Könnten Sie noch einmal ans Bett treten?«, fragte sie.

Das tat ich. Ich wusste nicht, was sie vorhatte. Doch sie ergriff meine Hand und schüttelte sie.

»Ob Sie mir erlauben werden, Ihnen zu vergeben?«, fragte sie.

»Großer Gott, ja«, sagte ich.

Dem folgte ein kurzes Schweigen, gerade genug Schweigen, damit mir der Hauch von einem Dutzend Gedanken durchs Hirn wehte.

»Nun, ich vergebe Ihnen«, sagte sie.

Am nächsten Morgen ging ich hinaus zu den alten Stallungen. Jetzt hatte ich noch mehr Gründe, John Kane die paar Fragen zu stellen, solange es noch möglich war. Ich hielt es für unwahrscheinlich, dass er in der Lage oder auch nur willens wäre, sie zu beantworten. Zumindest, dachte ich, konnte ich ihm für all seine sonderbare Arbeit meinen aufrichtigen Dank abstatten.

Aber es gab nicht die geringste Spur von ihm. Sein Quartier war ein Einzelzimmer mit einem altertümlichen Grammophontisch von der Art, bei der man die rechte Tür öffnen musste, damit die Töne entweichen konnten, denn hinter der Tür verbarg sich ein einfacher Verstärker aus Holz. In einer Nische befand sich eine Sammlung 78er-Schallplatten, die der Hersteller (Shepherds, Bristol) gleich mitgeliefert hatte. Sie enthielt Aufnahmen von Benny Goodman, Bubber Miley, Jelly Roll Morton, Fletcher Henderson und Billy Mayerl. Ansonsten war das Zimmer leer, bis auf ein reinliches kleines Metallbett, das von einem kunstlos mit Blumen bestickten Überwurf bedeckt war. Ich musste sofort an Mrs McNultys Näharbeiten denken, die Roseanne beschrieben hatte. Ich bezweifle nicht, dass John Kane, um seinen Willen durchzusetzen oder das, was seiner Auffassung nach für Roseanne am besten war, die McNultys auf jede erdenkliche Weise wegen ihres Geheimnisses unter Druck gesetzt hatte. Die erste Ehefrau, die in den Augen des Gesetzes gar nicht existierte und von der Tom McNultys zweite Familie vermutlich nie gehört hatte. Die verrückte Ehefrau, die keine Ehefrau war, aber dennoch aus Fleisch und Blut. Ich bin sicher, dass Mrs McNulty und ihre ehrenwerte Tochter alles Menschenmögliche unternommen hatten, um John Kane bei Laune zu halten, sogar meinen neuen Namen und diesen Teil meiner Geschichte gaben sie preis. Ich weiß nicht, was er zu tun gedachte, nachdem er mich aufgestöbert hatte, und kann nur vermuten, dass er sich, als er erfuhr, dass ich wundersamerweise eine psychiatrische Ausbildung absolviert hatte, der Entwicklung anpasste und einen Plan ausheckte, der dem ersten überlegen war, denn dieser hätte, falls Kane nur eine einfache Wiedervereinigung ins Auge gefasst hatte, mit meiner Weigerung enden können, Roseanne überhaupt wiederzusehen, oder damit, dass ich sie nach einem solchen Wiedersehen als Mensch ablehnte. Denn wie sollte ich sie nicht ablehnen, wo doch alle anderen es getan hatten?

Nun, all das waren Vermutungen. Keine verbürgte Geschichte. Aber allmählich frage ich mich ernsthaft, worin das Wesen von Geschichte eigentlich besteht? Handelt es sich lediglich um Erinnerungen in anständig formulierten Sätzen, und falls dem so ist, wie verlässlich sind sie? Nicht sehr, würde ich sagen. Daher sind die meisten Wahrheiten und Tatsachen, die anhand solcher syntaktischer Mittel überliefert werden, trügerisch und unzuverlässig. Und doch erkenne ich an, dass wir nur im Lichte dieses Trugs und dieser Unzuverlässigkeit unser Leben leben, ja uns unsere geistige Gesundheit erhalten, genauso wie wir unsere Heimatliebe auf Papierwelten aus Irrtümern und Unwahrheiten aufbauen. Vielleicht liegt es ja in unserer Natur, und vielleicht macht es auf unerklärliche Weise einen Teil unserer Herrlichkeit als Kreaturen aus, dass wir unsere trefflichsten und beständigsten Gebäude auf Fundamenten bloßen Staubs errichten können.

Des Weiteren sollte ich eine Kiste kubanischer Zigarren neben John Kanes Bett erwähnen, die, wie ich beim Öffnen herausfand, halb leer war. Oder halb voll.

Sonst nichts, außer diesen kuriosen und bedeutsamen Zeilen auf dem Grammophon:

Lieber Doktor Green,
ich bin kein Engel nicht aber ich hab das Baby von der Insel weggebracht. Bin damit zum Doktor gehlaufen. Würde gern mit Sie reden muss aber weg. Sie werden fragen warum ich das alles für Roseanne gemacht hab und die Antwort ist weil ich hab mein Vater geliebt. Mein Vater ist von Peerpoint umgebracht wordn. Ich hab Doc Sing dazu gebracht Sie einen Brief zu schreiben und es war ein Wunder das ers gemacht hat und das Sie gekomen sind. Ich bin froh das Sie gekomen sind. Irgenwann wolte ich Ihnen die Warheit sagen und jetz ist der Tag gekomen. Ich bin sicher das Sie jetz die Warheit wissen und verstosen Sie jetz bitte nicht Ihre Mutter. Keiner von uns ist vollkomen das sehn Sie an mir aber darum gehts nicht. Wenn wir nicht in wahrhaftiger Liebe vor dem Himmelstor stehen, kann Petrus uns nicht durchs Tor einlassen. *Jetz sag ich lebwohl, Doc, vergeben Sie mir und Gott vergebe mir auch.*

Hochachtungsvoll
Seánín Keane Lavelle (John Kane)

P.S. Doran wars wo die Frau aus Leitrim überfallen hat, die
wo sicher nach haus gekomen ist.

Die übrigen Pfleger und Aufseher wussten nicht, wo er
sich aufhielt. Es war nicht so, als hätte er eine Tasche gepackt oder wäre zum Sterben in das Wäldchen hinter dem
Haus gekrochen. Es gab einfach keine Spur von ihm.
Selbstverständlich wurde die Polizei benachrichtigt, und
ich bin sicher, die Gardaí halten nach ihm Ausschau und
entdecken ihn überall und nirgends. Max Doran, der Pfleger, auf den John Kane hingewiesen hatte, ein ziemlich
junger Bursche, der recht gut aussieht und eine Freundin
hat, gestand mir unter vier Augen die Sache mit der Frau
aus Leitrim, die ihn sichtlich beschämt und, wichtiger
noch, mit Sorge erfüllt. Erst gestand er, dann widerrief er.
Wenn die Anwälte so weit sind, wird ihm der Prozess
gemacht werden, und das kann dauern. Da die Insassen
und das Personal jetzt weit verstreut sind, kann ich nicht
behaupten, dass die Moral Schaden genommen hätte.
Möglicherweise haben wir sogar etwas gewonnen. Es
wäre schön, zu glauben, dies wäre der Beginn größerer
Sicherheit für unsere Patientinnen, doch ein so großer
Narr bin ich dann nun doch wieder nicht.

ZWEIUNDZWANZIGSTES KAPITEL

Nun haben wir bereits Herbst, und sie ist gut untergebracht. In einem hochmodernen Zweckbau, wirklich und wahrhaftig ein Asyl, das diesen altertümlichen und erstrebenswerten Namen verdient. Angesichts ihres hohen Alters ist es natürlich nur noch eine Frage der Zeit, aber was ist das nicht? Manch guter Mann ist lange vor meinem jetzigen Alter gestorben. An vielen Tagen ist sie stumm und schwierig, weigert sich zu essen und fragt mich schroff, weswegen ich gekommen bin. Mitunter teilt sie mir mit, dass meine Besuche nicht nötig sind.

Wie John Kane versuche ich, den richtigen Zeitpunkt abzupassen. Ich kann gut verstehen, wie schwer ihm das gefallen sein muss.

Als ich eines Tages im Gehen begriffen war, stand sie auf und kam die wenigen Zentimeter auf mich zu wie ein Fetzchen Pergament, umarmte mich und dankte mir. Selbst ihre Knochen haben an Gewicht verloren. Ich war so bewegt, dass ich es ihr beinahe erzählt hätte. Und doch tat ich es nicht.

Vermutlich fürchte ich mich davor, dass sie, auch wenn sie mit mir als Arzt und Freund hoffentlich zufrieden ist, von mir als Sohn vielleicht doch enttäuscht sein könnte, dass ich keine ausreichende Entschädigung für all ihre Mühsal wäre – ein läppischer, nüchterner, alternder, verwirrter englischer Ire. Des Weiteren graut mir davor, ihr einen Schock zu versetzen, der medizinisch oder psychologisch nicht vertretbar ist. Was das betrifft, werde ich mich vielleicht mit Dr. Wynn beraten, allerdings könnte es sein, dass ein solcher Schock, eine solche Erschütterung ohnehin jenseits aller medizinischen Möglichkeiten liegt, jenseits seiner und meiner Fachkenntnisse. Etwas Subtiles, Zartes, Fragiles könnte zerbrechen, ohne dass wir es reparieren könnten. Der innerste Kern ihrer Leidensfähigkeit. Doch er hält noch, ich glaube, er hält noch. Sie ist behütet und versorgt, das ist die Hauptsache. Und sie ist frei.

Einen Monat nach meiner Rückkehr aus England wurde die Anstalt abgerissen. Man entschied sich für eine kontrollierte Sprengung, bei der das Erdgeschoss weggesprengt wird, woraufhin die oberen vier Etagen in sich zusammenstürzen. An dem Morgen war mir, als würde ich hingehen und zuschauen, wie mein Leben mit Drähten, Dynamit und schönen Berechnungen ausgelöscht wurde. Wir alle standen auf einem kleinen Hügel, etwa eine Viertelmeile vom Gebäude entfernt. Zur festgelegten Stunde drückte der Ingenieur den Hebel in den Kasten, und nach einer endlosen Sekunde hörten wir ein gewaltiges Krachen und sahen, wie der untere Teil des Bauwerks in eine feurige Krone aus Mörtel und uraltem Gemäuer zerfiel. Das riesige Gebäude stürzte augenblicklich erdwärts und ließ nur eine schwache Erinnerung an seinen früheren Standort zurück, die sich gegen den Horizont abzeichnete. Dahinter war ein Engel, ein großer Mann aus Feuer, so hoch wie das Asyl, dessen Flügel sich von Ost nach West spannten. Offensichtlich John Kane. Ich blickte mich zu meinen Begleitern um und fragte sie, ob sie sähen, was ich sah. Sie blickten mich an, als wäre ich verrückt geworden, und das war ich vermutlich auch, hatte ich doch soeben mein Asyl verloren und war nur mehr Oberaufseher dieser von einem zweifelhaften Engel ausgefüllten kolossalen Abwesenheit.

Was da den Engel erblickte, war natürlich meine Trauer. Inzwischen weiß ich das. Ich hatte geglaubt, Bet einigermaßen überwunden, sie sicher in meinem Gedächtnis verwahrt zu haben, dabei fing alles überhaupt erst an. Man sagt, Trauer halte etwa zwei Jahre an, eine Plattitüde aus Handbüchern für Trauernde. Doch um unsere Mütter trauern wir bereits, noch ehe wir geboren sind.

Ich werde es ihr erzählen. Sobald ich die Worte finde. Sobald wir zu diesem Teil der Geschichte gelangen.

Heute bin ich nach Sligo zurückgefahren. Am Ortseingang passierte ich den städtischen Friedhof und fragte mich, was die Zeit wohl mit dem Tempel aus Beton und den Gräberflächen angestellt hatte. Ich schaute bei Percy vorbei und dankte ihm dafür, dass er mir geholfen hatte. Ich weiß nicht, ob er überrascht war. Als ich ihm erzählte, was geschehen war, blickte er mich jedenfalls einige Momente lang völlig fassungslos an. Dann erhob er sich hinter seinem Schreibtisch. Ich stand an der Tür, da ich mir nicht sicher gewesen war, ob ich ganz eintreten oder ob ich draußen stehen bleiben sollte, um ihn nicht zu stören.

»Mein lieber Mann«, sagte er.

Ich weiß nicht, ich glaubte schon, er wolle mich umarmen. Ich lächelte wie ein kleiner Junge, so kam's mir jedenfalls vor, und stieß ein glückliches Lachen aus. Da erst drang es mir wirklich ins Bewusstsein. Ich kann gern berichten, dass im Zentrum von allem, angesichts der Beschaffenheit ihrer Geschichte und meiner, eine sehr einfache Gemütsbewegung stand.

Ich wollte ihm erklären, dass es meines Erachtens nicht so sehr um die Frage ging, ob sie die Wahrheit über sich geschrieben oder gesagt hatte oder ob sie glaubte, was sie geschrieben oder gesagt hatte, sei wahr, oder auch nur, ob die Dinge an und für sich wahr gewesen sind. Viel wesentlicher erschien mir, dass der Mensch, der da geschrieben und gesprochen hatte, bewundernswert, lebendig und in sich vollendet war. Ich wollte ihm erklären, ja beichten, dass ich vom psychiatrischen Standpunkt aus völlig versagt hatte: ihr nicht »geholfen«, die fest verschlossenen Deckel der Vergangenheit nicht aufgestemmt hatte. Allerdings war es ja gar nicht meine Absicht gewesen, ihr zu helfen, sondern sie zu begutachten. In all der Zeit, da ich ihr hätte helfen können, in all den Jahren, da sie hier war, hatte ich sie mehr oder weniger sich selbst überlassen. Ich wollte ihm sagen, dass sie sich selbst geholfen, mit sich selbst gesprochen, sich selbst zugehört hat. Das ist ein Sieg. Und dass ich, was ihren Vater betraf, Roseannes Unwahrheit letztlich der Wahrheit von Father Gaunt vorzog. Da Erstere etwas Gesundes ausstrahlte. Dass ich, wenn mich nicht der wunderbare Amurdat Singh gerufen hätte, wahrscheinlich niemals Psychiatrie praktiziert hätte und bestimmt auch kein guter Psychiater gewesen bin – ob ein guter Mensch, sei dahingestellt. Dass Roseanne mich in das Geheimnis menschlichen Schweigens eingeweiht hatte und in die Wirksamkeit des Verzichts auf jegliche Befragung. Doch diese Dinge auszusprechen vermochte ich nicht.

Dann machte er eine Bemerkung, die mich hätte kränken können, die aber wohl eher ein Aperçu sein sollte, auf das er ziemlich stolz war und für das ich ihm unter den gegebenen Umständen ziemlich dankbar war.

»Sie werden demnächst in den Ruhestand gehen«, sagte er »und fangen doch in mancherlei Hinsicht gerade erst an.«

Dann dankte ich Percy noch einmal, ging wieder zum Auto und fuhr hinaus nach Strandhill. Ich kannte die Strecke aus Roseannes Bericht und näherte mich dem Ort, als wäre ich schon einmal dort gewesen. Als ich das Gotteshaus der Church of Ireland erreichte, das sich gehorsam genau dort befand, wo es sollte, stieg ich aus und schaute mich um. Dort erhob sich, wie so oft von ihr beschrieben, der Knocknarea, der sich aufbäumte, als wolle er in die Vergangenheit fliehen, in die ferne und unerkennbare Vergangenheit. Weiter unten lag Sligo Bay, zur Rechten Rosses Point und der Ben Bulben, auf dem Willie Lavelle umgebracht worden war, und am Strand sah ich die Poller, die noch immer nach Coney Island hinausführten. Es war nur ein winziger erhöhter Flecken, ein paar Felder und Häuser. Ich konnte es mir kaum selber sagen: *Dort bin ich geboren.* Irgendwo am Rand der Dinge, was durchaus angemessen war, da Roseanne, ebenso wie John Kane, stets an den Rändern der uns bekannten Welt gelebt hatte. Ich war am Rand der Dinge geboren, und selbst jetzt, als Hüter der Geistesgestörten, habe ich mein Zelt instinktiv an einem verwandten Ort aufgeschlagen. Hinter der Insel, in einiger Entfernung, stand die getreue Gestalt des Metal Man und wies unaufhörlich aufs Wasser.

Zu meiner Linken lag das kleine Dorf, es hatte sich kaum verändert, würde ich sagen, aber natürlich gab es in Strandhill sehr viel mehr Häuser als zu Roseannes Zeiten. Trotzdem konnte ich dort unten die Fassade eines alten Hotels nahe dem Strand ausmachen und den großen Sandhügel, der dem Ort seinen schlichten Namen gab, und bildete mir ein, die Vorderseite eines bescheidenen Tanzsaals zu erkennen.

Offenbar hatte ich den Tag gut gewählt, denn als ich zur Promenade hinunterfuhr, wo mir die Kanone und das friedliche Wasser auffielen, sah ich am Tanzsaal einige Männer bei der Arbeit. Anscheinend bereiteten sie seinen Abriss vor. Ein Architektenschild verkündete, in Kürze würden dort Apartments erbaut. Der Saal selbst, mit seinem Wellblechbuckel nach hinten hinaus und dem vorderen Teil, der irgendwann einmal ein Strandhaus gewesen sein musste, wirkte beinahe lächerlich klein. Die Fahne, auf der der Name gestanden hatte, war verschwunden, doch in späteren Jahren hatte jemand am Vorderhaus fünf eiserne Lettern angebracht, die jetzt grau und verrostet waren: P-L-A-Z-A. Über die entschwundene Geschichte dieser Stätte nachzusinnen hatte etwas Überwältigendes. An Eneas McNulty zu denken, der hier in seiner versengten Uniform herumgelaufen war, an Tom, der mit seinen Instrumenten hineingegangen war, an die Autos, die über den glitzernden Strand aus Sligo herbeikamen, an die Klänge, die hinausdrangen in die wenig vertrauenswürdige irische Sommerluft und sich vielleicht gar bis zu den Ohren der uralten Queen Maeve verirrten. Mit Sicherheit bis zu den Ohren Roseannes, die ihnen lauschte, begraben in ihrem eigenen Exil.

Ihre Hütte zu finden war schon schwieriger. Es stellte sich heraus, dass ich die Stelle, an der sie gestanden haben musste, bereits passiert hatte, denn ich fand die ansehnliche Mauer des Herrenhauses gegenüber und das Tor, vor dem Roseanne von Jacks Ehefrau gedemütigt worden war. Zuerst vermutete ich nur Dornengestrüpp und Trümmer, doch der alte steinerne Schornstein war fast noch intakt, wenngleich mit Flechten und Kletterpflanzen bewachsen. Die Zimmer, in denen Roseanne ihre Todesstrafe bei lebendigem Leibe abgesessen hatte, gab es nicht mehr.

Ich trat durch den Spalt der zerfallenen kleinen Pforte und blieb auf dem wuchernden Gras stehen. Es gab nichts zu sehen, doch vor meinem inneren Auge sah ich alles, denn sie hatte mir den alten Kinofilm dieses Ortes zur Verfügung gestellt. Inmitten des Gestrüpps nichts als ein verwahrloster Rosenstrauch mit ein paar letzten lebhaften Blüten. Obwohl ich Bets Bücher gelesen hatte, kannte ich den Namen der Rose nicht. Aber hatte Roseanne ihn nicht erwähnt? Soundso soundso... Ich konnte mich beim besten Willen nicht erinnern, was sie geschrieben hatte. Aber ich schob mich durch Dornen und Unkraut in der Absicht, vielleicht ein paar Blüten als Andenken mit nach Roscommon zu nehmen. Sämtliche Blüten waren gleich geformt, säuberliche, fest eingerollte Rosen, bis auf einen Zweig, an dem die Rosen anders aussahen, hell und geöffnet. Ich spürte, dass die Dornen an meinen Beinen rissen, dass sie wie Bettler an meinem Jackett zupften, doch mit einem Mal wusste ich, was ich da tat. Wie in den Buchkapiteln über Züchtung empfohlen, nahm ich behutsam einen Ableger und ließ ihn in meine Tasche gleiten. Fast fühlte ich mich schuldig, als entwendete ich etwas, das mir nicht zustand.

Chronologie der Ereignisse

1536–1871   Die anglikanische Church of Ireland ist in Irland Staatskirche (»established church«).

1695–1725   Englische Strafgesetze (»Penal Laws«) gegen Katholiken und protestantische Nonkonformisten, darunter Presbyterianer.

1782   Dem irischen Parlament wird von der englischen Krone weitgehende Autonomie eingeräumt.

1791   Unter dem Einfluss der Französischen Revolution gründet der Protestant Wolfe Tone die republikanischen United Irishmen.

1798   Aufstandsversuch der United Irishmen.

1801   1. Januar: Selbstauflösung des korrupten Parlaments und Vereinigung Irlands mit England (»Act of Union«).

1803   Aufstandsversuch Robert Emmets.

1823   Daniel O'Connell (»der Befreier«) gründet die Catholic Association, die sechs Jahre später die Emanzipation der Katholiken erkämpft.

1841   O'Connell gründet die Repeal Association, eine demokratische Massenbewegung zur Aufhebung der Unionsakte.

1845–1849   Die Kartoffelpest führt zur »Großen Hungersnot«, der größten Katastrophe der irischen Geschichte. Eine Million Menschen verhungern, bis 1900 wandern zweieinhalb Millionen Iren nach Amerika aus.

1848   Aufstandsversuch des »Jungen Irland«.

1858   James Stephens gründet die Irish Republican Brotherhood (»Fenier«).

1867   Aufstandsversuch der Fenier.

1870	Isaac Butt gründet die Home Rule League (»Liga für Selbstverwaltung«).
1882	Charles Stewart Parnell benennt die Home Rule League in Irish Parliamentary Party um und stärkt sie in Westminster durch Obstruktionspolitik.
1905	Arthur Griffith gründet die separatistische Partei Sinn Féin (»Wir selbst«).
1912	11. April: Der britische Premierminister Asquith bringt ein irisches Selbstverwaltungsgesetz (»Third Home Rule Bill«) ein, das bei Ausbruch des Ersten Weltkriegs suspendiert wird. – 28. September: Der Protestant Edward Carson initiiert den »Ulster Covenant«, einen von einer halben Million Menschen unterzeichneten feierlichen Schwur zur Verteidigung der Union mit Großbritannien, und mobilisiert die Ulster Volunteers (ab 1913 Ulster Volunteer Force).
1914	Eoin MacNeill, Führer der Irish Republican Brotherhood, stellt die Irish Volunteers auf.
1916	24.–29. April: Dubliner Osteraufstand der Irish Volunteers und der Irish Citizen Army und Proklamation der Irischen Republik. – 3.–12. Mai: Hinrichtung von fünfzehn Anführern, darunter die sieben Unterzeichner der Unabhängigkeitserklärung. – Zusammenschluss von Teilen beider Organisationen zur Irischen Republikanischen Armee (IRA).
1918	Bei den Unterhauswahlen gewinnt Sinn Féin 73 von 105 irischen Mandaten (36 ihrer Abgeordneten sitzen in englischen Gefängnissen ein).

1919	21. Januar: Die Abgeordneten von Sinn Féin bilden ein unabhängiges irisches Parlament (»Dáil Éireann« oder »First Dáil«), das von Großbritannien nicht anerkannt wird.
1919	21. Januar: Beginn des »Anglo-Irischen Krieges« – des Unabhängigkeitskrieges der Irischen Republikanischen Armee gegen die britische Herrschaft.
1920	Januar: Aufstellung einer Royal Irish Constabulary Reserve Force (wegen ihrer schwarz-braunen Uniformen »Black and Tans« genannt) und einer Auxiliary Division. Beide Hilfstruppen, zum großen Teil aus englischen Kriegsveteranen bestehend, waren berüchtigt für ihre Brutalität. – 21. November: Hinrichtung von vierzehn britischen Geheimagenten durch die IRA und Ermordung von vierzehn Zuschauern im Sportstadion Croke Park durch die britische Armee (»Bloody Sunday«). – 23. Dezember: Der »Government of Ireland Act« (»Fourth Home Rule Bill«) sieht die Selbstverwaltung für zwei irische Teilstaaten vor.
1921	6. Dezember: Anglo-Irischer Vertrag über die Teilung der Insel und die Bildung eines Irischen Freistaats innerhalb des British Dominion.
1922	7. Januar: Der Dáil ratifiziert den Vertrag mit knapper Mehrheit, IRA-Führer Éamon de Valera lehnt ab. – Juni: Bei den Wahlen zum »Zweiten Dáil« gewinnen die Vertragsbefürworter unter Michael Collins die Oberhand. Nach dem erstmaligen Einsatz von irischen Regierungstruppen gegen die »irreguläre«

IRA am 28. Juni folgt ein blutiger Bürgerkrieg, der Michael Collins am 22. August das Leben kostet und erst im Mai 1923 mit der Kapitulation der »Irregulären« endet.

1926   De Valera bricht mit der IRA und gründet Fianna Fáil (»Soldaten des Schicksals«).

1932   De Valera wird Regierungschef. – Februar: Gründung der rechtslastigen Army Comrades Association (ACA).

1933–1938   Anglo-Irischer Handelskrieg.

1933   Juli: Nach seiner Entlassung als Polizeichef durch de Valera übernimmt der ehemalige IRA-Kämpfer und Armeegeneral Eoin O'Duffy die Führung der ACA und wandelt sie in die faschistische National Guard um, deren Mitglieder nach ihrer Uniform »Blueshirts« genannt werden. Viele von ihnen kämpfen im Spanischen Bürgerkrieg auf der Seite Francos. – 3. September: Gründung der Partei Fine Gael (»Stamm der Gälen«), erster Präsident: Eoin O'Duffy. Die National Guard wird Jugendflügel der Partei.

1937   Annahme der noch heute gültigen Verfassung, die sich das irische Volk »im Namen der Allerheiligsten Dreifaltigkeit« und »in demütiger Anerkennung aller unserer Verpflichtungen gegenüber unserem göttlichen Herrn Jesus Christus« gibt.

1939–1945   Neutralität des Freistaats im Zweiten Weltkrieg (»Emergency« oder »Notstand«).

1941   15. April: Bombardierung Belfasts durch die deutsche Luftwaffe (»Belfast Blitz«). Eintausend Menschen kommen ums Leben, ein Viertel der Bevölkerung wird obdachlos.

1948	Proklamation der Republik Irland.
1967	Februar: Gründung der Bürgerrechtsbewegung Northern Ireland Civil Rights Association (NICRA).
1969	Beginn der bürgerkriegsähnlichen Unruhen in Nordirland, der sogenannten »Troubles«, Wiedererstarken der IRA.
1972	30. Januar: Vierzehn Tote bei Demonstration von Bürgerrechtlern in Derry (»Bloody Sunday«), Eskalation des Konflikts und Verhängung der britischen Direktherrschaft.
1973	Beitritt der Republik zur Europäischen Wirtschaftsgemeinschaft (EWG).
1974	Das Abkommen von Sunningdale (9. Dezember 1973) über die Teilung der Macht zwischen Unionisten und Nationalisten scheitert am Widerstand loyalistischer Arbeiter.
1981	Hungerstreik nordirischer IRA- und anderer Häftlinge für die Anerkennung als politische Gefangene: zehn Tote.
1985	Anglo-Irisches Abkommen über ein begrenztes Mitspracherecht Dublins in den Angelegenheiten Nordirlands.
1990	Mit Mary Robinson wird die erste Frau zum irischen Staatsoberhaupt gewählt.
1997	Robinson wird UN-Hochkommissarin für Menschenrechte, ihre Nachfolgerin ist die Nordirin Mary McAleese.
1998	10. April: Nach Waffenstillstand der IRA und loyalistischer Terrororganisationen Friedensvereinbarung (»Karfreitagsabkommen«) zwischen Großbritannien, Irland und der Mehrzahl der nordirischen Parteien, darun-

ter Sinn Féin. – 25. Juni: Wahlen zur nord-
irischen Assembly (»Versammlung«).

1999   2. Dezember: Übertragung der administrati-
ven Gewalt auf die Assembly.

2007   8. Mai: Bildung einer paritätischen Koali-
tionsregierung zur Teilung der Macht in
Nordirland zwischen Unionisten (vertreten
durch die Democratic Ulster Party unter Ian
Paisley) und Nationalisten (vertreten durch
Sinn Féin unter dem ehemaligen IRA-
Kämpfer Martin McGuinness).

Sebastian Barry, 1955 in Dublin geboren, gehört zu den »besten britischen und irischen Autoren der Gegenwart« (Times Literary Supplement). Er schreibt Theaterstücke, Lyrik und Prosa. Bei Steidl erschienen bisher seine Romane *Ein verborgenes Leben*, *Mein fernes, fremdes Land*, *Ein langer, langer Weg* und *Gentleman auf Zeit*. Sein Roman *Tage ohne Ende* war ein internationaler Bestseller und wurde u. a. mit dem Costa Book of the Year Award ausgezeichnet. 2020 erschien die Fortsetzung *Tausend Monde*. Barry lebt in Wicklow, Irland.

Hans-Christian Oeser, 1950 in Wiesbaden geboren, lebt in Dublin und Berlin und arbeitet als Literaturübersetzer, Herausgeber und Autor. Er hat u.a. John McGahern, Mark Twain, Ian McEwan, F. Scott Fitzgerald, Anne Enright, Maeve Brennan und Sebastian Barry übersetzt. Für sein Lebenswerk wurde er 2010 mit dem Heinrich Maria Ledig-Rowohlt-Preis ausgezeichnet.

Titel der englischen Originalausgabe: »The Secret Scripture«,
erschienen bei Faber and Faber Limited, London 2008
© Sebastian Barry, 2008

Castle Rackrent von Maria Edgeworth, zitiert nach der Übersetzung
von Helga Schulz. Deutscher Taschenbuchverlag, München 1996

Alice im Wunderland von Lewis Carroll, zitiert nach der Übersetzung
von Christian Enzensberger. Insel Verlag, Frankfurt am Main 1963

Die Verszeilen von T. S. Eliot: *Werke IV. Gesammelte Gedichte 1909–1962*.
Herausgegeben und mit einem Nachwort von Eva Hesse. Revidierte Ausgabe.
Suhrkamp Verlag, Frankfurt am Main 1988

Der Übersetzter dankt Petra Kindler für ihre freundliche Unterstützung.

Der Verlag dankt Literature Ireland (Übersetzungsfonds)
Dublin, Irland, für die finanzielle Unterstützung.
www.literatureirland.com

1. Auflage dieser Ausgabe 2021

© Copyright für die deutsche Ausgabe:
Steidl Verlag, Göttingen 2009, 2021

Lektorat: Claudia Glenewinkel
Umschlaggestaltung: Rahel Bünter / Steidl Design,
unter Verwendung einer Fotografie von Deborah Turbeville
Buchgestaltung: Sarah Winter / Steidl Design
Gesamtherstellung und Druck: Steidl, Göttingen

Steidl
Düstere Str. 4, 37073 Göttingen
Tel. +49 551 49 60 60
mail@steidl.de
steidl.de

Printed in Germany by Steidl
ISBN 978-3-95829-932-0

Auch als eBook erhältlich